LAÇOS PERVERSOS

LAÇOS PERVERSOS

LEXI RYAN

Tradução
Débora Isidoro

Planeta minotauro

Copyright © Lexi Ryan, 2022
Copyright © Editora Planeta do Brasil, 2023
Copyright da tradução © Débora Isidoro, 2023
Todos os direitos reservados.
Título original: *These Twisted Bonds*

Preparação: Ligia Alves
Revisão: Tamiris Sene e Renato Ritto
Projeto gráfico e diagramação: Márcia Matos
Capa: Catherine San Juan
Adaptação de capa: Renata Spolidoro
Ilustração de capa: Luisa J. Preissler
Imagens de miolo: Freepik, Aaron Stratten (mapa)

Dados Internacionais de Catalogação na Publicação (CIP)
Angélica Ilacqua CRB-8/7057

Ryan, Lexi
    Laços perversos / Lexi Ryan; tradução de Débora Isidoro. - São Paulo: Planeta do Brasil, 2023.
   368 p. : il.

ISBN 978-85-422-2339-2
Título original: These Twisted Bonds

1. Ficção norte-americana I. Título II. Isidoro, Débora

23-4347   CDD 810

Índice para catálogo sistemático:
1. Ficção norte-americana

MISTO
Papel | Apoiando o manejo florestal responsável
FSC® C005648

Ao escolher este livro, você está apoiando o manejo responsável das florestas do mundo

2023
Todos os direitos desta edição reservados à
EDITORA PLANETA DO BRASIL LTDA.
Rua Bela Cintra, 986 – 4º andar
01415-002 – Consolação – São Paulo-SP
www.planetadelivros.com.br
faleconosco@editoraplaneta.com.br

Para Aaron
– que desenhou o mapa e
destravou a sequência.

FLORESTA
SELVAGEM

PALÁCIO
DOURADO

CEMITÉRIO

CORTE
SEELIE

PALÁCIO DA
SERENIDADE

CORTE UNSEELIE

PALÁCIO UNSEELIE

CAMPO DE REFUGIADOS

Capítulo 1

ALÉM DOS PORTÕES DO castelo, o sol se levanta e os pássaros cantam, mas o Palácio Dourado está envolto pelo véu da noite. *Minha noite. Minha escuridão. Meu poder.*

Espalho magia sem reservas, prendendo quem ousa me perseguir. A escuridão me segue como a cauda de um elaborado vestido de noiva. Mas não sou noiva de ninguém.

Não vou deixar que me enganem com suas mentiras bonitas e manipulações. Sebastian me traiu. *Todos* me traíram, mas a deslealdade dele me machuca mais. Quem devia me amar, me proteger, me usou para roubar a coroa Unseelie.

A fúria invade minhas veias e alimenta meu poder.

Corro, inclusive quando o caminho sob meus pés se torna pedregoso e cortante. Concentro-me na dor, abraço o ardor das pedrinhas cortando as solas dos meus pés. É a única coisa que bloqueia esse outro sentimento – essa angústia e essa frustração, que têm a ver com quem eu amo. Com o homem a quem estou vinculada para sempre. O homem que mentiu para mim, que me traiu.

Não quero senti-lo. Não quero saber que minha partida é como uma fratura no meio de seu coração, ou que me perder o deixou de joelhos. Não quero entender que ele foi encurralado pelo dever, ou compreender a profundeza de seu arrependimento. Mas entendo. Entendo por meio desse vínculo entre nossas almas.

Sebastian me traiu pela coroa e agora ele tem o que queria, enquanto eu me tornei aquilo que desprezei por tanto tempo. *Uma feérica. Uma imortal.*

A realidade crava suas garras em mim enquanto corro.

Estou descalça. De camisola. Não vou longe desse jeito, mas me recuso a deixar que me peguem.

Viro novamente na direção do padoque, e, quando entro, o menino do estábulo arregala os olhos e olha diretamente para a onda de escuridão que se eleva atrás de mim, pronta para atacar.

Ele é jovem, tem o cabelo claro, olhos azuis e orelhas pontudas de elfo. Já o vi antes quando fui buscar um cavalo para percorrer o terreno em torno do palácio. Quando pensava estar segura aqui, quando acreditava que o amor de Sebastian era puro.

— Me dê suas botas — digo, erguendo o queixo.

— Minhas... minhas... — ele gagueja, olhando para o palácio e para a destruição escura que deixei pelo caminho.

— Suas botas! Agora!

Ele mantém os olhos grandes e preocupados em mim enquanto desamarra as botas e as joga perto dos meus pés.

— Agora um cavalo — ordeno, calçando as botas do menino. São um pouco grandes, mas servem. Aperto bem os cadarços e os amarro em volta dos tornozelos.

Ele olha de novo para o palácio, e eu projeto mais uma explosão de poder, fazendo a noite pulsar com maldade. As mãos dele tremem enquanto guiam uma égua branca para fora do estábulo.

— O que... está acontecendo, milady?

Ignoro a pergunta e aceno com a cabeça na direção do cinto de facas preso em sua cintura.

— O cinturão também.

Ele o desafivela e deixa cair no chão. Com movimentos rápidos, pego o cinto e o ponho em mim, prendendo bem a fivela antes de montar no cavalo.

— Obrigada — digo, mas o menino está apavorado, como se esperasse ser morto por suas próprias facas. Seu medo deixa um gosto amargo em minha boca. Foi nisso que me transformei?

Foi nisso que Sebastian me transformou.

Não posso pensar nisso agora, quando guio o cavalo para fora do estábulo, me endireitando na sela antes de sentir a contração no meio do peito. Uma dor doce que me implora para voltar ao palácio. *Voltar para Sebastian.*

Gritos ecoam do outro lado do gramado. Com minhas novas orelhas feéricas, consigo identificar os sons do caos no castelo – a correria, os berros, os pés marchando em minha direção.

Os gritos se aproximam. Minha magia escapou; a escuridão enfraqueceu.

Pressiono os flancos do animal com os calcanhares. Ela se lança em um galope vigoroso, e eu me seguro como posso.

Volte. Não ouço a palavra, mas a sinto, sinto a dor que queima meu peito e se aloja nos ossos. *Preciso de você. Volte para mim.*

A lembrança de minha conexão com Sebastian me faz correr mais. Não sei se consigo escapar dela, se posso silenciar sua infelicidade e seu sofrimento só com a distância, mas pretendo tentar.

— Preciso de um quarto para esta noite — digo à atendente atrás do balcão de uma hospedaria barata. Minha voz soa como vidro estilhaçado, e cada músculo do meu corpo grita de exaustão.

Não sei onde estou nem que distância percorri. Só sei que fugi do palácio na maior velocidade possível. Passei a galope por vilarejos e terras cultivadas até não aguentar mais ficar sentada na sela.

Não cavalgava tanto desde que era criança, e nunca cavalguei por tantas horas seguidas, nem em terreno tão montanhoso quanto o que encontrei nas últimas horas. Quando entreguei as rédeas para o cavalariço da hospedaria, minhas pernas protestaram muito.

A mulher atrás do balcão tem orelhas bem pontudas e lábios contraídos. Seus olhos azuis e frios cintilam com o tipo de frieza que as pessoas desenvolvem por viver uma vida difícil. Ela me olha de cima a baixo, e posso imaginar o que vê. Minha camisola branca agora tem a cor de ferrugem da terra da estrada, e tenho certeza de que meu rosto não está muito melhor. O cabelo vermelho, na altura do queixo, está embaraçado, e os lábios estão ressecados de sede.

— Não faço caridade — ela resmunga, já se virando para atender um cliente mais promissor.

Jogo um saco de moedas em cima do balcão. Os velhos hábitos de ladra estão me servindo bem agora. Esse ouro feérico é cortesia de um orc em uma taverna uma hora a oeste daqui, onde eu pretendia passar a noite. O orc me viu a caminho do banheiro e achou que era uma boa ideia ir atrás de mim e me tocar. Eu podia estar exausta, mas não o suficiente para me impedir de cercar a criatura com uma escuridão tão densa que ele gritou como um bebê implorando para ser libertado.

A mulher abre o saco e olha dentro dele, e seus olhos duros se iluminam por um instante. Os lábios se curvam em triunfo antes de ela controlar a expressão.

— Isso dá — diz, empurrando uma chave por cima do balcão. — Segundo andar, última porta à esquerda. Vou mandar a criada levar um pouco de água para você se lavar.

Não sei nada sobre dinheiro feérico – quanto vale, o que posso esperar por uma moeda de ouro –, mas ofereci uma quantia alta, é claro, e ela está tentando me fazer de idiota. Arqueio uma sobrancelha.

— Preciso de uma refeição também.

A mulher concorda com um movimento rápido de cabeça.

— É claro.

Fácil demais.

— E algumas roupas. Calça e camisa. Nada de vestidos.

Os lábios enrugados se contorcem em reflexão.

— Não vendo roupas, e a loja do alfaiate fica fechada à noite. — Ao se deparar com meu olhar firme, ela suspira. — Mas... — E me examina de novo. — Talvez alguma coisa minha sirva em você. Vou dar um jeito.

Aceno com a cabeça em sinal de gratidão e me sento em uma das banquetas, sem saber se minhas pernas trêmulas me sustentam por mais um momento.

— Vou comer aqui.

Ela guarda o saco de moedas e grita para uma criança pequena ir pegar meu jantar. O menino sai de cabeça baixa. Quando ela se volta em minha direção, vejo que está intrigada.

— De onde você é? — pergunta.

Dou risada, mas estou tão cansada que o som mais parece um grunhido.

— Você não conhece o lugar.

Ela levanta uma sobrancelha.

— Conheço muitos lugares. Até passei um tempo na corte da sombra durante a guerra.

Dou de ombros, deduzindo que o interesse dela pelas moedas é grande o bastante para não exigir uma resposta.

— Nenhum lugar especial.

Ela fareja, e quero saber o que está sentindo no ar. Ainda tenho cheiro de humana, apesar de ter me tornado feérica? Ela sente em mim o cheiro do palácio? Os feéricos têm os sentidos impecáveis, mas, nas poucas horas que estou neste corpo transformado, só descobri que audição, visão e olfato intensificados me distraem. É dominador demais para servir para alguma coisa.

A criança volta sem fazer barulho. A mulher pega uma tigela de guisado e um prato de pão das mãos do menino e põe a comida em cima da mesa.

— Desde que não me traga problemas, não preciso saber de nada. Às vezes é melhor assim. — Ela inclina a cabeça para atrair meu olhar. — Entende?

Faço uma pausa com a colher de guisado a caminho da boca. *O que ela pensa que sabe sobre mim?*

— Sim.

A mulher assente e volta ao balcão para atender outro cliente.

Mal consigo me segurar no banquinho enquanto devoro o guisado. Não devia estar tão cansada, mesmo depois de um longo dia cavalgando, mas meu corpo está acabado. Por maior que seja a tentação de ignorar a fome e ir para o quarto, para a cama, e me render ao sono, sei que preciso de combustível para o que vem a seguir.

E o que vem a seguir, exatamente?

Afasto a questão. Não sei para onde vou ou o que vou fazer. Preciso ficar longe do palácio – longe de Sebastian. Não consigo pensar no restante agora. Não sobre como estou despreparada para ficar sozinha nesta terra estranha, e, definitivamente, em como estas orelhas pontudas e essa imortalidade recém-concedida significam que nunca vou poder ir para casa.

Nunca mais voltar a Elora.

Nunca mais visitar minha irmã.

Um orc pesado se aproxima do balcão e se senta na banqueta a meu lado. Ele tem mais de um metro e oitenta, nariz achatado, olhos pretos e redondos e dois dentes grandes embaixo que se curvam sobre cada lado do lábio superior. É enorme, puro músculo, como todos os orcs, e sua proximidade é suficiente para me fazer sentir pequena e frágil. Abaixo a cabeça, esperando não chamar sua atenção. Depois do encontro com outro de sua espécie uma hora atrás, não estou interessada em ser notada por este.

— Cerveja? — A atendente pergunta a ele, seus lábios contraídos brindando-o com um sorriso.

— Sim. E uma refeição. Dia horrível.

Ela serve a bebida direto da torneira de um barril.

— É mesmo?

— Os sujos recuperaram seus poderes.

Sujos?

A atendente ri.

— Ah, sei.

— Não. — Ele balança a cabeça. — É verdade.

Ela dá de ombros.

— Se isso significa que você pode machucá-los de novo, devia estar feliz. — Seu tom sugere que acha que o orc não diz a verdade.

— Não estou mentindo. Aconteceu da noite para o dia no acampamento das crianças. Os merdinhas mataram dez dos meus homens antes de percebermos o que estava acontecendo. As últimas dezoito horas foram de completo caos enquanto nós esperávamos a chegada das injeções.

A atendente se arrepia.

— Não sei como pode injetar aquele veneno em alguém.

— É fácil. — Ele imita o gesto de empurrar o êmbolo de uma seringa.

A mulher balança a cabeça.

— Injetaram em mim durante a guerra. Parece a morte.

Quando Jalek era prisioneiro no palácio dourado, recebeu injeções que bloqueavam sua magia. É disso que estão falando? Estão injetando essas coisas nas crianças?

Quando a atendente olha para mim e levanta uma sobrancelha, percebo que estou encarando os dois. Abaixo a cabeça.

— Por mim, eu matava — diz o orc —, mas nós cumprimos ordens. Ela quer os bastardinhos vivos.

Crianças. Ele está falando sobre as crianças Unseelie nos campos dela.

A raiva faz meu sangue borbulhar. Odeio todos eles. Os feéricos são mentirosos e manipuladores. Não fosse pela crueldade e pelas tramas políticas deles, eu agora poderia estar em casa com Jas, não aqui. Sozinha e sem rumo. Destruída e presa neste corpo novo e imortal que nunca pedi para ter.

Mas as crianças? Podem ser feéricas, mas são inocentes em tudo isso. Foram tiradas dos pais e mantidas em cativeiro como parte de uma interminável disputa de poder entre duas cortes que já têm poder demais. É repulsivo.

Talvez eu nunca tenha sido aprisionada, mas passei a infância enjaulada por um contrato injusto, explorador. Sei como é ser órfã, e sei como é ser roubada de suas escolhas por quem tem tanto poder que não consegue ver nada além da própria ganância por mais.

A atendente põe uma tigela na frente do orc, balançando a cabeça.

— Então a maldição foi quebrada mesmo?

— Sim.

Ela suspira.

— Lamento por seus sentinelas. Vai precisar de um quarto?

Ele enche a boca e não se preocupa em engolir a comida antes de falar.

— Sim. Preciso dormir um pouco antes de voltar.

Ela pega uma chave do quadro na parede às suas costas e a deixa diante do homem.

— Cuidado esta noite, ouviu?

O orc grunhe uma resposta qualquer e volta a comer.

Meu estômago azeda com a ideia de crianças terem toxina antimagia injetada em seus corpos. Os *sujos*, ele as chamou. Esse é o nome que dão aos prisioneiros ou aos Unseelie? Acho que sei qual é a resposta, e isso faz meu sangue entrar em ebulição.

Eu me obrigo a terminar de jantar, porque vou precisar da energia, mas o pão parece cinza na boca, e o guisado cai como uma pedra no estômago.

Depois que a atendente retira meus utensílios, bebo água sem pressa enquanto o orc termina sua porção de comida e pede outra. Só esvazio o copo quando ele encerra a segunda rodada e faz ruídos de satisfação.

— Pode encher meu copo com água e me autorizar a levá-lo para o quarto? — pergunto, levantando o copo vazio.

A mulher assente e usa uma jarra para enchê-lo.

Olho para o guarda pela última vez e me dirijo à escada. Escondo-me nas sombras, me envolvendo nelas para que ninguém me veja ao passar por mim. Espero em silêncio, com os olhos pesados e as sombras afagando meus nervos em frangalhos, o corpo implorando por descanso. Espero e espero, até que, finalmente, o orc aparece na escada e começa a subir.

Manter-me entre as sombras é fácil à luz de velas, e a respiração arfante do guarda encobre qualquer ruído que meus passos possam fazer. Ele chega ao segundo andar e segue para o quarto a duas portas do meu. Quando entra, a porta se abre para o corredor, não para o interior do cômodo. *Perfeito*.

Assim que ele entra, vou para o meu quarto. É pequeno, escuro e úmido, mas tem uma cama e, como prometido, roupas e um balde de água morna para eu me lavar. Esvazio o copo e volto a enchê-lo com água e sabão, antes de voltar ao corredor. Deixo o copo bem na frente da porta do quarto do orc, de modo que, ao abri-la, ele vai derrubar a água. Queria poder criar uma armadilha mais elaborada com minha magia, mas sou pouco habilidosa e não confio que algo que crie seja forte o bastante para se manter enquanto durmo.

Estou exausta e impaciente, com os instintos em guerra. Metade de mim quer dormir para sempre, enquanto a outra metade quer sair agora para ir ajudar as crianças Unseelie. Mas não tenho a menor ideia de para onde ir ou em que estaria me metendo, e preciso desesperadamente dormir.

Volto ao meu quarto, tiro a camisola suja e esfrego a pele até ela formigar.

Enquanto me lavo, noto a esmeralda entre meus seios. Sebastian me deu o pingente em nossa cerimônia de vínculo. Parecia um presente atencioso, uma joia para combinar com o vestido que minha irmã desenhou para mim, mas agora é um lembrete frio de sua traição. Sinto vontade de arrancá-la do pescoço e jogá-la no lixo, mas resisto. Não tenho nenhum dinheiro, e posso precisar de alguma coisa para vender no caminho.

Passo a bucha sobre o peito, ignorando a runa tatuada na pele, o sinal de vínculo vitalício com Sebastian bem acima do coração.

Faz só um dia que tomei banho pela última vez, mas é como se uma vida tivesse transcorrido desde que me preparei para Sebastian e nossa cerimônia de vínculo. Sentia tanta alegria e ansiedade! Agora sinto apenas a dor ardente da traição, o contato constante de suas emoções por intermédio do vínculo, como ondas contra um paredão desmoronando, ameaçando me dominar.

Amo você. Preciso de você. Me perdoe.

Mas perdão é algo que parece tão distante e impossível quanto um retorno à minha vida no reino humano. Sebastian roubou o que restava da minha capacidade de confiar em alguém quando se vinculou a mim. Ele me fez acreditar que queria o vínculo porque me amava. Amarrei minha alma à dele para que ele pudesse me proteger daqueles que me matariam para roubar a coroa. E ele tinha permitido. Deixado que eu me vinculasse a ele, me convencido a fazer isso enquanto ia me alimentando com fragmentos da verdade misturados a mentiras precisas, envolventes. Ele se vinculou a mim sabendo que a maldição e seu sangue Unseelie me matariam, sabendo que eu teria que tomar a poção e me tornar feérica para sobreviver.

E tinha feito tudo isso por poder. Pela mesma coroa que condenara Finn e Mordeus por perseguição.

Sebastian não é melhor que o restante deles, e agora estou presa a ele para sempre. Por toda a minha vida imortal. Agora posso *senti-lo* como se ele fosse parte de mim.

Empurro tudo isso para longe. Os sentimentos dele. Os meus.

É demais. Muita coisa. E, ao mesmo tempo, pouca coisa. Existem acampamentos inteiros de crianças sendo drogadas e trancafiadas pelos propósitos nefastos da rainha. Crianças inocentes que não têm mais poder sobre as próprias circunstâncias do que eu tinha quando assinei o contrato com Madame V para Jas e eu não irmos viver nas ruas.

Quando descobri sobre os acampamentos, fiquei enojada. Finn me contou que, quando a guarda da rainha dourada pegava feéricos da sombra em seu território, separava as crianças dos pais e as punha em acampamentos, onde as submetia a lavagem cerebral, ensinava a elas que os Seelie eram melhores, mais dignos, e que os Unseelie deviam servi-los.

Todos os instintos me avisavam de que esses acampamentos eram um sinal de que eu não devia confiar nos feéricos dourados, mas me deixei aplacar pelas juras de Sebastian de que ele se *opunha* aos acampamentos. Não vou ser tola outra vez. Não vou descer ao nível de Sebastian e me deixar ficar obcecada pelos meus próprios problemas quando sou capaz de ajudar. Não vou ser como ele e fingir que não vejo os malfeitos de sua mãe. Farei tudo o que puder para ajudar aquelas crianças – nem que seja só porque, assim, vou atrapalhar os planos dele e da rainha.

Estou presa aqui. Sou uma feérica. Mas não sou impotente, e *nunca* serei como eles.

A exaustão me ajuda a desligar com facilidade os pensamentos agitados. Quero dormir assim, pele limpa em lençóis limpos, mas me obrigo a vestir as roupas novas. No momento em que a armadilha for acionada, não quero perder tempo me vestindo. Preciso estar pronta para sair.

Vou para a cama e mal termino de me ajeitar sob as cobertas antes de pegar no sono.

Sonho com a escuridão. Estou olhando para um reconfortante cobertor de estrelas cintilantes. A voz de Finn soa atrás de mim.

Abriella, cada estrela no céu brilha para você.

A vibração em meu peito se intensifica até parecer asas batendo, e estou voando, subindo ao céu escuro da noite, com uma mãozinha apertando a minha. Nem me surpreendo quando me viro e vejo os olhos prateados de Lark, seu sorriso largo. A sobrinha de Finn já esteve em meus sonhos antes, normalmente para me prevenir de alguma coisa ou compartilhar uma profecia cifrada. Percebo que essa é a primeira vez que a aparição não vai reduzir dias de sua vida. A maldição da rainha dourada foi rompida no momento em que o filho dela se apoderou da coroa Unseelie. Agora os feéricos da sombra podem usar seus poderes sem sacrificar a própria imortalidade.

Pelo menos algo de bom resultou da traição de Sebastian.

A teia de prata na testa de Lark brilha quando voamos pelo céu cravejado de estrelas, mas de repente descemos e a noite tranquila desaparece. Estamos em uma espécie de enfermaria. Há camas enfileiradas contra as paredes, ocupadas por crianças adormecidas.

— Parecem tão em paz — murmuro.

Lark entorta a boca, ponderando.

— Existe certa paz na morte, mas a inquietação vem em seguida, se você permitir.

Balanço a cabeça.

— Não entendo o que você está me dizendo. — O dom de Lark é ver o futuro, mas ela nunca me mostrou uma imagem tão precisa quanto esta.

— Estão procurando você — ela diz, com os olhos brilhantes. — Você precisa ir para casa. Pelas crianças. Pela corte.

Balanço a cabeça de novo.

— Não tenho casa. — Minha irmã é a única pessoa que se preocupa comigo de verdade, e ela está em um reino que não posso mais visitar, agora que sou feérica. — Sebastian conseguiu a coroa. Sinto muito.

Ela encosta o dedinho em minha boca e olha para a noite escura por cima de um ombro.

— Escute. — Um grito ecoa ao longe, em outro mundo. — Está na hora.

Capítulo 2

ACORDO ASSUSTADA COM O grito de alguém do outro lado da porta. Meus olhos ardem, os músculos ainda estão letárgicos de sono. Estendo a mão para Sebastian, querendo sentir seu calor e precisando de seu conforto enquanto posso tê-lo. Em pouco tempo vou ter que sair desta cama e...

Eu me sento de repente.

Tem alguém gritando no corredor, chamando a criada e reclamando de incompetência.

A luz da lua brilha através de uma janelinha, banhando tudo em luminosidade prateada. Ela me chama, e, se eu fechar os olhos, a lua vai cantar para eu voltar a dormir.

Minha cabeça roda, patina, mas enfim começa a funcionar. Não estou no Palácio Dourado com o homem que amo; estou em uma hospedaria barata a um dia de cavalgada para o leste. Não estou dormindo ao lado de Sebastian; estou fugindo dele.

Pulo da cama, pego o alforje e o penduro no ombro antes de abrir a porta sem fazer barulho.

O orc está resmungando no corredor, reclamando da calça molhada e olhando feio para o copo caído e a poça d'água. Minha armadilha rústica cumpriu seu papel.

De cabeça baixa para esconder um sorriso, viro em direção à escada para ir ao estábulo. A noite está escura e sem estrelas, e nuvens passam diante da lua. O ar tem cheiro de chuva. Dormi enquanto caía uma tempestade ou ela ainda se aproxima?

Minha égua relincha ao me ver. Afago seu focinho e falo baixinho em seu ouvido. De olho na porta da hospedaria, selo o animal e prendo os arreios.

O orc aparece e caminha para o estábulo. Continuo de cabeça baixa, tentando passar despercebida quando ele pega o cavalo enorme. O orc monta, bate com os calcanhares nos flancos do animal e galopa noite adentro.

Verificando discretamente para qual direção ele vai, conto até trinta antes de montar e seguir para a estrada. Espero até estarmos longe do estábulo, e então me cerco de sombras, envolvendo também a montaria, nos escondendo de quem quer que passe por ali.

Meus músculos se contraem em sinal de protesto, me lembrando de que passei muitas horas em cima do cavalo no dia anterior. As poucas horas de sono na hospedaria nem chegaram perto do suficiente para me recuperar, mas vai ter que ser assim. Esfrego os olhos ardidos, cansados, e ignoro as dores que viajam das coxas para as costas e sobem, chegando aos braços.

Quando a trilha mergulha em uma área de floresta densa, o orc segura sua lamparina levantada para iluminar o caminho. Afastada, deixo a noite escura me cercar, me aninhar, me disfarçar, e elaboro um plano.

Finn e eu conseguimos usar minha magia para libertar Jalek da cela sem janelas e sem porta no Palácio Dourado, e isso foi antes de eu beber a Poção da Vida. Agora que sou uma feérica, meu poder parece infinito, como se houvesse uma fonte inesgotável para reabastecê-lo. Antes eu precisava de foco para encontrá-lo, mas agora ele está nas pontas dos meus dedos, é tão natural quanto respirar. Se conseguir entrar na prisão sem ser vista, posso usar meu dom para guiar as crianças para fora através das paredes e para a segurança da noite. Não vou me arriscar tirando muitas delas de uma vez, mas volto quantas vezes forem necessárias.

Cavalgamos por quase meia hora antes de o caminho sair da floresta e voltar à luz da lua. Gritos incompreensíveis ecoam ao longe, e o cheiro de fogo irrita meu nariz. Uma última encosta inclinada revela o completo caos à frente. Xingando em voz alta, o orc desmonta e saca a espada da cintura antes de correr na direção da confusão. Focos de fogo queimam em intervalos aleatórios na clareira, e feéricos dos mais variados tipos correm em todas as direções. Alguns, vestidos com o amarelo e cinza da guarda da rainha, perseguem as crianças munidos de cordas e redes. Outros empunham espadas e facas, derrubando os guardas uniformizados.

Minha égua relincha e empina as patas da frente.

— *Shhh* — sussurro e sigo por uma trilha entre as árvores, fora do caos. Desmonto e seguro as rédeas, amarrando o animal a uma árvore. — Eu volto logo.

Além do fogo e do caos, há uma grande estrutura com telhado de metal e barras no lugar das paredes. *A prisão é uma gaiola de ferro. A rainha enjaulou as crianças como animais.* Sinto o horror nos ossos, no coração. Sinto a solidão e o terror das crianças lá dentro tão nitidamente quanto se elas soluçassem em meu ombro, e a fúria se torna uma coisa viva dentro de mim, arranhando e me rasgando para sair.

Que tipo de monstro faria isso com crianças? E que tipo de monstro saberia e permitiria?

Eu não confiava na rainha. Então por que tinha confiado em Sebastian?

Eu me movo pela escuridão, chego mais perto da clareira e analiso a cena. Um menino élfico de cabelo comprido, mais ou menos da idade de Jas, grita e se debate enquanto um orc o segura e outro enfia uma agulha em seu traseiro. O êmbolo desce, e o grito do menino corta o ar, atravessa a noite e entra no meu coração. É o som da agonia, de vida e alma sendo interrompidas. Conheço o som porque eu mesma o produzi depois de me vincular a Sebastian. Fiz esse barulho quando estava morrendo.

Deixo a raiva crescer, alimento-a como o animal que em breve vou soltar sobre meus inimigos – por essas crianças inocentes, por cada membro das cortes cuja vida foi abreviada por causa da maldição da rainha dourada, por cada humano que perdeu a vida enganado e vinculado a um feérico da sombra, por mim e meu coração partido.

O poder se forma dentro de mim, cresce com a raiva, e, quando projeto minha magia, a escuridão que cobre a clareira é tão densa que até a luz das fogueiras é engolida pela noite.

Gritos de surpresa e inquietação ecoam, e uso essas vozes para direcionar meu poder – uso todo o meu foco para mirar os guardas e trancá-los em gaiolas de escuridão, um a um.

Eles resistem, tentam atravessar minha escuridão com seu poder, mas sou mais forte e não permito.

— Bom truque.

Assustada, levo a mão à espada e vejo o homem agachado ao meu lado em meio à vegetação. Estava tão concentrada nos guardas que nem ouvi a aproximação.

Olhos vermelhos brilham como os de uma coruja no escuro, e ele levanta as duas mãos.

— Estou do seu lado. — E aponta colina abaixo na direção de onde vim. Uma teia de prata pulsa luminosa em sua testa como fragmentos de vidro iluminados pela lua. Pretha e Lark têm essas marcas; talvez esse sujeito também seja da Floresta Selvagem. — A rainha vai mandar reforços — ele diz. — Precisamos levar essas crianças até o portal e para fora daqui antes que eles cheguem. A maioria foi medicada e não vai conseguir se defender.

— Para onde leva esse portal? — pergunto, percebendo só agora que não planejei o que fazer com as crianças depois de libertá-las. Vim para protegê-las e punir quem as machucaria, mas conduzir um grupo de crianças Unseelie por território Seelie é uma receita para o desastre.

— Temos campos de refugiados no Território da Floresta Selvagem.

Posso confiar nesse estranho? Como vou saber que as crianças estarão seguras lá?

— Não são campos como este acampamento — ele diz, como se lesse meus pensamentos. — São casas, não jaulas. Assentamentos onde as crianças podem se reconectar com as famílias. Um lugar seguro onde elas serão alimentadas e protegidas até poderem voltar para casa.

Então vejo, na floresta, mais olhos como os dele espiando o acampamento.

Eu sabia que o povo de Finn estava ajudando a transferir refugiados Unseelie das terras da rainha para o Território da Floresta Selvagem, e, como a história desse sujeito é coerente com o que eu soube do povo de Finn, decido correr o risco de acreditar nele.

— Certo — respondo, confirmando com um movimento de cabeça. — Vou cuidar dos guardas. Você leva as crianças para o portal.

— Vai cuidar deles como? — ele pergunta.

— Confie em mim. — Olho para o acampamento e me concentro. Sempre fui capaz de enxergar à noite quando ninguém mais enxergava, mas agora minha visão noturna está melhor do que nunca. Olho para os sentinelas do lado de fora da jaula, projeto meu poder, direcionando-o como uma dezena de flechas sincronizadas partindo dos arcos. Aponto para os sentinelas de uniforme amarelo e cinza. A escuridão os domina, envolve e prende. Um a um, cerco os sentinelas da rainha em uma noite tão vasta que os engole inteiros.

O homem ao meu lado ri.

— Gostei de você. — E desaparece, corre para a prisão com a rapidez de uma raposa.

No entanto, todo o acampamento vibra com uma invasão de guardas Seelie, e, quando prendo mais alguns, perco o foco e outro me escapa.

Um deles avança sobre meu novo amigo, gritando um aviso para alguém.

Meu aliado se esquiva, e envolvo o guarda em um cobertor de sombra até ele também desaparecer. Meu amigo sorri para mim antes de as barras entortarem e se abrirem. Crianças acorrentadas correm para a clareira. De repente as correntes se partem e as algemas caem no chão.

Um galho se quebra atrás de mim, e me viro a tempo de ver uma silhueta sair das sombras. Ele tem olhos vermelhos e brilhantes e chifres curvos. Olho espantada pensando que é Kane, amigo de Finn, mas não é aquele que conheço. Esse feérico de chifres tem o cabelo escuro e não é tão alto quanto Kane. Imagino que as crianças vão ter medo da criatura aterrorizante, mas, quando ele acena chamando-as para a floresta, elas obedecem e correm para o meio das árvores – para o portal? –, como se a vida delas dependesse disso. *E provavelmente depende.*

Um grito de dor chama minha atenção novamente para o acampamento. Meu amigo tem uma espada apontada para seu pescoço, e o sentinela que a segura mostra os dentes com ferocidade. Eu me concentro no guarda e o empurro para seus piores pesadelos. Sua espada cai no chão, e meu aliado faz uma saudação rápida em minha direção antes de correr para a área seguinte da enorme gaiola.

Minha magia parece interminável, sempre disponível quando a aciono, embora a exaustão me domine, ameace me privar da consciência. No entanto, não paro. Enquanto tiver poder para ajudar a libertar as crianças, vou continuar.

Minutos se passam, e gotas de suor brotam em minha testa quando me esforço para manter o foco. Vou imobilizando os guardas com meu poder, e mais e mais crianças correm da prisão, mas os guardas escapam do meu controle quase tão depressa quanto consigo prendê-los.

Uma mão grande me segura pela nuca e me levanta do chão.

— O que temos aqui?

Sou girada depressa demais, e meu pescoço chicoteia para trás quando olho nos olhos castanhos e turvos do orc da hospedaria. Um choque contrai meu ombro, e a dor incendeia minhas veias, pesada e quente. Tento reagir com magia, mas, em vez de acessar uma infinita fonte de poder, sinto que estou tentando encher um copo com uma jarra vazia. Não tem nada ali.

No momento seguinte, eu desmaio.

— Encontrei ela.

— Não teria encontrado se Crally não tivesse dito de onde vinha a magia.

— Bom, fiz ela parar. Eu dou a primeira injeção nela.

— Você? Ela me mandou para o intestino do inferno. Quero vê-la sangrar.

— Intestino do inferno? Você tem tanto medo do escuro assim?

— Cala a boca. Você não sabe como foi. A melhor parte dessa maldição ter sido quebrada vai ser o prazer de enfiar a espada no coração dela. Unseelie imunda.

— Se um de vocês tocar nela antes de o capitão interrogá-la de manhã, o acerto vai ser com ele.

Estou no chão, e todo o meu corpo arde e dói na mesma medida. Algemas de metal cortam meus punhos, mas fico quieta e mantenho os olhos fechados, ouvindo a conversa dos homens à minha volta.

— Já viram uma vadia Unseelie com esse cabelo?

— Ela parece os Hendishi do vale da sombra.

— Nunca vi um Hendishi mais baixo que eu. Não pode ser.

— Ela tem chifres escondidos, provavelmente.

— Por mim, a matamos agora. Ele nem vai saber.

— Tem outra explicação para o que aconteceu lá?

Alguém resmunga alguma coisa.

Tento acessar minha magia e não encontro nada. É como tentar respirar e descobrir que não tem espaço para o ar em meus pulmões. Tento de novo, e de novo. *Nada.*

O pânico me invade e me faz lutar contra as amarras.

— Ah, vejam. Ela está acordando.

Eles fizeram alguma coisa comigo. Alguma coisa para roubar minha magia.

As injeções.

Mexo as pernas, testando os movimentos. Não estão presas. Mas meus pulsos... Algemas de ferro os imobilizam, e minha pele queima onde o metal toca.

Mantenho os olhos baixos, no chão, estudando o entorno como posso. Uma coruja pia de seu poleiro acima de nós e insetos enchem o ar com sua canção noturna. Uma fogueira crepita a um metro de onde estou. Dois orcs descansam perto dela como se tivessem montado um acampamento para passar a noite. Tem outro orc perto de mim.

— Ela está acordada. — A bota encontra minha barriga, e eu grito. — Digam oi para a imunda, garotos.

— Senta a bunda em algum lugar e deixa ela em paz — ordena um de seus companheiros. — Depois que o capitão tiver a chance de falar com ela, você vai poder fazer o que quiser, mas por enquanto fique longe.

Ouço o barulho de passos sobre as pedrinhas, e botas aparecem no meu campo de visão. O homem se inclina até o rosto dele estar a poucos centímetros do meu. Seu hálito tem um cheiro podre, e os dois dentes curvos brilham à luz do fogo.

— Pronta para conhecer o nosso capitão? Vou te fazer um favor, menina. Fala para ele com quem está trabalhando, quem te ajudou, e ele só vai fazer doer um pouquinho.

— Não diz isso para ela — um dos orcs mais próximos da fogueira protesta. — Quero ver a vadia gritar.

Quando o capitão chegar, vai ser meu fim. Não posso estar aqui quando ele vier, mas agora mal consigo me manter consciente. E, mesmo que não estivesse lutando para não perder os sentidos, o que eu faria sem meu poder, com as mãos algemadas?

Durma, Abriella.

Não. Não posso. Mas a voz em minha cabeça parece a de minha mãe.

Durma, e deixe as sombras agirem.

O chamado é doce demais para resistir a ele, meu corpo está muito fraco. Fecho os olhos e durmo.

Hora de fugir.

Abro os olhos de repente. A fogueira da noite passada crepita na minha frente, e os primeiros raios do sol matinal atravessam as copas das árvores. O ar tem um cheiro estranho. Eu me sento, esfrego os olhos com as mãos algemadas... e fico paralisada.

Meu estômago revira quando vejo meus captores. Os orcs ainda estão em volta da fogueira, mas, em vez de me ameaçarem como na noite passada, eles estão... mortos. Cobertos de sangue e destroçados, com as entranhas espalhadas pelo chão da floresta. E diante de mim, no chão, minha adaga – a que mantenho envolta em sombra presa à coxa, mas agora fora da bainha e suja de sangue.

Fico de pé e recuo cambaleando. Tem sangue por todo lado, mas não em mim. Ainda estou algemada e fraca, então quem matou os guardas? E por que me deixaram viva?

O som de cascos de cavalos batendo no chão ecoa ao longe, se aproximando. *Estão chegando. O capitão está vindo.*

Engulo o ar, e a razão retorna. Eu me viro e *corro*.

Estou descalça – eles devem ter tirado minhas botas –, as pedras machucam minha pele. O calor molhado de sangue recobre as solas dos meus pés, mas eu corro. Com os pés ensanguentados, os pulmões ameaçando explodir, corro para longe do som dos cascos.

Estou ofegante, com os pés em carne viva e entorpecidos, mas continuo correndo.

A trilha de pedrinhas se tornou um trecho de campos. Os brotos de trigo arranham minhas pernas e meu rosto quando passo no meio deles, mas não paro. Vejo um estábulo adiante e uso o que resta de minha energia para empurrar a porta com as mãos algemadas. Quando chego a um dos cantos lá dentro, o resto da noite desapareceu do céu, e não tenho energia nem para me manter consciente.

Desabo contra a parede, deixo os olhos se fecharem, mergulho em um sono profundo e continuo correndo em meus sonhos.

Imagens passam como raios pela minha cabeça. Os olhos verdes de Sebastian quando ele prometeu me dar um lar, a runa tatuada em minha pele bem acima do coração representando nosso vínculo, as barras de ferro da jaula gigante onde a rainha prendeu as crianças Unseelie.

Em todos os sonhos, além de cada lembrança, estou correndo. O coração disparado, os pulmões entrando em colapso, as pernas doendo, correndo.

Essa é minha vida agora. Correr. Correr sem parar, com inimigos em todas as direções.

O pensamento se apodera de mim enquanto entro e saio desse sono profundo. Quero voltar no tempo. Voltar a Elora antes de Jas ser vendida, antes de saber que Sebastian era um feérico, um *príncipe*. Quero voltar àquela existência solitária, cansativa. Não tinha muita gente que gostasse de mim, mas pelo menos ninguém *fingia* gostar. Pelo menos eu podia acreditar que o pouco que tinha era real.

Capítulo 3

— **Essa é a grande** beldade pela qual os filhos de Oberon brigaram? — pergunta uma voz masculina.

— Ela não precisa de beleza. A Menina de Fogo é uma grande ladra; rouba corações com a mesma facilidade com que rouba joias — responde uma voz ligeiramente familiar.

Bakken? O que Bakken está fazendo aqui?

Uma risada abafada.

— É claro.

Tento abrir os olhos, mas não consigo. É como se minhas pálpebras estivessem coladas, tenho a sensação de que minha boca está cheia de areia.

— Ela parece tão suja quanto essas éguas abandonadas. E o cheiro é pior — diz a voz masculina.

Tento me sentar, e gemo quando cada músculo protesta travando.

— Acorde, Princesa Abriella. Sua salvação chegou.

O desgosto e a irritação são suficientemente grandes para eu conseguir abrir os olhos, por fim. A primeira coisa que vejo são botas brilhantes cujos cadarços envolvem pernas muito musculosas vestidas com couro. Levanto a cabeça e vejo um feérico muito *alto*, de pele marrom-clara, me encarando com um sorriso frio. Em meio à nuvem de cabelo grosso e escuro, as linhas fraturadas em sua testa pulsam, prateadas e cintilantes.

— Aí está ela. — Vejo nos olhos amendoados e cor de ferrugem um brilho de humor. — Bem-vinda ao mundo dos vivos.

Conheço esses olhos.

— Você estava ajudando as crianças a fugir.

Recebo um sorriso largo. Ele parece familiar, de algum jeito. Não só por termos passado alguns momentos juntos, agachados na grama do lado de fora da prisão Unseelie, é mais que isso.

— Você é da Floresta Selvagem — concluo, com a voz rouca.

Ele ri.

— É, eu sou. Que bom que você notou. Podemos ir agora? Antes que o seu príncipe me encontre nas terras da mãe dele e me faça pagar com a cabeça?

Vejo um goblin ao lado dele. Não é Bakken, é outro goblin que não reconheço. Os dentes compridos da criatura brilham cobertos de saliva quando ele olha para meu cabelo.

— Ir para onde? — pergunto. Falar me faz sentir como se gargarejasse com adagas. Pensei que ser feérica significasse se sentir saudável e cheia de energia – cheia de vida –, mas tenho me sentido mais perto da morte do que da vida desde o momento em que acordei com estas orelhas élficas.

O homem desconhecido ri.

— Bom, você usou muito poder antes mesmo de ter tempo para se recuperar da metamorfose. É claro que está se sentindo mal.

Olho para ele. A criatura está lendo meus pensamentos ou eles são óbvios demais?

— As duas coisas. Pelo menos seus pés cicatrizaram.

Ele tem razão. Não sinto mais dor. A única evidência da noite passada são as algemas em meus pulsos e o sangue seco que cobre meus pés.

Ele acena na minha direção, as algemas caem dos meus pulsos. Depois estende a mão para mim.

— Vamos. Os sentinelas do Príncipe Ronan vão chegar logo.

— Como ele pode saber onde estou?

— O vínculo? — O homem lembra, com uma sobrancelha arqueada. — Se ele tivesse vindo pessoalmente atrás de você em vez de mandar uma unidade de sua guarda, já a teria encontrado. Mas você continua fugindo, e os homens dele demoraram para conseguir encontrá-la.

Era isso. O som distante de cascos de cavalo. *Estou tão cansada de fugir.*

O homem segura uma das mãos do goblin, que estende a outra para mim.

— Por que devo confiar em você?

O homem ri.

— Ah, não deve. Na verdade você não deve confiar em mais ninguém. Esse hábito é perigoso por aqui, e você provocou muita confusão.

— Como é que é?

Os cascos agora soam mais próximos. Alguém grita:

— Ali na frente!

Fico de pé e limpo o feno da calça. Eu me viro e olho para a porta do estábulo, esperando ver um grupo de cavaleiros avançando em nossa direção, mas não vejo nada.

— Onde eles estão?

— Do outro lado da colina, a mais ou menos dois quilômetros, e se aproximando depressa — diz o sujeito.

Minha expressão é de incredulidade.

O sujeito ri.

— Você ainda não está acostumada com a audição feérica aguçada, mas vai se adaptar. Podemos ir?

Hesito. Por outro lado, não tenho nenhum outro lugar para onde ir, e sei que esse homem ajudou as crianças a escapar da prisão no campo de trabalho da rainha. Confio nele só por isso. Mas ele tem razão. *Não posso* confiar em ninguém.

— Não temos muito tempo, Princesa.

Eu o ignoro e olho para o goblin.

— Para onde você vai me levar?

— Para as Terras da Floresta Selvagem — ele responde, e olha em volta como se o inimigo se escondesse nos cantos escuros do estábulo.

— Mas eu me vinculei a Sebastian. Eu... — Hesito. Não posso pensar muito nisso, ou vou desmoronar. — Eu o sinto — falo por entre os dentes. — Ele vai conseguir me encontrar.

O goblin não responde, mas seu companheiro concorda com um movimento de cabeça.

— Sim, mas não vai conseguir se aproximar de você sem começar uma guerra... e isso tem um preço que ele não pode pagar agora.

Não posso ir para casa. Mesmo que soubesse como voltar a Elora, seria caçada por ser uma feérica, morta imediatamente ou espancada e mutilada, como aconteceu com Oberon antes de minha mãe encontrá-lo e cuidar dele até a completa recuperação. Sebastian morou lá durante dois anos, glamourizado para parecer humano, mas não sei como me glamourizar, nem sei se meus poderes permitiriam isso.

Posso ir ao encontro de Finn. Ele me procurou na noite em que tomei a Poção da Vida... ou eu o procurei.

Está feliz?

Ele podia ter dito ou perguntado muitas coisas, mas quis saber se eu estava feliz. Um homem menos digno teria esfregado na minha cara o erro de ter confiado em Sebastian.

Tenho certeza de que Finn me daria um lugar para ficar – ele disse isso na breve visita que me fez em sonhos –, mas não entendo o motivo. Não tenho mais a coroa. Não tenho nada de que ele precise, exceto esse poder, talvez – mas ele deve ter o dele, agora que a maldição foi quebrada. E, mesmo que pudesse me acolher, estou preparada para confiar nele? É claro, a traição de Sebastian foi pior, mas os dois me usaram, me manipularam e tentaram me enganar. E por quê? Poder? A coroa? *Podem ficar com ela.*

— Não temos o dia todo, Princesa. — Os olhos cor de ferrugem buscam a estrada lá fora.

— Não estou sem poder. Se você estiver me enganando, vou te prender em uma escuridão tão profunda e vasta que você vai clamar pelo refúgio dos seus pesadelos.

Ele olha para o goblin e sorri.

— Gostei *muito* dela. — E segura minha mão. O goblin pega a outra.

E eu caio.

Estou voando, flutuando, indo para a esquerda e para a direita e para nenhum lugar, tudo ao mesmo tempo, até que, de repente, estamos em um quarto pouco iluminado. As janelas permitem que eu veja as primeiras nesgas de luz do amanhecer sobre uma paisagem cercada de árvores lá embaixo. O sol está nascendo aqui, enquanto nas terras Seelie já é dia. Isso me surpreende por um momento, até eu me lembrar de que as Terras da Floresta Selvagem ficam muito a oeste do Palácio Dourado da rainha.

— Tenha cuidado, Menina de Fogo — diz o goblin, depois abaixa a cabeça e desaparece.

Fico olhando intrigada para o espaço vazio que o goblin ocupava segundos antes.

— Por que eles trabalham para você?

— O quê?

— Os goblins... parece que cada feérico poderoso tem um à sua disposição, mas eles têm esse poder de que você precisa. Por que se submetem a vocês?

O homem de olhos cor de ferrugem sorri para mim como se a pergunta me tornasse mais interessante.

— Os goblins fazem alianças com diferentes cortes por objetivos próprios, mas normalmente para ter acesso à informação, já que o conhecimento coletivo é a força do poder que eles têm.

— Conhecimento coletivo?

Ele levanta o queixo.

— Isso. O que um goblin sabe, em pouco tempo todos os goblins vão saber. Nunca seja tola a ponto de acreditar que o propósito de um goblin que se submete é servir você. Eles desempenham um papel mais importante na política deste reino do que a maioria percebe. Sempre têm seus motivos e raramente os divulgam.

A explicação faz sentido. Bakken pode ter morado na casa de minha tia como criado dela, mas nunca tive a impressão de que ela realmente mandava nele.

Assinto e examino o quarto – a grande cama de dossel coberta por camadas de cobertas tão macias que meu corpo se inclina para ela, as janelas que se abrem para uma paisagem montanhosa tão linda quanto os jardins do Palácio Dourado e os vales verdejantes mais distantes.

Essa parecia ser a melhor opção, comparada a voltar ao Palácio Dourado ou a tentar encontrar Finn, mas, agora que estou sozinha com esse desconhecido, questiono meu julgamento.

— Onde estamos? — pergunto.

O feérico de olhos cor de ferrugem cruza os braços e inclina a cabeça para um lado.

— Na minha casa.

Olho para a cama de novo. Se ele pensa...

— Calma, Princesa. Não levo para minha cama mulheres que não queiram estar nela. E mesmo que você quisesse... — Ele torce o nariz e se arrepia, olha para mim de cima a baixo e balança a cabeça. — Não quero ter parceiras de cama que cheiram como a pilha de esterco que meu pai me obrigava a limpar quando eu era criança.

Não disfarço o choque causado pela grosseria.

Ele ri.

— Estou falando a verdade. Você tem... *um odor*... provavelmente deixado pelo lugar onde dormiu esta noite. Parece que não toma banho há quinze dias. Desculpe se não me sinto atraído.

Ele é *muito irritante*.

— Não quero *atrair* você. Só quero... — O que eu quero? Nada. Não quero nada além de escapar desse pesadelo. No momento, a única coisa que me interessa é dormir.

— Durma, então — ele diz, apontando para a cama. — Mas tome um banho antes. Vou chamar sua criada. — Ele se vira para a porta.

— Espere.

Ele para, levanta uma sobrancelha.

— Quem é você?

O sorriso lento se espalha pelo rosto e ilumina os olhos.

— Sou Mishamon Nico Frendilla, mas pode me chamar de Misha. — E se curva em uma reverência. — É um prazer conhecê-la oficialmente, Abriella.

Misha. Irmão de Pretha. Por isso parece tão familiar. É a semelhança com a irmã.

— Não. — Cruzo os braços. — Você vai ter que me levar para outro lugar. Não preciso me envolver com outro príncipe de outra corte feérica. *Não*.

Ele arregala os olhos.

— Príncipe? Milady, eu sou *rei*. E, com todo o respeito, para onde você acha que pode ir? Quer um tempo para organizar as ideias e descobrir como se sente sem a tentativa de influência do Príncipe Ronan? Estou lhe oferecendo esse tempo.

— Saia da minha cabeça — resmungo. Não só não quero me envolver com mais membros da realeza feérica como a última coisa de que preciso é me abrigar onde nem meus pensamentos são privados.

Misha suspira.

— Como eu disse, Ronan não pode vir até aqui sem minha permissão, não sem provocar um terrível conflito.

— Você pode entrar na Corte do Sol, abrir portais e roubar prisioneiros da rainha, mas quer me convencer de que Sebastian vir *me* buscar seria considerado um ato de guerra?

— Pode acreditar, a rainha iria *adorar* uma retaliação por tudo o que tirei dela, mas não pode reagir. Não sem expor a todo o reino que é uma desgraçada que mantém escravos, rouba crianças e tem fome de poder.

— Mas Sebastian...

— O poder de Ronan é frágil, para dizer o mínimo, nas duas cortes — diz Misha. — Ele não pode correr o risco de perder os preciosos seguidores que tem por mandar soldados a esta montanha para resgatar uma garota.

— E Finn?

Ele dá de ombros.

— Finn não sabe que você está aqui.

— E como vou saber que você não fez uma aliança com ele em troca do acesso a mim?

— E por que ele precisa ter acesso a você? O que você tem para oferecer?

Sinto o golpe. *É verdade*. É claro. Por que eles arriscariam alguma coisa por mim? Não tenho mais o que eles querem.

— Vai me vender para a rainha dourada, talvez? Ou está em busca de informação. Duvido que esteja fazendo tudo isso porque tem o hábito de ajudar humanos aleatórios.

Ele me encara de novo. Não há nenhum interesse nesse olhar, só curiosidade.

— Não ajudo humanos aleatórios. E você, Abriella, não é humana, nem aleatória.

— Você sabe o que eu...

Ele levanta a mão.

— Quanto aos meus motivos para ajudá-la, você tem razão quando pensa que não são altruístas. Sou responsável pelo meu reino e por todos os que vivem nele, e, gostando ou não, as ações nas outras cortes afetam meu povo. E, gostando ou não, você está no meio de tudo isso.

— Sou uma peça do jogo, então? — *De novo*.

Os olhos dele brilham, e Misha avança um passo.

— Você não vai fazer o papel da pobre menininha humana abusada comigo — lança. — Oberon lhe deu a coroa e o poder, e assim amarrou seu destino ao destino deste reino. Você não teve escolha. Mas eu também não tive, só nasci para governar estas terras. E o Príncipe Ronan ou o Príncipe Finnian também não puderam escolher. Você não foi a única que recebeu uma missão complicada, e sentir pena de si mesma não vai mudar o impacto que suas atitudes têm sobre minha família, meu povo e todo este reino.

Olhando chocada para o belo rei feérico de língua afiada, tento pensar em uma boa resposta, mas meu cérebro está atordoado demais.

— Não tenho mais a coroa. Sou só uma humana que foi feita feérica. Não sou ninguém.

Ele me encara lentamente, e sinto como se pudesse enxergar além da sujeira, da minha pele, dentro da minha alma.

— Você está imunda e exausta. Nunca se recuperou completamente da poção, e gastou uma quantidade extraordinária de poder no último dia. Nem a sagrada pedra do fogo em seu pescoço vai conseguir salvá-la do esgotamento se continuar assim.

Toco a esmeralda em forma de lágrima pendurada entre meus seios.

— A sagrada o quê?

— Pedra do fogo — ele responde, olhando para a pedra em minha mão. — Não sabe que está usando um talismã? Incrivelmente raro e de valor altíssimo, inclusive.

Olho com mais atenção e percebo que nem sequer é uma pedra – não é parecida com nenhuma que eu tenha visto, pelo menos.

— Por que é chamada de pedra do fogo se é verde?

— Elas podem ter qualquer cor, mas imagino que o nome tenha a ver com a aparência da pedra quando é vista contra a luz, como se houvesse chamas dentro dela.

— Para que elas servem? — pergunto. *E por que Sebastian me daria uma dessas?*

— Provavelmente para garantir que você tivesse força suficiente para sobreviver à transição. Nem todos os humanos que tomaram a poção viveram para contar a história.

Engulo em seco quando um turbilhão de emoções gira dentro de mim. Isso é um sinal do amor de Sebastian por mim ou mais uma evidência de que as escolhas dele tinham sido premeditadas? Ele *sabia* que eu morreria quando me vinculasse a ele, e escondeu a verdade de mim. Roubou minha vida humana para poder tomar o trono Unseelie.

— Você está pensando demais — diz Misha. — Vou explicar tudo em breve, mas você precisa descansar. — Ele abre a porta, põe a cabeça para fora do quarto e chama alguém no corredor.

Uma mulher de cabelo branco entra no quarto. De cabeça baixa, passa por mim e se dirige ao que parece ser um banheiro.

— Holly vai preparar seu banho e providenciar roupas limpas — diz Misha. — Se a mente a impedir de dormir, tem um tônico do sono ao lado da cama.

— Como se eu fosse beber alguma coisa...

— Não é veneno, Princesa. É uma mistura de ervas preparada pelo meu curador para você ter um sono mais tranquilo, mas a decisão de usar ou não o tônico é sua.

Respiro fundo. Ele tem razão. Preciso tomar um banho e dormir. Estou exausta, triste e...

Grito e recuo de repente ao sentir a dor. Levo a mão à barriga, esperando ver sangue jorrando entre os dedos; depois, a dor se espalha pelos meus membros com tanta força que caio no chão.

— O que...

Olho para Misha e vejo a confusão em seus olhos, antes de a compreensão aparecer.

— O vínculo — Misha aponta, de olhos bem abertos. — Você está sentindo o Príncipe Ronan.

Arfo ao sentir o ardor na barriga, no peito. Estou sendo rasgada.

— Sebastian está ferido?

— É você quem tem que me dizer.

Ele está certo. Sei disso com a mesma certeza que tenho de que minha mão é minha. A dor é de Sebastian.

— Ele foi... atacado.

— Com magia? Com uma espada? É um golpe mortal?

Balanço a cabeça.

— Eu... não sei.

— Foco — ele diz, com uma voz suave como seda.

Fecho os olhos para me concentrar e sou atacada por sensações e emoções que não são minhas. A dor que se espalha pelo corpo dele, o desespero, a tristeza. Tem mais. Frustração e preocupação. E... *ciúme*? Um ciúme tão forte que parece raiva.

Misha ri.

— Ele deve estar com Finn. Ronan ainda sente ciúme do príncipe da sombra, mesmo depois do vínculo com você. Que criança insegura.

— Pare com isso.

Ele dá de ombros.

— Só estou tentando ajudar.

Outra onda de dor, essa menos intensa, mas que deixa um rastro. Com que gravidade ele havia sido ferido? Ficaria bem? Afasto as dúvidas. *Ele me traiu.*

— Como eu faço... — Sufoco um grito. — Faça isso parar.

— O vínculo? — Misha balança a cabeça. — Você pode aprender a silenciar o que recebe dele, mas vai ficar tudo aí, esperando você baixar a guarda.

Preciso de você, preciso de você, preciso de você, preciso de você.

Pressiono as mãos contra as laterais da cabeça. Ele está lá – não com palavras, mas nesse eco de sentimento.

— Ele sabe que você está sintonizada — diz Misha. — Ele sente, e está tentando se comunicar.

Amo você, amo você, amo você, amo você.

O desespero é como um soco no peito, o dele se misturando ao meu, e me dobro com o impacto. Seguro a estrutura da cama para me levantar.

— Como funciona esse vínculo? — pergunto. Sou uma idiota por não ter feito mais perguntas antes de aceitá-lo. Uma idiota por ter confiado em um feérico.

Misha arqueia uma sobrancelha e me analisa.

— É uma conexão — diz. — Como uma consciência.

— Ele lê meus pensamentos? — *Amo você, amo você, amo você, amo você. Preciso de você, preciso de você, preciso de você, preciso de você.*

— Não exatamente. — E olha para o teto, pensativo. — É mais como uma impressão. Uma forte conexão empática entre vocês dois. Então, se o que você sente se traduz em uma palavra ou frase, ele pode receber a impressão dessa palavra ou frase. Mas normalmente é mais como um sentimento.

— Como se desfaz isso?

Misha dá risada.

— É um vínculo de almas, garota. Não tem como desfazer.

— Deve ter algum jeito.

— Talvez, mas é difícil, doloroso e exige cooperação total das duas partes. Cada um precisa escolher se libertar do outro. Existe um ritual feito com muitas das nossas pedras sagradas do fogo, essa no seu pescoço não chega nem perto do que é necessário, e já me disseram que é tão avassalador quanto a Poção da Vida.

Meus músculos travam com a lembrança da Poção da Vida e a agonia que ela causou em meu corpo. Não sei se conseguiria passar por aquilo de novo, mas talvez exista outro jeito. O vínculo não é o mesmo entre um feérico e um humano. Se eu puder me transformar novamente em humana, de algum jeito...

— A única cura para a imortalidade é a morte. Não existe reversão para a Poção da Vida. Não mais. E você não é a primeira a desejar algo assim.

Olho para ele tentando demonstrar meu incômodo com a leitura invasiva dos meus pensamentos.

— Como eu silencio esse vínculo?

Ele inclina a cabeça de lado.

— Seu problema é mais profundo que o vínculo. É muito mais do que ter consciência dos sentimentos do seu garotão apaixonado.

— Não fale assim dele.

— O que estou dizendo — ele continua, ignorando minha objeção — é que bloquear o príncipe não vai libertar você dele.

— Me ajude a fazê-lo ficar quieto.

Misha balança a cabeça.

— É preciso prática, resistência e força empática. Por enquanto você está fraca demais para isso.

— Pode me ajudar ou não? — perco a paciência.

— Não existe solução instantânea. Tome um banho, beba o tônico e descanse. O alívio do sono é o melhor que eu posso oferecer nas suas atuais condições. Vamos ver quando você acordar. — Ele sai do quarto, e o acompanho com o olhar até a porta ser fechada.

Mas a dor desaparece aos poucos. O eco de Sebastian em minha cabeça some. Ele ainda está lá, está *sempre* lá, mas em silêncio agora.

Holly me ajuda a entrar na banheira e me deixa sozinha. A água morna tem cheiro de lavanda fresca, e meus músculos doloridos vão se soltando lentamente enquanto lavo o suor e a sujeira da captura e da fuga. As aves matinais cantam do lado de fora da janela e a água esfria à medida que o sol se eleva no horizonte. O tempo todo, ignoro o fato de que esse vínculo me faz sentir como se Sebastian estivesse no quarto me observando. Ignoro o alívio que me envolve quando a dor dele diminui e suas emoções se aquietam.

Ele está bem. Vai sobreviver.

Só quando todo o calor desaparece da água do banho, saio da banheira e me enxugo. Uma camisola limpa espera por mim ao pé da cama, e eu a visto e me deito sob as cobertas macias, me encolho de lado.

Sinto-o em minha mente, me abraçando, me amparando. Quero empurrá-lo, mas não sei como. Não posso negar que neste momento, enquanto cochilo e acordo, enquanto a mente se apega à preocupação com o homem que amei, existe um conforto nesse vínculo.

Pego no sono, ainda me perguntando se ele sabe onde estou. Imaginando por que se importaria, agora que tem a coroa.

Meus sonhos me arrastam por violentas ondas do mar, me colocam sobre o cavalo com minha mãe, fugindo daquela mulher que me assusta, e depois me jogam em uma noite de verão, antes de eu recobrar a consciência.

O ar está quente e pegajoso, e não consigo me obrigar a entrar no porão de Madame V, onde o ar é parado. Esta noite estou arrasada demais para olhar nos olhos da minha irmã e afirmar que fiz o pagamento com o fruto do meu trabalho.

Roubar, mesmo que seja das piores pessoas, perturba meu coração e minha mente. Nunca tive a intenção de me tornar uma ladra. Nunca pensei que, aos dezesseis anos, já estaria tão afundada em dívidas que poderia entender por que outras meninas da minha idade acabavam se vendendo aos feéricos.

Sentada no chão, olho para as estrelas. Não brilham muito esta noite, mas o cenário ainda me acalma. Amo a noite. O barulho dos sapos coaxando, as corujas piando ao longe. Tudo me faz lembrar de um tempo mais simples. Quando eu não sabia como era ter minha irmã dependendo de mim, quando ainda fazia pedidos para as estrelas e tinha mãe para me narrar contos de fadas na hora de dormir.

Era uma vez uma menininha de cabelo vermelho como fogo. O destino dela era salvar um reino...

— Como eu sabia que poderia te encontrar aqui? — pergunta Sebastian, saindo pela porta dos fundos da casa do Mago Trifen. Ele é muito bonito ao luar, com o cabelo branco dançando na brisa suave, e meu coração se enche de ilusão pelo aprendiz de mago.

— Talvez porque não tenho vida, e, quando não estou trabalhando ou dormindo, é aqui que *sempre* estou? — respondo, rindo. Não pensava que poderia querer companhia esta noite, mas vê-lo me faz sentir mais leve. — Sou bem previsível.

Ele atravessa o quintal e senta no chão ao meu lado, apoiando-se nos cotovelos.

— Só da melhor maneira.

Desvio o olhar das estrelas, sorrio e descubro que ele está olhando para mim com uma expressão séria.

— Bash?

— Essa foi a primeira vez que eu quis te beijar — ele diz. — Quis muito.

Olho para minha paixão secreta sem esconder a confusão, tentando entender o que ele diz.

— Quis? Como assim?

Sebastian acende e apaga diante dos meus olhos, como um reflexo que desaparece na superfície de um lago com uma onda, e reaparece quando a água se acalma. Por um momento, uma cintilante coroa de estrelas enfeita sua cabeça, mas pisco, e ela desaparece.

— Você se lembra dessa noite, não? Você estava exausta... *Sempre* estava exausta, mas nessa noite ficou comigo lá fora e me contou sobre sua mãe. Confessou que sentia falta dela e às vezes ainda sonhava com ela voltando para casa. Depois pegou no sono ao meu lado.

Balanço a cabeça. Ele não está fazendo sentido. De que noite está falando? O que ele diz é verdade, mas nunca falei nada disso em voz alta.

Ele engole a saliva com alguma dificuldade.

— Eu carreguei você para a cama, e, quando você me abraçou dormindo, eu soube que não conseguiria. Eu soube que ia preferir ver minha mãe morrer a te trair. Mas fiquei sem alternativas.

Do que ele está falando? Estudo seu rosto, a linha pronunciada do queixo, o nariz reto, os lábios macios. Um atrevimento inusitado me faz levantar a mão para tocar seu rosto. A pele é macia. Perfeita. E sei exatamente qual vai ser a sensação de ter esse rosto em meu pescoço, o corpo sobre o meu...

Ele toca meu rosto, mas minha atenção é atraída pela marca em seu pulso. Uma runa tatuada que eu nunca tinha visto antes... igual à minha.

Abaixo a mão e recuo. Não tenho tatuagem. E nunca estive com Sebastian. Não sei de onde veio esse pensamento. Mas Sebastian me abraça antes que eu me afaste demais, e não resisto.

Passado e presente, sonho e realidade se separam e se encaixam em seus lugares.

Ele é quente e seguro, e não quero sair dali nunca. Estou farta de ficar sozinha. Então me aninho nesse abraço, nesse calor. Sinto seu coração batendo junto do meu rosto e quero chorar. Quero chorar porque isso é só um sonho. Porque não é real. Quero chorar porque um dia fui tola o bastante para acreditar que era.

Tudo é diferente. Agora sei como é assumir uma vida e perder a minha. Sei como é cravar uma lâmina no coração de um rei e não sentir remorso. Sei como é morrer e ser trazida de volta pela magia excruciante de uma poção feérica sagrada. Sei o que é amar profundamente e ter esse amor usado contra mim.

Amanhã haverá mais fuga. Ainda estarei sozinha. Sebastian ainda terá me traído.

— Pensei que fosse de verdade — sussurro contra o algodão macio de sua camisa. — Você me fez acreditar que me amava.

— Eu *amo* você.

Balanço a cabeça porque isso é um sonho, e sonho que Sebastian vai me amar para sempre. Vai me proteger para sempre. Ele nunca vai me trair.

Quando ele recua e levanta meu rosto, seu olhar mergulha no meu por muito tempo.

— Você tem todo o direito de estar brava — diz. — Sinto muito. Lamento não ter encontrado outro jeito.

Não quero ter essa conversa. Quero fingir que não é necessário pedir desculpas e que nada disso aconteceu. Mas...

— Eu devia ter vindo pessoalmente, mas não pude, e agora... — Balança a cabeça. — Qual é sua conexão com a corte da Floresta Selvagem? Quem a levou para lá?

Só consigo encará-lo. Isso *é* um sonho, mas não um sonho típico.

— Venha me encontrar no palácio Unseelie. Prometo manter você segura. Não sei o que minha mãe planejou, mas temo...

— Você está visitando meus sonhos.

Seu sorriso é lento e hesitante.

— *Sou* meio Unseelie.

— Não quero você aqui — sussurro.

Vejo a tristeza em seus olhos. Um sofrimento que entendo muito bem. Que sinto nos ossos, vibrando ao lado do meu.

— Brie...

— Saia. — Empurro. Com as mãos e a mente, empurro até ele desaparecer e eu ficar sozinha de novo e mergulhar em outro sonho.

Mais tarde nessa noite, Finn aparece em um sonho, mas eu o empurro para fora antes que possa dizer a primeira palavra.

Capítulo 4

DURMO DURANTE HORAS SEM me mexer, e nem preciso do tônico. Quando acordo, a luz entra pela fresta entre as cortinas. Cubro os olhos com as mãos e gemo. Preciso me enredar com outra corte feérica tanto quanto preciso de um buraco na cabeça. Não importa que eu duvide de que Misha seja exatamente a parte neutra nisso. Ele e Amira trabalhavam com Finn para resgatar refugiados Unseelie dos campos da rainha. Sei que isso torna mais fácil confiar em Misha, respeitá-lo, mas também significa que ele tem ligações com Finn e com aqueles que querem Finn no Trono das Sombras.

Enquanto isso, Sebastian visita meus sonhos e me convida para ir encontrá-lo no palácio Unseelie. Ele tomou o trono? Agora que tem a coroa, não sei o que o deteria, não sei o que pode estar fazendo para sentir o tipo de dor que senti ontem.

Eu me sento e apoio os pés no chão de pedra fria. O quarto roda, e fecho os olhos por um instante. Ainda estou exausta a ponto de ser doloroso. Misha disse que é porque me esforcei muito depois de tomar a poção e precisava descansar, mas ainda me sinto tão cansada quanto me sentia nos meus piores dias de humana. Talvez a vitalidade e a energia associadas aos feéricos não sejam para nós que bebemos a poção. Talvez esses dons sejam reservados para os que nasceram feéricos.

Uso o reservado, e, quando volto ao quarto, uma mulher estranha me espera ao lado da cama com um vestido azul-ciano de saias pesadas sobre os braços esticados, como se fizesse uma oferenda.

— Quem é você? — pergunto.

— Genny. Ouvi quando se levantou e preparei seu traje para o jantar. — Ela sorri como se eu acordar de um cochilo fosse a melhor coisa de seu dia.

— Posso ajudar com o vestido? — pergunta, e dá um passo em minha direção.

— Esse não. — Aponto para o traje. Não vou deixar mais ninguém me esmagar sob o peso de saias enormes e me sufocar em espartilhos que roubam o ar. Estou cansada de sapatos delicados e tecidos finos. Estou farta de ser controlada.

— Prefere outra cor? Temos muitas opções para...

— Calça. — Forço um sorriso para amenizar a dureza da palavra. — Por favor.

— Como quiser, milady. — Ela joga o vestido sobre a cama e se dirige ao guarda-roupa, cujas portas abre. Está lotado de tecidos luxuosos que compõem um arco-íris. Queria poder mandar todos eles para Jas em casa. Um sorriso distende meus lábios quando a imagino cortando todos eles e usando o tecido para suas criações, mas o sorriso desaparece quando percebo que posso nunca mais ter uma chance de vê-la se animar com a perspectiva de um novo projeto.

Se eu pudesse ser humana de novo! Se eu pudesse voltar a Elora e deixar para trás esse pesadelo de reino.

— De quem são essas roupas? — pergunto.

Genny olha para mim por cima do ombro.

— Como?

— O guarda-roupa está cheio. De quem são essas roupas?

— São suas, milady.

Olho para o vestido sobre a cama. Não o reconheço, mas tinha mais vestidos no Palácio Dourado do que jamais poderia usar. Deixava Tess e Emma escolherem minhas roupas e nunca prestava atenção.

— Da Corte Seelie? — questiono.

— Não, milady. Estas roupas são novas, foram compradas para sua estadia em nossas terras. Sua Majestade pediu para prepararmos enquanto você dormia.

Tão depressa? Como? Com magia? E como foi que não ouvi quando ela trouxe as roupas para o quarto? Mas não perco tempo fazendo perguntas. Tudo parece uma fantasia. Tudo neste reino é enganoso.

— Vamos fazer os ajustes, é claro — ela diz —, agora que sabemos que prefere calças a vestidos. — A criada tira uma calça de montaria de couro marrom-claro de uma gaveta e a coloca sobre a cama com uma blusa branca, ao lado do vestido rejeitado. Depois abre outra gaveta e pega um conjunto de roupa íntima.

— Eu posso me vestir — aviso quando ela pega um par de botas de montaria no guarda-roupa.

— É claro, milady. Como quiser. Vou esperar no corredor e a acompanho até o terraço de refeições quando estiver pronta. — E inclina a cabeça.

Não me sinto à vontade. Mesmo depois de semanas de mimos e cercada de serviçais no Palácio Dourado, ainda não é confortável ter criados. Estou tão acostumada a *ser* a criada que não acredito que estar deste lado da interação algum dia vai parecer certo.

— Obrigada.

Ela se vira para sair, mas para com a mão na maçaneta.

— Sou eu quem devia agradecer — murmura.

— Por quê?

— Por quebrar a maldição. — Ela olha para o chão. — Perdi um amigo querido da corte dourada. Ele foi atacado por um feérico das sombras na própria casa. Ele...

— Não conseguiu se defender — sussurro, e me odeio por dizer o óbvio. A maldição da rainha tornou os Unseelie mortais e limitados em sua magia, forçando-os a fazer sacrifícios humanos para usar sua mágica e prolongar a vida. Mas o preço dessa grande maldição foi, em parte, tirar dos Seelie a capacidade de machucar fisicamente os Unseelie, deixando os Seelie indefesos contra ataques Unseelie e aprofundando a cisão entre as cortes. — Lamento muito.

Ela assente.

— Nem toda a corte é como ela — diz, depois sai.

Eu me visto sem pressa. A calça de couro é macia e se ajusta com perfeição à cintura e às coxas. A blusa tem decote quadrado e renda nas mangas, colocando a estética acima da funcionalidade, como acontece com a maioria das roupas femininas em casa e aqui, mas é feita com o mais macio algodão e permite que eu me movimente com liberdade, por isso não me importo com os enfeites desnecessários.

Sei que as botas vão servir antes mesmo de colocar os pés nelas. São de couro mais escuro que o da calça e envolvem as panturrilhas, amarradas logo abaixo dos joelhos. Amarro os cadarços sem pressa, confortada com a certeza de que vou poder correr se precisar. Não me preocupo muito em saber como os criados de Misha sabem meu número ou com o motivo para o rei ser tão generoso. Estou certa de que ele tem suas razões para essa generosidade da mesma maneira que eu tenho motivos para aceitá-la.

Porque você não tem nada nem ninguém. Porque você não tem escolha.

Afasto os pensamentos sombrios, termino de me vestir e olho para o espelho pendurado sobre a cômoda. Paro ao me ver.

A mulher no espelho é parecida comigo, mas não sou eu. Seus olhos cor de avelã têm o mesmo tom dos meus, mas brilham mais. O rosto é o mesmo, mas a pele é luminosa, e as orelhas dela...

Engulo a onda quente de emoção que sobe pela minha garganta, empurro para trás os cachos vermelhos e examino minhas orelhas de elfo. Delicadamente pontudas, essas orelhas são a evidência mais certa da minha transformação. Em todos os outros traços eu poderia quase passar por humana, mas essas orelhas significam que nunca poderei voltar a Elora e ver Jas.

Será que ela estava bem? Tinha encontrado trabalho? Sem dúvidas, suas habilidades como costureira seriam mais que suficientes para sustentá-la, e eu não me surpreenderia se ela fosse morar definitivamente com minha amiga Nik e a filha dela, Fawn. O arranjo seria benéfico para as três.

Mas saber que ela está bem não compensa o fato de nunca mais vê-la. De tudo o que Sebastian roubou de mim, isso é o que mais dói. Se Jas precisar de mim, não poderei retornar a Elora para cuidar dela. Nunca mais vou poder morar lá. Nunca mais vou poder voltar para casa.

Casa. Uma lembrança me atravessa, muito recente e fresca. Antes de ceder a Sebastian, eu disse a ele que Fairscape não era minha casa, que eu nem sabia se ainda tinha uma. Ele me beijou, e o que disse teve um sabor doce em meus lábios.

Vou te dar uma... se você deixar.

Incomodada, jogo um cobertor de escuridão sobre a lembrança, abafando-a como se fosse uma chama perdida. Tinha sido tudo mentira? Cada toque dos lábios dele, cada promessa sussurrada? Tinha sido tudo um truque para roubar a coroa? Nada daquilo tinha sido verdade?

Não posso pensar nisso agora. Não vou.

Quando saio da sala, Genny está no corredor esperando por mim, como prometeu, mas o corredor é... *ao ar livre*. Há portas na parede diante da minha, mas não tem telhado, exceto o domo de copas de árvores lá no alto. Aves piam e voam de um lado para o outro, e uma brisa mansa brinca com as pontas do meu cabelo.

Genny me conduz pelos corredores iluminados até chegarmos a uma escadaria de alabastro em caracol com um corrimão de madeira brilhante. Se no Palácio Dourado tudo o que eu via me lembrava do brilho de um dia sem nuvens, a casa de Misha me faz pensar nas partes mais bonitas da floresta, como se terra, pedra e árvores se unissem para homenageá-lo.

O som de água corrente chama minha atenção, e olho por cima do corrimão para um pequeno riacho que flui pelo corredor lá embaixo, atravessando um andar de pedra que parece tão velho quanto o tempo e dá a impressão de que todo o resto foi construído em volta dele.

— Que lugar é este? — pergunto.

Ela sorri, mas continua olhando para os degraus da escada que descemos.

— Esta é a casa de Sua Majestade, conhecida pelo restante do reino como Castelo Craige, que recebeu esse nome por ter sido construído em torno e dentro da montanha. Não é o mais bonito de todos os palácios da corte?

— Acredito que sim. — Não que eu tenha visto muito do palácio Unseelie, não me convidaram para uma visita guiada quando estive lá com Mordeus. Mas é difícil imaginar qualquer beleza como esta em um lugar onde reinava um rei tão mau.

A correnteza segue sinuosa por corredores arejados, e andamos ao longo dela até chegarmos a um terraço de onde se vê um exuberante vale verde. O riozinho passa por baixo de uma enorme mesa de mogno e sob a balaustrada de vidro, de onde cai da beirada do terraço.

— É lindo — murmuro espontaneamente.

— Obrigado — diz Misha, e eu afasto o olhar da queda-d'água. Ele segura uma taça de vinho e está apoiado na base de uma sequoia gigantesca que parece estar plantada no assoalho de pedra do terraço. Misha endireita o corpo e caminha em minha direção. — Eu queria poder assumir o crédito por isso, mas foram meus ancestrais, muitas gerações antes de mim, que pensaram que seria adequado deixar a natureza construir nosso palácio.

— Nunca vi nada assim — reconheço. — É adorável.

— Como você, Princesa. — E olha para mim devagar, me analisando como se cada pedacinho meu fosse uma nova surpresa. — Agora que está limpa, certamente consigo ver os atrativos.

— *Atrativos?*

Os olhos cor de ferrugem são brilhantes quando encontram os meus outra vez.

— Neste momento, dois dos mais poderosos homens em nosso reino lutam por você. — Ele move a mão para cima e para baixo. — Agora que está limpa, consigo entender o motivo. Talvez eu deixe os dois se destruírem e fique com você para mim.

Meu queixo cai. Mas que *porco*!

— *Não* mesmo.

Ele levanta uma sobrancelha, e um canto da boca se ergue em sinal de humor.

— Não?

— Em primeiro lugar, ninguém vai *ficar comigo*. Em segundo, você é casado, e sua esposa certamente não gostaria...

— Minha *esposa* nem piscaria. — Ele ri baixinho. — Isto aqui não é o reino mortal. Casamento aqui não carrega as mesmas *expectativas*. Principalmente entre a realeza.

— É claro. Aqueles camponeses mortais bobos esperam *amor* e *confiança* da pessoa com quem vão dividir a vida. Isso deve ser ridículo para vocês, feéricos, que colocam poder e status acima de tudo.

Ele inclina a cabeça para um lado e me estuda.

— Toquei em um ponto fraco?

Engulo em seco e controlo as emoções. Tenho me revelado demais.

— Não. Não me interessa o que o casamento significa para você.

Ele ri.

— É claro que não. Mas pode relaxar. De você, só quero uma aliança. Podemos? — Ele move a mão, e surge um banquete sobre a mesa. Pilhas de frutas frescas cortadas, tigelas de batatas fumegantes, bandejas de carnes em fatias bem finas e regadas com molhos aromáticos.

Minha boca fica cheia d'água, e de repente estou faminta. Nas breves semanas que passei em Faerie, me acostumei com as refeições regulares e nutritivas, mas só tinha comido uma vez desde que deixara o palácio. Meu estômago parece capaz de devorar a si mesmo se eu não comer logo.

Confiei em Misha até aqui. Posso continuar confiando. Eu me sento e espero ele se acomodar na minha frente. Nós nos servimos em silêncio, e tenho o cuidado de deixar que ele coma um pouco antes de começar a comer. Cautela nunca é demais.

No entanto, depois da primeira porção que ponho na boca, quase me perco no prazer da refeição. A carne é macia e perfeitamente temperada, e as frutas são uma explosão de doçura na boca.

Só como um pouco mais devagar quando percebo que Misha se encostou na cadeira e está me observando.

— Que foi? — Deixo o garfo sobre o prato e sinto o rosto queimar.

— Desculpe, não a alimentei quando você chegou. Você parecia prestes a desabar, e, considerando que tinha tomado a poção fazia pouco tempo, achei que dormir seria melhor. — Ele olha para o meu prato, e noto que já comi metade do que havia nele. — Talvez não tenha feito uma boa escolha.

— Está tudo bem.

— Não está, mas vai ficar. Algumas refeições reforçadas, dormir mais um pouco, e você não vai se sentir mais como se sentia quando chegou, ontem de manhã.

— Ontem? Mas eu cheguei hoje.

Ele balança a cabeça.

— Você dormiu durante um dia e meio, Princesa, e provavelmente não foi o suficiente. Ouvi relatos de pessoas que dormiram uma semana inteira depois de tomarem a Poção da Vida. E mesmo depois disso, foram incentivadas a passar vários dias na cama, para que o corpo pudesse se recuperar da transformação. Mas você não descansou. Teve uma noite de sono, antes de fugir correndo pela área rural Seelie. Sem falar na extraordinária quantidade de energia mágica que gastou para escapar do Palácio Dourado, e depois para ajudar aquelas crianças. Teria sido normal se caísse antes de passar pelos portões do palácio.

— No entanto, aqui estou eu.

— Aqui está você. Mais poderosa do que consigo explicar. — Ele olha para mim e tenho a impressão de ver aprovação em seu olhar. Eu poderia me sentir lisonjeada com toda essa atenção, é tentador, mas resisto. Sem dúvida, deve ser algum tipo de manipulação.

Devagar e muito atenta aos movimentos, pego o garfo e como mais um pouco.

— Onde está toda a sua gente? — pergunto antes de pôr a comida na boca.

Misha olha em volta no terraço silencioso.

— Imagino que não seja uma pergunta literal, mas você vai ter que ser mais específica.

— Os cortesãos — explico, balançando o garfo. Sebastian nunca ficava sozinho. Se uma das noivas em potencial não o acompanhava, Riaan estava sempre ali, ao lado dele, normalmente com vários outros guardas e membros do conselho. — Conselheiros, amigos, os moradores do palácio? Sua *esposa*?

Ele cruza os braços sobre a mesa e se inclina para a frente.

— Amira, a *rainha*, está ansiosa para conhecê-la, mas não está disponível no momento. E os outros... — Dá de ombros. — Esta noite eu queria você só para mim. Temos muito o que conversar, e a maior parte disso é importante demais para que eu convidasse outras vozes e mais ouvidos.

— O que você pode ter para discutir comigo? Sou uma garota boba que foi enganada e se vinculou a um príncipe manipulador. — Novamente, divulgo mais do que pretendia. É como se não conseguisse me controlar.

Os olhos dele queimam.

— Sua raiva é *intensa*. Gosto disso.

— Você não conhece nem metade da minha raiva, mas se é algum truque... se está tentando me forçar a trabalhar com Finn ou reencontrar Sebastian... vai acabar a conhecendo logo.

Ele ri.

— O Príncipe Ronan sabe que não pode vir a este palácio, não pode vir atrás de você sem ser convidado, ou pode provocar uma batalha que certamente perderia, mas eu me sinto tentado a convidá-lo mesmo assim... nem que seja para você poder extravasar a fúria contida. Seria divertido de ver.

Abaixo a cabeça e solto o ar devagar.

— Alguém já te disse que é indelicado invadir pensamentos e emoções de outras pessoas?

— Desculpe. — Ele suspira. — Estou me comportando como um bruto insensível, mas juro que as intenções são boas. É que faz muitos séculos que dois homens poderosos não brigam por uma dama. Milênios que dois irmãos não se enfrentam, e dessa vez não parece menos importante. — Ele move o pulso, e uma taça de vinho aparece sobre a mesa, ao lado do meu garfo. — Uma taça do meu melhor vinho como um pedido de desculpas.

Ignoro o vinho e olho para ele.

— Você insiste em dizer que dois homens estão brigando por mim. Por quê?

— Príncipe Ronan e Príncipe Finnian? Já ouviu falar? Ou tem outros homens poderosos brigando por você? Se tem, prefiro saber agora. Não gosto de surpresas.

Meu olhar é gelado.

— Mas você saberia, não? Ou agora vamos fingir que você *não* está lendo meus pensamentos?

Ele suspira.

— Ronan e Finnian estão brigando por você, é claro.

— E *como* você sabe disso?

— Tenho olhos na Corte da Lua.

É claro. Todos neste reino parecem ter espiões em todos os lugares. Me admira saber que ainda existam segredos.

— Talvez eles tenham brigado, mas não tem nada a ver comigo. Sebastian se vinculou a mim porque sabia que isso me mataria, por causa da maldição e, quando eu morresse, ele teria a coroa. A briga deles tem a ver com a coroa, com o governante por direito da corte das sombras, não comigo.

— Tem certeza disso? — Misha levanta a taça de vinho.

— Tenho. E é um alívio. Cansei de ser uma peça do jogo. Eles que briguem o quanto quiserem por aquela porcaria de corte. Não tenho mais nada com isso.

Ele ri.

— Ah, se fosse verdade!

— É verdade. — Aponto o topo de minha cabeça. — Está vendo? Não tem coroa.

— Talvez você queira ver com os próprios olhos. — Ele assobia, e um grande falcão com manchas marrons desce dos galhos da sequoia e pousa no ombro de Misha. — Este é Tempestade, meu familiar.

Olho para o falcão sem esconder a curiosidade.

— Como assim um *familiar*?

— Isso significa que minha mente e a dele são ligadas. Ele me obedece. E me serve.

Penso imediatamente no Barghest, a gigantesca criatura lobo-monstro que me atacou logo que cheguei a este reino. Sebastian tinha dito que às vezes os Unseelie os adotavam como familiares. Tinha sugerido que o ataque podia não ter sido uma coincidência.

— Não tive nada a ver com o cão da morte — diz Misha. — Minhas criaturas não atacam, não ofensivamente, pelo menos. Se são atacadas primeiro...
— Ele dá de ombros.

— E o que eu preciso ver nesse pássaro? — pergunto.

— Tempestade voltou da Corte da Lua hoje de manhã. Se você olhar nos olhos dele, vai poder ver o que ele viu lá.

— Não preciso saber. Não me diz respeito.

Um canto da boca de Misha se eleva em um esboço de sorriso.

— Mesmo assim, por mim?

Os olhos do pássaro são iguais aos de Misha – cor de ferrugem e brilhantes. As pupilas dilatam, depois se contraem quando olho para elas.

— Não estou vendo nenhum...

Não sei como eu esperava que funcionasse, mas não estou preparada quando sinto que a consciência é puxada do meu corpo e... de repente... estou voando. Voando como uma ave de rapina, contornando a torre de um castelo antes de entrar por uma janela alta e me empoleirar em uma plataforma de pedra.

Lá embaixo, Finn está parado na frente de uma fileira de janelas olhando para o dia claro lá fora. Reconheço instantaneamente o espaço amplo com seus lustres de cristal e o piso de mármore brilhante como a sala do trono Unseelie, e sei disso antes mesmo de ver Mordeus sorrindo ao lado do trono.

Capítulo 5

A ÚLTIMA VEZ EM QUE estive nesta sala, enfiei uma faca no peito do falso rei. Vi seu corpo sem vida cair ao lado do de uma menina inocente – que ele havia matado para me castigar por ter me negado a aceitar o vínculo com ele.

Agora a sala abriga pessoas que um dia chamei de amigos – Finn entre seus lobos de olhos atentos, Dara e Luna; Jalek, o vira-casaca Seelie; Pretha, cunhada de Finn; e a filha de Pretha, Lark. Lark aperta a mão da mãe e olha para cima, para o falcão. Ela sabe que está sendo observada, sabia que eu veria esta cena no futuro com meus próprios olhos?

Finn está falando, mas os sons não fazem sentido para mim. Percebo que o falcão não entende os sons, só se lembra deles para seu mestre. Vejo as bocas se movendo e me concentro.

— Quero todo mundo preparado para partir sem aviso prévio — diz Finn, ainda olhando para a paisagem além das janelas. Não sei o que está vendo, mas sinto sua tristeza e dor. Sua completa exaustão.

— O quê? — Pretha pergunta, com o olhar duro. Ela cruza os braços. — Esperamos tanto tempo para voltar para cá, e agora você vai fugir com o rabo entre as pernas?

Ele cambaleia e se agarra ao parapeito da janela. Os lobos, Dara e Luna, tocam suas mãos com o focinho e ganem baixinho.

— Sebastian tem a coroa agora — diz Jalek, os olhos verdes bem atentos. — Finn tem razão. É questão de tempo.

— Vamos desistir, então? — pergunta Pretha.

Finn fecha os olhos. Gotas de suor brotam em sua testa.

— A maldição foi quebrada. E agora o Príncipe Ronan está a caminho para reclamar seu trono. Quando ele chegar, não teremos a menor chance contra seu poder.

— Se ele está a caminho, vamos mandar nossa gente para recebê-lo — Pretha sugere, irritada.

— Você acha que ele é idiota a ponto de entrar pela porta da frente? — Jalek questiona. — Vai fazer seu goblin trazê-lo direto para a sala do trono... talvez para o próprio trono.

— Nesse caso, vamos esperar em cima da plataforma com a espada na mão — ela insiste, e a tristeza e o desespero em seus olhos me rasgam por dentro. Até agora eu não tinha percebido como sentia falta dessas pessoas. Não tinha me permitido pensar nisso.

— Que parte de *ele tem a coroa* você não entende? — Finn massageia as têmporas. — Estou cansado demais para ter essa discussão.

Pretha balança a cabeça.

— Você não está cansado. Está doente. Precisa descansar, mas na sua cama, na sua *casa*.

Finn dá as costas para a janela e inclina o rosto para cima, descansa as costas no vidro. Pretha está certa. Ele parece doente. Uma palidez preocupante estampa a pele marrom-clara e uma fraqueza incomum toma sua postura.

— A qualquer momento, esta sala do trono vai estar lotada de homens de Sebastian e seus goblins — ele diz. — Eles virão depressa, armados e dispostos a matar. Uma coisa foi defender o território quando pensávamos que a Horda Amaldiçoada sairia do esconderijo para nos ajudar, mas, sem essas forças, ficar é suicídio.

— Eles vão chegar logo — diz Pretha. — O General Hargova não abandonaria você.

Finn balança a cabeça.

— Tarde demais ainda é tarde demais... não importa se é um minuto ou um século. Nós vamos embora.

— E a sua corte? — Pretha pergunta.

— Faremos nosso melhor sem o trono — diz Finn.

A dor em seus olhos é um soco no peito. Finn e seu povo estiveram na Corte da Lua desde o dia em que matei Mordeus, provavelmente. Sem a coroa, o reinado de Finn não seria mais legítimo que o do falso rei. Enquanto usei a coroa, ninguém mais podia reclamar o direito ao trono, mas agora Sebastian tem a coroa por *minha* causa, o que significa que Finn nunca sentará no Trono das Sombras.

De algum jeito, apesar de tudo o que ele fez para me enganar, ainda acredito que Finn fosse ser um bom rei.

— Pretha, a batalha está perdida, mas não vamos perder a guerra.

Lágrimas correm pelo rosto de Pretha, e meu coração fica apertado quando vejo a tristeza estampada nele. Ela perdeu o marido, irmão de Finn, para essa briga, e agora, por minha causa, foi tudo em vão.

— Não perdemos para sempre — Finn argumenta, e se obriga a endireitar o corpo. — Só por ora.

— É demais. — Ela abaixa a cabeça.

— Finn. — Kane entra na sala do trono e para ao lado de Pretha. Houve um tempo em que seus olhos vermelhos sobre preto me aterrorizavam, mas depois tinha conhecido Kane e o restante do alegre bando de desajustados de Finn. Essas pessoas tinham se tornado minhas amigas. Ou eu pensava que tivessem se tornado minhas amigas, pelo menos. Acontece que eles tinham seus próprios objetivos. *Exatamente como Sebastian.*

— Vamos partir — Finn diz a Kane. — Eu estava dizendo isso a Pretha.

Kane balança a cabeça.

— Talvez não seja necessário. Houve uma agitação no Palácio Dourado.

Finn levanta uma sobrancelha. Espera.

— Abriella — Pretha deduz, sorrindo. — Por favor, me diga que ela enfiou aquela lâmina de ferro no coração de Sebastian, onde deve estar.

Kane pisca para ela como se Pretha tivesse dito alguma coisa sugestiva.

— Infelizmente não, mas gosto do seu jeito de pensar.

— O que aconteceu? — Finn pergunta.

— A princesa acordou e não reagiu muito bem à manipulação do querido príncipe.

Eles continuam a me chamar de *princesa*, mesmo agora. E acho que provei que estavam certos quando escolhi me vincular a Sebastian, apesar de seus avisos. *Sou uma idiota.*

— O que ela fez? — pergunta Finn.

O rosto de Kane se transforma com um sorriso travesso.

— Mergulhou o palácio inteiro em escuridão. Metade dos homens dele foi enjaulada pelo poder dela, e ninguém conseguia ter acesso a eles ou enxergar qualquer coisa, enquanto Abriella fugia do castelo.

O sorriso de Pretha é lento.

— Boa, garota — ela murmura.

Jalek resmunga:

— Se ela fosse tão esperta, não teria aceitado o vínculo com o menino.

— Agora não há nada que possamos fazer quanto a isso — diz Finn, sem desviar o olhar de Kane. — O que isso tem a ver com Sebastian tomar o trono?

O sorriso de Kane se alarga.

— Minhas fontes informam que ele se recusa a continuar com a coroação sem ela. Quer esperar até que ela volte... para provar sua devoção.

— Voltar? — Pretha ri e enxuga o rosto. — Como se ela tivesse ido dar uma volta e não estivesse em algum lugar, furiosa com a traição dele?

Lark sorri para a mãe.

— Ele não pode assumir o trono. O trono não vai aceitá-lo.

Todos os olhos na sala se voltam para Lark, e Pretha pega a filha nos braços.

— Explique o que isso significa, bebê.

— Lark... — Finn se adianta um passo, mas recua cambaleando e se apoia na parede.

Kane corre para ele e o segura antes que caia.

— Que foi?

— Ele está *doente* — diz Pretha.

Kane balança a cabeça.

— Isso não faz sentido. A maldição foi quebrada. Eu me sinto melhor que nos últimos anos. Ele devia estar melhor também.

Finn inspira profundamente.

— Vou ficar bem. — E olha para Pretha. — Mande alguém à casa e procure qualquer sinal de que Abriella está procurando por nós. Se ela aparecer por lá, dê tudo o que ela precisar.

— Por quê? — Jalek pergunta. — A princesa não tem mais a coroa. Não significa mais nada para nós.

Finn se volta para ele com um olhar penetrante e Jalek endireita os ombros, recuando um passo com o rosto contrito.

— Perdão, Alteza. — Jalek abaixa a cabeça.

Não é nada para nós.

Jalek está certo. Agora que Sebastian tem a coroa, não sou nada *para ninguém*, e ouvir essa declaração tão clara me faz sentir vazia.

— Lark. — Finn se aproxima dela com mais sucesso dessa vez. — Por que o trono não vai aceitar o Príncipe Ronan?

— A Rainha Mab fez o trono com sua magia. Magia não é de graça. Tem regras — diz Lark. — Sebastian não está seguindo as regras.

Pretha e Finn se olham.

— Que regras? — pergunta Kane.

— As de Mab. Ela está protegendo seu trono durante todo esse tempo. — Lark sorri. — Sebastian não pode tomá-lo sem o poder de Abriella.

— Não entendo. — Pretha balança a cabeça. — Abriella já deu a coroa a Sebastian quando se vinculou a ele.

Lark apoia o rosto no peito da mãe.

— Eu sei. Ela não queria morrer — sussurra.

— Tudo bem. — Pretha afaga os cabelos da menina. — Abriella está bem agora.

— Eu falei que ela iria perder tudo — Lark comenta, fechando os olhos sob os afagos relaxantes da mãe. — Ela não queria ser rainha, mas eu disse que estava tudo bem, porque ela perderia tudo.

Meu coração fica apertado quando me lembro dessa conversa. Lark tinha aparecido em um dos meus sonhos e dito que em algumas de suas visões do futuro eu morria, e em outras eu me tornava rainha. Eu tinha dito que não queria ser rainha e ter tanto quando outros não tinham nada, e ela tinha respondido que estava tudo bem, porque eu perderia tudo.

Ela estava certa. Perdi tudo no momento em que Sebastian me traiu. Perdi minha vida humana, a chance de voltar para minha irmã e o homem que amava. Já havia perdido tudo, mas ela errou ao acreditar que eu me sentaria ao lado de Sebastian quando ele tomasse o trono. *Nunca*. Não depois de tudo o que ele me fez.

Pretha e Finn estão conversando, e me obrigo a prestar atenção nas palavras deles com a mente do falcão.

— Se Sebastian precisa de Abriella de algum jeito para tomar o trono — Pretha diz —, temos que encontrá-la antes dele.

Não tenho tempo para pensar nisso, porque me deparo com outra visão. O falcão está empoleirado em outro lugar, com um ângulo ligeiramente diferente, mas agora só Finn e Kane estão na sala do trono.

Finn parece cansado, mas não doente, como na visão anterior. Tem um pouco mais de cor no rosto e se mantém mais ereto, como se tivesse uma chance de usar as espadas que leva embainhadas no quadril, uma de cada lado.

— Nenhum sinal de Abriella na casa antiga — diz Kane. — Fontes informam que ela também não voltou para o Palácio Dourado.

Finn assente, olhando para a paisagem além da janela.

— Ela ainda não confia nele, nem em nós. — E solta o ar com um sopro. — Onde pode estar? Sebastian poderia rastreá-la facilmente com o vínculo.

— Graças aos deuses, não rastreou — diz Kane. — Se ele precisa dela mesmo, como desconfiamos, isso nos dá um pouco mais de tempo.

— Nada disso explica o que Lark viu. E se ela estiver certa, e o trono não o aceitar? E se, quando pegou a coroa de Abriella, ele não pegou as outras coisas necessárias?

Kane olha para Finn.

— Será possível? A coroa pode ser apartada de seu poder?

Finn suspira longamente.

— Ela exibiu um poder extraordinário quando fugiu do Palácio Dourado.

— Mais poder que a Poção da Vida concederia a uma humana transformada em feérica — Kane reflete. — Você acha que ele sabe que o trono não vai aceitá-lo?

— Não tenho certeza do que *eu* sei — diz Finn.

Minha cabeça gira tentando acompanhar a conversa. O que eles estão dizendo, exatamente? Qual é a relação entre meu poder e Sebastian tomar o trono?

— Se você estiver certo — diz Kane —, ele vai querer isso de volta. O que significaria para Abriella?

— Nada de bom — Finn responde, passando a mão pelos cachos negros. — Acho que ele é capaz de tudo. Mas vai agir em breve, com ou sem o poder que o trono exige.

— O escudo está cercando o palácio, neste momento nossas forças se reúnem nas montanhas. Mesmo sem a guarda de Hargova, vamos conseguir...

— Finn! — A voz de Jalek ecoa na sala cavernosa. — Lark diz que vamos receber visitas.

Kane olha para a janela e estuda o horizonte.

— Não vejo nad...

— Oi, irmão — Finn diz, em tom tranquilo.

Na outra extremidade da sala, sobre uma plataforma onde ninguém esteve antes, ao lado de um goblin, Sebastian aparece vestido com uma túnica preta cintilante com acabamentos prateados. Eu me acostumei tanto a vê-lo com o cinza e amarelo da Corte do Sol que as cores mais escuras nem parecem naturais. É como uma criança brincando de se fantasiar.

Os olhos de Sebastian estão cravados em Finn e bem abertos. Ele segura o cabo da espada.

— Não quero machucar você.

— É um motivo estranho para sacar a espada — diz Kane, aproximando-se de Finn com a mão sobre sua arma.

— Minha guarda está a caminho — diz Sebastian. — Seu escudo pode retardar a aproximação, mas você se esquece de que, assim que eu me sentar nesse trono, posso removê-lo. Posso encher este palácio com homens que são leais *a mim*.

— E por que a hesitação, Ronan? — Finn cruza os braços. Inclina a cabeça para um lado. — Desculpe, você prefere *Bash*, como Abriella o chamava? Imagino que ela não o chame mais assim.

Sebastian avança, mas Jalek levanta uma das mãos e ele é jogado para trás, como se encontrasse uma parede.

— Sei que você a mantém escondida no palácio de Misha.

Finn sorri, e, se eu não tivesse passado tantas horas treinando com ele, não reconheceria a raiva e a impaciência por trás de seu sorriso.

— Nesse caso, você sabe que ela está segura — ele diz, como se não houvesse acabado de dizer a Kane que não tinha ideia de onde estou.

Eles *ainda* estão me usando para manipular um ao outro.

Os olhos de Sebastian cintilam de raiva.

— Quero vê-la. Vou mandar meu goblin. Vou...

— Se ela quisesse vê-lo, estaria aqui com você agora — Finn resmunga.

— Maldição, Finn — Sebastian se irrita. — Não quero te machucar.

— Que bom — Kane se manifesta, e dá mais um passo na direção de Finn. — Porque Brie dificilmente vai perdoar você pelo que fez, mas, se fizer alguma coisa contra Finn, ela vai te odiar para sempre.

— Você está com raiva porque ela me escolheu — Sebastian provoca.

— Ah, estou com raiva, é verdade. — Os olhos de Finn brilham. — Mas ela não escolheu *você*. Escolheu a obra de ficção que você criou para ela, a historinha bonita com que a seduziu: o pobre príncipe dourado com a mãe moribunda e o sonho de unir dois reinos divididos há séculos.

— Não era ficção. Você conhece a profecia tão bem quanto eu, um rei que aparece como forasteiro vai equilibrar sombra e sol, salvar o povo de Mab e pôr fim à guerra. Eu sou esse rei.

Kane tosse.

— Conversa mole.

Finn deixa escapar uma risada sinistra.

— Acho engraçado que você nunca tenha comentado com ela o quanto seria... *complicado* unir os reinos Seelie e Unseelie. — Ele bate com um dedo nos lábios e olha para o teto. — Não. Complicado não é a palavra certa. *Impossível* é mais adequado. Nossas cortes existem para equilibrar uma à outra. Não podem ser unidas sem o sangue de Mab, e seu povo fez questão de matar a linhagem dela há muito tempo.

— *Você* também não disse toda a verdade a ela — acusa Sebastian.

— É, mas nunca criei planos ridículos. — A máscara de deboche desaparece. — Você é um idiota, *Sebastian*. — Ele enfatiza o nome como se fosse um insulto. — Um idiota, se acredita que o nosso mundo estaria melhor sob um governante. Você pode ser jovem, mas conhece a história. Sabe como a realeza se corrompeu com esse tipo de poder.

— E você acredita que a maldição de Mab *nos salvou*? — Sebastian se impacienta.

— Sim — responde Finn. — Acredito. A sombra traz equilíbrio ao sol, a escuridão equilibra a luz.

— E a guerra mata a todos nós — diz Sebastian.

Suspirando, Finn se dirige à plataforma e tira o Espelho da Descoberta de seu lugar na parede.

— Alguma coisa do que você disse era verdade? — ele pergunta, girando o espelho na mão. — Engraçado como deu a ela de presente um artefato tão precioso, mas se esqueceu completamente de mencionar as imprecisões dele.

Sebastian dá um passo na direção dele, mas para e cerra os punhos.

Finn continua:

— Mas ela serviu aos seus planos, não foi? Ela acreditou que a irmã estava feliz e saudável, que nosso tio cruel deu a ela tudo de que precisava enquanto ela esteve aqui. — Ele olha para Sebastian por um instante, antes de voltar a estudar o espelho. — Você sabia que ela veria o que queria ver. E a conhecia bem o bastante para saber que ela estava cheia de esperança. E não fez nada para adverti-la.

— Não fui o único que mentiu.

— Talvez não — Finn responde, e devolve tranquilamente o espelho ao lugar dele, antes de se virar para Sebastian e estudar as tatuagens visíveis acima da túnica do príncipe. — Mas eu não escondi tanto.

Sebastian puxa a espada da bainha, mas Jalek está lá, mais rápido do que meus olhos podem acompanhar, colocando-se entre Finn e Sebastian. Ele olha para o príncipe dourado.

— Jalek — Sebastian diz, como se não o tivesse notado antes. Seus lábios se retraem em uma careta que exibe os dentes. — Na última vez que te vi, você estava nas masmorras, onde é seu lugar. Talvez possa voltar para lá quando eu me tornar rei. E vai ver de lá o seu príncipe e todos os seus amigos se curvarem *a mim*.

— Não nos curvamos a ninguém que não seja Finn — Jalek responde.

Finn se adianta e toca o braço de Jalek.

— Calma, amigo. Meu irmão está aqui só para tomar o trono de nosso pai. — E acena para Sebastian e para o trono. — Por favor, não perca mais tempo.

Jalek crava os olhos arregalados em Finn.

— O que você está fazendo? — Kane grunhe.

Sebastian olha para o trono de ébano polido, depois novamente para Finn.

— O que você fez com ele?

Finn ri e se adianta um passo.

— Você sabe muito bem que eu não poderia fazer nada, mesmo que quisesse. O trono é protegido pela magia de Mab.

Os olhos de Sebastian são como chamas.

— Você espera que eu acredite que *deseja* que eu tome o trono?

Finn afasta as pernas e cruza os braços, adota uma expressão enganosamente relaxada.

— Eu nunca disse isso. Mas você está usando a coroa, então o que está esperando?

Sebastian sustenta o olhar de Finn por vários instantes, e a tensão se intensifica. Esses dois me manipularam e enganaram, mas não quero vê-los se destruindo.

Sebastian levanta o queixo.

— Não quero seu mal, Finnian. O trono foi prometido a mim antes de eu ser concebido.

Finn ri baixinho.

— Engraçado. Nosso pai me prometeu a mesma coisa.

— Oberon *queria* que eu governasse. Queria unir sol e lua, luz e sombra.

— Ele disse isso, ou foi sua mãe?

— É meu legado. Meu destino.

Finn arqueia uma sobrancelha.

— Seu legado? E ele deu sua coroa a uma menina mortal?

Sebastian encara Finn e, depois, com um movimento tão rápido que quase o perco, senta no Trono das Sombras.

A sala é inundada pela escuridão de uma noite sem lua. As paredes tremem. O chão se levanta. Sou invadida pelo terror, mas estou presa neste recipiente, neste corpo estranho, enquanto o palácio ameaça desmoronar à nossa volta.

No momento em que a luz enche a sala novamente, Sebastian é arremessado do trono para a escada da plataforma e fica lá, caído. Está ofegante, com os olhos arregalados, mas não parece surpreso quando examina o trono de onde está, caído no chão.

Jalek recua da plataforma enquanto encara Sebastian, mas olha rapidamente para Finn ao perguntar:

— O que está acontecendo?

— O Trono das Sombras não aceita alguém que não tem o poder da coroa — diz Finn, dirigindo-se à plataforma.

— Mas... ele está com a coroa — Jalek comenta.

— Você *sabia* que isso ia acontecer — Sebastian fala por entre os dentes cerrados, tentando se levantar sem sucesso.

Foi isso que eu senti ontem pelo vínculo. O trono tentou matá-lo.

Finn dá de ombros.

— A possibilidade me ocorreu quando Abriella visitou meus sonhos *depois* de se vincular a você. A coroa era sua, mas ela ainda tinha poderes que são únicos da Corte Unseelie. E agora existem essas histórias sobre ela ter mergulhado seu poderoso Palácio Dourado na escuridão, e é impossível não pensar. Afinal, nenhum feérico mediano teria poder para fazer o que ela fez antes de ter uma chance de se recuperar da poção.

— Não vou embora — diz Sebastian. — Este palácio é tão meu quanto seu, e minha guarda está marchando pela capital neste momento. Em breve eles estarão aqui.

Finn dá de ombros.

— Sinta-se em casa.

Kane olha para ele de queixo caído.

— Você não pode estar falando sério.

— Dormir sob este teto não faz ninguém rei. Mordeus foi a prova disso.

Jalek olha para Sebastian e Finn.

— Alguém pode me explicar?

Finn levanta o queixo.

— Sebastian tirou a coroa de Abriella, mas os poderes da coroa continuam com ela.

Capítulo 6

COMO SE ACORDASSE DE um sonho, volto ao meu corpo, volto à mesa no terraço com Misha. A náusea faz meu estômago revirar e ameaçar subir à garganta. Empurro a cadeira, me levanto e vou até a balaustrada, como se a visão do penhasco pudesse me enraizar no corpo o suficiente para me permitir recuperar o fôlego.

— Não entendo. Por que Sebastian não pode tomar o trono? Ele tem sangue real Unseelie, tem a coroa, como é possível que não tenha também o poder?

— O poder é seu — Misha responde. — Quando se vinculou a Sebastian, o vínculo a matou, e, como você nunca declarou seu herdeiro magicamente, a coroa seguiu esse vínculo como um mapa para Sebastian.

— Qual é o problema, então?

— Sebastian tem a Coroa da Luz Estelar — diz Misha. — E, se não tivesse feito nada além de se vincular a você, ele também teria o poder da coroa. Mas ele não parou no vínculo. Ele lhe deu a Poção da Vida e a fez feérica, e, quando fez isso, atrelou a magia da coroa à sua vida antes que ela pudesse seguir a coroa.

Ele atrelou a magia à minha vida *imortal*.

— Magia é vida — sussurro, me lembrando das palavras que Finn me ensinou. Parece que faz muito tempo, mas faz só algumas semanas que aprendi esse fato sobre os feéricos.

— Sem a coroa e o poder, Sebastian não pode tomar o trono.

Não acabou. Balanço a cabeça para expulsar o pensamento.

— Não posso ter o poder de Oberon. Sou uma humana. — Antes que Misha aponte meu erro, balanço a cabeça. — Você entendeu.

— Sim, entendi, mas você é mais que uma humana transformada em feérica. Talvez não tenha notado que mergulhou o palácio em escuridão quando fugiu? Que prendeu os sentinelas do campo de refugiados em jaulas de nada?

— Sim, mas eu pensei... — Engulo em seco. *Magia é vida*. Eu sabia que havia preservado meus poderes quando tinha sido transformada em feérica, mas nunca pensei que isso afetaria tanto a coroa.

— Ninguém sabia que isso ia acontecer — diz Misha.

— *Você* parecia saber.

— Todos tínhamos palpites sobre como a coroa poderia passar de uma mortal para a realeza da Corte da Lua, mas ninguém sabia de fato como isso funcionaria ou o que aconteceria se, digamos, você morresse sem se vincular a ninguém que pudesse ocupar o trono de verdade. Se você tivesse se vinculado a um feérico dourado sem nenhum sangue Unseelie, por exemplo, a coroa teria passado para ele com a sua morte? Parecia improvável, já que é preciso ter sangue real Unseelie para herdar a coroa e ocupar o trono. Mas o jeito como Oberon foi capaz de salvar você... o jeito como ele foi capaz de entregar a própria vida e passar a coroa para uma mortal... isso contrariou todas as regras que pensávamos entender. Então, aconteceu toda a discussão sobre o que aconteceria com a coroa se você morresse antes de se vincular a alguém, houve todo tipo de ideia em torno dessa possibilidade, mas ninguém nunca questionou o que aconteceria se você recebesse a Poção da Vida ao se vincular a um Unseelie.

Posso imaginar todos eles discutindo minha morte casualmente. Olho para trás de cara feia.

Misha dá risada.

— Que foi?

— Você *sabia*. Por isso me trouxe para cá. Entendeu tudo antes de qualquer um deles.

— Meus espiões relataram o poder que você exibiu no Palácio Dourado, e depois vi você em ação no acampamento. Não tinha certeza, é claro, mas minha sobrinha me visitou em sonho na noite em que te conheci no acampamento de refugiados... ela é vidente, você sabe.

— Lark — murmuro. Engraçado como esse vasto novo mundo parece tão pequeno. Eu já tinha esquecido que Misha é tio de Lark.

Ele balança a cabeça para confirmar.

— Isso. Ela disse que Sebastian não tinha o que precisava ter para tomar o trono e que você estava fugindo. E pediu para eu lhe esconder até você se fortalecer. E foi assim, unindo o grande poder que você demonstrou e a profecia dela, que cheguei à conclusão óbvia. Assim que Tempestade me mostrou o trono rejeitando Sebastian, minhas suspeitas foram confirmadas.

— Então, quando você diz que Finn e Sebastian estão brigando por mim, é a *isso* que se refere. Eles precisam do meu poder. — Como brigaram por minha lealdade quando eu usava a coroa. *Isso nunca vai acabar.*

— Acho que é mais complicado que isso, mas, no nível mais básico, sim. O trono não aceitaria Sebastian porque ele não tem o poder e não aceita Finn, porque ele não tem a coroa *ou* o poder. E é claro que não vai aceitar você, porque...

— Porque mal me tornei feérica, e não passo nem perto de ser da realeza Unseelie.

— Bom, sim. — Ele dá de ombros. — Mesmo que fosse, Sebastian ainda está usando a coroa. Independentemente de como isso vai acabar, os irmãos precisam de você para manter a Corte Unseelie de pé.

— Precisam me matar de novo? — Volto à mesa rindo de um jeito histérico. — Uma vez não foi suficiente?

Misha enche novamente sua taça de vinho.

— Não sugeri nada nem perto disso.

— E eu nunca pedi nada disso.

— Já falamos sobre esse assunto. Nenhum de nós pede os fardos que carrega, mas isso não torna menos importante o jeito como o carregamos.

— Por que eles não podem construir um novo trono, simplesmente?

Ele ri.

— Um trono não é só um assento, Princesa. É uma metáfora, e sua magia é mais forte do que você pode imaginar.

— Por isso você está me ajudando — digo, resignada. Pego a garrafa de vinho e encho minha taça. Talvez esteja envenenado, ou tudo isso seja só um plano perverso para me matar, para ele tomar meu poder e entregá-lo a Finn. A irmã de Misha havia sido casada com o irmão de Finn, afinal. São praticamente da mesma família. Ou Misha quer o poder para si mesmo, talvez. Olho nos olhos dele e levo a taça aos lábios, hesitante.

— Não está envenenado. Não tenho interesse em matar você. Como já disse, estamos em território desconhecido aqui. É difícil saber o que aconteceria se você morresse.

Reviro os olhos e bebo um gole.

— Que tranquilizador.

— Preciso de você, mas, mesmo que Sebastian tivesse a coroa e o poder e estivesse sentado naquele trono neste momento, eu ainda precisaria de você. O reino Unseelie está dividido. Os seguidores de Mordeus eram mais leais à sua forma de governar do que *a ele*. Suas leis e punições injustas favoreciam os poucos membros da elite, e era exatamente isso que eles queriam.

— Os poucos da elite? — Fico intrigada. — Pensei que o povo estivesse com Mordeus, e por isso Oberon não podia ocupar seu lugar de direito como governante quando voltou do reino mortal.

— O povo não apoiava Mordeus — Misha responde, em tom resignado. — O *povo* estava morrendo naquela maldita guerra. Mas a minoria eloquente estava com ele, e tinha poder e influência. Apoiaram Mordeus quando ele roubou o trono de Oberon porque sabiam que Finn era voltado para a plebe – seu governo teria redistribuído poder e privilégios na corte. Os seguidores de Mordeus estavam dispostos a promover uma guerra civil para impedir isso, e aposto que ainda estão, onde quer que se encontrem. Sebastian não tem nem isso.

Tento engolir a pergunta, mas, se aprendi alguma coisa com meu amigo Bakken, é que informação é poder.

— Ainda estão? O que você quer dizer com isso?

Misha dá de ombros.

— Quero dizer que eles estão escondidos. Depois que você matou o falso rei, os seguidores dele fugiram, temendo que Finn levasse suas legiões secretas ao palácio. Mas, onde quer que estejam, vão voltar.

— Finn tem legiões secretas? Um exército? Essa é a Horda Amaldiçoada que mencionaram na visão?

Misha se recosta na cadeira e me estuda.

— O que você acha que Finn fez nos últimos vinte anos? Ele esteve reunindo suas forças nas montanhas, treinando essas forças, preparando-as para a possibilidade de a coroa ter se perdido para sempre e ele ter que arrancar Mordeus do trono sem ela.

Olho para o meu vinho. Quando conheci Finn, acusei-o de viver no luxo enquanto seu povo sofria. No entanto, quando o conheci melhor, soube que ele faria qualquer coisa por seu povo. Mesmo agora, apesar de tudo, me sinto culpada por minha tentativa improvisada de crueldade.

— Então, Mordeus tinha apoiadores — diz Misha, continuando com a explicação —, e há os que seguem Finn. Mas também existem aqueles que querem ver o Príncipe Ronan no trono, que lutaram na Grande Guerra Feérica e acreditam que só um governante com sol e lua no sangue pode unir o reino e salvar seus filhos da guerra infinita.

Balanço a cabeça, lembrando da conversa que testemunhei pelos olhos do falcão.

— Finn disse que isso não poderia acontecer, que era impossível Sebastian reinar sobre as duas cortes.

— É verdade, mas o apelo no reinado de Sebastian não é que ele governaria as duas cortes. A esperança é que a Rainha Arya não declare guerra contra o reino do próprio filho.

— Ah. Mas ela não faria isso?

Misha ri.

— Ainda não vi nada que ela *não seja* capaz de fazer por mais poder, então acho que quem aposta nisso está acreditando em previsões otimistas demais. De um jeito ou de outro, o fato é que a corte da sombra nunca esteve tão dividida quanto agora, e, enquanto estiver fraturada, ela será fraca.

— Sim, mas você é rei da Floresta Selvagem. Por que se importa tanto com a Corte Unseelie?

Seus olhos e suas narinas dilatam, e vejo uma centelha de fúria antes de ele se controlar novamente.

— Uma pergunta estranha da antiga mortal que arriscou a vida para ajudar dezenas de crianças Unseelie a escapar da rainha.

— Qualquer um no meu lugar teria ajudado.

— Não tenho tanta certeza, mas acho uma graça você acreditar nisso, depois de tudo o que passou.

Desvio o olhar, sentindo o rosto esquentar de vergonha. Não preciso de Misha pensando que sou uma garota ingênua, e não quero que ele tente entender por que sinto essa compulsão de ajudar. A verdade me faz vulnerável.

Ele suspira.

— Eu me importo porque o que acontece entre as cortes afeta minhas terras e meu povo. Sei que, enquanto a corte das sombras estiver fraca, a rainha dourada vai tirar proveito dessa fraqueza.

— E isso significa...?

— Guerra iminente. Só que, em vez de passar séculos mergulhados em uma batalha entre duas cortes de poder equilibrado, agora a corte Seelie sairá vitoriosa. A rainha dourada vai vencer, e as consequências vão ser catastróficas, não só para a Corte Unseelie, mas para o meu território e o reino humano.

— O que ela pode querer que justifique pôr em risco milhares de vidas?

Misha volta a palma das mãos para cima.

— Por que todas as guerras acontecem? Recursos, território, poder.

— Especificamente? — pergunto, intrigada.

— As Montanhas Goblin que dividem as cortes são cortadas ao meio pelo Rio de Gelo. As montanhas a leste do rio fazem parte da Corte Unseelie, e as do lado oeste, dos Seelie. A Grande Guerra Feérica foi travada quando os feéricos dourados tentaram tomar a cordilheira inteira.

— O que tem em uma cordilheira que faça valer a pena perder tantos soldados?

— À primeira vista, nada. As montanhas perigosas são tão sagradas que os próprios goblins não usam sua magia para atrair os feéricos além da base das encostas. Mas embaixo dessas montanhas estão nossos recursos mais preciosos. — Ele acena com a cabeça na direção do meu peito, onde ainda está o pingente do colar de Sebastian. Não me permito pensar no motivo para não o ter tirado ainda. — As pedras de fogo.

Puxo o colar de debaixo da blusa e estudo o brilho suave da pedra.

— O que elas fazem?

— Fazem tudo... melhor. Mais forte. As pedras de fogo são amplificadores mágicos. — Ele levanta a mão e balança o dedo do meio, onde uma pedra amarelo-canário cintila à luz do anoitecer. — Usar uma destas aumenta o alcance e a força da magia do indivíduo.

Dou risada.

— Considerando o que os feéricos pensam sobre magia, me surpreende que você não esteja coberto por elas da cabeça aos pés.

— Até estaria, se houvesse benefícios em usar mais de uma pedra, mas uma amplifica o poder na mesma medida que cem delas.

— E daí? Não tem o suficiente por aí? Por isso as pessoas brigam por elas?

— As pedras de fogo encontradas sob aquelas montanhas não são abundantes, nem infinitas. Uma pedra é valiosa para um indivíduo, mas em grandes quantidades elas servem para mais que o uso pessoal. Nossos ancestrais as colecionavam, davam de presente a suas sacerdotisas, usavam para fortalecer fronteiras e criar tônicos que não são possíveis de se produzir sem as pedras de fogo.

— Que tipo de tônico? — Devolvo a pedra ao lugar dela, embaixo da blusa.

— Como a Poção da Vida, ou a poção restaurativa que a rainha dourada bebia para sobreviver ao dano da maldição. Como a toxina que injetavam naquelas crianças para roubar os poderes delas. Como um amplificador, a magia de uma pedra serve por centenas de anos, mas aquelas poções e os tônicos necessitam de centenas de pedras e são para uso único. É claro que as reservas da rainha devem ter sido esvaziadas nas últimas duas décadas, mas ela está empenhada em conseguir mais pedras. — A raiva brilha em seus olhos. — Ela não está satisfeita com o que tem de seu lado da cordilheira, por isso vai retomar a missão do avô, que começou a Grande Guerra Feérica para dominar o lado Unseelie das Montanhas Goblin e se apoderar dele.

— Ele não queria que os feéricos das sombras tivessem acesso às pedras de fogo.

Misha assente. Seus olhos escurecem quando vira a cabeça para olhar para o dia claro, ensolarado.

— Gerações de governantes Seelie enviaram seus exércitos para lutar pela terra a leste do Rio de Gelo, que corta a cordilheira ao meio, certos de que poderiam se apoderar dela. Incontáveis feéricos dourados morreram por essa missão, e inúmeros feéricos das sombras morreram defendendo aquelas terras. E agora minhas fontes me informam que a história está se repetindo. Receio que dessa vez a Corte da Lua esteja fraca demais para proteger seu território.

Arya sempre foi assim, tão fria e sem coração? Ou a rejeição de Oberon quebrou alguma coisa dentro dela?

— Talvez um pouco das duas coisas — diz Misha, respondendo à pergunta que não fiz, e dessa vez nem reclamo da invasão. — Ela é a governante mais jovem que seu reino jamais teve. Não deviam ter permitido que ela ocupasse o trono quando o assumiu.

Balanço a cabeça.

— Guerra, pedras de fogo, a rainha... o que tudo isso tem a ver comigo?

— Só você tem influência sobre Sebastian e Finn. Só você detém o poder sobre a coroa Unseelie. Você pode ser a chave para unir as cortes e ajudar a proteger as gerações futuras. Se me ajudar, se *os* ajudar, nós podemos...

— *Não.* — Empurro a cadeira para trás com um ruído estridente e fico de pé. — Não vou ser manipulada de novo.

— Ninguém está manipulando você. Estou pedindo sua ajuda. Você acha que isso tem a ver com poder. Acha que nada que fizer vai ajudar pessoas como você, feéricos que são vítimas das próprias circunstâncias.

— Saia da minha cabeça. — Estou tão brava que começo a tremer. Estou com raiva, frustrada e *cansada* de ser usada para que esses homens mimados e suas cortes pervertidas possam deter o poder que tanto querem.

— Preciso lhe mostrar mais, Abriella. — Ele estende um braço, e outro falcão pousa nele, sobre o pulso. — Tem mais coisas para ver. Não quer saber o que aconteceu depois que o trono rejeitou Sebastian?

— Não. Não quero ver. Não me interessa. Estou farta de política feérica. Por mim, que eles destruam o reino todo. Resolvam isso sem mim.

Volto para o meu quarto, que não é meu, na verdade. Nada é meu, e não tenho para onde ir.

Menti para Misha.

Eu disse que não me importava, mas nós dois sabemos que isso não é verdade. Eu me importo mais do que quero. O problema é que não *confio* nem em Misha nem em Finn, nem nas emoções que sinto pelo vínculo com Sebastian. Não confio em ninguém e não pretendo mudar isso tão cedo.

Infelizmente, ao contrário de Misha, não consigo ler pensamentos e descobrir as verdadeiras intenções dos outros.

Como não sei como funciona o poder de Misha, não posso usar minhas sombras para espioná-lo. Até onde sei, ele sentiria meus pensamentos mesmo que não pudesse me ver, o que tornaria inútil a capacidade de me esconder nas sombras.

No segundo em que ele disse que era Finn quem desejava ajudar os plebeus no reino Unseelie, senti que amolecia por dentro e passei a ouvir com mais atenção. Depois ele falou sobre proteger futuras gerações, e percebi que estava tentando me manipular. Misha não é diferente dos outros, diz exatamente o que preciso ouvir para me fazer agir exatamente como quer que eu aja.

Mas não vou me deixar envolver de novo. A única coisa em que posso confiar é que ninguém é digno de confiança.

Caio na cama sem tirar as botas e tento pensar. Uma parte de mim quer ouvir os planos de Misha. Essa parte quer saber como posso ajudar Finn e Sebastian a evitar outra guerra difícil. Quero saber o que posso fazer para impedir a rainha de ter mais poder. Uma imagem daquele *acampamento* horrível reluz em minha mente, e lembrar das crianças em jaulas provoca uma onda de raiva dentro de mim.

Viro o rosto para o travesseiro e solto um grito abafado. Não tenho para onde ir, então, se ter um quarto aqui depende de ajudar Misha, não sei o que vou fazer. Só preciso de... *tempo*. Tempo para ter mais informação. Tempo para tomar minhas próprias decisões.

Talvez eu não possa espionar Misha, mas Sebastian não tem esses poderes. Se eu me fundir às sombras em torno dele, posso conseguir algumas informações necessárias.

Pulo da cama e corro para a porta. Quando abro, Misha está parado do outro lado com o punho erguido, preparado para bater.

Cruzo os braços e projeto um lado do quadril.

— Para que você ia bater? Não sabia que eu estava a caminho da porta?

Ele abaixa a mão e a põe no bolso.

— Não sou vidente.

— E isso deveria me tranquilizar?

— Não tento ler seus pensamentos. Não o tempo todo, mas às vezes você os projeta. — Ele suspira. — Vim pedir desculpas por ter pressionado você. Minha esposa teve a bondade de me fazer enxergar o erro no meu jeito de agir. Você tem passado por muita coisa, e, como Amira apontou, ninguém no seu lugar pensaria estar pronto para resolver um problema que, em suas raízes, tem séculos de existência.

Solto os ombros, aliviada.

— Obrigada. — Não conheço Amira, mas já gosto dela, não por confiar no que ela diz, mas porque esse é um pretexto para ganhar tempo enquanto descubro em quem posso confiar. — Onde está a rainha? Eu gostaria de conhecer Amira.

Ele levanta as sobrancelhas, surpreso e satisfeito pelo meu interesse por sua esposa, mas balança a cabeça.

— Ela está de saída. Vai passar a noite no assentamento Unseelie no vale.

— Ah. — Talvez ainda não possa confiar em Misha, mas isso não muda todo o bem que ele e Amira fizeram trazendo os refugiados Unseelie para cá. — Ela passa muito tempo lá?

— Um pouco. E você também estava de saída. Precisa de alguma coisa? Posso acompanhar você a algum lugar, ou sua criada pode levá-la, se estiver cansada de ver minha cara por hoje.

Sorrio. Sei que estou amarga e endurecida, mas não sou imune ao charme de Misha.

— Você tem um goblin no palácio? Quero ir ver Sebastian.

As sobrancelhas se elevam de novo, mas é o único sinal de surpresa.

— Por quê?

— Bem, eu queria... — Mordo o lábio, tentando pensar em um jeito de explicar que preciso reunir toda informação possível.

— Ah — Misha responde sorrindo. — Chamamos isso de *espionagem*.

Olho diretamente para ele.

Misha dá risada.

— Por favor, não me entenda mal. Eu aprovo.

— Ótimo. Quero espionar. Quero ver o que ele está fazendo agora que já percebeu que não vai poder ocupar o trono.

— Ele se instalou no palácio Unseelie. Conseguiu levar uma parte suficiente de sua guarda para que Finn e seu povo... evacuem o local, por enquanto.

— Tudo bem, mas quero saber o que ele faz quando pensa que não estou ouvindo.

Misha assente.

— Vou mandar Tempestade.

Recuso a oferta com um movimento de cabeça.

— Quero ver eu mesma.

Ele cruza os braços.

— Esqueceu que é vinculada a Sebastian? E que ele percebe como você se sente e *onde está* o tempo todo?

— Não esqueci. Não consigo esquecer. — Levo a ponta dos dedos às têmporas. — Ele está aqui. — Apoio a mão no peito. — E aqui. — *E o sinto quando me deito na cama à noite*. Mas não tenho coragem de admitir essa parte. — Você disse que poderia me ensinar a bloquear...

— É preciso ter prática. E paciência, e muita energia, que você simplesmente não tem agora, mas prometo lhe dar uma aula amanhã logo cedo.

Ele tem razão. Não faz mais que duas horas que saí da cama e já me sinto exausta e ansiosa para voltar para debaixo das cobertas. Mas com o sono chegam os sonhos, e nos sonhos corro o risco de me abrir para Finn ou Sebastian.

— Amanhã — diz Misha. — Depois que você dormir e tiver uma chance de digerir o que nós conversamos hoje, podemos treinar o bloqueio, mas saiba que a maioria dos casais vinculados pode sentir a presença um do outro com mais intensidade quanto mais próximos forem. Mesmo depois de anos de treinamento, você pode não ser capaz de espionar seu parceiro vinculado sem ser detectada.

— Tudo bem. — Mesmo que eu nunca consiga espionar Sebastian, quero aprender tudo o que Misha tiver para me ensinar. Sentir Sebastian o tempo todo me enfraquece. Se ele passasse pela porta agora, não sei se conseguiria conter o impulso de me atirar em seus braços.

— Quanto a esta noite, quer conhecer meu palácio? — Misha oferece.

Eu iria. Nunca vi nenhum outro palácio tão lindo quanto as partes do Castelo Craige que conheci até agora. Mas não é assim que quero passar a noite.

— Eu posso ir com Amira? Para... os acampamentos? — Mordo o lábio. Quero ter certeza de que Misha é um bom sujeito, mas quero descobrir por mim mesma ou pelo bem dos vulneráveis?

— Ah, não sei. — Misha fica em silêncio por longos instantes, o olhar perdido, e imagino se está tentando me induzir a recusar e dizer que não preciso ir.

— Se está tentando esconder alguma coisa...

De repente ele assente e sorri para mim.

— Amira ainda está no estábulo. Ela disse que espera, e podemos ir todos juntos.

Enrugo a testa e olho em volta.

— Você acabou de... *falar* com ela?

Seu sorriso se alarga.

— Exatamente. — E bate com o dedo na têmpora, como se isso explicasse tudo. — Consegue cavalgar como está ou prefere trocar de roupa?

Olho para a calça de couro e as botas com que me vesti mais cedo.

— Estou bem assim.

— Ótimo. — Ele assente, já se virando e seguindo na direção da escada. — Amira disse para levar um casaco. Vai estar escuro quando voltarmos, e fica gelado depois que o sol se põe.

Vejo um casaco preto pendurado ao lado da porta e o pego antes de correr atrás dele. Misha tem pernas tão longas que já está no alto da escada quando o alcanço.

— Vou conseguir fazer isso com Sebastian?

Não sei como me sentiria. Por um lado, mal consigo ignorar a vibração constante de todas as emoções batucando em minha cabeça. Por outro lado, seria incrível ter uma conversa com qualquer pessoa que não está nem sob o mesmo teto que eu.

Misha balança a cabeça.

— Não conheço os detalhes do poder do príncipe dourado, nem sei qual é a extensão real do seu poder, mas até onde sei, vocês dois não conseguem conversar por telepatia.

— Está me dizendo que o jeito como o vínculo funciona depende dos poderes do indivíduo?

Ele termina de descer a escada e vira à esquerda, me conduzindo para fora do castelo e na direção de outra escada. Percebo que elas estão por todos os lados, construídas na parede da montanha. É como se o Castelo Craig ocupasse o ponto mais alto desta área das Terras da Floresta Selvagem e, para ir a qualquer lugar além dele, fosse preciso descer.

Misha olha para mim e inclina a cabeça. *Não é resultado de nenhum vínculo*, ele diz dentro da minha cabeça, tão claro quanto se estivesse pronunciando as palavras em voz alta. *É meu dom. Como captar sua resposta.*

— Ah. Isso é... — A primeira palavra que me ocorre é *sinistro*, mas sou educada demais para dizê-la.

Misha dá risada, ouvindo a palavra de qualquer maneira.

— Mas estou curioso — ele diz. — Ontem você parecia querer eliminar toda consciência emocional entre você e Sebastian, e agora está perguntando como pode torná-la mais... precisa, como pode ter uma conversa por intermédio dela.

— Você não pode dizer que minha curiosidade é condenável.

— Mas qual é a sua vontade? Quer cortar a comunicação, ou quer se comunicar livremente com ele?

O instinto me diz para declarar que quero cortar a comunicação, nunca mais tomar conhecimento dos pensamentos ou emoções dele, nunca mais vê-lo ou pensar em seu rosto. Mas percebo que essa seria a voz do meu coração partido.

— As duas coisas, acho — respondo, pensativa. — Quero poder cortar a comunicação deliberadamente, mas reconheço que me intriga a possibilidade de me comunicar com alguém sem falar. Para mim, tem a ver com poder escolher. Quero estar no controle da minha cabeça e dos meus sentimentos.

— É justo.

Tenho que conter um sorriso quando me ocorre uma ideia.

— Qual é o limite do alcance do seu dom?

— Depende. Se a mente que abordo é fraca, ou escolheu fortalecer intencionalmente nossa conexão mental, já aconteceu de eu conversar por pensamentos com alguém do outro lado da corte. Mas, se estou tentando ler os pensamentos de uma mente protegida, tenho que estar na mesma sala, e mesmo assim, se o indivíduo for bem treinado, não funciona.

— E com humanos?

Ele ri.

— A mente humana é fácil de ler, normalmente.

— Você pode... acha que consegue ver se minha irmã está bem?

Ele balança a cabeça.

— Meu poder não funciona entre dois reinos.

— Ah. É claro. — Estudo a fina camada de poeira que cobre minhas botas.

— Posso mandar Tempestade, e você mesma vê como ela está.

Não gosto da ideia de mandar uma dessas criaturas espionar minha irmã, e minha desconfiança deve se estampar no meu rosto, porque ele acrescenta:

— Se não confia no que vai enxergar pelos olhos dele, pode usar meu goblin para mandar uma carta.

— Sério?

— Seria um prazer ajudar. Sei como é perder a conexão com um irmão mais novo. — Ele olha para mim com um sorriso triste.

— Muito obrigada. Teoricamente, sei que ela está bem, mas, agora que sou feérica... — Procuro as palavras, mas meus olhos ardem e tenho que engolir as lágrimas repentinas e indesejadas. — Quando visitei minha irmã com Sebastian, não me passou pela cabeça que poderia ser a última vez que a veria.

— Quer trazer sua irmã para cá?

Sim, por favor. As palavras querem transbordar de mim, mas eu as seguro. Não há nada que eu queira mais que Jas, mas não posso. Nunca vou esquecer o terror nos olhos dela quando sugeri que voltasse comigo para o reino de Faerie. O que ela teve que suportar quando era prisioneira de Mordeus deixou marcas, fez minha irmã alegre e confiante ter medo de todos os feéricos. Não vou tirar dela a possibilidade de escolher, como Sebastian fez comigo.

— Não — respondo finalmente. — Não. Ela está onde quer ficar. Vou mandar uma carta. — Não consigo imaginar o que vou escrever, mas encontrarei um jeito de fazer contato sem que ela fique preocupada comigo.

Misha reduz a velocidade dos passos, e pouco depois paramos. Quando ele se vira e olha para mim, tem uma compaixão tão pura em seu rosto que preciso desviar o olhar por um instante para recuperar a compostura.

— Nem sempre vai ser assim — ele diz em voz baixa. — A solidão não é desconhecida para você, mas um dia... um dia prometo que vai ser.

Olho para minhas botas.

— Pensei que você não fosse vidente.

— Não sou. Mas *sou* muito, muito velho, reconheço uma boa alma quando a encontro, e boas almas nunca ficam sozinhas por muito tempo. — E afaga meu ombro, depois se afasta.

Capítulo 7

Sigo Misha em silêncio, constrangida por ter me deixado dominar pelas emoções. Quando entro no estábulo, já me recuperei o suficiente para endireitar os ombros e levantar o queixo.

— Esta é Amira. — Misha aponta para a mulher alta selando um cavalo.

Ela sorri para mim por cima de um ombro, depois termina de ajustar os arreios antes de se virar de frente. Não sei se estou mais surpresa com o quanto seu sorriso parece autêntico ou por ela estar selando o próprio cavalo.

Ela é alta, tanto quanto Misha, tem olhos castanhos e mansos e pele tão escura quanto o céu da noite. O cabelo escuro é curto, quase raspado, criando um estilo que chama a atenção para os olhos grandes e as ametistas brilhantes que enfeitam suas orelhas delicadamente pontudas.

Dou um passo adiante e estendo a mão.

— Sou Abriella. É um prazer conhecê-la.

Ela segura minha mão entre as dela.

— O prazer é meu — diz, com uma voz baixa e melodiosa. — Finn e Pretha me falaram muito de você.

Fico tensa, pensando na visita que ela fez à casa de Finn antes de eu entender a maldição e antes de saber que Finn e Sebastian estavam atrás de uma coroa que eu nem sabia que usava.

— Fico feliz por ver que está bem — ela diz, e abaixa a cabeça com uma deferência que me surpreende. Ela é a *rainha* da Floresta Selvagem. Eu sou só uma ex-humana que atrapalhou o futuro de um reino inteiro. Se Oberon não tivesse me salvado...

Misha pigarreia, e fico envergonhada ao me lembrar de seus dons. É como pendurar uma plaquinha no peito anunciando minha infelicidade.

— Tem certeza de que não vou incomodar? — pergunto.

Os olhos de Amira se iluminam.

— É claro que não! Vou adorar sua companhia, e a cavalgada vai ser uma oportunidade para ver parte das nossas terras.

— Obrigada — digo.

— Escolha um cavalo, Abriella — diz Misha, levantando as mãos para mostrar as baias. — Os peões estão no horário de jantar, mas podemos ajudá-la com a sela, se precisar.

Há dezenas de cavalos, mas uma égua preta sacode a crina sedosa de mechas prateadas quando me aproximo, como se tentasse chamar minha atenção.

— Aquela é a Duas Estrelas — diz Amira, vindo em minha direção com uma sela sobre um dos ombros.

— Ela é linda — elogio, afagando o focinho da égua.

— Ela é muito especial e sabe disso — Misha comenta enquanto ajusta a sela em seu cavalo, um garanhão castanho que eu só poderia montar com uma escada.

Amira levanta o ferrolho e abre a baia.

— Ela tem esse nome por causa das manchas nos flancos. Existem poucas como ela, todas da mesma linhagem, descendentes do corcel da Rainha Mab.

É a segunda vez esta noite que ouço o nome da velha rainha feérica das lendas.

— A Rainha Mab era... real? — pergunto, ajudando Amira com sela e estribos. Só trabalho guiada pela lembrança de todas as vezes que vi alguém fazer isso no estábulo de Sebastian, mas Amira me guia pelas etapas sem dizer nada.

— Sim, muito real e amada por seu povo — responde Misha. Ele sela o cavalo com os movimentos automáticos de quem já fez isso milhares de vezes. Considerando a idade desses dois, provavelmente fizeram. — Era a linhagem dela que ocupava o Trono das Sombras antes de o avô de Finn interferir.

— A família de Finn os... destronou?

Amira comprime os lábios e balança a cabeça. Seus olhos castanhos parecem tristes quando diz:

— Kairyn, avô de Finn, era sucessor da última descendente viva de Mab, a Rainha Reé, e ocupou o trono depois que ela foi assassinada.

Conveniente demais para ele.

— Kairyn era devotado a sua rainha — diz Misha, levando o cavalo para fora da baia. — Ela era sua parceira amarrada, e ele teria morrido pela Rainha Reé ou qualquer um de seus herdeiros.

Abaixo a cabeça, envergonhada com minha dedução.

— Tudo bem. — Amira toca minha mão. Seu sorriso suave me deixa à vontade, embora tenha a sensação de que seus dons a colocam em sintonia com minhas emoções. — Com o que você viu de sua espécie, ninguém pode condená-la por presumir o pior, mas o fim da linhagem de Mab foi devastador para qualquer um neste reino que não quisesse ver a Corte do Sol estender seu domínio além das fronteiras.

— Foi por isso que os feéricos começaram a ter filhos com humanos? — pergunto. — Para ter mais herdeiros? Para impedir que as linhagens terminassem com tanta facilidade?

— Mab teve muitos filhos, alguns com humanos, outros com feéricos — Misha explica. — E seus filhos tiveram filhos, e assim por diante. A linhagem foi abençoada com a fertilidade.

— E o que aconteceu com eles?

Amira me encara por um momento e posso praticamente ver seu coração partido quando ela responde:

— Os feéricos dourados mataram todos. Inclusive os bebês.

Saímos do palácio e cavalgamos quilômetros encosta abaixo por uma trilha rochosa, cheia de árvores e tão íngreme que minhas coxas e meu abdome doem com o esforço de me manter sobre a montaria. Cada vez que outra onda de exaustão me atinge, me pergunto por que não estou no palácio, descansando em minha cama. Não sei como decidir em quem posso confiar neste reino, mas é possível aprender muito com o jeito como alguém trata os mais fracos, os que não têm nada a oferecer. Esta noite vai revelar muito sobre meus anfitriões.

Na cavalgada montanha abaixo, rei e rainha continuam chamando os acampamentos para os feéricos das sombras de *assentamento*, mas só quando chegamos lá eu entendo por quê. O que eles construíram para os refugiados Unseelie é mais um pequeno vilarejo que um acampamento temporário.

Eu esperava condições primitivas, mas as cabanas de telhado de palha dispostas em fileiras bem alinhadas dos dois lados da estrada parecem muito melhores que as condições *adequadas* que Misha descreveu.

Quando a estrada chega a um entroncamento, Misha desmonta e ajuda a esposa a descer do cavalo, depois me ajuda. Dois meninos sorridentes com chifres pequenos e cabelo comprido escuro levam nossos cavalos, nos deixando no que parece ser a área comum do assentamento. Há um pavilhão com mesas enfileiradas, uma área de refeições comum, imagino, e, além dele, uma área de lazer onde três crianças jogam bola.

— Aqui fica a nossa escola — diz Misha, enquanto me leva através do pavilhão até uma fila de prédios do outro lado da praça. São feitos de pedra e parecem muito velhos. — E ali é a enfermaria. Também é lá que fazemos a recepção dos novos residentes, porque muitos precisam passar pelo curador.

— É ali que as crianças são reunidas com os pais?

Vejo a tristeza no rosto de Misha.

— Só quando temos muita sorte.

— Este assentamento é um de vários em nossas terras — Amira explica atrás de mim. Eu me viro e vejo uma fila que as crianças formaram na frente dela, e a rainha está abaixada abraçando uma por uma. A imagem me faz lembrar de minha primeira professora em Elora antes do incêndio, quando nossa família ainda estava inteira. A sra. Bennett era carinhosa e gentil, e, sempre que meus amigos e eu a víamos fora da escola, corríamos para ser o primeiro a receber um abraço.

Eu queria usar essa visita para julgar o quanto poderia confiar nesse casal, e, se Amira soubesse disso e tivesse planejado tudo para me impressionar, não poderia ter criado uma cena melhor. Mas isso não tinha sido planejado. Essas crianças não estavam fingindo. Percebo que a rainha da Floresta Selvagem passa muito tempo aqui, e as crianças tinham ficado felizes de verdade ao vê-la. Ela não as apressa, dá a cada uma o momento que esperava.

Misha para ao meu lado.

— Quando nós abrimos os portais para trazer os refugiados para cá, o objetivo é tirá-los das terras Seelie — ele diz. — Só começamos a tarefa de reunir as famílias depois que eles estão seguros. Demora, e é comum as crianças estarem doentes demais para poderem viajar imediatamente.

— Por que não manter os refugiados em um assentamento?

Misha balança a cabeça.

— Bobagem.

Amira abraça a última criança, depois sorri para mim como se quisesse amenizar a resposta ríspida do marido.

— Seria mais fácil, em muitos aspectos — ela explica, e se levanta para se juntar a nós —, mas também facilitaria um ataque da rainha dourada. Temos membros da guarda designados para organizar as comunicações entre os assentamentos e manter registros dos residentes dentro deles. Nosso objetivo é sempre a reunião, mas nem sempre é possível.

Um menino pequeno que vi abraçando Amira momentos atrás anda de um lado para o outro entre nós e o pavilhão, e sua expressão é preocupada.

— Alguns pais não conseguiram escapar — Misha explica em voz baixa. — E muitos adultos dão nomes falsos. Depois de anos sob o domínio de Mordeus, eles não conseguem confiar em ninguém. As dificuldades são infinitas.

Engulo em seco, imaginando todos os órfãos sem saber se os pais estão vivos. Sei como é isso.

— Tem um mercado ali. — Misha aponta para uma fileira de barracas mais afastadas. — Abre todas as manhãs e fecha quando o sol está alto. O comércio é saudável, e o aluguel das barracas nos ajuda a pagar uma parte dos custos para manter o assentamento funcionando.

— Você devia voltar para ir ao mercado algum dia — Amira sugere. — Se aprecia artes plásticas e artesanato, ou simplesmente gosta de boa comida, tem de tudo para todos os gostos.

Uma mulher de pele dourada e cabelo branco e bem curto se aproxima de nós e se curva em reverência profunda diante de Misha e Amira.

— Majestades.

— Leta, esta é nossa hóspede, Abriella — diz Misha. — Abriella, quero que conheça Leta.

— É um prazer. — Leta inclina a cabeça.

— O prazer é meu — respondo meio sem jeito. Passei a maior parte da minha vida nas sombras, tentando não ser notada. A deferência das criadas do Palácio Dourado sempre me causou desconforto, e aqui não é diferente.

— Leta administra a enfermaria aqui — explica Amira. — Muitos chegam dos campos de Arya machucados, e Leta cuida deles e os recupera. Temos sorte por poder contar com ela.

As bochechas de Leta ficam vermelhas.

— Obrigada, Majestade. É uma honra poder servir. — Ela engole a saliva. — Peço desculpas por interromper a visita de Lady Abriella, mas, se tiverem um momento, há algo que precisam ver.

Misha e a esposa se olham, e ele assente.

— Vamos lá.

Leta segue na direção da enfermaria, e vamos atrás dela até um prédio de pedra e uma sala nos fundos, onde uma fileira de camas é ocupada por crianças adormecidas.

Misha franze a testa ao olhar para elas.

— Todos adoeceram? — ele estranha.

Leta balança a cabeça.

— Não sabemos o que é. Parecem dormir, mas...

Ele a encara e espera, e Leta levanta as mãos abertas.

— As crianças não acordam. A respiração é rasa, a temperatura do corpo é baixa, como se tivessem entrado em um tipo estranho de hibernação.

— Alguma coisa contagiosa? Está se alastrando?

— Só entre as crianças. A primeira foi trazida ontem, e hoje de manhã chegaram mais duas. Nenhum adulto tem os sintomas.

Amira se aproxima de uma cama no meio da fila, onde um menino de cabelo curto e escuro dorme de lado, encolhido. Não fosse pela explicação de Leta, eu pensaria que ele e os outros estavam tirando um cochilo.

Essas crianças são diferentes daquelas que Lark me mostrou em sonho, mas não há como ignorar as semelhanças, e ainda não entendo o que ela estava tentando me dizer.

Estão procurando você. Você precisa ir para casa.

Ela tinha sugerido que esta era minha casa? Que há alguma coisa que posso fazer para ajudar as crianças? Então, por que a imagem que tinha me mostrado era tão diferente dessa?

Amira afasta o cabelo da testa do menino.

— Oi, pequeno.

— O nome dele é Cail — diz Leta. — Tem três anos. Chegou ao assentamento com a irmã mais velha há cerca de um mês.

— Como está a irmã? — pergunta Misha.

— Parece bem. Está preocupada com o irmão, é claro, mas não tem sintomas da doença.

Amira se ajoelha e fica cara a cara com o menino adormecido.

— Cail? Você está aí?

— Tentamos de tudo — diz a enfermeira. — Talvez seja alguma doença estranha, mas nunca vi crianças dormirem tão profundamente por tanto tempo.

Amira afaga o cabelo do menino pela última vez antes de se levantar.

— Sinto que ele está aí — diz. — Não tem dor, mas é estranho. Nunca vi nada parecido. Por favor, mande notícias.

Leta assente com a cabeça.

— É claro. Peço desculpas pelo inconveniente, mas agradeço pelo tempo que nos concederam.

— Não foi inconveniente nenhum. — Amira segura uma das mãos de Leta entre as dela.

Os ombros da enfermeira caem visivelmente, e sua respiração se estabiliza.

— Obrigada — ela murmura.

Lá fora, alguém começa a gritar.

Misha e Amira saem correndo da enfermaria, e eu os sigo. O menino preocupado de antes está sozinho na rua, berrando, como se fosse atacado. No momento em que o vejo, sinto seu terror como se fosse meu.

Amira se ajoelha diante da criança e a abraça. Ele continua gritando, mas esconde o rosto no peito dela, como se buscasse conforto.

As pessoas à nossa volta olham para eles uma ou duas vezes, mas não parecem particularmente assustadas com a explosão temperamental do menino.

Amira não o pega no colo, não diz para ele ficar quieto. Só afaga suas costas com suavidade enquanto ele continua berrando e gritando.

O medo me envolve, me captura, e sinto... impotência. Estou completamente impotente diante dos gritos devastadores dessa criança.

— O que eu posso fazer? — pergunto a Misha.

Ele toca meu braço, e Amira olha nos meus olhos e balança a cabeça sutilmente.

Nada. Não posso fazer nada. Como sempre.

Dou um passo para o lado. Se não posso fazer nada, ao menos posso sair do caminho.

O menino finalmente para de gritar, e, quando o silêncio cai, o medo em mim desaparece como se nunca houvesse existido. Amira o pega no colo e apoia sobre um ombro ao se levantar.

— Já volto — me avisa apenas movendo os lábios, em silêncio.

Eu assinto e a vejo levar o menino para um dos chalés.

— O que aconteceu com ele? — pergunto.

— Conseguimos resgatar algumas crianças antes de serem levadas para os campos — Misha explica, vendo a esposa se afastar. — O plano sempre foi esse, encontrar as crianças quando atravessassem a fronteira e abrir o portal para transportar todas elas para cá, para a segurança, antes de serem capturadas pela guarda de Arya. Mas Mordeus e a rainha nos observavam. Mordeus não queria que seus súditos partissem, e a rainha queria que todos os feéricos das sombras capturados em suas terras fossem trabalhar em seus campos ou fossem mortos. Nosso esforço de organização era reduzido todas as vezes pela necessidade de sigilo. — Ele acena com a cabeça para a casa onde Amira desapareceu com a criança. — Muitas crianças acabaram passando semanas nos campos antes de as tirarmos de lá, e algumas nunca se recuperaram desses dias.

— O que ela fez com as crianças?

Ele balança a cabeça.

— Não sabemos tudo, mas sei que ela mandava os pequenos para as minas.

— Minas?

Ele me estuda por um longo instante, e me pergunto se está lendo meus pensamentos, vendo toda a minha dor diante da realidade dessas famílias separadas.

— Já contei a você o que existe embaixo das Montanhas Goblin.

— Pedras de fogo — murmuro.

Misha cruza os braços.

— Ela tem enviado crianças Unseelie para aquelas minas há vinte anos. Se não tivesse mantido seu suprimento, o preço da maldição a teria matado muito antes de você acabar com ela. Ela afirma que capturou os Unseelie como um aviso, diz que tentava mantê-los fora de suas terras para proteger seu povo, mas a verdade é que ela precisava daquelas crianças para extrair as pedras e sobreviver à maldição.

— Por que crianças Unseelie? — pergunto. — Porque são pequenas? Elas não são indefesas?

— Não é só por serem pequenas, embora isso ajude. É que os pequenos têm uma capacidade inata de sentir a presença das pedras de fogo dentro das paredes. É uma percepção que desaparece com o passar dos anos. E por que Unseelie? Talvez por causa de seus dons com a escuridão, ou porque o coração dela é cheio de um ódio cruel. Alguns jamais voltaram, e os que voltaram... — Ele balança a cabeça e completa a declaração dentro da minha cabeça. *A maioria dos adultos morreria diante dos horrores sob aquelas montanhas.*

Quase tenho medo de perguntar, mas o resíduo do medo do menino ainda existe em mim.

— E o que é isso? O que tem naquela escuridão?

— Os monstros que vivem embaixo das Montanhas Goblin... bem, não se pode acessar um grande poder sem enfrentar grandes horrores.

— Mas ela não os enfrentou. Mandou crianças no lugar dela — constato em tom sombrio, e a fúria ferve em meu sangue. No reino mortal, crianças são atraídas para contratos que as obrigam a uma vida de servidão, e aqui as crianças são mandadas para baixo da superfície para enfrentar monstros inimagináveis. É tão irrazoável assim acreditar que os poderosos deveriam *proteger* os mais vulneráveis?

Talvez Misha esteja me manipulando para adiantar seu plano político. Talvez eu não possa confiar em ninguém neste reino. Mas o medo daquela criança era real, e vou fazer qualquer coisa para impedir a rainha dourada de obter mais poder e explorar mais crianças. No reino humano, eu sempre quis encontrar um jeito de proteger os fracos e vulneráveis. Ainda penso naquela pilha de contratos no cofre de Creighton Gorst. Aqui eu tenho um jeito de ajudar as pessoas, e me recuso a desperdiçá-lo só porque estou lidando com um coração partido.

— Ela mandou *crianças* — repito. — Sacrificou crianças.

— Sim — Misha confirma, sério.

— Morrer é bom demais para ela — murmuro, sem pensar antes de deixar as palavras saírem da minha boca.

Misha sorri.

— Com certeza é. — Ele solta o ar com um sopro, balança a cabeça como se tentasse tirar da cabeça uma imagem assombrosa.

E o que mais ela pode fazer se conseguir expandir seu território para dentro das terras Unseelie? O que pode acontecer com as crianças daquela parte do território se sua ganância não for freada?

— Parece que todo mundo suspeita de que a rainha matou os pais dela. Nunca entendi isso.

— Hum. — Misha arregala os olhos, quase intrigado, mas sua resposta não tem nada de comprometedor.

— Isso não pode ser verdade, não é? — insisto. — Ouvi dizer que a coroa não pode ser passada para um herdeiro se esse herdeiro matou por ela. Se isso é verdade, como Arya conseguiu a coroa?

— Essa é a questão. E muita gente acredita que, se encontrarmos a resposta, vamos descobrir o ponto fraco de Arya. Mas não sabemos. E duvido que ela tenha tido apenas sorte.

— Eu devia ter matado Arya quando tive chance.

Ele balança a cabeça.

— Você nunca teve chance, Abriella. Não deixe a breve proximidade enganar você. Ela nunca vai a lugar nenhum sem levar um bando de guardas dos mais poderosos e leais. Se você tivesse tentado, especialmente como humana, teria fracassado.

Suspiro. Não devia me sentir confortada por isso, mas sinto.

— Venha comigo. — Ele me leva à escola que apontou pouco antes. As portas estão abertas, e há um grupo de crianças brincando no pequeno canteiro de flores na frente dela.

Lá dentro, umas dez cadeiras estão alinhadas na frente de uma grande lousa, e uma mulher de cabelo prateado está sentada atrás de uma mesa grande no canto, de frente para a sala. Ela se levanta ao ver Misha e acena.

— Oi, Della. Viemos ver os trabalhos de arte das crianças.

— Claro, quando quiser. — Ela está com o rosto corado, como se a presença dele fosse motivo de entusiasmo e constrangimento ao mesmo tempo. Não consegue fazer contato visual, mas duvido que seja por falta de permissão. Acho que só está atordoada com a presença do rei da Floresta Selvagem.

Ele acena com a cabeça na direção da parede atrás das mesas, onde há desenhos de todos os tamanhos e formatos. Chego mais perto, fascinada pelo que vejo. Desenhos de famílias, de céus estrelados, montanhas, rios e flores. Mas os que prendem meu olhar são os monstros – criaturas sem olhos e com dentes afiados, rudimentares, mas, ao mesmo tempo, que parecem estar saindo do papel.

— Esta é Abriella — diz Misha, e me obrigo a desviar o olhar dos desenhos para cumprimentá-la.

A mulher se aproxima e estende a mão.

— É sempre um prazer conhecer uma amiga de Misha.

— Ela não é só uma amiga — Misha explica. — Foi ela quem matou Mordeus.

A professora arregala os olhos.

— Ah, deuses! Eu não sabia... — Ela se ajoelha, ainda segurando minha mão, e aproxima meus dedos dobrados de sua testa. — É uma honra. Obrigada, obrigada. Você não tem ideia do que fez pelo meu povo. Temos uma grande dívida com você. Por favor, me diga como posso honrar você hoje e todos os dias de agora em diante.

— Eu... — Olho para Misha, sem saber o que dizer. Achei o cumprimento de Leta constrangedor, mas isso...

Misha dá de ombros, como se não fosse pessoalmente responsável por me colocar nessa situação incômoda.

— Por favor, levante-se — digo. — Você não me deve nada.

— Devo tudo. Mordeus matou meus pais, meus irmãos, meu parceiro vinculado e meu... — Ela engasga, mas já sei o que ia dizer. Mordeus não foi o único motivo para ela ter deixado seu lar. Ele matou o filho dela.

Ela estaria ajoelhada se soubesse que mais conflito se aproxima? Ela me agradeceria se entendesse que, ao percorrer o caminho que me permitiu estar aqui, condenei seu povo a mais do mesmo? Talvez o vilão seja diferente dessa vez, mas, sem alguém no Trono das Sombras, a Corte Unseelie não tem chance contra a rainha.

— Ele era um monstro — ela sussurra.

— Há muitos monstros no mundo — respondo, pensando nas criaturas embaixo daquelas montanhas, na rainha. — Matei só um, e, embora me sinta feliz por ele estar morto, não era o último. Por favor, levante-se.

Ela obedece relutante, mas continua de cabeça baixa.

— A profecia disse que você viria, mas eu não sabia se viveria para ver.

Olho para Misha. *Que profecia?*

Não sei do que ela está falando. Pode ser uma versão distorcida de vários contos diferentes sobre mortais que nasceram para matar reis perversos.

Hum. A magia de Misha pode ser sinistra, mas é conveniente.

Não é?, a voz profunda de Misha pergunta em minha cabeça.

Amira entra na escola e sorri ao nos ver.

— Ah, estão aqui.

— Tudo bem? — Misha pergunta à esposa.

Amira assente, e, quando o silêncio se prolonga, percebo que eles estão conversando por telepatia.

Della finalmente solta minha mão e recua de cabeça baixa.

— Precisa de ajuda? — Não sei bem o que estou oferecendo.

Della levanta a cabeça, finalmente.

— Ajuda com... como assim, milady?

Misha e Amira estão olhando para mim, e me sinto boba, mas continuo:

— Na sala de aula. Se precisar de alguém para ler para as crianças ou...

— Ah, não precisa se incomodar com isso.

Ao mesmo tempo, Misha fala:

— Seria maravilhoso, Abriella. Por que não volta amanhã?

Della fica vermelha, mas assente.

— Seria uma honra.

— Vamos, Abriella — Amira me chama, e me leva para fora do prédio. — Quero que veja o restante do assentamento.

— Foi um prazer conhecê-la — falo para Della por cima de um ombro.

— O prazer foi meu, milady.

Eu me afasto o mais depressa que posso.

— Elas sempre vão precisar de ajuda na sala de aula — diz Misha quando saímos.

Caminhamos juntos e tento respirar. No entanto, quanto mais penso, menores se tornam meus pulmões. O céu é colorido pelo arco-íris vibrante de tons pastéis que segue o rastro do sol poente, mas, por mais lindo que seja, eu queria que a noite chegasse. Queria poder ver as estrelas.

— Ela pensa que eu a salvei — falo quando nos afastamos da escola. — Mas eles não podem ir para casa ainda por minha culpa. É minha culpa que o trono... que todo o reino deles esteja destruído.

Amira para na minha frente, vira e segura minha mão.

— Abriella — diz, e com sua voz, seu toque, minha raiva e o desprezo que sinto por mim desaparecem, substituídos por calor e... *paz*.

Arregalo os olhos, olho dentro dos dela e ela sorri.

É um dom incrível, não é?, a voz de Misha pergunta dentro da minha cabeça, e assinto sem pensar em como isso pode parecer estranho.

— Você acha que este povo estaria melhor se você tivesse deixado Mordeus vivo? — pergunta Amira. — Se nunca tivesse vindo ao nosso reino para procurar sua irmã?

Balanço a cabeça. Não posso pensar em Jas. Salvá-la não foi uma escolha. Mas o que aconteceu depois...

Os olhos de Amira continuam cravados nos meus.

— Ninguém sabia o que ia acontecer. *Não é* sua culpa.

— Eles querem ir para casa. Você não sente isso? — Engulo em seco, sem nem saber o que estou dizendo. Não entendo esse sentimento. Até agora, nem havia notado que o tinha.

— *Eu* sinto — ela diz. — Mas esse é o meu dom. Sou empata. Você está dizendo que também sente?

— Está no ar. É como um grito de socorro.

Ela olha para Misha, e os dois trocam um olhar prolongado antes de ela se voltar novamente para mim.

— E o que estou sentindo agora? — Amira me encara com firmeza, e, quando balanço a cabeça, ela segura minha mão e a coloca em seu peito. — Consegue *me* sentir?

— Não. Lamento. Eu...

— É o poder de Oberon — diz Misha. — O poder da coroa deve conectar você a eles.

— É uma possibilidade — Amira concorda. Ela olha para o sol poente por um instante. — É melhor voltarmos. Logo vai estar frio.

Quando vamos buscar os cavalos, me permito sentir as emoções no ar. Sinto tristeza e solidão, saudade de casa, mas também alegria. Um sentimento de segurança. *Eles estão seguros*. E isso me diz mais sobre Misha e Amira do que qualquer conversa poderia revelar.

Quando o cavalariço me ajuda a montar, eu me pego pensando em Finn. Ele é Unseelie. Isso significa que eu poderia senti-lo também?

Queria saber se algum dia vou descobrir.

Capítulo 8

Os lábios de Misha são macios em meus dedos quando ele para diante da porta do meu quarto, de volta ao palácio.

— Durma bem, Princesa — ele diz, e solta minha mão lentamente.

Ignorando o desconforto que sinto com o gesto, balanço a cabeça.

— Não sei se consigo. Tem muita coisa acontecendo na minha cabeça. — Entre a constatação de que podia sentir os Unseelie no assentamento, minhas emoções e o que estou capturando constantemente de Sebastian, passei toda a viagem de volta fervendo por dentro. — Isso está me oprimindo. Não consigo confiar nem nos meus pensamentos. Você sabia... que eu podia sentir os Unseelie daquele jeito com o poder de Oberon?

Ele põe as mãos nos bolsos.

— De jeito nenhum, se bem que existe muita coisa que eu não entendo em sua magia. Mas sei que você é mais poderosa do que percebe. Mais até do que eu poderia ter imaginado.

— É óbvio.

Ele ri.

— E humilde também.

— Não foi isso que eu quis dizer. Todo o meu poder vem de Oberon, do trono Unseelie. Não estou sendo arrogante. Só estou concordando sobre não saber nada a respeito da profundidade e da extensão desse poder. — Antes desta noite eu não sabia nem que tinha habilidades empáticas... embora suponha que as tenha usado no acampamento da rainha.

— Hum. — Ele recua um passo e olha para mim. — Essa é uma presunção interessante.

— E precisa. De onde mais isso viria?

— Honestamente? — Ele respira fundo. — Não sei. Mas estou tentando descobrir. Finn se perguntava a mesma coisa.

Ergo os ombros ao ouvir o nome. Não consigo pensar no príncipe das sombras sem sentir um emaranhado de emoções.

— Mas ele sabia — sussurro. — Sabia de onde vinha o meu poder.

— Ele conhecia a magia do pai dele. Conhecia bem. Por isso foi o primeiro a reconhecer que você tinha acesso a alguma coisa diferente. Algo... mais.

Duvido. Acho que surpreendo tanto essas pessoas porque elas nunca esperam que uma humana tenha qualquer tipo de poder, mas não estou com disposição para discutir.

— Estou cansada.

Ele assente.

— Pedi para Genny preparar seu banho. Está pronto.

— Obrigada. Por isso e por ter me levado esta noite.

— Foi um prazer.

— Não sei se já agradeci por ter me dado um lugar para ficar. — Abaixo a cabeça. — Você não precisava ter feito nada por mim, mas fez.

Ele ri.

— Tenho meus motivos.

É claro que sim. Todos eles têm.

— Durma bem, Princesa.

Entro no quarto, mas hesito antes de fechar a porta.

— Por que você me chama assim?

Os olhos de Misha se iluminam, e ele sorri.

— Só porque chamar você de Rainha seria impreciso — diz, e se afasta pelo corredor.

— Que bobagem — resmungo, e entro no quarto. Uma camisola limpa foi deixada sobre a cama, e sinto no ar a umidade do banho de imersão preparado no banheiro contíguo.

Tiro a roupa rapidamente e vou para o banheiro, onde entro na água quente e suspiro ao sentir que ela envolve minhas coxas doloridas. Quando tudo se aquieta à minha volta, sinto Sebastian tão intensamente – sua dor e sua tristeza – que quero chorar. Sinto saudade dele. Sinto falta de acreditar que ele me ama, que posso confiar nele.

Prendo o cabelo para tentar mantê-lo seco; algumas mechas mais curtas caem em torno do rosto e sobre o pescoço. Os cachos encolhem no vapor que se desprende da banheira. Eu me lavo depressa, como se sair da banheira fosse me ajudar a escapar dessas emoções e dessa solidão esmagadora.

Quando visto a camisola e me acomodo embaixo das cobertas, a luz da lua que sobe no céu penetra o quarto pelas janelas. A exaustão me domina, mas, cada vez que fecho os olhos e tento relaxar, vejo aquele menino gritando no meio da rua, me lembro de sentir seu horror correndo em minhas veias.

Não sei por que Misha pensa que posso unir uma corte dividida. Qualquer lealdade que Sebastian e Finn tenham por mim se torna discutível, porque tenho algo de que os dois precisam. Isso não significa que posso fazer os dois trabalharem juntos, ou que tenha alguma ideia de como tentar. Mas não tenho como negar que a rainha precisa ser freada. Especialmente depois de ver seus acampamentos. Depois de ouvir os gritos de terror daquele menino esta noite.

Talvez eu não possa fazer tudo. Talvez não possa curar uma terra dividida, nem mediar disputas pelo poder, mas poderia fazer alguma coisa em relação àqueles acampamentos, se soubesse como encontrá-los. E *isso* justificaria pedir ajuda a Sebastian.

Empurro para trás os fios de cabelo que caíram sobre a testa e sorrio quando a luz é refletida pelos fios do bracelete goblin que Bakken me deu. Dezenas e dezenas de finos fios de prata que ninguém vê, além de mim, cintilam iridescentes à luz da lua. Usando a extremidade afiada como uma lâmina, corto uma mecha de cabelo da parte de trás da cabeça e quebro um fio do bracelete goblin.

Bakken aparece quase imediatamente. É a primeira vez que o vejo desde aquela noite no palácio Unseelie. Naquela ocasião, ainda com o sangue de Mordeus nas mãos depois de matá-lo, tive que cortar todo o meu cabelo na altura do queixo para fazer o goblin me levar às catacumbas de Finn.

Espero que hoje ele trabalhe por menos.

— Menina de Fogo — ele diz, sorrindo. — O que tem para mim?

Abro a mão para mostrar o tufo de cabelo curto que cortei perto da nuca. Bakken fica sério.

— Não me ofenda, Menina de Fogo.

— Não é minha intenção. Mas isso é tudo o que tenho, e preciso ir ao palácio Unseelie.

— Não trabalho de graça.

— Considere uma entrada — sugiro, e improviso um plano. — Aceita uma mecha do cabelo do Príncipe Ronan para pagar a viagem de volta?

Bakken estreita os olhos salientes. Ele quer o que estou oferecendo.

— Como pretende conseguir o cabelo do príncipe?

— Deixe isso comigo — respondo, um pouco ofegante. Acho que vai dar certo. — Por favor?

Só quando Bakken segura meu pulso eu me lembro de que estou vestida apenas com uma camisola fina.

Bakken me leva diretamente a um dormitório pouco iluminado e desaparece antes de eu ter materializado completamente. Esse não é o quarto elegante em que apareci quando atravessei o portal no armário da rainha. Daqui se vê um rio que corre por um passo na montanha, mas essa não é a vista que mais me impressiona. É *ele*.

A essência de Sebastian me atinge como um soco.

— Abriella!

Eu me viro ao ouvir a voz dele. Sebastian pula da cama. Antes que eu possa dizer alguma coisa ou me preparar, ele me toma nos braços e me tira do chão. Está sem camisa, quente, e seria fácil derreter nesse abraço. Não só porque sinto falta de seu afeto e seu amor. Não só porque estou solitária e não quero viver neste reino horrível sem ele.

Quero derreter neste abraço porque aqui, neste mesmo quarto, a conexão entre nós é mais que um condutor de emoção. É como se ele fosse metade de mim, e não suporto a dor que ele está sentindo. Ela me faz lembrar de mim mesma sete anos atrás, do sofrimento naqueles dias, depois que fui salva do fogo. Quase morri, sim, mas meu pai *morreu* naquela noite, e o peso dessa perda era uma pressão constante em meu peito e nos ombros, um aperto nos pulmões que me impedia de respirar fundo.

Sentir isso agora, saber que Sebastian está sofrendo desse jeito, me faz querer aliviar sua dor, nada além disso. Com meu beijo. Com meu corpo. Com meu perdão. *Qualquer coisa* para escapar do peso de toda essa dor, culpa e preocupação.

Mas não posso. Em vez disso, apoio a mão em seu peito e empurro.

— Me solte.

— Pelos deuses, você voltou para mim — ele diz, e beija meu pescoço. Seus lábios roçam minha pele, e a sensação é incrível, a vibração do meu corpo e do dele. — Eu sabia que voltaria.

Estou perigosamente perto de me desmanchar com esse toque, e me esforço para recuperar o controle.

— Me ponha no chão *agora*, Sebastian. — A escuridão invade o quarto com um estouro ensurdecedor.

Sebastian obedece, descendo-me até o chão devagar, e tento controlar minha magia mesmo depois que a escuridão se dissipa.

— Desculpe. — Ele estuda meu rosto. — É que... fiquei muito preocupado, e tenho sentido sua falta desesperadamente. Tentei visitar seus sonhos, mas você me expulsou.

— Eu sei. Porque você não é bem-vindo lá.

Não preciso ver a dor passar por seu rosto para saber que o magoei. Eu *sinto*. É como partir meu coração com cada palavra. Ele balança a cabeça, e a dor diminui, *todas* as emoções enfraquecem, como se ele as guardasse em algum lugar ou erguesse um muro.

— Entendo que você esteja com raiva, e mereço isso, mas...

— Não vim aqui para falar de nós. Eu não te perdoo, e não estou interessada em reconciliação.

Ele empalidece, e os belos olhos verdes perdem o brilho.

— Eu não queria que as coisas fossem daquele jeito — diz.

Contraio a mandíbula. Acreditava estar preparada para encará-lo, para me concentrar em minha missão, só que é mais difícil do que eu esperava.

— Você tinha opções. Podia ter conversado comigo.

— Podia? E o que você teria dito?

Teria dado a coroa a ele com todo o prazer, se pudesse. Mas... para isso, eu teria que morrer, ou me tornar feérica para sobreviver. A verdade é que, se eu soubesse o que ele queria de mim, teria fugido.

— Você me amou de verdade em algum momento? — pergunto.

— Você é minha parceira de vínculo.

Sufoco uma risadinha.

— Considerando as tatuagens no seu corpo, parece que você se vinculou a todo mundo que aceitou, então desculpe se não considero isso um sinal do seu amor imortal.

Os olhos dele esfriam.

— O que estou dizendo é que, se nós somos vinculados, você não precisa perguntar. Sabe exatamente o que eu sinto por você.

Porque o sinto em meu sangue. Sinto seu sofrimento, sua melancolia e seu amor, mesmo através do escudo erguido para amenizar esses sentimentos.

— Como conseguiu agir assim com alguém que ama? — Respiro fundo. Não vou chorar. — Você esperava que eu acordasse e dissesse que concordava com tudo? Esperava que eu entendesse tudo e seguisse feliz para a sua coroação?

— Eu esperava que você me desse uma chance de *explicar*. É assim que funciona quando se ama uma pessoa. Mas você fugiu. Como sempre faz.

O comentário me atinge, porque é verdade. Todas as vezes em que as coisas ficaram difíceis entre nós, eu fugi, mas isso não o isenta da responsabilidade por suas decisões.

— Você não pode me atacar com isso. Você escolheu a coroa em vez da minha *vida*, e está chateado por eu não ter ficado para conversar?

Ele balança a cabeça.

— Você já pensou no motivo para eu não te convidar para vir a Faerie? Pedi para que ficasse em Fairscape. Eu precisava de mais um ano.

— E o que teria acontecido em um ano que...

— Ela teria morrido!

— A rainha. — A mãe dele. Ele não estava sofrendo porque a mãe estava à beira da morte. Só esperava me esconder até que ela morresse. Respiro profundamente, lembrando o que ele me disse quando visitou meu sonho.

Eu sabia que não conseguiria. Sabia que ia preferir ver minha mãe morrer a trair você. Mas fiquei sem alternativas.

— Quando fiz dezenove anos, minha mãe me mandou em uma missão para encontrar você e a coroa de meu pai. Ela mesma teria ido, mas estava fraca demais. A maldição a tinha aniquilado. Então, ela me enviou para fazer justamente o que nasci para fazer: reclamar a coroa que Oberon prometeu a ela que seria do filho deles. E então eu conheci você. Sabia que ela te destruiria, e não podia deixar isso acontecer. O que estava ao meu alcance era esconder a verdade. Ganhar tempo, até a maldição finalmente roubar dela o último suspiro. Só então você estaria segura.

Palavras bonitas. Ele sempre tivera palavras lindas para mim.

— Eu só queria te manter segura.

— Eu ou a coroa?

— *Você* — ele grunhe com os olhos em chamas, e sua frustração atravessa a barreira que tinha construído entre mim e suas emoções. — Mas você não quis me ouvir, e veio para cá de qualquer jeito. — Sebastian balança a cabeça. — Precisei fazer o melhor que pude, a única coisa que pude.

Ele chega mais perto e segura meu rosto com a mão, deslizando o polegar por minha bochecha.

Fecho os olhos, tentando não cair em seu encanto. Entre o movimento suave do polegar calejado e seu calor, tão próximo que poderia me sentir ainda mais quente se me enrolasse nele, estou perdendo as forças. Seu amor por mim é tudo de que preciso. É maior que todos os meus medos, mais forte que qualquer inimigo. Se o aceitasse, nunca mais teria que ficar sozinha. Eu...

Ranjo os dentes.

— Pare com isso.

— Parar com o quê?

— Está me fazendo *sentir* isso... essa atração. Está projetando para eu parar de pensar por mim mesma.

— Estou permitindo que sinta o que eu sinto. Nós somos *vinculados*. Goste você ou não. Tudo o que você sente pelo vínculo é real. É parte de mim.

— Mas você está mascarando algumas das suas emoções. Está escolhendo revelar mais de algumas coisas e menos de outras.

Ele dá de ombros, como se esse comportamento fosse completamente normal. Talvez seja. Talvez por isso pares vinculados suportem a natureza esmagadora de tantas emoções. Ou ele é só um cretino manipulador que não merece o benefício da dúvida.

— O que teria acontecido depois da morte da rainha? — pergunto, buscando colocar a razão acima da emoção. — Como isso teria mudado alguma coisa?

— O que teria mudado? Seria menos uma ameaça contra você. Menos uma feérica disposta a tomar aquela coroa e seu poder a qualquer custo. — Ele engole em seco. — Eu precisava de tempo.

— Para quê?

— Para a profecia se cumprir, para você me amar o suficiente para entender que eu não queria *nada disso*. Nós estávamos nos apaixonando. — Ele leva a mão fechada ao peito. — Não quero te enganar, te induzir a nada. Queria encontrar um jeito de te contar a verdade. Queria que você me amasse o suficiente para ter *escolhido* tomar a poção sem ter sido pressionada.

— Nada te impedia de me contar tudo.

As narinas dele dilatam.

— Você estava se apaixonando por ele. Enquanto Finn tivesse uma chance de te enganar para pegar a coroa, você não estaria segura. Por isso nós precisamos do vínculo. Por isso eu te enganei, porque pegar a coroa para mim era o único jeito de te manter segura, e esconder a verdade era a única maneira de te convencer a aceitar o vínculo comigo.

A explicação é boa, e quero engolir tudo sem mastigar, acreditar que tudo vai ficar bem se voltarmos a confiar um no outro. Mas não posso.

— Você sabia que eu morreria, que a cerimônia de vínculo me mataria.

— Eu sabia que você morreria, e sabia que tomaria a poção. Só aceitei porque...

— Você *aceitou*? — repito com um fio de voz. A *arrogância* do feérico egoísta.

Os olhos dele cintilam.

— Sim. Porque você se tornaria feérica, e, melhor ainda, não estaria mais usando uma coroa pela qual tantos nesta terra iriam à guerra. Passei noites acordado imaginando o que minha mãe faria se te encontrasse, imaginando como Finn estava perto de ganhar sua confiança.

— Você não entende? O que fez não foi só pegar a coroa. Você me tirou a vida. Você *me matou*.

Sebastian fecha os olhos.

— Eu *amo* você.

Balanço a cabeça. Porque sei que é verdade. Sei que ele acredita nisso.

— Amor sem confiança não significa nada.

Ele engole em seco.

— Eu sei que você está magoada agora, mas tem alguma ideia do quanto me destruiu quando foi embora? E foi ao encontro *dele*? Depois de tudo?

— Ele quem? Misha?

— *Finn* — Sebastian rosna. — Você quer que eu entenda por que não pode me perdoar, mas o perdoou pela mesma coisa.

— Ele não tem nada a ver com isso. Não vejo Finn desde aquela noite nas catacumbas.

— Mas... você está nas Terras da Floresta Selvagem. — Sinto a confusão através do vínculo, antes de ele a abafar. — Você está hospedada na casa do irmão de Pretha...

— Misha me ofereceu refúgio quando precisei. Um lugar onde eu pudesse ficar longe de você e de Finn. — Balanço a cabeça. — Não tente virar o jogo e fingir que traí você. Não vai conseguir.

Ele enruga a testa.

— O que tenho que fazer para ganhar sua confiança? Você sabe que te amo, me diz como faço para que confie em mim de novo.

Aí está. Minha oportunidade. O motivo para eu ter vindo.

— Quer conquistar minha confiança? Então me ajude a desmontar os *acampamentos* de sua mãe. Libertar os Unseelie que estão presos na Corte Seelie e mandá-los para casa.

Sebastian hesita por dois segundos, depois faz um movimento negativo com a cabeça.

— Isso já foi feito. Ela libertou os Unseelie assim que Mordeus morreu.

Ele acredita mesmo nisso?

— Não libertou as crianças. Ela ainda as mantém cativas. Eu vi. E está drogando todas elas para suprimir sua magia e mantê-las vivas, para poder mandá-las para as minas na fronteira. Ela está usando as crianças para pegar pedras de fogo.

Sebastian fecha os olhos e murmura um palavrão.

— Ela prometeu — sussurra.

Fecho os olhos diante da desolação em seu rosto, mas não adianta, porque posso senti-la rasgando meu peito.

— Prometeu o quê?

Ele olha pela janela, e uma dezena de emoções atravessa seu rosto.

— Pouco depois que você chegou ao palácio, eu visitei um dos acampamentos e conheci duas crianças que tinham sido levadas às minas. Elas estavam... — Uma pausa, outro movimento de cabeça. — Eu a confrontei e ela jurou que as duas eram as únicas, que tinha sido obrigada a mandá-las pegar as pedras de fogo de que o curador precisava para mantê-la viva.

— Ela disse que foi só uma vez? E você acreditou?

— Eu sabia que era mentira e sabia que ela estava desesperada, mas tive esperança...

— Ela não vai mais morrer, e ainda mantém crianças prisioneiras. Milhares delas. Ainda usa aquelas crianças para extrair pedras de fogo e se tornar mais poderosa. Você não pode confiar nas promessas dela. Se confiar, eu nunca mais vou conseguir confiar em você.

Ele me encara, analisa meu rosto. Neste momento, sei que ele me daria qualquer coisa, tudo o que eu pedisse. Tenho tanta certeza disso quanto dos meus pensamentos.

— Vou acabar com os acampamentos — ele diz. — Pode considerar o problema resolvido. Vou reunir uma equipe assim que o dia amanhecer.

— Estarei pronta.

— Não posso deixar você ir com eles. Não vou te pôr em risco desse jeito.

— Você não pode me controlar. Não sou mais humana. Tenho poder, e vou usá-lo.

— Mas se ela descobrir que você tem poder...

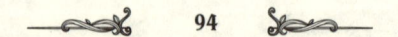

— Vai me matar para que o poder se transfira para você? Não é isso que você quer? — Olho para ele com firmeza, desafiando-o a mentir para mim.

Os olhos dele queimam, e Sebastian desiste de controlar as emoções, deixa que elas me inundem em uma onda poderosa de dor e incredulidade.

— Você não pode acreditar nisso — afirma. Ele sabe que não consigo me convencer, mesmo que queira. Seu olhar estuda meu rosto de novo, e mais uma vez, como se tentasse ler mais em mim do que o vínculo entrega. — Não sei o que ela vai fazer, Brie, mas não vou correr esse risco. Por nada.

— Não é você quem decide que riscos eu corro. A vida é *minha*, e esse é o único jeito de... — *Esse é o único jeito de viver comigo mesma.*

Não. Não vou dizer essas palavras. Não vou exibir essa fraqueza. Não para ele.

Tudo tem sido demais. Oberon deu a vida para me salvar, e assim sacrificou o futuro de todo o seu reino. Então, porque tomei a Poção da Vida, o poder da coroa ficou preso a mim, e cada membro da corte das sombras está em perigo novamente.

Tudo por minha causa, por *minha* vida. Posso odiar os feéricos, posso odiar estar presa nesse novo corpo feérico, mas nunca vou acreditar que minha vida é mais importante que a vida de tantos outros.

Se eu não lutar por essas crianças – esses *inocentes* –, como vou conseguir conviver comigo mesma?

No entanto, não tenho as habilidades de Sebastian, e não tenho um escudo para impedir que ele descubra essa verdade secreta em meio ao que recebe através do nosso vínculo. Seus olhos se abrem, e me pergunto o que está recebendo. O desprezo que sinto por mim mesma? A tristeza por todos os que foram sacrificados por minha vida infeliz? A futilidade dessa imortalidade que nem sequer mereço?

— Brie — ele chama baixinho.

— Sei como é isso, Sebastian. Tenho vivido para servir aos caprichos de um devedor ganancioso. Fui encurralada e trabalhei até sucumbir, e ainda me vejo a cada dia mais longe da liberdade.

— Mas você odeia a nossa espécie.

Levanto o queixo.

— Eu *nunca* vou ser como ela. Tão fanática e arrogante a ponto de pensar que minha vida é mais importante que *milhares* de vidas. O fato de as crianças serem feéricas é irrelevante. São *crianças*, e ela é um monstro.

O eco de sua dor me atravessa quando ele diz:

— Você pode me condenar por te amar desesperadamente?

Endireito as costas.

— Então, amanhã eu ajudo?

— Quer arriscar as crianças com isso?

— Como assim?

— Não falo com minha mãe desde antes de aceitarmos o vínculo, Brie. Não sei o que ela está fazendo, o que sabe ou o que planejou.

— Por que ela não fala com você?

Sua mandíbula se contrai, e ele lança um olhar duro para a parede quando diz:

— Segredos? Tramoias? Não sei, mas, seja o que for, não é bom. Estou preocupado com o que vem por aí.

— Com razão. Sua mãe não é digna de confiança.

— Eu já sabia disso, mas, com tantas coisas que desconheço, me preocupo com o que ela pode fazer se pegar você nas terras dela. Não vai hesitar em usar um acampamento inteiro de refugiados para ter acesso ao seu poder.

Eu estava preparada para brigar por isso, mas o argumento me faz pensar. Por que tentar um resgate se minha presença vai pôr a vida das crianças em risco?

— Se eu te deixar ir sem mim, promete mandar as crianças de volta para casa?

Os ombros dele relaxam, e seu alívio me inunda como água fria.

— Confie em mim, e eu mesmo levo você para ver as crianças quando elas voltarem para casa, na corte das sombras. Prometo.

Solto a respiração e assinto.

— Vou cobrar essa promessa, mas seja rápido. E seja como for, Bash, não deixe sua mãe te convencer a olhar para o outro lado.

Ele balança a cabeça.

— Você tem a minha palavra.

— Obrigada. — Dou um passo à frente e deslizo os dedos pelo cabelo na base de sua nuca. A tira de couro que prende o rabo de cavalo cai no chão, e ele para de respirar por um instante.

Sebastian olha para minha boca.

— Abriella — murmura, aproximando os lábios dos meus.

Com uma agilidade que o impede de antecipar o movimento, uso a faca para cortar uma mecha de seu cabelo loiro platinado, e recuo antes que ele consiga me beijar.

Sebastian fica confuso por um instante, mas se recupera e olha para a mecha de cabelo em minha mão.

— Para que isso?
— Para pagar o transporte de volta ao Castelo Craige.

Ele arregala os olhos, mas antes que possa responder, quebro outro fio do bracelete e entrego a mecha de cabelo para Bakken.

— Abriella — Sebastian chama, mas já partimos.

Capítulo 9

— **TEM CERTEZA DE QUE** não há mais nada que eu possa fazer por você? — pergunta Holly, enchendo minha xícara de café pela segunda vez. Eu devia pedir para ela parar com isso. Vou passar o resto do dia agitada. Se bem que é melhor ficar agitada do que morrendo em pé, imagino.

Quando Bakken me levou de volta ao quarto na noite passada, eu estava péssima, mas consegui ir para a cama, e apesar dos pensamentos que se projetavam em cem direções diferentes, adormeci assim que minha cabeça encostou no travesseiro. Só acordei hoje de manhã, quando uma onda de raiva e sentimento de traição me atingiu com tanta intensidade que pulei da cama pronta para lutar. E percebi que as emoções eram de Sebastian, não minhas.

Alguém bate na porta. Holly vai abrir antes que eu consiga me levantar da mesinha onde ela serviu meu café da manhã.

— Majestade — ela diz, e se curva profundamente. — Bom dia. Como posso ajudar?

— Bom dia, Holly — Misha responde com um aceno de cabeça. Está vestido com calça de couro e túnica branca e solta, e leva uma espada cruzada sobre as costas. Tempestade está empoleirado em seu ombro. — Vim falar com Abriella. É só um momento. Pode nos deixar sozinhos, por favor?

Mais uma reverência.

— É claro, Majestade. Se precisar de alguma coisa, estarei no corredor.

— Obrigado. — Ele a vê sair e fecha a porta, antes de olhar para mim.

— Dormiu bem? — pergunta.

— Como uma pedra. — Bebo mais um gole de café antes de empurrar a xícara. — Você disse que poderia me ensinar a bloquear depois que eu descansasse.

— Tem certeza de que tem forças para isso?

— Quero descobrir.

— É difícil, e, na execução mais pura do vínculo, é claro que nunca se *quer* bloquear nada.

— *Nunca?* — É difícil imaginar que se queira estar o tempo todo consciente do que o outro sente. Normalmente quero esconder minhas emoções, não divulgar.

Misha dá de ombros.

— É uma conexão vitalícia, no nível da alma. O *ponto central* é o para sempre. Na verdade, existem casais para os quais a conexão do vínculo não é suficiente.

— O que mais eles querem? — Nem tento esconder o horror em minha voz.

— A eternidade. Querem a promessa de que o vínculo jamais poderá ser desfeito e que nunca terão que viver sem o outro. Esses casais vão ao Rio de Gelo sob as Montanhas Goblin e nadam naquelas águas, unindo suas vidas por toda a eternidade.

— Mas por quê?

Misha ri.

— Ninguém pode acusar você de ser romântica.

— Você nunca tem vontade de ficar *sozinho*?

— Se eu quiser ficar sozinho, eu posso.

Balanço a cabeça. Ele não entende o que estou perguntando.

— Está dizendo que anda por aí consciente dos sentimentos de Amira o tempo todo?

O sorriso divertido e constante desaparece.

— O que te faz pensar que sou vinculado a Amira?

Ah. *Ah.*

— Ela é sua esposa. Só pensei...

— Nosso casamento foi realizado por vantagens políticas, não foi um encontro de amor. Eu precisava dela como esposa. E, apesar de muitos acreditarem que somos vinculados, porque essa é a tradição entre os casais de governantes em minha corte, o vínculo não foi necessário. Não tive interesse em obrigar minha noiva a compartilhar uma coisa tão íntima.

Abaixo a cabeça. É muito fácil pensar que Pretha saiu perdendo no relacionamento confuso. Ela se apaixonou pela mulher que era noiva do irmão, e, quando os pais deles descobriram, expulsaram-na de casa. Nunca pensei muito em como deve ter sido para Misha casar com uma mulher que não o amava, que queria a irmã dele.

— Sinto muito — digo, mas, quando levanto a cabeça, o humor está de volta em seus olhos.

— Por quê?

— É que... essa situação toda. Lamento que não tenha se casado com alguém que amava.

— Eu a *amo*, Abriella. — Ele serve café em uma xícara. — Talvez não como os maridos amam as esposas em seu mundo, mas ela é muito querida para mim. É minha melhor amiga, como diriam os humanos.

— Vocês vão ter filhos? — A pergunta salta da minha boca antes que eu consiga impedir. Estou ultrapassando limites. É praticamente obsceno fazer uma pergunta tão pessoal, e certamente não é da minha conta.

— Amira tem amantes. E eu também. Talvez um dia sejamos abençoados com um filho, mas, se não acontecer, muitos outros em minha linhagem podem ser governantes competentes.

Os dois têm amantes, mas não se relacionam entre eles? Já fui longe demais, por isso não me atrevo a perguntar. Nada disso vai mudar a situação para Pretha, mesmo que eu queira que minha amiga possa estar com quem ama.

Minha amiga? Ainda posso dizer isso agora?

— Até onde eu sei, acredito que minha irmã a considera amiga dela — Misha declara, com um sorriso triste. — É você quem vai ter que decidir se permite que ela seja sua amiga.

Contraio os músculos da mandíbula, mas em vez de reclamar por ele ler meus pensamentos, me limito a balançar a cabeça.

— Como faço o bloqueio?

Ele suspira, e imagino se tem esperança de me convencer a confiar novamente em sua irmã.

— Estou tentando pensar em um caminho bom para você. — Ele bate com o indicador nos lábios. — Vamos ver. Quero que pense na diferença entre ser mortal e ser imortal.

— Diferença? — pergunto.

— É difícil dizer o que isso significa para você. Afinal, você tinha poder antes de se tornar imortal. Mesmo assim, sua conexão com essa magia agora é diferente, não é?

— Completamente diferente. Antes eu conseguia ter acesso a ela, mas era uma escolha consciente. Uma decisão. Agora ela simplesmente está ali. O tempo todo. Agora a decisão consciente tem que ser de não usar a magia.

— Explique melhor.

— É isso, agora ela simplesmente está *ali*.

— Descreva o antes. Como é que ela não estava *ali* antes?

— Agora é quase como se a magia estivesse bem na minha frente. À minha volta o tempo todo. Não preciso procurar, nem abrir os olhos, para saber que ela está presente. E antes usar essa magia era como... — Tento pensar em um jeito de explicar. — É a diferença entre olhar para alguma coisa que está na sua frente e olhar para ela através de uma janela suja.

Os olhos de Misha ganham uma nova luz.

— Perfeito. Com isso eu consigo trabalhar.

— Como assim?

Ele olha para um ponto distante, como se tivéssemos todo o tempo do mundo.

— Vamos usar o que você descreveu para construir uma parede no meio do vínculo com o seu príncipe. Você só precisa pensar nessa janela suja. Pinte os vidros de preto. Agora a imagine não mais entre você e sua magia, mas entre você e as emoções de Sebastian.

Balanço a cabeça.

— Elas estão dentro de mim — retruco, levando a mão ao peito. — É quase como se fossem minhas.

— Feche os olhos.

Obedeço relutante.

— O que está sentindo agora?

Não é tão simples. As emoções dele se misturam às minhas e criam essa confusão turva na minha cabeça, que me deixa esgotada e exausta.

— *Shhh*. Foco.

Solto o ar devagar e me concentro justamente no que estou tentando ignorar desde que fugi do Palácio Dourado. O que sinto. O que ele sente.

— Ele está triste e... preocupado. Está muito preocupado com alguma coisa. — E também esperançoso. Tem esperança de que a equipe que reuniu esta manhã vá ter sucesso e de que vai conseguir reconquistar minha confiança.

Olho para Misha, temendo que ele possa ler meus pensamentos e descobrir que visitei Sebastian ontem à noite, mas o vejo perdido em pensamentos.

— Muito bem — diz Misha. — Agora mantenha os olhos fechados e siga essas emoções. Você as sente aí dentro. Rastreie as raízes dela como se seguisse um fio que está embaraçado em seu peito. Quero que encontre a ponta desse fio e que o puxe devagar. Pouco a pouco.

Puxo a tristeza aos poucos.

— Continue puxando — ele diz —, até o fio estar recolhido na palma da sua mão em pensamento.

A tristeza se desliga de mim como um gato recolhendo as unhas que estavam cravadas em minha pele e abro os olhos.

— Funcionou.

Sigo as instruções, puxando o restante da tristeza como se a extraísse fisicamente do meu peito. É um alívio, também um lembrete de que me sinto realmente sozinha. Sentir Sebastian mantinha minha solidão afastada; agora, ela retorna como uma velha e indesejada companheira de quarto. Mas continuo, faço o mesmo com sua preocupação, com o tormento persistente que ela se tornou para ele. Essa é mais difícil, mas continuo puxando mentalmente, segurando os fios em minhas mãos.

— Ótimo — diz Misha, como se sentisse que cheguei ao fim. — Agora ponha os fios do outro lado da janela. — Abro os olhos de novo, mas ele diz: — Continue concentrada. É a sua mente. Você decide o que entra e o que fica fora. Coloque tudo do outro lado da sua janela pintada de preto, onde é o lugar delas.

Concentrada, abro uma fresta da janela escura e jogo as bolas de fio para fora. No segundo em que fecho a janela, sinto meu corpo mais leve. Abro os olhos e sorrio, mas, no mesmo momento, Sebastian está *ali* de novo. Toda a sua preocupação, toda a tristeza, tudo volta com a mesma força de antes.

Balanço a cabeça.

— Não está funcionando.

— Você não está *concentrada* — diz Misha. — Tente de novo.

Fecho os olhos e repito as etapas, visualizando as bolas de fios e a janela escura. Dessa vez, quando estamos desconectados, eu me concentro em manter a guarda alta, mas, quando abro os olhos, as emoções de Sebastian se encaixam nas minhas outra vez.

— Você está tentando fazer isso como se fosse fácil — diz Misha. — Pare de pensar na conexão como se fosse algo maleável e comece a pensar nela como uma coisa imóvel. O vínculo está aí, queira você ou não. Você só vai fechar uma cortina pesada para impedir a visão do outro lado. Tente de novo.

Eu tento. Mais uma vez. E de novo. Imagino uma janela preta e ela some no ar. Outras vezes, o vidro racha com a intensidade do meu foco.

— Com o que você está escurecendo sua janela? — pergunta Misha, andando de um lado para o outro na minha frente. Pela cara dele, esperava que essa sessão de treinamento fosse mais fácil.

— Estou pintando de preto.

Ele para de andar e olha para mim com um sorriso.

— Nada de tinta. *Noite*. Coloque suas sombras, as mais escuras e profundas que tiver, entre você e seu príncipe.

Estou exausta, praticamente tremendo com a energia mental necessária para fazer isso de novo, mas tento. Dessa vez, quando abro os olhos, o escudo se mantém. As emoções de Sebastian ainda estão ali, mas silenciadas. Distantes. Eu poderia levantar a escuridão, abrir a janela e recuperá-las, ou deixá-las do outro lado.

Suspiro, aliviada.

— Está funcionando.

— Por enquanto — diz Misha, e eu faço uma cara contrariada. — Você vai ter que treinar se quiser fortalecer esse bloqueio. Seja paciente consigo mesma.

Dou de ombros.

— Tempo é o que eu mais tenho.

Misha sorri de verdade.

— Bom trabalho, Princesa — ele diz. — Não conte com isso para negar completamente sua conexão, nunca. O escudo vai melhorar com o tempo, quando você se fortalecer, mas será sempre difícil bloquear o vínculo em situações altamente emocionais, intensas ou dolorosas.

— Entendo. — Respiro fundo. — E essa técnica também serve para bloquear *você*?

Ele ri.

— Vai servir. Mas, como eu disse, você precisa treinar. Seja paciente consigo mesma, e lembre-se: mesmo que me bloqueie, você pode usar meu talento *sinistro* para se comunicar comigo se quiser.

— Mesmo bloqueado? Como?

Ele estuda o teto com ar pensativo.

— Pense desta maneira: você e eu nos conectamos, e eu decidi manter um pouco da minha energia mental presa em você. Desde então, você pode acessá-la. Tente visualizar um túnel estreito de energia entre nós por onde eu consigo falar dentro da sua cabeça.

Eu me concentro, visualizo. *Assim?*, pergunto.

Ele sorri. *Exatamente assim. Bom trabalho. Agora me bloqueie.*

Ergo uma parede de noite em minha mente e me concentro.

Isso é suficiente para impedir seus pensamentos de voarem para mim quando estou cuidando da minha vida, mas não é o bastante para me impedir de entrar.

Rosno, e os lábios dele se distendem.

— Continue trabalhando. É como exercitar um músculo.

— Não quero ninguém na minha cabeça sem o meu consentimento.

— Então treine. Todos os dias. Treine a mente como treinaria o corpo e vai melhorar.

Eu me sinto culpada por perguntar, mas...

— Quando eu estiver mais forte, isso também vai funcionar no assentamento? Quando eu sentir as emoções das crianças?

Misha levanta as mãos com as palmas voltadas para cima.

— Isso eu não sei dizer. Não tenho conhecimento sobre um dom que permite ao dotado acessar as emoções de uma corte inteira.

Mordo o lábio inferior. Quando ele coloca as coisas nesses termos, tudo parece muito grande. Muito *importante*. E novamente me pego questionando que tipo de rei Oberon deve ter sido. Ele amava minha mãe, sim, e, à primeira vista, me salvar da morte certa pareceu ter sido uma escolha boa e generosa. Mas deixar essa coroa e o poder comigo foi inconsequente e irresponsável. Ele avisou minha mãe de que haveria um preço a se pagar, mas não sei se algum deles imaginava que o custo seria muito maior que a vida dele, que esse ato de amor ameaçaria todo o seu reino.

É difícil julgá-lo por suas escolhas quando elas são a razão por eu ainda respirar, mas...

Misha segura minha mão e a leva aos lábios para um beijo delicado, como fez quando me trouxe ao quarto na noite passada.

— Mesmo que não saiba, você é um presente para aquela corte. Pare de pensar em si mesma como uma maldição.

Durante as duas semanas seguintes, adoto uma rotina tranquila no território da Floresta Selvagem. De manhã, ajudo na escola do assentamento Unseelie, e às vezes colaboro na enfermaria antes de cavalgar montanha acima. À noite, janto com Misha e Amira – às vezes os dois, outras vezes um ou outro. Entre uma coisa e outra, exploro a propriedade montada em Duas Estrelas, ou vou para a biblioteca e leio. Sem conseguir lidar com as emoções que me invadem quando não uso o escudo contra Sebastian, trabalho diligentemente para bloqueá-lo e tento ignorar a solidão que me assombra quando obtenho sucesso.

Misha diz que estou melhorando mais depressa do que ele esperava, e agora consigo bloqueá-lo boa parte do tempo.

Durmo mais do que jamais dormi em minha vida – doze ou mais horas por noite, e sempre cochilo à tarde. Misha diz que é porque ainda estou me recuperando da metamorfose, e que vai melhorar com o tempo. Mas não me incomodo com o sono. A inconsciência é um refúgio onde me escondo dos pensamentos. Às vezes Lark visita meus sonhos. Ela olha para mim com seus olhos prateados e brilhantes e me diz para ir correndo para casa. Acho que é ela, pelo menos. Talvez seja só meu subconsciente mostrando alguma coisa que me conforte. E, quando Sebastian ou Finn aparecem em meus sonhos, eu os empurro para fora.

A biblioteca se tornou meu lugar favorito no Castelo Craige. É um espaço circular, com paredes de seis metros de altura cobertas de livros e um teto de vidro que inunda o espaço com luz natural. No centro do círculo de estantes há muitas obras e áreas de repouso. Mesas com espaço suficiente para trabalhar, sofás com banquetas para apoiar os pés, poltronas arrumadas em grupos aconchegantes. Gosto de me sentar aqui, especialmente à noite – tem algo tranquilo em me reclinar com um livro aberto no peito e olhar as estrelas –, mas esta manhã estou apreciando o calor da luz do sol que se espalha pela sala.

— Como eu soube que a encontraria aqui? — pergunta Misha, vindo do corredor pela entrada em arco.

— Porque é aqui que eu passo a maior parte das horas em que estou acordada.

— É verdade. Tem isso. — Rindo, ele se senta na cadeira na minha frente. — Como está se sentindo?

Dou de ombros. Do ponto de vista mental e físico, estou melhor a cada dia, mas não posso dizer que meu coração se recuperou de tudo o que passei neste verão. Sinto saudade da minha irmã, sinto falta de Sebastian, e apesar de Misha e Amira terem se mostrado companhias excelentes, estou sozinha.

— Estou... bem.

O rosto de Misha se contorce em um sinal de piedade. Não sei se lê meus pensamentos ou se é só uma dedução, mas ele sabe que menti.

— Foram só duas semanas. Até o coração de um feérico precisa de tempo para cicatrizar.

Solto o ar lentamente e mudo de assunto.

— E você, como está?

— Bem. Tenho novidades. — Ele tira uma carta do bolso e me entrega. — Meu goblin conseguiu entregar a carta que você escreveu para sua irmã, e ela respondeu. Ele contou que ela parece estar bem. Passa os dias fazendo vestidos, e à noite cuida de uma criança. Está feliz e saudável.

Meu coração dói quando toco o selo cor-de-rosa. Tenho muita saudade dela, mas não tenho coragem de contar sobre minha transformação. Mando notícias simples. Digo que sinto falta dela e espero ir visitá-la algum dia, o que é verdade, e falo principalmente sobre as questões relativas a seu bem-estar. Quero abrir a carta agora e ver as palavras escritas por ela, mas vou esperar até estar sozinha.

— Tenho mais notícias — diz Misha. — Minha irmã mandou me avisar que ela, Finn e seu povo chegaram em minhas terras. Estão a caminho do palácio e devem estar aqui amanhã de manhã.

Fico tensa ao ouvir a menção às pessoas que um dia considerei minhas amigas. *E lá se vai meu esconderijo seguro.*

— O que eles vêm fazer aqui? Pensei que Finn tivesse forças na montanha e pessoas por toda Corte Unseelie para abrigá-lo.

— E tem. Não é por isso que eles estão vindo para cá. Precisamos fazer os planos para o primeiro ataque da rainha.

— Tem certeza de que vai acontecer?

— A guarda dela foi vista se movimentando para o leste pelas Montanhas Goblin.

— Então, Finn veio pedir sua ajuda? E... você vai ajudar?

Misha levanta as sobrancelhas.

— Eu dei a você algum motivo para pensar que vou permitir que aquele monstro tenha mais controle do que ela já tem?

— Não, mas...

— Mesmo que eu não me incomodasse com as atrocidades que ela cometeu em seu curto período de vida, tenho que pensar em meu povo. A rainha não vai mais contar com um território estendido para o outro lado das Montanhas Goblin. Agora ela quer toda a Corte Unseelie como parte da dela, e, se isso acontecer, minhas terras serão as próximas. É meu dever de rei proteger a Floresta Selvagem, mas é meu dever de feérico fazer tudo o que eu puder para impedir a rainha de ter mais controle. E é o que eu pretendo fazer, Abriella, com ou sem sua ajuda e com ou sem a aliança com a Corte Unseelie.

— Pensei que você já tivesse uma aliança com Finn.

Misha arqueia uma sobrancelha escura.

— Com Finn, sim, mas, como já entendemos, Finn não tem mais controle sobre aquelas terras do que Mordeus do túmulo.

E é por isso que Misha precisa de mim. Quando cheguei, eu não podia imaginar que me aliaria a outro membro da realeza feérica, mas agora que sei mais sobre a rainha, agora que vi seus acampamentos e os assentamentos de Misha, agora que ouvi os gritos aterrorizados de uma criança que ela mandou para aquelas cavernas, tudo mudou.

— Eles não sabem que você ainda está aqui — diz Misha. — Embora desconfiem. Não teriam nenhuma desconfiança se Sebastian não tivesse acusado Finn de trazer você para cá. O que vai acontecer agora depende de você. Se quiser, pode participar das nossas reuniões, ouvir o que eles sabem e nos ajudar a traçar um plano. Agora, se não estiver preparada para assumir um papel em nossas discussões, posso escondê-la temporariamente. Acho que você pode ser parte importante das reuniões, tanto por ter poder quanto por sua perspectiva, mas a escolha é sua. De um jeito ou de outro, Finn e os outros não devem ficar por muito tempo. O feriado de Lunastal está chegando, e vai ser a primeira vez em vinte anos que Finn vai poder passar a data em sua terra natal.

— Por quê? — pergunto.

— Por que o quê? Acho que não entendi a pergunta. Seu escudo está funcionando muito bem hoje, aliás.

Sorrio ao ouvir o elogio.

— Por que me dar essa opção? Faz duas semanas que você me disse que queria que eu ajudasse Sebastian e Finn a trabalharem juntos, e não concordei com nada. Por que tanta gentileza comigo? Por que você mentiria para sua irmã e seus aliados por mim?

— Ah, é isso. — Com um suspiro, ele se reclina e ainda consegue manter a altivez, mesmo recostado nas almofadas fofas da poltrona. Fica em silêncio por um bom tempo, e já estou pensando que talvez não responda, quando diz: — Preciso de uma aliança com você tanto quanto preciso me aliar a Finn. Não sei o que a rainha está planejando, mas qualquer via de ação que dê mais poder a ela vai prejudicar meu reino. Preciso ter ao meu lado pessoas que lutem contra ela, e não importa se você está pronta agora, ou se vai estar em alguns meses, sei que vai participar dessa luta.

Inclino a cabeça de lado e o estudo.

— E como você sabe disso? Você mal me conhece.

— Como eu disse, todos temos nossos motivos. — E sorri. — E não se esqueça de que eu tive acesso aos seus pensamentos nos primeiros dias de sua estadia.

— E ainda tem, às vezes — eu lembro. Nós dois sabemos que ainda estou aprendendo e não sou tão habilidosa com o escudo.

— É, ainda tenho, às vezes — ele reconhece. — Não é como conhecer o coração de alguém, mas é a segunda melhor opção. — E ele se levanta. — Não precisa decidir agora. Pode me dar sua resposta amanhã de manhã.

Olho para as palavras em meu livro enquanto ouço os passos dele se afastando, mas elas parecem dançar.

— Já decidi — anuncio, e me viro para ver se ele me ouviu.

Misha para sob o arco da entrada da biblioteca e olha para trás lentamente.

— Não faça suspense, Princesa.

— Quero participar das reuniões.

— Mesmo que para isso tenha que confiar em pessoas que a enganaram antes? — Ele põe as mãos nos bolsos. — Eu não sabia se você seria capaz de perdoar Finn.

— Finn me usou, mas não foi ele quem me magoou.

Misha arqueia uma sobrancelha, e me preparo para a argumentação, mas ele diz apenas:

— Janta comigo para planejarmos essa reunião? Tenho algumas ideias.

Aceito o convite com um movimento de cabeça e o vejo sair. Estou ansiosa para ler a carta de Jas.

Assim que começo a leitura, ouço a voz dela em minha mente como se falasse comigo. É um conforto e uma dor mais profunda que qualquer saudade de casa que jamais senti.

Capítulo 10

TODOS ESTÃO NA SALA de reuniões de Misha. As vozes são murmúrios baixos para quem ouve do corredor, por isso não sei dizer se é um bom momento para interromper ou se escolhi mal. Misha provavelmente diria que não faz diferença. Finn pode ser seu aliado, mas o rei da Floresta Selvagem está determinado a mostrar que *eu* sou aliada *dele*.

Levanto o queixo, endireito os ombros, abro a porta e entro. Os lobos de Finn descansam em cantos mais afastados e levantam as orelhas quando entro, mas em seguida deitam a cabeça outra vez.

Oito cadeiras circundam a enorme mesa oval e polida, com espaço para mais assentos. Misha e Amira estão em pontas opostas, e Pretha e Finn estão sentados de costas para mim, Tynan, Kane e Jalek, na frente deles. A única cadeira disponível fica à direita de Finn, e não posso deixar de pensar que Misha pode ter planejado isso. Ele já me pediu para entrar na reunião mais tarde com o objetivo de desestruturar Finn, mas me sentar ao lado do príncipe da sombra é um esforço para abalar Finn ou para *me* abalar?

Jalek é o primeiro que me vê, e seus olhos verdes ficam maiores. Depois é a vez de Kane, que afasta a cadeira com um guincho alto e fica de pé. A sala fica em silêncio, e sete cabeças se voltam em minha direção.

Pretha está boquiaberta, como se me ver fosse motivo de um alívio monumental.

— Brie.

Mas é a reação de Finn que me paralisa... embora ele não demonstre nada. Seu rosto está estoico, os olhos penetrantes me analisam firmes, estudam minhas botas, a calça, o cinturão de facas caído sobre o quadril. Meu poder ronrona em sua presença, e nem tento contê-lo. Fios de sombra escoam das pontas dos meus dedos e se enrolam em meus punhos antes de subir pelos braços. Finn os segue com o olhar, impassível.

— Ah. — Misha nem sequer tenta disfarçar a satisfação na voz. — Minha hóspede veio se juntar a nós.

— Você disse que a princesa não estava mais aqui — Finn comenta em tom frio, sem se levantar para me cumprimentar, mas também sem desviar o olhar de mim. Os olhos prateados se transferiram das sombras para meu rosto. Queria saber em que ele está pensando, se está bravo por eu o ter afastado quando visitou meus sonhos.

— Eu disse? — Misha pergunta, com um movimento de ombros. — Me enganei. Ela ainda está aqui.

Os olhos de Finn cintilam, e, quando ele os crava em Misha, quase sinto pena de meu novo amigo.

— Estávamos preocupados com você. — Pretha se levanta e se aproxima de mim.

Arqueio uma sobrancelha.

— Comigo ou com o poder que eu ainda carrego?

Pretha endireita as costas.

— Eu me importo com você, Abriella, muito mais do que com sua magia.

— É mesmo? E você faz planos para matar todo mundo com quem se importa, ou devo me sentir especial?

Ela fecha os olhos e suspira.

— Brie...

— Não. Não tem importância.

— Para mim tem — Pretha responde. — O que você pensa de nós, das decisões que tomamos... é muito importante para mim.

Penso no que Finn disse em meu sonho depois que tomei a poção. Ele disse que havia me encontrado no reino mortal dois anos atrás, e, em vez de tentar tirar meu poder com algum truque, trabalhou para encontrar outro meio. Não que isso fizesse alguma diferença.

— Você sabia que isso ia acontecer? — pergunto a Finn. — Sebastian podia saber que esse seria o resultado de me dar a Poção da Vida? — Já ouvi isso de Misha, mas quero ouvir de Finn.

— Nós não sabíamos — diz Finn. — Ninguém sabia de nada. Tudo era especulação. Mas faz sentido... a poção salvou sua vida e, assim, uniu sua vida à sua magia. — Ele encolhe os ombros como se isso fosse tão pouco importante quanto saber quem bebeu o último café, não uma questão relacionada à destruição de seu reino.

A cadeira vazia ao lado de Finn se afasta da mesa por conta própria. Misha diz:

— Por favor, junte-se a nós, Princesa. Estamos falando do futuro da sua corte.

Kane se vira e olha para Misha.

— A corte *dela*?

— Desculpe. Prefere que eu diga que é a corte do *Príncipe Ronan*?

— A corte é de *Finn* — Kane retruca.

Finn apoia os cotovelos na mesa e estala os dedos.

— A corte não é de ninguém enquanto o poder e a coroa estiverem separados. Sente-se, Princesa. Parece que você vai participar desta sessão de planejamento, então vamos começar.

Tenho vontade de ficar de pé só para irritá-lo, mas a teimosia não serviria para nada exceto para satisfazer minha infantilidade, então me sento.

Do outro lado da mesa, Tynan olha nos meus olhos e sorri discretamente.

— É bom ver que você está bem, Abriella.

Engulo a saliva com dificuldade.

— Obrigada. É recíproco, Tynan. — Tynan é o mais reservado do grupo, e sempre gostei dele. Como Pretha, é da Floresta Selvagem, mas Pretha se casou com um membro da Corte Unseelie, enquanto Tynan não tem conexões com a corte da sombra exceto pela amizade com Finn. Agora que conheci Misha, me pergunto se o objetivo de Tynan era menos ajudar Finn e mais ser um intermediário entre ele e o rei da Floresta Selvagem.

É claro, Misha fala dentro da minha cabeça. *Confio em Finn, mas não sou ingênuo o bastante para pensar que ele não arruinaria meus planos para favorecer a própria corte. Todos nós temos prioridades, Princesa.*

Olho feio para Misha por ter invadido minha mente, e ele pisca para mim.

Veja como ele está enciumado. Se quiser deixá-lo completamente louco de ciúme, vai ser um prazer ajudar.

Não perca seu tempo. Olho diretamente para ele a fim de reforçar a mensagem, Misha sorri.

Ao meu lado, Finn rosna e lança um olhar ameaçador na direção de Misha.

— Se vocês dois já terminaram, eu gostaria de voltar ao assunto da reunião.

Misha transfere o sorriso para Finn, sem se deixar intimidar pelo príncipe das sombras.

— Talvez seja bom fazer um resumo para a princesa.

Pretha cruza os braços sobre a mesa e inclina o corpo para a frente, olhando para mim.

— Nós temos equipes trabalhando na Corte Seelie para desmontar os acampamentos da rainha e levar os refugiados Unseelie para um local seguro, mas os últimos dez que encontramos já tinham sido atendidos quando chegamos.

Sebastian. Contenho um sorriso, mas o calor em meu peito é real.

— E, antes que você pense que a rainha os desmontou por ter alguma bondade naquele coraçãozinho obscuro, é bom deixar claro que os acampamentos não foram simplesmente desmontados — Jalek explica, olhando para mim com toda a atenção. Ele nunca confiou em mim, não por completo, embora tenha começado a me tratar com mais simpatia depois que o resgatei da masmorra da rainha dourada. — Aqueles campos foram sitiados. Corpos de membros da guarda dourada estão espalhados por boa parte das áreas.

— Parece que alguém estava tentando ajudar — comento, em tom inocente. — Sabem quem foi?

Tem dedo seu nisso?, Misha pergunta em minha cabeça. *Eu devia ter imaginado, mas, olha só, você está guardando segredos.*

— Para nossa surpresa, foi Sebastian — Finn anuncia, e balança a cabeça. — Antes de chegar ao Palácio Unseelie, ele conseguiu reunir um contingente do Exército Dourado que lhe jurou lealdade. Está dispensando todo mundo que se recuse a agir contra os acampamentos da rainha. Dizem que ele mandou tantas equipes para libertar os prisioneiros na Corte do Sol que ficou reduzido a um exército minúsculo na corte das sombras.

Ele ficou vulnerável para ajudar os refugiados. Engulo em seco. Sebastian me traiu mais de uma vez, mas é um alívio saber que, em algum nível, ainda é aquele que acreditei que fosse. Ainda é o homem que amei.

— Você sabe que ele nunca gostou daqueles acampamentos.

— Sim — responde Finn, me estudando com os olhos meio fechados. — E agora provou que não gostava mesmo. E está conquistando lealdades pelo caminho. Ele agora tem feéricos Unseelie se alistando nas fileiras do palácio.

Pretha acrescenta:

— Sebastian provavelmente espera que suas atitudes provem que ele pode ser o rei de que eles precisam há tanto tempo.

Foi por esse motivo que você fez isso?, Misha pergunta em minha cabeça. *Para ajudar Sebastian a conquistar a simpatia da corte que a mãe prometeu a ele?*

Balanço a cabeça.

— Ele não pode ser rei. O trono o rejeitou.

— Mordeus reinou sem trono ou coroa — lembra Finn. — Mas jurar lealdade ao meu tio nunca foi uma opção.

— Assim como nos aliarmos ao príncipe dourado — Jalek dispara. Seu rosto é duro quando olha para Finn. — Confiar nele não é mais sensato do que confiar naquela rainha desgraçada. Eu não vou fazer isso.

— E é exatamente assim que a Rainha Arya espera que seja — Amira revela, encostada na cadeira. Ela estava tão quieta que quase tinha esquecido que estava ali. Fico pensando no quanto deve descobrir só porque os outros esquecem de sua presença.

Pretha apoia as mãos sobre a mesa diante dela e mantém o foco ali, em vez de olhar para Amira.

— Jalek não está errado por ser cauteloso — diz. — Sebastian pode estar desmontando acampamentos, mas não temos motivo nenhum para acreditar que, na hora da decisão, ele não vai escolher a mãe em vez da Corte da Lua. Não conhecemos as verdadeiras motivações dele.

Amira acena com a cabeça em minha direção.

— Abriella pode saber alguma coisa.

Todos olham para mim, e eu balanço a cabeça.

— A rainha criou Sebastian para acreditar que ele poderia unir as cortes e reinar sobre as duas. Por ser das duas cortes, ele acredita que pode salvar milhares da morte em outra guerra.

— Ele acha que é o filho prometido — Kane resmunga.

— Ela o criou com mentiras e histórias bonitas — diz Jalek. — Mesmo que as cortes possam ser governadas como uma só, o que é outra questão, deixar que ele reine sobre as duas significa que ela teria que transmitir seu poder para ele. E todos nós sabemos que a rainha não vai fazer isso.

Sei que estou me iludindo, mas nada me deixaria mais contente do que ver a rainha ceder seu poder. Pergunto mesmo assim:

— Temos certeza disso?

— Temos — Finn responde em voz baixa. — Caso contrário, ela não estaria enviando suas forças para as Montanhas Goblin.

É claro. Se planejasse dar ao filho poder sobre as duas cortes, não estaria se preparando para a guerra.

— Temos alguma esperança de impedir o avanço dela sem ninguém no trono?

— Não — Jalek diz, sério.

— Finn devia estar usando aquela coroa — opina Kane.

— *Devia* não vai nos levar a lugar nenhum — Pretha responde.

— Sebastian pode dar a coroa para ele? — pergunto, respirando fundo. — Sebastian *se importa* com o povo da Corte Unseelie, e provou isso ajudando os refugiados. Se ele pudesse ajudar dando a coroa a Finn...

— Só se transfere a coroa perdendo a vida — diz Jalek. — Então, a menos que você esteja sugerindo que ele se sacrifique para que Finn fique com ela...

— Acho a ideia boa — Kane interrompe.

— Como assim? — pergunto. — Não é como um rei passando a coroa para seu herdeiro?

Misha balança a cabeça.

— Aqui a coisa não funciona como no reino mortal. Quando o reinado de uma corte feérica é transferido, seja a corte dourada, a corte das sombras ou a minha, o governante anterior desiste da vida neste plano e se muda para o Crepúsculo. Como o poder está ligado à vida do regente, o único jeito de transferir o poder é desistir desta vida.

Finn inclina a cabeça para o lado e me estuda.

— Você sabe disso. Foi assim que meu pai a salvou.

— Sim, mas eu... — Pensei que tivesse sido diferente comigo. Achei que Oberon tivesse feito comigo alguma magia estranha, algo que não se usa mais, não que tivesse cumprido a tradição de gerações de governantes. — Eu não entendi.

— Toda essa linha de pensamento é perda de tempo — diz Jalek. — O Príncipe Ronan foi educado para acreditar que o trono é *dele*. Se você acha que ele vai abreviar a própria vida para Finn ficar com...

Finn olha nos meus olhos.

— Não faria diferença. O trono me rejeitaria sem o poder, como rejeitou Sebastian.

Jalek olha para mim.

— Está preparada para encerrar seus dias e transferir o poder?

— Eu... — Não sei o que dizer. Uma vida em troca de milhares. Não posso dizer não, mas...

— Isso está fora de questão — Finn anuncia. — Como você apontou, Abriella não tem sangue Unseelie, então não sabemos nem qual seria o resultado disso. Podemos correr o risco de perder de vez o poder do trono.

— De qualquer modo, não sei se confio em Sebastian no trono — Kane resmunga. — Não me interessa o quanto ele diz querer o melhor para os feéricos das sombras. Não confio em ninguém que seja tão próximo daquela desgraçada.

— Talvez não tenhamos escolha, Kane — diz Finn. — Se eu tiver que escolher entre deixar um garoto imperfeito governar e ver o meu reino morrer, não existe escolha a fazer.

— Então por que nós lutamos esse tempo todo? — pergunta Jalek.

Ao mesmo tempo, Kane diz:

— Pense no futuro da corte. Pense em...

— Sebastian é bom — declaro, interrompendo todos eles.

Silêncio. Todos os olhos se voltam para mim.

— Você é a última pessoa que eu esperava que o defendesse, depois de tudo o que ele fez — Pretha confessa.

— E você é a pessoa que mais deveria entender *por que* ele fez o que fez. — Balanço a cabeça. — Não estou defendendo as decisões que ele tomou, mas imagino que você teria feito a mesma coisa no lugar dele.

— *Eu* não teria dado a você a porcaria da poção — diz Jalek, com um tom mortalmente manso. Quando o encaro, ele diz: — Nunca duvide do meu reconhecimento por ter me tirado das garras da rainha, Princesa, mas com todo o respeito, tem coisas mais importantes em jogo aqui que o seu coração partido.

— Não seja cretino, Jalek — diz Pretha.

Ele dá de ombros.

— Não vou mudar quem eu sou ou o que estou disposto a sacrificar por essa luta só porque você acha que ela é frágil demais.

— Não sou — respondo apressada, endireitando as costas, consciente do olhar penetrante de Finn em mim. — Não sou frágil, e não estou preocupada com meu coração partido. — Eles não entendem que a traição de Sebastian não é o único motivo para a minha tristeza? — Minha existência pode significar a destruição de toda uma corte. Cada criança Unseelie que está vulnerável à rainha corre risco simplesmente porque eu respiro. Por uma decisão que foi imposta a mim. Eu sei o que está em jogo, pode acreditar.

A reunião com Finn e sua gente me deixa atordoada e esgotada. Quando todos se levantam da mesa, Pretha olha para mim, mas eu a evito e saio da sala, vou para o meu quarto.

Quando eles passaram a falar sobre as várias localizações e os números de suas forças e dos aliados, tentei remover o escudo para ver se conseguia sentir Finn e Kane como senti as crianças no assentamento, mas só senti Sebastian. Ele está com algum problema. Não sei por quê, e não sei o suficiente sobre o funcionamento desse vínculo para poder dizer onde ele está, só que está *longe*, mas sou tomada por uma inegável sensação de medo. Agora não consigo parar de pensar, de me preocupar com ele. E não quero me preocupar com ele. Não quero ceder à tentação de abandonar completamente os escudos para poder monitorar Sebastian o dia todo.

Quando chego ao quarto, Holly está esperando do lado de fora da porta. Os olhos dela brilham quando me vê.

— Quer que eu traga café fresco, milady?

Recuso com um movimento de cabeça, pensando em como é estranho que criados à disposição agora sejam uma parte normal da minha vida.

— Não, obrigada. Só preciso de alguns momentos antes de ir para o assentamento.

— Vou preparar o cesto com o almoço para milady levar.

Abro a boca para dizer que não é necessário, mas desisto. Preciso deixar Holly fazer seu trabalho, mesmo que isso me cause desconforto.

— Obrigado, Holly. Seria maravilhoso.

Quando entro no quarto, um peso é removido dos meus ombros e deixo escapar um longo suspiro. Fecho a porta e me encosto nela.

— Manhã estressante? — pergunta uma voz muito conhecida.

Não perco tempo endireitando a postura ou abrindo os olhos. Honestamente, para lidar com ele, é melhor que eu não veja nada.

— O que está fazendo no meu quarto, Finn?

— Esperando por você, Princesa.

Abro os olhos e o encaro. Ele está parado na frente da janela, com as mãos nos bolsos, observando a paisagem. Meus olhos parecem ter vontade própria quando estudam a largura de seus ombros. Ele tirou o manto e prendeu os cachos escuros depois do nosso encontro, como se estivesse pronto para trabalhar... ou lutar.

— Como conseguiu chegar aqui antes de mim?

— Acho que o nome é *magia*.

Arregalo os olhos, chocada demais para me incomodar com seu sarcasmo.

— Você consegue se locomover... como um goblin?

Ele se vira para mim.

— Os goblins ficariam ofendidos se ouvissem essa sugestão. Posso ir de uma parte a outra de um cômodo, ou de um andar ao próximo. Mas, se você quer que eu a leve daqui até o palácio Unseelie para visitar seu amado, lamento, não vou poder ajudar.

Não vou morder a isca.

— Por que você saiu do palácio? Por que deixar o lugar para ele?

Ele se aproxima de mim, e de repente o quarto parece pequeno demais para nós dois. Sonhos à parte, na última vez que Finn e eu estivemos juntos e sozinhos, eu segurava a faca que usei para matar Mordeus e tentava me convencer a usar a mesma lâmina nele. Não tinha conseguido. Uma parte minha já sabia, naquele momento, que ele não era nenhum vilão.

— O palácio não pertence a ninguém, mas à terra, e dormir lá não torna ninguém importante. Não mais do que dormir no covil de uma bruxa torna alguém insignificante. Como você já sabe.

O instinto de proteção ocupa meu peito.

— Sebastian não é... *insignificante* — retruco.

Finn arregala os olhos fingindo inocência.

— Eu não disse que era.

Grunhindo, eu me dirijo ao armário. Queria ter alguns momentos de paz para digerir tudo. Não só preciso pensar no que descobri durante a reunião como tenho que considerar o que quero fazer em relação ao que senti em Sebastian quando baixei os escudos, mas acho que nada disso vai acontecer.

Pego um manto. Vou precisar dele se ficar no assentamento até depois do pôr do sol, e é melhor sair logo.

— Quando é que você vai *embora*? — pergunto, fechando o armário com mais força do que é necessário.

Assim que me viro, Finn está bloqueando a passagem para a porta.

— Já está aflita com a minha partida?

— Nem um pouco. — No entanto, assim que as palavras saem da minha boca, reconheço que são mentirosas. Deuses, odeio o fato de me sentir em conflito em relação a Finn. Sinto falta da nossa amizade, da sensação de pertencimento que tinha quando treinava com o grupo de desajustados, mas não era real. O único motivo para ele ter feito amizade comigo, a única razão para qualquer um deles ter se importado comigo, tinha sido aquela maldita coroa, e sou orgulhosa demais para deixar minha raiva se abater com tanta facilidade.

Agora que ele está tão perto, porém, lembro-me de como meu poder ronrona em sua presença. Meu poder e... *outras coisas.*

Talvez essa atração física nunca tenha sido real. Talvez o jeito como o poder de Oberon responde na presença da realeza Unseelie confunda minha cabeça, me faça *pensar* que a atração existe – a *química* – quando o que sinto na verdade é uma grande magia que ainda não consigo controlar.

— Eu devia saber que Misha ia aproveitar a oportunidade e trazer você para cá. — Ele sorri, e pela primeira vez não é com o cinismo que conheço tão bem. — Ele sempre foi um dos mais espertos.

— Eu não tinha para onde ir — digo, e cruzo os braços. — Não foi nenhuma aliança precipitada. Já cometi esse erro uma vez.

— É isso que eu sou para você? Um erro? — Ele se aproxima mais um passo.

Finn é alto e forte, e quando está assim perto, olhando para mim, eu me sinto... *segura*.

Nada disso é real. Eles precisam do poder de Oberon. Nada mudou.

— Com licença. — Tento passar por ele, apesar de não haver espaço suficiente para isso entre seu corpo e a cama. — Estou atrasada.

— Eu vou com você.

— O quê? — Balanço a cabeça. — Não. Eu vou ao assentamento todos os dias. Sei chegar lá sozinha.

— Não duvido, mas estava planejando uma visita hoje de qualquer maneira, e pensei que podíamos ir juntos. — Ele dá um passo para o lado e me deixa passar, finalmente. — Vamos, Princesa?

Capítulo 11

MENOS DE VINTE MINUTOS mais tarde, estou cavalgando Duas Estrelas e tentando não admirar Finn sobre o cavalo, trotando na minha frente. É difícil. A verdade é que Finn é pura *nobreza* quando está montado. Ele cavalga como se tivesse nascido para isso, como se ajustar ao balanço da criatura fosse parte de sua natureza. Tem a aparência de um rei.

— Que tanto você pensa aí atrás? — Finn pergunta, olhando por cima de um ombro.

— As crianças — minto. Elas nunca estiveram mais longe dos meus pensamentos. — Muitas nesse assentamento ainda não reencontraram a família.

Finn abaixa a cabeça como se minhas palavras fossem um lembrete de seu fracasso.

— Misha me contou o que você disse — ele revela.

Intrigada, acelero o trote e faço Duas Estrelas emparelhar com o cavalo dele. Não gosto da ideia de Misha conversando com Finn sobre mim, especialmente com o rei tendo fácil acesso aos meus pensamentos mais íntimos. — O que eu disse quando...?

Finn continua olhando para a frente.

— Quando estava fugindo do Palácio Dourado, você parou para ajudar uma fuga em um dos acampamentos da rainha. Libertou as crianças, mesmo odiando os feéricos e estando furiosa com Sebastian... e *comigo*, por tudo o que eu fiz, pela minha traição e... pelo que eu planejei.

— As crianças não têm culpa de nada.

— Eu sei, mas...

— Pensou que eu despejaria meu ressentimento sobre elas? Aquelas crianças não escolheram nascer feéricas, e não as condeno pelas decisões dos que existiram antes delas.

Ele arqueia uma sobrancelha, como se considerasse minha resposta interessante.

— Talvez não, mas muita gente que acredita ser boa desvia o olhar de injustiças todos os dias. Você podia ter feito a mesma coisa.

Eu me volto para a frente, incapaz de suportar a intensidade de seu olhar.

— Sei como é... ser indefeso daquele jeito. Existem crianças no mundo mortal que são induzidas a aceitar contratos injustos e são condenadas a uma vida de servidão. Eu sempre disse a mim mesma que, se tivesse poder, eu as libertaria. Passei anos olhando para o céu à noite e repetindo esse pedido para as estrelas, mas continuava presa, impotente, e deixei de acreditar.

— Não deixou. Você se convenceu de que não acreditava porque a esperança a enfraquecia, mas nunca deixou de acreditar.

É provável que ele esteja certo, mas em Elora eu estava ocupada demais sobrevivendo, não pensava muito nisso.

— Eu ajudei porque podia. O fato de serem feéricas pouco importa. São crianças inocentes, e merecem alguém que lute por elas.

— Como você e Jas precisavam de alguém que lutasse por vocês?

Engulo em seco.

— Eu lutei por nós. E nós ficamos bem.

— Sou *grato* pelo que você fez. — Ele me estuda enquanto nossos cavalos trotam lado a lado. — Mas não me surpreendi. Sei quem você é, Princesa.

Reviro os olhos.

— É evidente que não sabe, se continua me chamando de *Princesa*.

— Prefere que eu te chame de outra coisa?

— Eu tenho nome.

— Um nome lindo. Mas eu não resisto ao instinto de te dar um título. É o mínimo que você merece, considerando tudo o que fez pelo meu povo.

Sufoco uma risadinha.

— Sei. A *confusão* que eu criei para o seu povo, isso sim.

O silêncio entre nós se prolonga por instantes marcados pelas batidas pesadas do meu coração até que Finn pergunta:

— Você quer que eu finja que acredito que atacar os acampamentos foi ideia de Sebastian? Esse ato de heroísmo tem seu nome gravado.

— Não fiz nada. Só relatei o problema e pedi a ajuda dele.

— É, e agora ele está colhendo os benefícios dessa decisão.

— Isso te incomoda?

— Sim... não. — Ele balança a cabeça. — A prioridade é o meu povo, e, se as atitudes dele favorecem a minha gente, o resto não me interessa.

— Mas... — provoco. Finn não responde, e eu acrescento: — As emoções nem sempre são simples, nem sempre acompanham o que devemos ou não fazer.

Quando ele vira a cabeça e me encara de novo, seus olhos são como uma carícia. Ou sou só eu e essa maldita atração que não consigo superar. Sua voz é áspera.

— Nada nunca é simples.

Não tenho resposta para isso, então afago o pelo escuro de Duas Estrelas em vez de responder.

Finn observa o movimento.

— Vejo que já arranjou uma amiga aqui.

— Ela não é linda?

— É. — A voz dele é um pouco rouca. — Combina com você.

Não confio em mim quando ele diz essas coisas, por isso abaixo a cabeça, mas sinto seus olhos em mim quando seguimos na direção do assentamento. Tinha percorrido esse caminho muitas vezes desde que chegara à Floresta Selvagem, e sempre me distraía tanto com o cenário que o tempo passava depressa. Mas hoje a jornada se prolonga como o silêncio entre nós. Sinto que Finn me estuda com o olhar intenso, nunca desvia a atenção por muito tempo.

— Sou tão estranha assim como feérica? — Finalmente perco a paciência.

Ele ri baixinho.

— De jeito nenhum.

— Então por que você fica olhando para mim?

— É só... — Ele balança a cabeça. — Estou contente por você estar bem. Quando soube do vínculo com ele, tive medo...

— Pensou que ele me deixaria morrer. — E talvez tivesse deixado. Odeio ter que chegar a isso, mas não há como negar que tudo seria mais simples agora se Sebastian tivesse conseguido tomar o trono.

— Eu não sabia o que pensar — Finn admite.

— Sebastian cometeu erros, mas ele não é diferente de você. Vocês dois queriam a mesma coisa e planejavam usar os mesmos recursos para isso.

— Eu *não sou* como ele.

— Se precisa se convencer disso...

— Eu... — As copas das árvores ficam mais afastadas, e o caminho se alarga ao entrar no assentamento. Finn balança a cabeça.

— Vamos falar sobre isso mais tarde. — Ele se inclina para a frente sobre o cavalo, usando os calcanhares para lançar o animal no galope.

Eu o sigo até o estábulo, onde entregamos os cavalos aos jovens cavalariços naquele turno.

— Já veio aqui antes? — pergunto quando caminhamos para a praça central. O mercado está encerrando as atividades do dia, mas vários comerciantes acenam, e outros inclinam a cabeça quando passamos.

— Várias vezes — diz Finn. — Durante anos, incluí entre minhas prioridades visitar cada acampamento com a maior frequência possível.

— Deve ser difícil. Misha me contou que eles estão espalhados pelo território dele e são protegidos com escudos contra o transporte goblin.

— O esforço compensa. Qualquer coisa que possa mostrar que meu povo não foi esquecido vale a inconveniência.

Sinto o coração apertado. Apesar do que possa ter pretendido para mim, o amor de Finn por seu povo é verdadeiro.

— Vou dar uma olhada na enfermaria, depois vou passar boa parte do dia na escola — digo. — Quando quiser ir embora, não precisa me esperar. Sempre faço esse trajeto sozinha.

Finn resmunga.

— Vamos falar em outra ocasião sobre suas viagens para baixo e para cima sozinha nesta montanha.

Reviro os olhos. Sem dúvida ele está mais interessado em proteger esse poder que tenho do que na minha segurança pessoal, mas é um alívio deixar essa conversa para mais tarde.

— O que você vai fazer na enfermaria? São tantos doentes que precisam da sua ajuda?

— Não, eles não precisam de mim, mas eu gosto de ajudar quando posso. Tem uma doença estranha se espalhando pelo assentamento. Não sabemos bem o que é, mas os curadores estão muito ocupados, por isso eu ajudo sempre que posso.

Quando entramos no prédio, somos recebidos na porta.

— Meu príncipe — diz Leta. Ela se curva em reverência e abaixa a cabeça. — É uma honra revê-lo, Alteza.

— Levante-se, Leta, por favor — ele diz.

Estudo o desconforto em seu rosto. Deve ser horrível ser reconhecido como líder pelo povo quando essa posição foi tomada dele.

— Eu soube que há crianças doentes — ele diz.

Ela confirma com um movimento de cabeça.

— Só hoje chegaram mais sete — ela responde.

Paro, assustada. Isso significa que o número de crianças doentes dobrou da noite para o dia.

Finn franze a testa.

— Você está bem?

— Estou. — Giro os ombros para trás, decidida a ajudar o quanto puder pelo maior tempo possível, mas me sinto impotente mesmo assim.

— Por aqui. — Leta nos chama para ir ao fundo do prédio.

Nós a seguimos até o interior da enfermaria, mas assim que chegamos à porta do dormitório, é a vez de Finn ficar paralisado.

— Explique — ele pede.

A mulher assente.

— Elas estão... dormindo e não acordam. Não deram nenhum sinal antes de pegar no sono. Só dormem. Os pais estão com medo de pôr os filhos na cama à noite.

— Talvez seja bom colocar as crianças em quarentena — sugiro, olhando todos os rostos novos. — A doença pode ser contagiosa depois que aparece, e se...

— Não faria diferença — Finn me interrompe. Ele ficou pálido ao meu lado. — Não é contagioso.

A enfermeira estranha.

— Tem certeza?

— Já vi isso antes — responde Finn. — Vamos tomar providências para levar as crianças adormecidas de volta para a Corte Unseelie. Eu mando as informações quando tiver os detalhes.

— Tem certeza de que é uma boa ideia transferir as crianças? — pergunto.

— Tenho. Voltar ao solo nativo é a melhor coisa que pode acontecer com essas crianças no momento. Fale com os pais e os adultos que estão cuidando dos órfãos. Diga para se prepararem para partir amanhã cedo.

— Sim, Alteza — responde Leta.

Finn olha para mim.

— Temos que ir. Quanto antes devolvermos essas crianças à Corte da Lua, melhor. — Ele sai da enfermaria sem esperar para ouvir se vou acatar a ordem.

— Finn — chamo. Leta arregala os olhos, e entendo que ela deve achar estranho me ouvir usando o primeiro nome dele. Ignoro sua reação e vou atrás dele. Finn já está no estábulo quando o alcanço. — Finn, espere.

Ele me entrega as rédeas de Duas Estrelas.

— Temos que ir.

— Por que a pressa? No que está pensando... o que você sabe?

— As crianças adormecidas são o primeiro sinal de uma corte morrendo. Para salvar essas crianças, precisamos levá-las para casa e ganhar mais tempo, e depois temos que pôr alguém naquele bendito trono.

Abro a boca para protestar, mas desisto.

— *Temos* que reunir coroa, poder e trono. E tem que ser o mais depressa possível. O tempo está acabando.

— Como? — pergunto.

Finn respira fundo.

— Não tenho a resposta, mas sei quem tem.

Quando voltamos, encontramos os outros no terraço de jantar. A julgar pelos pratos vazios espalhados sobre a mesa, eles terminaram de almoçar.

— Já de volta? — Misha pergunta, e bebe um pouco de vinho tinto.

Finn põe as mãos nos bolsos. Seu rosto está contraído, e os olhos prateados brilham furiosos.

— Você não me falou sobre as crianças doentes.

— Tem crianças doentes? — Pretha não esconde a preocupação.

— Tem — confirma Finn.

Misha abre bem os olhos.

— Não sabia que você precisava de relatórios sobre o que acontece nos assentamentos, Finnian. As crianças chegam doentes com muita frequência, e depois, com o passar do tempo, elas adoecem de vez em quando. Acontece bastante com crianças. Posso pedir para Leta manter um registro atualizado para você.

— Isso é diferente — Finn retruca. — Não é possível que você não tenha achado estranho o bastante para mencioná-las.

— Do que estão falando? — Pretha interfere.

Misha suspira.

— É estranho, sim, mas não era segredo. Não sabemos o que as crianças têm. É como se elas estivessem dormindo, mas não acordam. Nunca vi nada parecido.

— Eu já vi — diz Finn.

Misha o encara.

— Quando?

— Vinte anos atrás, quando Oberon estava preso no reino mortal e Mordeus se declarou rei da Corte Unseelie. As crianças começaram a cair no que nós chamamos de... o Longo Sono.

— Eu me lembro — diz Pretha. — Elas pareciam muito tranquilas, mas estavam presas em estase.

— Nunca ouvi falar disso — Misha confessa.

— Não falamos mesmo — Finn confirma em voz baixa. — Tratamos tudo sem alarde.

Dou um passo à frente e atraio o olhar de Finn.

— Se já enfrentaram isso antes, você sabe como ajudar.

Finn balança a cabeça.

— Não é tão simples. As crianças são o futuro da nossa corte. São o sinal de todas as coisas boas que estão por vir, então, quando uma corte está morrendo, as crianças são atingidas primeiro. — Ele olha para Pretha. — Ficamos tão ocupados comemorando que Sebastian não conseguiu tomar o trono que não paramos para pensar no preço de ele permanecer desocupado.

— Mordeus reinou por vinte e um anos — lembro. — Ninguém sentou no trono durante todo esse tempo. Por que isso está acontecendo agora?

— É verdade, o trono está desocupado desde que meu pai ficou preso no reino mortal — Finn concorda, olhando para algum ponto distante. — Mas foi menos de um ano entre o momento em que Mordeus assumiu o reinado e aquele em que a rainha dourada amaldiçoou os Unseelie. Durante esse período, nossa corte atrofiou e enfraqueceu, e muitas crianças mergulharam no Longo Sono, mas depois a maldição da rainha reverteu nossa maldição, o que é irônico. Aquela maldição enfraqueceu *a rainha*, e essa fraqueza trouxe um tipo de equilíbrio doente entre as cortes.

Balanço a cabeça.

— Não entendo o que uma coisa tem a ver com a outra.

Misha levanta a mão e invoca uma ampulheta cheia de grãos de areia cintilante, vira-a de lado e a equilibra na palma da mão. Os grãos pousam sobre o novo fundo em cada metade.

— Imagine que esta ampulheta contém as cortes Seelie e Unseelie. Os grãos de cada lado representam o poder das cortes. Tem mais paz e calma quando os dois lados estão em equilíbrio. — Ele move a mão para um lado e para o outro. — Tem espaço para algum desequilíbrio temporário, mas, se o desequilíbrio for muito grande — ele vira a ampulheta em um ângulo mais acentuado e a areia começa a fluir para o lado de baixo —, um lado pode terminar ficando com tudo, e outro com nada.

— Quando você quebrou a maldição — diz Finn —, o poder da rainha voltou. A corte dela não está mais fraca, mas, como ninguém pode ocupar o trono Unseelie, fomos lançados de novo em um desequilíbrio de poder. Quanto mais tempo passarmos nessa situação, mais crianças vão adoecer, e maior vai ser a chance de não acordarem mais. Se não agirmos depressa, a corte inteira vai morrer.

— Vamos matar a rainha, então — Kane sugere. Finn olha para ele, e Kane dá de ombros. — Vale a pena tentar. Se o Príncipe Ronan não assumir a coroa e o lugar dela, um trono dourado vago nos daria mais tempo.

— É uma suposição ousada demais — diz Finn. — Além do mais, se não conseguimos matar a rainha nas duas décadas em que ela esteve enfraquecida pela maldição, por que acha que conseguiríamos agora?

— Não custa sonhar — Kane resmunga.

— A questão é que o Trono das Sombras não pode continuar desocupado — Finn declara em tom solene. — Temos que encontrar uma maneira de reunir poder e coroa para que *alguém* possa sentar no trono.

Kane aponta para mim.

— A princesa detém o poder e está vinculada ao Príncipe Ronan. Ele não declarou um herdeiro, então talvez haja algum jeito de ele ter um fim prematuro e a coroa voltar para ela.

— Vocês não podem matá-lo — protesto. Olho para Misha. — Certo? Porque a magia da coroa impede que matem por ela?

— Seríamos mais inteligentes que isso — Kane responde antes de Misha.

— Em primeiro lugar, não podemos correr esse risco — Finn avisa.

— Mesmo que desse certo, Brie não pode ocupar o trono — diz Pretha. — Ela não é Unseelie.

Misha sorri e me encara por um instante, antes de olhar para Finn.

— Mas ela se sentou no trono e não foi rejeitada.

— Impossível — Kane se manifesta.

Pretha balança a cabeça.

— Você *sentou* no trono? — pergunta.

Reviro os olhos. É claro que eles odeiam a ideia de uma *humana* inferior ocupando seu precioso trono.

— De jeito nenhum — Kane insiste. — A magia é tão antiga quanto Mab, e igualmente forte. Não teria permitido isso.

Dou de ombros.

— Eu estava usando a coroa, por isso consegui me sentar.

Finn empalidece, mas continua em silêncio.

— O que você quer dizer com *se sentar*? — Kane pergunta. — Só chegou perto ou...

— Não. Eu me sentei. Tinha que devolver a coroa ao lugar dela para cumprir minha parte no acordo e salvar minha irmã. E foi o que eu fiz.

— E o que o trono *fez* quando você se sentou nele? — Pretha pergunta.

Dou risada.

— Como assim?

— Talvez ela não tenha passado tempo suficiente lá — Finn sugere, me estudando como se nunca tivesse me visto de verdade antes. — Ou não tenha se sentado *de verdade*.

Minha mente acessa as lembranças daquele dia. A mulher que Mordeus matou para me punir, para mostrar que podia me controlar mesmo depois de o acordo cumprido e de Jas estar em casa, sã e salva.

— Não fiquei muito tempo — digo. — Só o suficiente para salvar minha irmã.

— O trono deve ter sentido que ela não tinha a intenção de tomá-lo — Kane sugere.

Finn ainda está me observando e continua quieto.

— É uma explicação possível. Mesmo assim, não resolve o problema.

Todos ficam em silêncio por um bom tempo. Misha estuda seu vinho, Pretha brinca com uma laranja e Kane examina o fio de uma lâmina.

Finn olha para todos, e é ele quem quebra o silêncio, finalmente.

— Se tem alguém que sabe como resolver essa confusão, esse alguém é Mab. Ela criou o Trono das Sombras, e é a melhor esperança que temos de encontrar uma solução.

Kane resmunga:

— Boa sorte nessa.

— Não estou brincando — diz Finn.

Pretha fala um palavrão.

— Está querendo morrer?

— É claro que não. Mas não vou ficar assistindo Arya destruir minha corte ou meu povo — responde Finn. — Mesmo que para isso eu tenha que visitar o Mundo Inferior. — Ele olha para Misha. — Enquanto isso, temos que devolver as crianças adormecidas para o território Unseelie. Elas têm melhores chances de recuperação se estiverem em solo nativo. Vai ajudar com as providências, Misha?

Ele assente.

— É claro.

A conversa mudou de direção, e acho que não estou acompanhando.

— Mundo Inferior? — Olho para as pessoas em volta da mesa como se a explicação pudesse estar nos olhos de alguém. Ouvi falar do Mundo Inferior em mitos e lendas, mas Finn está dizendo que vai para lá? — Esse lugar existe mesmo?

Pretha cerra os punhos em cima da mesa, mas não levanta a cabeça.

— É uma espécie de espaço intermediário entre aqui e o lugar para onde os nossos governantes vão... *depois*.

— Depois... — A compreensão me deixa chocada. — Está dizendo que o pós-vida é um lugar físico?

Finn balança a cabeça.

— Nossos regentes passados não moram no Mundo Inferior. Eles residem no Crepúsculo, onde não podemos visitá-los. Mas podemos visitar o Mundo Inferior de vez em quando, e eles também podem. É o único jeito de falar com Mab.

— É uma missão suicida — diz Pretha.

Finn põe as mãos nos bolsos.

— Já conseguiram antes. Mais de uma vez.

Pretha se levanta da cadeira.

— E vários tentaram e fracassaram... tentaram e *morreram*.

Ainda estou buscando entender a ideia de alguém vivo visitar o Mundo Inferior, mas pergunto:

— Por que as pessoas morrem quando vão para lá?

— Sempre tem a ver com o equilíbrio — diz Misha, virando a ampulheta para um lado e para o outro. — Se nossos grandes líderes que não estão mais neste plano podem visitar o Mundo Inferior, os grandes monstros que nós banimos deste mundo também podem.

Finn olha para Misha e inclina a cabeça de lado, mas não tem nada de divertido no brilho duro em seus olhos.

— Felizmente a princesa quebrou a maldição, e não sou mais o desperdício de espaço imprestável que você teve que proteger nos últimos vinte anos. Sou herdeiro do Trono das Sombras. Minha magia anda no limite entre a vida e a morte. Sou o melhor candidato para essa missão. Mab vai saber como salvar nossa corte, e pretendo obter essas respostas.

— Não sabemos nem onde encontrar os portais para o Mundo Inferior — diz Pretha. — E, da última vez que você tentou convencer a Alta Sacerdotisa a abrir um, ela não quis te receber.

Finn assente.

— Eu me lembro, mas tenho um plano para isso. — Ele olha para mim e me encara por um momento tenso, longo. — Isto é, se a princesa tiver a bondade de me acompanhar até as montanhas para o Lunastal.

— Eu vou aonde for necessário — digo, mas balanço a cabeça, ainda me sentindo quilômetros distante dessa conversa. — O que tem nas montanhas? E o que é Lunastal?

Finn sorri.

— É onde mora a Alta Sacerdotisa. Nas datas importantes, ela ressurge de suas meditações profundas e faz audiências por vários dias. E vou precisar disso para abrir um portal para o Mundo Inferior; só ela consegue.

— Vai pedir para ela mandar você para a morte? — pergunta Kane.

Pretha balança a cabeça.

— É arriscado demais.

— Chega. — A interferência de Finn é incisiva e clara, e todos na sala ficam em silêncio. — Abriella e eu vamos procurar a Alta Sacerdotisa, e, se ela me der acesso, vou procurar por Mab no Mundo Inferior. — Ele olha para o grupo, desafiando alguém a contradizê-lo, até encarar diretamente Amira. — Faltam quatro dias para o Lunastal. Temos que agir.

— Não há tempo para todos os preparativos — diz Pretha. — Quando um príncipe comparece a uma celebração, existem procedimentos que devem ser implantados. E precisamos de tempo para preparar Juliana. Se você aparecer com Abriella e Juliana sentir que ela detém o poder da coroa, vai ser infernal.

— Lamento.

Capítulo 12

FUI INSTRUÍDA A PEGAR só o que fosse necessário para uma ou duas semanas, e soube que Pretha e Misha trabalhariam juntos para abrir um portal do assentamento para a Corte Unseelie. Disseram que eu teria que estar pronta para sair antes do amanhecer.

Ninguém me disse por que Finn precisa de mim para ir encontrar essa sacerdotisa, nem me explicaram que tipo de implicação teria a viagem de Finn ao Mundo Inferior. Por mais que essas pessoas finjam que agora sou parte da equipe, a verdade é que ainda não confiam em mim completamente. É um lembrete de que, embora eu tenha poder e um novo corpo imortal, não faço parte do grupo de verdade. Mas isso não me incomoda. Tenho meus motivos para querer encontrar essa sacerdotisa. Se ela é capaz de abrir portais para o Mundo Inferior, talvez saiba alguma coisa sobre essa *Poção da Vida Reversa* que Misha mencionou uma vez. Mesmo que ela não exista mais, talvez haja outro jeito de me tornar mortal de novo.

Finn, ou alguém de seu povo, fortificou sua ala do castelo, mas passo pelos escudos como água pelas frestas de uma montanha. Eu me escondo nas sombras, me deixo fundir com a escuridão e me esgueiro, silenciosa, em direção ao som da voz deles.

Pretha e Finn estão em um dos diversos terraços do castelo. Finn mantém os braços apoiados na balaustrada e segura uma taça em uma das mãos enquanto Pretha anda de um lado para o outro atrás dele.

— ... perdendo alguma coisa importante — Finn estava dizendo. — Não encaixa, mas não vou deixar o medo me impedir de encontrar as respostas de que preciso.

— Tem que haver outro jeito. — Pretha massageia o meio do peito. — Quem mais pode ter uma solução?

— Ninguém. — A voz dele é calma, quase preguiçosa, mas sinto a preocupação. É uma vibração que permanece abaixo da superfície dessa conexão inexplicável entre nós. — Não tem mais ninguém, Pretha. Eu vou seguir em frente com isso.

Pretha invoca uma garrafa de vinho e serve uma dose generosa na taça. O líquido vermelho escuro e aveludado parece tragar a luz. Ela bebe metade do conteúdo da taça em um gole e repõe imediatamente o que bebeu.

— E a sua responsabilidade com o povo? Nós te protegemos por vinte anos para que você pudesse liderar o povo, e agora...

— Agora isso deixa de ser uma opção. Não sou eu quem usa a coroa, então precisamos encontrar outro jeito de proteger o povo. — E olha para ela com um suspiro. — Não tenho escolha. E não estou contente com isso. Em pouco tempo ele vai fazê-la comer na mão dele.

— Não tenho tanta certeza. — Pretha bebe mais um gole de vinho. — E se Mab disser que a única saída é Brie desistir da vida e deixar Sebastian reinar?

— Tem que haver outro jeito — ele responde, mas parece estar falando sozinho.

— Por que eu acho que você se incomoda mais com a morte de Brie do que com Sebastian no trono?

Ele leva a mão à testa e massageia as têmporas.

— A última coisa de que nós precisamos agora é meu ego atrapalhando a cura da minha corte moribunda.

Pretha suspira.

— Vamos encontrar um jeito. Preciso acreditar nisso.

Ele se apoia na grade e estuda a cunhada.

— Como você está lidando com tudo isso?

— Com a iminente destruição do nosso reino? — ela pergunta, com uma sobrancelha erguida, depois levanta a taça. — Ah, muito bem. Uma beleza.

Finn balança a cabeça.

— Essa é a primeira vez que você se hospeda no Castelo Craig desde que seus pais te mandaram embora. Como é estar em casa?

Meu coração fica apertado. Pretha é uma integrante firme e capaz da equipe de Finn. É fácil esquecer que um dia ela foi uma garota apaixonada pela noiva do irmão.

— É... normal. Bom. É bom. — Sua expressão se torna distante quando olha para o vale além do terraço. — Sinto saudade deste lugar, mas só percebi o quanto no momento em que pus os pés no palácio. — Ela morde o lábio, e os olhos ficam cheios de lágrimas. — Tenho muitas lembranças felizes daqui.

Finn afaga seu braço. Eu me emociono ao ver a rara demonstração física de afeto do príncipe das sombras, mas, ao mesmo tempo, experimento um sentimento incômodo. Percebo que é ciúme. Sinto ciúme do relacionamento de Pretha e Finn desde o dia em que o conheci. De início porque pensei que os dois tivessem um relacionamento romântico, mas agora por causa da conexão entre eles. Os dois têm um ao outro para se apoiar. Tenho me sentido muito sozinha desde que fugi de Sebastian. Todas essas pessoas à minha volta dizem querer minha amizade, mas como posso confiar nelas quando se importam mais com esse poder do que jamais se importaram comigo?

Se eu pudesse despir esse poder como um manto, algum deles se importaria comigo? Eu teria um lugar para ficar, pelo menos, ou ainda estaria fugindo?

— O relacionamento entre seu irmão e Amira não é romântico — diz Finn. — Dizem que ele está tentando engravidar uma das consortes para dar prosseguimento à linhagem da família.

Pretha sufoca uma risadinha.

— Tenho certeza de que está *tentando* desde que tem idade para isso.

Finn esboça um sorriso raro.

— Eu já conhecia Misha e odeio te dar essa notícia, mas ele não estava preocupado com herdeiros quando levava todas aquelas mulheres para a cama.

— Ah, eu ouvia os comentários. — Pretha ri, olhando para a taça de vinho. — E é bom se preparar. Acho que agora ele está interessado em Brie.

Misha quer que eu seja... consorte dele? Ou isso é o que ele quer que pensem? O instinto me faz apostar na segunda opção. Misha é atencioso e bonito, mas o mais provável é que ele queira ter acesso a esse poder, ou tenha algum plano para usar um suposto relacionamento comigo para aumentar sua força na política feérica.

— E o que eu tenho a ver com isso? — Finn pergunta

— Você a protege. Todo mundo sabe disso.

— É o mínimo que eu posso fazer. — Ele volta a olhar para a paisagem com os braços apoiados na grade. — Depois de tudo.

— Ela visitou seus sonhos de novo? Depois de...

Finn balança a cabeça.

— Não. Acho que daquela vez ela nem teve essa intenção. A magia estava em alta com a transformação, e sua mente se apegou a mim para tentar entender o que acontecia. — Ele passa a mão na cabeça, despenteando os cachos. — Sebastian a ama de verdade, com ou sem traição.

— Sei, e... o que esse amor fez por nós além de atrapalhar nossos planos? — Pretha pergunta, e Finn concorda, resmungando. — Tenho que ir — ela diz.

— Preciso dar adeus à mulher que eu amo e fingir que estou bem dormindo sozinha enquanto estamos embaixo do mesmo teto.

Finn arqueia uma sobrancelha.

— Não precisa dormir sozinha — ele diz em voz baixa. — Amira tem os aposentos dela. Todo mundo sabe que ela dividiria a cama com você de bom grado.

Pretha fecha os olhos e respira fundo.

— Decidi há muito tempo que prefiro ficar sozinha e infeliz a ser amante dela. Não condeno ninguém que fizesse uma escolha diferente em meu lugar, mas para mim... não seria o suficiente. Não seria justo me envolver em uma situação que me deixaria ressentida e amarga com ela e meu irmão.

Finn afaga o braço dela pela última vez.

— Durma bem.

Pretha deixa o lugar, e eu espero alguns minutos para sair das minhas sombras no corredor. Respiro fundo quando me sinto corpórea novamente, e depois vou me juntar a Finn no terraço, fazendo barulho no piso de pedra a cada passo que dou.

— Tinha esquecido como as noites são bonitas nestas terras — ele diz, antes que eu tenha a chance de explicar minha presença ou o motivo pelo qual me esgueirei através de seus escudos... não que eu tenha uma boa explicação.

Paro ao lado dele junto da grade.

— São lindas. Melhor que a sua casa?

Um sorrisinho triste distende seus lábios.

— Não. Nada é melhor que minha casa.

— Aposto que está ansioso para voltar para lá.

Ele olha para mim, e a desconfiança que vejo em seu rosto é como uma pedra se alojando em meu estômago.

— Estou ansioso para fazer qualquer coisa que nos leve para mais perto de uma solução. O palácio... — Ele balança a cabeça. — Ir para casa é sempre uma armadilha emocional, e nunca estou ansioso para entrar nela.

— Por quê?

Finn faz uma careta de insatisfação.

— Isso é irrelevante. Tudo o que importa agora são respostas.

— Respostas sobre o quê?

— Sobre as crianças. Sobre o meu povo. Sobre o que fazemos agora. Somos uma corte em ruínas.

E a culpa é toda minha. Deixo as palavras penetrarem em mim, se alojarem como pedras.

— Você acha mesmo que Mab vai oferecer uma solução?

Ele assente.

— Acho que a Grande Rainha não iria medir esforços para proteger sua corte, mas especialmente para protegê-la do domínio Seelie.

— E você aceitaria a solução dela se envolvesse deixar outra pessoa ocupar o trono? Mesmo depois de... tudo?

Ele engole em seco.

— Acredite ou não, eu quero o que for melhor para o meu povo, mais do que é melhor para mim. No momento, o melhor é um reino que sobreviva. — Ele baixa a cabeça. — Minha vida é menos valiosa que a de uma corte inteira. Se eu não soubesse disso, teria vergonha até de acreditar que posso reinar.

— Você deve me desprezar muito, então.

Ele endireita o corpo e se vira para mim lentamente.

— Nem um pouco, Princesa.

— Deveria. Minha vida não é mais valiosa que a sua, mas meu coração batendo é o motivo para a sua corte estar em ruínas, como você diz.

— Não é assim que eu vejo. — Ele olha para o céu da noite, e o silêncio pesa sobre nós. — Está preparada para vê-lo de novo? — ele pergunta.

— Já vi.

Finn arqueia uma sobrancelha.

— Vamos ver se eu adivinho... quando você pediu para ele desmontar os acampamentos?

Assinto e, apoiada na grade, vejo um morcego voando em círculos ao longe.

— Fica mais fácil com o tempo? Estar conectado com alguém desse jeito?

Ele estreita um pouco os olhos, como se a resposta estivesse na escuridão e só fosse preciso se concentrar para vê-la.

— Você *sente* que isso é difícil?

— Ter que me isolar das emoções dele o tempo todo? A distração constante de sentir o que ele está sentindo e a vigilância necessária para manter meus escudos no lugar? — Suspiro. — É difícil. Exaustivo.

— Hum. — Ele massageia a nuca. — Está se protegendo de seu parceiro vinculado? Interessante.

Olho para ele com tanta dureza que me surpreende ele não recuar com a força desse olhar.

— Não é da sua conta.

— Acho que não é para ser difícil. O ideal é que seja um conforto, mas vocês dois...

— Fomos amaldiçoados desde o princípio?

Ele ri.

— Acho que é complicado. — Ele olha para baixo, para os braços. As mangas da túnica preta estão enroladas até os cotovelos, expondo os antebraços fortes e as marcas de runas. — Não que eu saiba, na verdade.

Estudo as tatuagens em seus braços e as que posso ver acima da gola da túnica. Já o vi sem camisa, por isso sei que são várias, e cada uma representa um vínculo único.

— Alguma delas está viva? Ou são tributos dos tempos da maldição?

Ele solta o ar com um sopro.

— Nunca vi sentido em me vincular aos criados. E é claro, no momento em que eu me vinculava aos tributos...

— Elas morriam — concluo.

Ele confirma com um movimento de cabeça.

— E Isabel?

— Foi a primeira humana que matei — Finn responde, perturbado. Sua voz está tão baixa que quase não consigo ouvir as palavras. — A primeira humana cuja força de vida senti circulando em minhas veias.

Quero sentir nojo, mas tem algo na expressão dele que só me faz sentir *pena*.

— Mas você a amava?

Os olhos dele encontram os meus. Estão atormentados.

— Sim. Por isso, nunca se engane com essa ideia de que amor é o suficiente, Princesa. Talvez seja no lugar de onde você veio, mas, neste lugar esquecido pelos deuses, isso não poderia ser menos verdadeiro.

Abro a boca para argumentar, mas sou interrompida pela chegada intempestiva de Kane.

— Recebemos notícias do palácio Unseelie — ele anuncia.

Fecho os olhos, odiando a interrupção, mas grata por ela ao mesmo tempo. Queria que meus sentimentos por Finn não fossem tão conflituosos. Queria poder simplesmente encaixar o príncipe das sombras na categoria *inimigo* na minha cabeça, como fiz com Mordeus, e seguir em frente. No entanto, por mais que eu tente me convencer de que ele não é melhor que o tio, meu coração se recusa a acreditar nisso.

— Há focos de agitação do lado de fora do palácio — Kane continua.

Finn franze a testa.

— Em reação a quê?

— O Príncipe Ronan ordenou que os Cavaleiros da Meia-Noite se desloquem para as montanhas, e vamos dizer que eles não estão inclinados a aceitar o príncipe dourado em posição de autoridade. Relatos informam que querem a cabeça dele.

— Bom, é conveniente — Finn resmunga.

Olho para ele de queixo caído.

— Está falando sério?

Kane olha para mim com olhos sinistros.

— Pensei que você odiasse o príncipe dourado. Ele não te enganou?

— Isso não significa que eu quero que ele *morra* — disparo.

— Não estaríamos nessa confusão se ele já tivesse morrido — resmunga Kane, e olho para ele com ar de censura. Ele se volta para Finn. — Por enquanto, a guarda dele está mantendo os cavaleiros afastados, mas a multidão está crescendo. Estão exigindo ver seu verdadeiro rei.

Agora entendo o que senti em Sebastian mais cedo. A preocupação dele era uma reação a esses focos de rebelião, certamente.

Finn faz uma careta.

— Seja lá quem for a porra do rei — resmunga.

— Eles querem você no trono — diz Kane.

— O que nós podemos fazer? — pergunto.

— Nós? — Finn repete.

Levanto as mãos abertas.

— Com certeza não é isso que você quer, considerando que sua corte mergulhou no caos.

— O que eu *quero*, princesa, é reparar o dano que Mordeus trouxe à minha *casa* nas duas últimas décadas. O que eu *quero* é que os pais das crianças adormecidas possam ver os olhos dos filhos brilhando de novo. *Quero* descobrir como resolver isso antes de perdermos mais crianças para o Longo Sono, antes de cada membro da próxima geração da minha corte estar perdido, preso na própria inconsciência.

— Eles querem *você* — digo em voz baixa. — Foi isso que Misha me falou. Ele disse que muitos te apoiaram em silêncio durante o reinado de Mordeus, e que se você e Sebastian formassem uma aliança, se trabalhassem juntos, a maioria da corte seria unida.

— Misha fala demais. — Ele solta o ar com um sopro. — Tudo o que essa gente quer é alguém em quem confiar. Não sabem nada sobre o Príncipe Ronan, exceto quem é a mãe dele e o que ela fez com eles. Como podem aceitá-lo como príncipe, como rei? Como podem confiar em qualquer coisa que ele diga?

— Não deixem que o matem — sussurro.

Os olhos de Finn brilham e suas narinas dilatam.

— É tentador. — Seus olhos se voltam para mim, e ele balança a cabeça. — Mas, como já falamos, se Sebastian morrer, não sabemos o que vai acontecer com a coroa. Não tenho a menor intenção de deixar o povo atacá-lo, por mais que seja tentador.

— Quanta nobreza — disparo.

Kane pigarreia e olha ansioso para o corredor.

— Eu posso me retirar.

— Fique — Finn e eu dizemos ao mesmo tempo, olhando para ele.

Finn levanta o queixo.

— O que você quer de mim, Princesa?

Kane grunhe atrás de Finn, olhando para nós como se fôssemos duas bombas prestes a explodir.

— Quero que você vá — respondo. — Seja essa pessoa. Seja quem vai governar e proteger esse povo. Prove que quer o melhor para eles formando uma aliança com Sebastian. Talvez não resolva o problema da corte, mas vai fortalecê-la enquanto procuramos uma solução a longo prazo.

Ele cruza os braços.

— O que faz você pensar que o seu príncipe está interessado em uma aliança?

— O que te faz ter certeza de que não? — Depois de tudo o que Sebastian me explicou, é difícil saber o que pensar, saber o que era verdade e o que era manipulação, mas, no fundo, ainda acredito que ele é bom, que deseja o melhor para o povo de seu pai. Ele tinha tanta esperança para essas cortes e para a paz contínua entre elas que me traiu por isso. Ele e Finn não são muito diferentes.

— Vou com você — aviso. — Posso aproveitar e tentar convencê-lo. Vamos entender isso juntos.

— A única coisa que sua presença vai nos ajudar a entender é o quanto ele está disposto a rastejar para voltar para sua cama.

— Mesmo assim — diz Kane —, ter Abriella ao nosso lado pode ser vantajoso.

Finn olha para ele de cara feia.

— Não dá para negar que ela tem um jeito especial com vocês, príncipes. — Kane levanta as mãos. — Com reis também, pelo jeito. Até Misha está comendo na mão dela.

Primeiro Pretha, agora Kane? Eu o encaro.

— De jeito nenhum!

Ele ri.

— Não se preocupe. Ele ainda não percebeu.

— Misha é um *amigo*.

— Está dispensado, Kane — resmunga Finn, e Kane desaparece no interior do castelo sem perder tempo.

Quando ficamos sozinhos de novo, olho para Finn.

— Vou fazer o que eu puder para ajudar a convencer Sebastian.

— Vai fazer parecer que ele está fazendo um favor a nós. Não, me deixe cuidar disso.

— Uma vez você disse que ele não era seu inimigo. O que mudou? Por que agora está ressentido contra ele?

— Porque agora ele destruiu minha corte com suas decisões inconsequentes — ele se irrita.

— Para salvar minha vida.

Ele fecha os olhos.

— Não foi isso que eu quis dizer.

Levanto o queixo.

— Sua corte está sofrendo porque ele salvou minha vida e atrelou o poder da coroa à minha existência. Pode argumentar o quanto quiser. Essa é a verdade.

Os olhos dele brilham ao luar, e o rosto fica tenso.

— Pare com isso. Pare de pensar que este mundo estaria melhor sem você.

— Você mesmo disse que colocaria Sebastian no trono antes de ver sua corte cair. Ele estaria exatamente lá; não está por minha causa. — Dou um passo para trás e balanço a cabeça. São esses os pensamentos que me atormentam. — Se eu não tivesse tomado aquela poção...

Antes que eu entenda o que está acontecendo, Finn me gira e empurra contra a parede. Ele me encara com os olhos prateados duros.

— Mas tomou. Você tomou a poção, e assim salvou uma coisa bonita em um mundo cheio de feiura. Eu nunca vou lamentar por isso.

Mal consigo processar o que ele disse antes de sua boca cair sobre a minha e... deuses, o calor do corpo rígido pressionado contra o meu, a sensação da boca bebendo da minha, como se eu fosse o melhor vinho e ele estivesse dividido entre dois instintos, me saborear e me devorar.

Quando ele puxa meu lábio inferior entre os dentes, eu cedo. Correspondo ao beijo com a mesma fome. Não é só um beijo. São todas as palavras que não dissemos escritas com nossas bocas, com os corpos. É raiva, esperança, medo e desejo, tudo entremeado e eletrificado. Não há solidão aqui. Nem pesares. Só o gosto dele, como um bom vinho tinto, e a sensação de sua força me envolvendo, brotando dentro de mim.

Meus braços envolvem seu pescoço e as mãos deslizam em seu cabelo, libertando as mechas da tira para que eu possa senti-las entre os dedos. Finn afasta a boca da minha e espalha uma trilha de beijos quentes por um lado do meu queixo, embaixo da orelha e até onde o pescoço encontra o ombro, onde me mordeu há não muito tempo. A língua passeia pela região, e arfo quando o prazer invade minhas veias e a memória desperta na mente.

Finn geme e encaixa a coxa entre minhas pernas como se também se lembrasse.

— Pensei que tivesse inventado — ele murmura. — Mas seu gosto é ainda mais doce do que eu me lembrava.

Pare. Eu te amo. Pare. Por favor. Por favor, por favor, por favor.

Uma dor enche meu peito, terrível, desesperada e alheia, mas clareia meus pensamentos o suficiente. *Isso é um erro.* Esse beijo. As carícias. Derreter ao som de palavras doces. Tudo é um erro terrível, e já cometi muitos deles.

Eu o empurro e ergo os escudos, bloqueando a repentina enchente de sentimentos de Sebastian.

Finn não resiste. Nem cambaleia. Apenas dá três passos para trás, como se estivesse preparado para o momento em que eu recobraria a razão.

Ele me encara com o peito arfando. Queria saber se pareço tão abalada quanto ele, se meus lábios também estão inchados ou se a fome que vejo em seus olhos se reflete nos meus.

— Você não pode me beijar. — Meu protesto é fraco. Forçado.

Finn inspira profundamente, e posso praticamente ver quando ele se recupera.

— Lamento informar, Princesa, não fui o único que beijou.

— Bom, eu também não posso te beijar.

— Por que não?

Porque não consigo pensar direito quando você me toca. Porque não vou fazer papel de boba de novo. Porque seria muito fácil acreditar em suas palavras doces e me deixar envolver. Porque ainda tenho uma coisa que você quer, e não confio na possibilidade de você me querer mais do que quer esse poder.

Estou abalada demais, vulnerável demais para compartilhar qualquer uma dessas razões com ele, então escolho a que sei que o atinge com mais força.

— Porque sou vinculada a Sebastian.

Finn não se move, não reage fisicamente, mas vejo a mudança em seus olhos. Como uma porta se fechando.

— Interessante.

Comprimo os lábios, mas não consigo evitar. Mordo a isca.

— Que foi?

Ele dá de ombros.

— Misha tem a impressão de que você não quer mais o vínculo. Ele acha que você espera encontrar um jeito de rompê-lo.

Rio baixinho.

— Você tem razão. Misha fala demais.

— É verdade? Quer desfazer o vínculo?

Levanto o queixo.

— Sebastian não entrou nele de maneira honesta.

— E você acha que existe alguma cláusula de exceção que permite romper o vínculo porque ele mentiu? — Finn me dá as costas e se aproxima da grade. — Tem muito o que aprender sobre este mundo, Princesa.

Mas que bobagem condescendente, arrogante...

Eu me viro para sair e paro, de costas para as estrelas.

— Não confunda ignorância com ingenuidade, Finn. Não sou mais a menina boba que vocês podem enganar com atração física e palavras bonitas.

— Tenho certeza de que Sebastian vai adorar testar essa teoria.

Olho para trás. Ele me estuda como se quisesse poder entrar na minha mente.

— Eu estava falando de você.

Finn engole em seco.

— Esteja pronta para sair antes do amanhecer — diz. — Vai ser um dia longo.

Capítulo 13

NO MOMENTO EM QUE Finn se materializa na sala do trono Unseelie, Riaan o agarra por trás e aproxima a espada do pescoço do príncipe das sombras.

— Me dê um bom motivo para eu não te abrir ao meio aqui e agora.

O goblin de Finn desaparece em um segundo, e eu fico nas sombras, como planejamos. Hoje cedo, cavalgamos através do portal e para a capital Unseelie. Enquanto Misha, Pretha e os outros ajudavam a transportar as crianças para enfermarias na cidade, o goblin de Finn trouxe nós dois diretamente para a sala do trono no palácio.

Dou uma olhada na sala. Sebastian está em cima da plataforma, olhando atento para o meio-irmão e Riaan, mas não há mais ninguém na sala.

Finn sorri. Nem tenta escapar do guarda de Sebastian, embora pudesse. Já o vi se esquivar de ataques e mais ataques quando treinava com Jalek. Ele poderia ter deitado Riaan no chão sem recorrer à magia. Em vez disso, está parado enquanto Riaan aperta a lâmina contra seu pescoço. O único movimento é dos olhos prateados e frios, que se voltam para Sebastian.

— Acho que ele está esperando uma ordem sua — Finn comenta.

— Espero não ter que chegar a isso — Sebastian responde.

Finn arqueia as sobrancelhas e ri.

— Sério?

— Riaan, abaixe a espada.

O homem infla as narinas, puxa a cabeça de Finn para trás por um momento, como se pudesse desobedecer a seu príncipe e abrir a garganta de Finn de qualquer jeito, mas depois força o joelho contra as costas do príncipe das sombras e o empurra para a frente ao soltá-lo.

Finn nem cambaleia, mantém-se firme e elegante. Ele simplesmente se aproxima de Sebastian.

— Parece que você está em uma situação difícil com os súditos — diz, olhando para as janelas enfileiradas de um lado da sala do trono.

Tudo o que consigo ver de onde estou, no canto, é uma manhã ensolarada, mas todos sabemos que hordas de feéricos das sombras descontentes esperam além dos portões. Ouvi os protestos quando passamos pelo portal.

— É um problema *temporário* — Sebastian responde. — Assim que eu me sentar nesse trono, eles vão me aceitar.

Finn cruza os braços e inclina um pouco o tronco para trás. Seu sorriso é tudo menos alegre, o sorriso de um homem que promete a morte a quem machucar quem ele ama. É o sorriso de um príncipe exilado que teve roubada sua única chance de ocupar o trono.

— Fico muito feliz por saber que você tem uma solução — diz Finn. — E curioso para saber qual é.

— Acha que vou *te* contar?

— Estou só refletindo. Você sabe que o poder não se transfere para você se matar sua princesa, e, agora que a fez imortal, você não pode contar com uma morte natural tão cedo. Está esperando que ela se junte ao nosso conselho de anciãos, talvez, apesar de ainda ser nova, e transfira o poder para você desse jeito. Ou espera que o amor dela por você seja suficientemente forte para superar o fato de a ter manipulado e enganado para conseguir aquela coroa... — Ele estuda as unhas por um instante, como se pensasse nessa possibilidade. — É claro, esse plano dependeria de ela te perdoar, e se me lembro bem, ela jurou que não tem perdão.

Sebastian avança e empurra Finn com as mãos abertas em seu peito. Novamente, Finn nem cambaleia. Sebastian e Riaan são meninos, percebo. São crianças comparados a Finn. Amadores disputando uma partida de xadrez com um mestre.

— Tenho *conselheiros* — Sebastian grunhe por entre os dentes. — Eles estão trabalhando para encontrar uma solução que não cause mal a Abriella.

Finn ri.

— Então, quando você diz que *tem um plano*, o que quer dizer é que espera que seus *conselheiros* tracem um plano. É de se pensar, não é, o que teria acontecido se você tivesse contado a verdade para ela quando me pintava como vilão.

Sebastian rosna, a escuridão sobe pelas paredes e o chão treme.

— Isso foi para me assustar? — Finn olha em volta quando as sombras recuam. — Não perca seu tempo. Passei a vida toda brincando com meu poder Unseelie, é difícil me impressionar. Mas tenho certeza de que seus sentinelas do Exército Dourado vão ficar muito impressionados.

O rosto de Sebastian se contorce com a raiva.

— Cale a boca, ou saia da minha sala do trono.

— Sua sala do trono? — Finn pergunta. — Como assim *sua*?

— É mais minha do que jamais será sua.

Finn passa a mão no queixo como se pensasse sobre isso.

— Então, mas é aí que eu acho que você está errado. Muita gente acredita que o poder tem a ver com a coroa ou com a magia. Mas aquele povo do lado de fora dos portões do palácio? Muitos vão dizer que o poder de um reino vem deles, pertence a eles. Foi nisso que Mordeus errou. Não entendeu que, quando você governa este reino, serve a todo mundo. O fraco e o forte. O subserviente e o rebelde.

— Eu *sei* disso — Sebastian resmunga. — Não me interessa reinar como fez Mordeus. Você está se esquecendo de que eu fiz tudo isso para tirar Mordeus do trono, para salvar este reino *dele*.

Finn se aproxima até seu rosto estar a poucos centímetros do rosto do irmão.

— E você se esquece de que, enquanto passou os últimos dois anos fingindo ser um garoto humano e tentando roubar o coração de Abriella, *eu* trabalhava para mostrar ao meu povo que não tinha esquecido dele, para que eles soubessem que não faria diferença quem ia ocupar este palácio, quem ia fingir que este é seu lugar, eles teriam suas necessidades básicas atendidas. Se isso não acontecesse, haveria uma guerra por eles.

— Não quero fazer mal a eles, Finn. — Sebastian para e engole a saliva com dificuldade. — Você diz que eu menti para Abriella, mas não menti sobre o que é importante. Quero o que é melhor para os dois reinos. Quero proteger os dois reinos de governantes que destruiriam tudo por mais poder.

— Sua mãe, por exemplo?

— Sim! É claro que sim, minha mãe. — Ele balança a cabeça. — Você se esqueceu de que eu também sou Unseelie? Gostando ou não, *irmão*, o sangue de Oberon corre nas minhas veias do mesmo jeito que corre nas suas, ou esta coroa nunca estaria na minha cabeça. E eu sei que desapontei esse povo. De muitas maneiras, falhei com ele. Mas quero ajudar o povo Unseelie. E acho que você também quer. — Ele encara Finn. — Me ajude a consertar as coisas para eles. A proteger essa gente. Me ajude a *organizar* nossas forças, para não sermos divididos por dentro antes mesmo de minha mãe atacar.

— Hum. — Finn estreita os olhos, estudando o topo da cabeça de Sebastian como se ali houvesse uma criatura estranha, não uma coroa invisível. — Só não sei o que ganho com isso.

Sebastian engole em seco.

— Me ajude.

— Por quê? Se este reino desmoronar enquanto você finge governar, isso não vai *me* fazer parecer bom? Se Mordeus reinou sem o trono, eu também posso.

Ranjo os dentes nas sombras. Por isso Finn não quis propor uma aliança a Sebastian. Ele não quer demonstrar que precisa tanto de Sebastian quanto Sebastian precisa dele. Não quer que Sebastian saiba que a corte das sombras está morrendo, não até que ele prometa o que Finn deseja, seja lá o que for.

— Finn — Sebastian resmunga. — Não posso... — E balança a cabeça. — Preciso de você, sabe disso. Para resolver as coisas de maneira pacífica, preciso de você.

— Não necessariamente — diz Riaan. — Nós temos embaixadores reunidos com os Cavaleiros da Meia-Noite neste momento. Eles vão convencer os cavaleiros...

— Não está dando certo — Sebastian o interrompe, com os olhos em chamas. E se vira para Finn. — Estipule o seu preço.

— Abriella.

— O quê?

O rosto de Finn é a imagem da ambivalência.

— Meu preço é Abriella. Se quer paz nos portões do seu palácio, se quer me convencer de que os Cavaleiros vão se juntar às suas forças nas montanhas, tem que me entregar sua princesa.

— Como é que é? — reajo. Não me interessa o que prometi. Não quero saber que tipo de jogo Finn está fazendo com essa história de me manter nas sombras. Deixo que elas se dissipem, e Sebastian arregala os olhos ao me ver.

— Brie. — Ele corre para mim. Está a um passo de distância quando estendo a mão, e ele para. — Há quanto tempo está aqui? E por que não... — Ele toca a runa tatuada em seu pulso. — Quase não tenho sentido você. Você está bem?

— Estou. — Olho para Finn. — Você passou dos limites.

Rindo, Finn dá de ombros.

— Esse é o meu preço — diz, sem desviar os olhos dos meus. — Se Sebastian quer minha ajuda com esse probleminha dele, vai ter que me entregar *você*.

— Te odeio — disparo.

Finn me encara por um longo momento, depois sorri.

— Pode se convencer do que achar que é necessário, Princesa. — E ele olha novamente para Sebastian. — É justo. Afinal, nosso pai fez a mesma promessa para nós dois... como diz sua mãe.. Assim, você fica com a coroa. E eu fico... — Ele acena na minha direção, como se eu fosse uma arma perdida que os dois disputam depois de uma batalha. — Com a outra metade.

Quero gritar, mas mordo a língua. Não sei o que Finn está fazendo, e, se eu falar demais, posso estragar tudo. Não confio nele, mas acredito que temos os mesmos objetivos.

— Dissolva o vínculo entre vocês para ela poder se vincular a mim. Ela vai gostar muito mais, com certeza.

— Você enlouqueceu — murmuro.

Finn pisca para mim. *Pisca!*

Sebastian estuda meu rosto.

— Você quer isso? Você... não, não tem importância. — Sua voz se torna fria quando olha para Finn. — Brie é *minha*. Ela está vinculada a mim, não a você. Não pode ficar com ela.

— Não quero estar vinculada a *nenhum* de vocês! — As sombras giram em volta dos meus pés e envolvem meus braços, e não me dou ao trabalho de dissipá-las.

Os olhos de Finn me devoram, e seu sorriso sugere que acabei de entregar um presente a ele.

Por outro lado, Sebastian parece ter levado uma bofetada.

— Não vou desistir de você. Não enquanto não tivermos uma *chance*. Eu amo você.

— Foi isso que disse às garotas humanas no Palácio Dourado, as que queriam ser sua noiva? — pergunta Finn. — Jurou seu amor antes de se vincularem a você para ter mais poder?

Olho para um e para outro sem entender a pergunta.

— Do que ele está falando? — questiono.

— Ah. — Finn balança a cabeça. — Desculpe. Esqueci que ele te disse que tinha mandado as garotas para casa. Ops.

Imagens daquelas meninas passam pela minha cabeça, e sinto o estômago se contrair. Tive muito ciúme delas. Invejei a chance que acreditei que tivessem de ser noiva de Sebastian quando elas também tinham sido enganadas, como eu.

— Como teve coragem? — pergunto, pensando em todas as vezes que ele usou magia só para me impressionar, só para mostrar do que era capaz. Aquelas meninas. Criaturas inocentes expostas a atos de magia desnecessários.

— Eu só estava tentando sobreviver — diz Sebastian, olhando para mim.

— Tudo o que eu quero é cuidar de você.

Finn torce o nariz.

— Essa coroa na sua cabeça sugere o contrário.

— Esta coroa é *inútil* sem o poder! — ele grita.

— É verdade. Se você soubesse que isso aconteceria...

— Mesmo que suspeitasse disso, eu teria dado a poção a ela.

Meu coração fica apertado. Isso é verdade? Ele teria me salvado, mesmo sabendo que perderia a chance de reinar sobre a corte das sombras... ou era só orgulho?

O peito de Sebastian infla, e quando ele fecha os olhos, percebo que está tentando se controlar. Depois de respirar algumas vezes de um jeito deliberado, sem pressa. Ele diz a Finn:

— Como você sabe, desfazer o vínculo não é tão fácil. Mesmo que... — Ele olha para mim. — Mesmo que *nós dois* quiséssemos. E eu não quero. Vai ter que pensar em outra coisa.

— Você não tem mais nada para me oferecer.

— Pense em alguma coisa — Sebastian rosna. — Como Abriella não está interessada em ter um vínculo com você — ele comenta, em tom satisfeito —, reivindicar esse vínculo é perda de tempo.

Respiro fundo. Posso não saber que jogo Finn está fazendo, mas isso não significa que não posso fazer o meu.

— E se Sebastian só dissolver o vínculo entre nós? — pergunto a Finn. — Não seria suficiente?

— Não — Sebastian responde, em tom duro. Fecha os olhos por um instante, balança a cabeça, e, quando fala comigo de novo, sua voz é mais suave. — Eu sei que você acha que é isso que quer, mas está fora de questão.

Finn bate com um dedo na boca, pensativo.

— Existe um ritual, uma coisa antiga que meus avós maternos usaram na guerra, que permitia que um par vinculado transferisse o vínculo para outra pessoa por algum tempo. Quando os casais eram separados nos tempos de guerra e um deles ficava em casa enquanto o outro ia lutar, a ideia era proteger o indivíduo em casa da dor e da angústia das linhas de frente. Transferir o vínculo também podia proteger o parceiro vinculado caso o guerreiro fosse capturado, porque essas conexões eram usadas contra os Cavaleiros para que eles fossem forçados a revelar informações confidenciais. Então, algumas sacerdotisas se reuniram para criar esse ritual que permitiria a transferência temporária do vínculo de um indivíduo para outro.

— Eu... conheço o conceito — Sebastian responde, cauteloso.

— Então você sabe que é possível, e que não posso usar esse artifício para roubar permanentemente seu vínculo com Abriella.

Sebastian cruza os braços.

— Por quê?

Finn dá de ombros.

— O povo do lado de fora dos seus portões não é o único problema. Como mencionei, trabalhei para garantir que minha gente teria a proteção de um exército plenamente funcional caso eu nunca recuperasse a coroa. Agora essas forças estão de prontidão sob o comando do General Hargova.

— A Horda Amaldiçoada — Sebastian sussurra com um tom que sugere fascínio. — Eles são de verdade?

Finn ri.

— Podem ser quase invisíveis, mas são reais. Confiam em mim até certo ponto, mas confiam mais no poder da coroa. Se Abriella e eu os visitarmos como um casal vinculado, podemos convencer a Horda a se unir aos seus Cavaleiros e sua guarda, formando uma frente unida contra qualquer ataque da Corte Seelie no futuro.

— Podemos ir eu e Abriella — diz Sebastian. — Nós já somos um casal vinculado. E eu estou com a coroa.

Finn arqueia uma sobrancelha e fica em silêncio por um momento.

— O problema é que, apesar de confiarem em mim só até certo ponto, eles não confiam em você. E, como você já mencionou, essa coroa é inútil na sua condição atual.

Sebastian olha para mim e sustenta meu olhar por um bom tempo, tanto tempo que percebo que está tentando comunicar alguma coisa.

No momento em que baixo o escudo, sou atropelada pela impressão de ciúme e medo. Ele tem medo de me perder se aceitar a sugestão. E, mesmo se não me perder, ele teme perder o reino do pai.

— Preciso pensar — diz em voz baixa. E, com as mãos nos bolsos, caminha para a porta da sala do trono. Para com uma das mãos apoiada nela e olha para mim. — Abriella, tenho uma reunião, mas vou almoçar na sala de jantar em duas horas. Espero que almoce comigo. Temos muito o que conversar. Acho que você vai ficar contente com tudo o que eu tenho para relatar.

Quando subo na torre mais alta do palácio, encontro a primeira oportunidade de ver a multidão reunida do outro lado dos portões.

Não me surpreendo ao descobrir que Finn já está lá, estoico à luz do meio da manhã, olhando para o lugar onde seu povo protesta. Quando se vira para mim, seu rosto expressa preocupação. Não vejo mais o homem que ria na cara de Sebastian e tratava com ambivalência o destino da corte. No lugar dele há agora o príncipe das sombras que prefere morrer a ver sua corte desmoronar.

— Não se atreva a fazer aquilo de novo — aviso. — Não estou à venda. Nem pertenço a ele para ser cedida. Não sou um objeto a ser negociado ou...

— Eu sei disso.

— Você é um cretino. Nunca quis que eu ficasse escondida atrás das sombras, sabia que eu ficaria revoltada e que isso me faria sair do esconderijo. Era parte do seu plano.

— Funcionou — ele diz. — Se estivesse do meu lado desde o início, ele pensaria que estávamos trabalhando juntos, que você colaborava com meu plano, e iria desconfiar até de um arranjo temporário.

— Não entendo que jogo é esse que você está fazendo.

A expressão dele endurece.

— Eu já deixei claro. Minha prioridade é meu povo.

— E de algum jeito você precisa se vincular a mim para proteger seu povo?

— Preciso de respostas, Princesa. Preciso encontrar a Alta Sacerdotisa, e ela não vai ser obrigada a me receber sem a força do trono do meu pai. E acontece que esse poder está com *você*.

— Já sei que precisa de mim com você para encontrar a Alta Sacerdotisa, mas por que precisa do vínculo?

Os olhos dele ficam frios.

— Talvez eu só não queira que ele tenha o vínculo.

— Você não tem centenas de anos de idade? Por que está se comportando como uma criança mimada que não quer dividir os *brinquedos*?

O sorriso dele é arrogante, e o olhar é pura má intenção quando me estuda lentamente.

— Não considero você um *brinquedo*, Princesa, mas, se quiser brincar, é só pedir.

A vergonha é como chamas lambendo meu rosto, mas me recuso a recuar.

— Vai sonhando.

— Quando você não o bloqueia, Sebastian pode sentir onde você está por meio do vínculo, e não confio nele o suficiente para revelar a localização do templo sagrado de nossa Alta Sacerdotisa.

— Então, tudo o que você disse sobre precisar de mim para convencer esse seu general a unir forças com as legiões de Sebastian?

Finn grunhe.

— Uma desculpa conveniente. A Horda Amaldiçoada do General Hargova responde ao general deles, e o General Hargova responde a mim, e que se danem a coroa e o poder. Ele já tem legiões posicionadas nas Montanhas Goblin para defender a fronteira, e, se eu quiser que eles continuem na defesa com os guerreiros de Sebastian, só preciso me reunir com o general. Estamos a semanas, talvez dias, da guerra declarada contra o reino da rainha dourada. Não consigo entender por que ela ainda não atacou, mas é questão de tempo. Talvez ela não saiba ou não entenda o tamanho do problema da corte. — Ele dá de ombros. — O verdadeiro motivo para eu precisar de você ao meu lado é convencer a Alta Sacerdotisa a me dizer como encontrar o portal para chegar a Mab.

— Acho um erro fazer esse tipo de jogo com ele. Sebastian *se importa* com a Corte Unseelie. Ele acabou de dizer...

— Não me interessa o que ele *diz*. — E sopra o ar, exasperado. — A Alta Sacerdotisa não pode negar o poder que você carrega, e, quando você perguntar a ela onde encontrar um portal para o Mundo Inferior, o juramento que ela fez a Mab vai obrigá-la a responder a você por ser parte do trono da Grande Rainha. Tenho medo do tipo de informação que Sebastian, de posse da coroa, pode forçá-la a fornecer, se souber onde encontrá-la.

— Você podia ter me falado tudo isso antes de virmos para cá. Podia ter pedido *a mim*, em vez de pedir a Sebastian, como se eu fosse um cavalo que deseja pegar emprestado por alguns dias.

Ele dá de ombros.

— Foi mais divertido assim.

Suspiro, olho para os portões e para a multidão de feéricos lá fora.

— São muitos — digo. — O que os impede de invadir?

— Nada, se eles quisessem entrar mesmo. A guarda de Sebastian mantém um escudo de proteção em torno do Palácio da Meia-Noite. Os que estão do lado de fora são impedidos de entrar... mas, se trabalhassem juntos, eles provavelmente conseguiriam passar.

Levanto uma sobrancelha.

— Palácio da Meia-Noite? Esse é o nome real do palácio?

— A Corte da Lua extrai seu poder da noite. Que nome seria melhor para o palácio senão um que honre o momento em que a lua atinge seu ápice?

— Talvez — respondo, mas minha cabeça está ocupada contemplando os manifestantes. — Se eles podem passar pelos portões, por que não passam?

Finn suspira.

— No momento, a presença deles é um protesto, não uma declaração de guerra. Eles não querem perder mais entes queridos. Não confiam em Sebastian, mas a inação dele, o fato de não atacar nem permitir que seus sentinelas saiam e resolvam o problema pela força, é o que mantém os manifestantes pacíficos. Ele poderia dizimar dezenas com um só golpe por trás da segurança desse escudo.

— Mas não vai.

— Espero que você esteja certa. O seu garoto tem poder suficiente para isso agora que a maldição foi quebrada. — Finn me estuda. — Mas não é tão poderoso quanto você.

— Como você vai lidar com eles?

— Se ele concordar com meus termos, quer dizer?

Levanto o queixo e assinto. Espero que Sebastian concorde – ele vai concordar pelo povo lá fora –, mas ainda não sei o que penso sobre o preço disso.

— Vou lá fora pessoalmente — ele responde. — O povo não vai acreditar em um mensageiro. Vai ser necessário que me vejam. Sintam minha presença e acreditem que o regente que esperaram por tanto tempo para levá-los para casa não os abandonou. — Há uma tristeza na voz dele que derrete toda a raiva de antes.

— Você acha que os decepcionou — deduzo.

Ele mantém os olhos fixos no horizonte.

— Eu sei que sim.

Quero discutir, convencê-lo de que essa confusão não é culpa dele, mas percebo pela posição do queixo e pelo olhar distante que há algo mais pesado em seu peito.

— Eles querem um sinal de que o poder da corte não se perdeu. — Finn olha para mim e me encara por vários momentos antes de dizer: — Você pode dar isso a eles.

Respiro fundo e olho para a multidão além dos portões. Com meio pensamento, projeto a noite sobre eles. Uma noite suave, um manto de veludo negro, em vez do abismo de pesadelos. Sobre eles, penduro estrelas tão brilhantes que parecem estar próximas o bastante para serem tocadas. Arrepios percorrem meus braços e minhas costas, não só porque também amo a imagem que dei a eles, mas porque a sensação de usar esse poder preso em minhas veias é *boa*. Em especial quando estou perto de Finn e me sinto tão preenchida por ele.

A multidão fica em silêncio quando todos olham para cima. Dou tudo o que tenho, acrescentando detalhes das belas noites em minhas lembranças – na praia com minha mãe, a cauda de uma estrela cadente aplacando minha preocupação. E depois removo tudo lentamente, deixando o sol voltar aos poucos enquanto recolho meu poder dentro de mim.

Quando olho para Finn, ele está me encarando de queixo caído, com os olhos cheios de admiração.

— Que foi?

Ele balança a cabeça, e o sorriso arrogante ressurge.

— Você é... muito ineficiente.

— Como é que é?

— O que acabou de fazer lá fora? Isso não consumiu nem uma pontinha do seu poder, mas, em vez de usar o que é necessário e guardar o resto, você jogou tudo lá. É como despejar um litro de vinho em cima da mesa para encher uma tacinha.

— Lamento se o jeito como uso minha magia não é do seu agrado.

Finn bufa.

— O jeito como você usa sua magia é um desperdício, beira a irresponsabilidade. — E toca o centro do meu peito com dois dedos. — Ela vem daqui e deve ser usada com foco e precisão. Você está derramando energia por todos os poros. É como empurrar uma marreta quando só precisa de uma agulha.

— Não tive a vida inteira para treinar, como certas pessoas.

Ele se aproxima e se abaixa, até me olhar de frente.

— Você não entende o que estou dizendo. Magia é vida. Precisa conservá-la. É autopreservação.

— Eu sei — disparo.

Sua expressão fica mais mansa.

— Vou te ensinar. Se você deixar.

Desvio o olhar da ternura nos olhos dele. Isso me confunde muito.

— Para quê? Isso é temporário, não é? Mab vai dizer como pode tirar isso de mim, reunir o poder à coroa?

— Não sei — Finn revela. — Estou contando com ela para encontrar uma solução, mas é bobagem prever o que pode acontecer.

Cruzo os braços. Pode ser bobagem, mas Finn está se apoiando em Mab para colocar Sebastian no trono. Ele já falou demais para eu acreditar em outra coisa. E, se Sebastian vai ser o governante desta corte, temos que informá-lo sobre seus segredos.

— Quero contar a Sebastian — digo. — Sobre a doença, sobre a corte moribunda.

— Seria um erro.

— Não seria. Ele se preocupa com essa gente. É mais parecido com você do que acha. Acredite em mim.

— Princesa...

— Não preciso contar que seu plano é ir procurar Mab, mas me deixe explicar o quanto a situação é grave. E aí você vai ter seu vínculo temporário. Vai poder manter em segredo a localização da sua sacerdotisa. Mas Sebastian merece saber de todo o resto.

Ele me encara.

— Faça o que achar melhor.

Capítulo 14

A SALA DE JANTAR ESTÁ vazia quando chego, e, em vez de me sentar e esperar à mesa, me junto às sombras e aprecio o momento de quietude. Minha cabeça gira com os jogos de Sebastian e Finn.

Entendo as razões de Finn para querer se apropriar do vínculo de Sebastian comigo para fazer nossa viagem às montanhas, mas não posso fingir que estou animada para me vincular a outro homem, mesmo que temporariamente.

Sebastian entra na sala de jantar e fecha a porta.

— Sei que está aqui, Abriella.

Porcaria de escudo. Não sei se teria alguma chance de passar despercebida pela sala do trono se ele não estivesse distraído com Finn.

Deixo as sombras se dissiparem, e ele me devora com seus olhos verdes, olha para mim como se tivesse medo de descobrir que não sou real. A tensão se prolonga entre nós. Isso me faz lembrar de quando eu era pequena e ia pescar no riacho com meu pai, de como a linha ficava esticada quando puxávamos o pescado. A conexão se torna cada vez mais rígida por esse vínculo. Mas não sei qual de nós dois está no anzol.

— Que bom que está aqui — ele murmura. Dá um passo em minha direção e para.

Engulo em seco.

— Vou partir com Finn ao amanhecer.

— Precisamos conversar antes. Fiz o que pediu. Desmontei os acampamentos, e estou feliz por isso, mesmo que não se importe.

— Eu sei. E agradeço.

— Você não voltou.

— Temos mais trabalho pela frente. A Corte da Lua está em perigo.

— Você acha que eu não sei? Não preciso estar sentado naquele trono para entender o que acontece do lado de fora dos portões. Não podemos pagar o preço de uma guerra civil agora, não mais do que Oberon podia quando voltou do reino mortal.

— Então você entende o quanto essa missão é importante. Como é importante que você e Finn mostrem uma frente unida.

Ele se aproxima de mim devagar.

— Se eu aceitar isso, se me deixar encantar para ele poder assumir o vínculo, você vai poder sentir *Finn* desse jeito quando ele a tocar. — Ele escorrega a mão pelo meu quadril e afaga meu cabelo com a outra. — É isso que você quer? — Seus olhos bonitos procuram os meus, e sinto o escudo se desfazer, como se estivesse se dissolvendo com o peso de sua tristeza.

O vínculo brilha vivo entre nós, radiante e desinibido, mas a tristeza que me espera do lado dele dessa conexão é sombria e atormentada. Sinto vontade de me encolher no chão e chorar, me desculpar um milhão de vezes por causar essa dor, pedir perdão, perdão e perdão.

— Bash...

— Diga o que você quer. Qualquer coisa. — Ele fecha os olhos. — Qualquer coisa, menos *ele*.

Cerro os punhos com a força da frustração.

— Isso não tem a ver com Finn. Tem a ver com a Corte Unseelie e o futuro do reino todo.

Ele solta meu cabelo e encosta a testa na minha, segura meu rosto e afaga o queixo com o polegar. Eu devia me afastar, mas é muito *bom* sentir o contato. Só quero um momento para fingir que a vida não tem que ser solitária como tem sido, que meu futuro não é uma infinita imensidão de dias sem propósito. Só por esse momento.

— Como vou confiar nele? Como posso me separar de você, mesmo que só por um minuto? Não percebe que ele vai usar essa oportunidade para roubar o que eu tenho... o que ele quer?

— Como ele pode roubar meu poder?

— Não é o seu poder. É *você*.

Ele não pode roubar uma coisa que você não tem. Engulo as palavras e balanço a cabeça.

— Isso não é um truque para conquistar meu afeto. Eu não tenho nenhuma importância nessa situação.

— Nunca. — Sebastian levanta meu rosto, e, antes que eu perceba o que vai fazer, ele me beija. Fico tão ofuscada pelo que sinto em minha mente que levo um momento para reagir ao que está acontecendo fisicamente. Sinto... *ele*. Tudo. Ainda mais que antes.

Sua dor e sua angústia. A tristeza e a melancolia. Sinto sua saudade e o quanto me quer, sinto tão profundamente que me torno tudo isso e tudo isso se torna quem sou, até ser apagada e reconstruída com seus pedaços quebrados. Quero tanto remontá-lo que minhas mãos seguram seus ombros e minha boca se abre sob a dele.

Amo Sebastian, ou pensava amar. Talvez não ame mais, não como amava, mas não suporto ser o motivo de sua dor.

Ele geme em sinal de aprovação e entrelaça os dedos em meu cabelo, puxando minha cabeça para um lado a fim de aprofundar o beijo. Sua excitação é potente, e me domina através do vínculo, tornando-se minha.

— Você nunca demora muito para perdoá-lo, não é?

O som da voz de Finn me traz de volta, e pulo para longe de Sebastian.

Finn olha para mim, mas sua expressão cuidadosamente controlada não revela nada.

Sebastian está ofegante. Lábios entreabertos, olhos vidrados de desejo. Balança a cabeça sutilmente. Não sei o que ele quer dizer... não devo ouvir Finn? Não devia ir embora?

— Como você é *previsível*, Princesa.

Sebastian olha para Finn e contrai a mandíbula.

— Cuide da sua vida.

— Essa é a minha vida — responde Finn. — Vocês dois são problema de toda a minha corte. Só estou tentando consertar essa confusão.

Um músculo salta de um lado do rosto de Sebastian.

— Não vou dar explicações a você.

Finn ri baixinho.

— Não precisa. Mas talvez deva se explicar para os pais das crianças Unseelie que estão morrendo.

Sebastian franze a testa.

— O quê?

Finn olha para mim.

— Pensei que quisesse contar para ele. Acho que estava ocupada demais reencontrando seu amante, não teve tempo para se incomodar com isso.

— Eu...

Finn não espera minha explicação. Simplesmente *desaparece*. Como se nunca houvesse estado ali.

— Vou matá-lo — Sebastian rosna, mas, em vez de ir atrás de Finn, ele me puxa para perto de novo. — Esqueça.

Quando aproxima a boca da minha, apoio a mão em seu peito e empurro com delicadeza.

— Sebastian.

— Ele sempre vem atrás de nós. — Mas recua um passo e solta o ar devagar. — O que ele disse é verdade? As crianças Unseelie estão morrendo?

— Muitas caíram no Longo Sono.

— Longo o quê?

Ele não sabe. É claro.

— É o sintoma de uma corte que está morrendo. As crianças não acordam, e talvez não acordem nunca se não encontrarmos uma solução para isso. O número de casos está aumentando, mas já aconteceu antes, pouco antes da maldição, quando Oberon ficou preso no reino mortal e houve um desequilíbrio entre as cortes. Esse é um dos motivos para Finn precisar do vínculo comigo. Ele quer conversar com a Alta Sacerdotisa sobre o que fazer. — Odeio mentir para Sebastian, mas estou entregando mais verdade do que Finn deu a ele, pelo menos.

Sebastian levanta o rosto e fecha os olhos.

— E ele precisa de você porque ela só é obrigada a falar com quem detém o poder da corte.

— É alguma coisa assim.

— Não gosto de pensar em você viajando por aquelas montanhas. São perigosas. Existe um motivo para ser difícil de chegar até a Alta Sacerdotisa.

— Mas se existe qualquer chance de ajudar as crianças indo até lá, eu vou.

Sebastian me estuda por um longo instante.

— Ninguém nesta corte ou neste reino merece você, Abriella.

A sinceridade em suas palavras ecoa em mim, abaixo a cabeça. Seria mais fácil se eu pudesse acreditar que Sebastian é o vilão. Se me convencesse de que ele me enganou e não se importou com as consequências. Graças a esse vínculo, sei que não é assim. Aos poucos, ergo novamente os escudos.

— Você precisa de Finn — digo. — Esta corte precisa de vocês dois trabalhando juntos.

— E *você*? Precisa de Finn? É ele que você quer?

Ele sentiu alguma coisa pelo vínculo quando beijei Finn. Pode não saber exatamente o que está acontecendo, mas vejo em seus olhos que desconfia.

Balanço a cabeça.

— Não quero ninguém.

— Tem certeza? Você fica iluminada quando ele está por perto. Eu já desconfiava antes, mas, agora que somos vinculados, eu *sinto*.

— Não é porque estou interessada nele. — E essa é só parte da verdade. — Minha magia é mais forte quando Finn está por perto. É assim desde que cheguei a Faerie. Antes eu pensava que fosse por causa da conexão dele com a coroa, mas eu... — Terminar a frase parece cruel demais, de repente.

— Mas o quê? — pergunta Sebastian. — Não sente a mesma manifestação de poder perto de mim? Era isso que ia dizer?

— Desculpe — sussurro. — Não entendo, mas não foi uma coisa que *escolhi*. Só é assim.

— Fale o que você quer. — Ele quer que eu diga como pode me conquistar de novo, mas não tenho uma resposta para isso.

— Quero paz. Quero o que é melhor para este reino.

— Eu também quero. — Sebastian leva a mão ao peito. — Só não quero ter que desistir de tudo o que é importante para mim por isso.

Depois de ter tido uma conversa parecida, porém oposta com Finn, Sebastian de repente parece jovem demais.

— Você quer ser rei ou quer ser um grande rei? O que faz os grandes reis é o sacrifício. É assim que os grandes líderes agem.

Sebastian abaixa a cabeça.

— Certo.

Um criado traz uma bandeja de comida e a deixa sobre a mesa, depois sai em silêncio.

Sebastian puxa uma cadeira e me convida a me sentar. Hesito, e ele insiste.

— Por favor?

— Não estou com fome. — Torço as mãos. Na verdade, preciso me afastar. Ver Sebastian, beijá-lo, *senti-lo*, é demais. — Preciso ir à cidade. Quero ter certeza de que as crianças adormecidas estão acomodadas antes de partirmos amanhã.

— Não é seguro passar pelos portões do palácio agora. Vou mandar Riaan com você. Vocês podem usar outra saída.

Concordo com um movimento de cabeça. É mais fácil aceitar a companhia do que discutir, e provavelmente também é mais sensato.

— Enquanto isso — sugiro —, você pode encontrar Finn e decidir o que quer fazer.

— A resposta é não. Não vou transferir o vínculo para ele. Nem mesmo temporariamente.

Prendo a respiração por um instante.

— Tem certeza? Foi o que ele propôs para ajudar você.

Sebastian olha para as janelas como se pudesse ver a multidão infeliz além dos portões.

— Ele precisa de mim tanto quanto eu dele. Quanto ao vínculo com você... a Sacerdotisa vai querer conversar com você, não com ele. O vínculo é irrelevante.

— Espero que você esteja certo — respondo, e espero que Finn esteja errado sobre não confiar a Sebastian a localização do templo da sacerdotisa.

— Finn está com ciúme porque eu tenho você e ele não. Não se deixe influenciar por ele.

Sei que vou magoá-lo, mas digo:

— Você não me *tem*, Bash.

Vejo o movimento em sua garganta quando ele engole.

— Tive. Por um minuto.

E, como parece ser impossível, nem tento bloquear o impacto das emoções que atravessam meu escudo – tristeza e dor que se acumulam dentro de mim como se fossem minhas.

— Amo você — ele diz. —Para sempre; eu sempre vou te amar.

O silêncio se prolonga entre nós, e ele estuda meu rosto outra vez. Respira fundo.

— Diga alguma coisa.

— Não tem nada que eu possa dizer.

— Você também sentiu — ele insiste. Tenta me tocar, mas me esquivo do contato. — Eu sei que você também sentiu. Sei que estava falando sério quando aceitou o vínculo. Você me amava.

— Eu amei o homem que acreditei que você fosse. Duas vezes. E as duas vezes foram mentira.

— Aonde pensa que vai? — pergunta Finn.

Deixo o cavalariço me ajudar a montar em Duas Estrelas e seguro as rédeas.

— Sebastian disse não. Não vai ter transferência de vínculo.

Finn fecha a cara.

— Mas que *criança* teimosa.

— Talvez, mas ele está decidido. Vocês vão ter que encontrar um jeito de trabalharem juntos sem essa parte do acordo. Sua corte conta com você, talvez esse motivo seja o bastante. — Bato com os calcanhares na égua, levando-a para fora do estábulo.

Finn segura as rédeas.

— Não respondeu minha pergunta. Onde vai?

— Vou à cidade ver as crianças.

— Eu vou com você.

— Não. Fique e vá trabalhar com Sebastian. A menos que tenha decidido ser tão teimoso quanto ele.

— Não pode ir sozinha. Não é seguro.

Riaan sai do estábulo nesse momento e para o cavalo ao lado de Duas Estrelas.

— Ela não vai sozinha.

Finn olha para ele, para mim, depois suspira.

— Tudo bem. Avise Misha e os outros que vamos sair à primeira luz. Quando você voltar, Sebastian e eu vamos ter um plano para resolvermos isso juntos.

Sorrio para ele de um jeito tenso.

— Viu? Não foi tão difícil. — Não espero a resposta, parto a galope e desço pela alameda em direção aos portões. Riaan me alcança com facilidade e passa na minha frente antes de sairmos.

A capital Unseelie fica em torno do palácio, logo depois dos portões. Eu acreditava que a Corte Unseelie seria uma vitrine de tortura e sadismo, com cada canto ocupado por um feérico cruel praticando atos pervertidos.

Agora sei que não é bem assim, e não me surpreendo ao ver que a capital é uma cidade mais vibrante e próspera que qualquer outra que já visitei em Elora. As ruas calçadas de pedras são repletas de barracas onde mercadores vendem seus produtos, coisas como tecidos bonitos, tortas e delícias aromáticas, e café que tem uma fragrância melhor que todos os que já provei.

Se alguém me deixasse aqui sem dizer nada, eu não teria meios de saber que esta é a Corte Unseelie, não a Corte Seelie. A paisagem é semelhante, como as casas de enxaimel e as criaturas que andam pelas ruas. Acho triste que dois lugares com tantas coisas em comum tenham se tornado inimigos.

Quando chegamos à enfermaria, estou tão apaixonada pela cidadezinha que parte de mim quer ir ao mercado, absorver os detalhes e investigar os produtos oferecidos pelos comerciantes. Mas não vou. Entro na enfermaria, onde não posso resolver nada e nem sou necessária, provavelmente.

Ajudo Leta a lavar o rosto, os braços e as mãos das crianças. Depois as envolvemos com cobertores limpos e as viramos de lado, para que não tenham escaras. Gosto de ajudar, mas isso não ameniza a culpa. Saber que sou a origem do problema significa que nada do que eu fizer vai ser suficiente.

Quando todas as crianças estão limpas, em posições diferentes das de antes e não há mais nada a ser feito, eu me acomodo em uma cadeira e conto a elas uma história sobre uma menina camponesa que matou um rei mau para salvar a irmã. Não sei se podem me ouvir, mas, se eu estivesse presa em um sono infinito, ia querer que alguém me contasse histórias. Quando termino o conto meio real e meio fantástico, vejo que Misha está debruçado na janela, me observando.

Quando o encaro, ele sorri para mim com tristeza.

— Se amor e devoção fossem suficientes para curar estas crianças e esta corte, todos teriam em você a salvadora de que precisam.

Abaixo a cabeça. Sei que a intenção foi fazer um elogio.

— Em vez disso, é justamente o contrário.

— Você continua pensando que a corte estaria inteira se você tivesse morrido, mas esquece que este povo reluta em seguir um líder com sangue Seelie. — Ele olha para cima e respira fundo. — Não se culpe por fissuras em um mundo que se quebrou muito antes de você nascer.

Tento entender sua disposição.

— Por que está tão melancólico hoje, meu amigo?

Estamos só nós e as crianças no quarto, mas Misha olha para todos os lados mesmo assim, e depois olha para trás, antes de se aproximar de mim.

— Tem alguma coisa estranha. — Balança a cabeça. — Lark está no Castelo Craig com Amira, mas mandou um goblin com uma mensagem quando você estava chegando à enfermaria. Ela queria me avisar que viu fogo. Mandei Kane e Tynan patrulharem a cidade, mas eles não encontraram nada.

Engulo em seco. A última vez que Lark avisou sobre um incêndio, eu quase morri.

— Ela não disse onde?

— Você conhece minha sobrinha. As profecias dela parecem não fazer sentido.

Mas ela acerta com muita frequência.

— Quais foram as palavras dela?

— Fogo, não da mente de Abriella, mas de seus...

Uma explosão súbita sacode a enfermaria, depois outra. Uma árvore caindo? Misha e eu nos olhamos. Leta volta ao quarto correndo, de olhos arregalados.

— O que foi isso? — pergunta, dirigindo-se imediatamente à janela.

Um menino a segue apressado, de olhos brilhantes, com as orelhas pontudas ultrapassando a nuvem de cachos pretos em sua cabeça. Poderia ser um primo de Finn, até um irmão, e me pergunto se ele sabe o quanto é parecido com seu príncipe.

— O que está acontecendo lá fora? — pergunto.

Misha tem aquele olhar distante que me faz entender que já está dentro da cabeça de nossos amigos e aliados, pedindo ajuda.

— Eli mandou me avisar que está chovendo fogo — ele diz.

Leta franze a testa e olha para ele por cima de um ombro.

— Como assim está...

A explosão seguinte é tão alta que meus ouvidos parecem sangrar, e é seguida imediatamente por outra bem em cima de nós. O teto desaba, e chamas invadem o quarto.

— Saia daqui! — grito para o menino. Depois olho para Leta. — Temos que tirar as crianças.

Misha segura meu braço.

— Abriella, saia. Lark disse que você precisa *fugir*.

Balanço a cabeça.

— Não sem as crianças. — O quarto esquenta tão depressa quanto um forno, e as labaredas correm pelo teto. Quantas vezes vou viver esse pesadelo? O fogo, as vigas caindo, a fumaça sufocante que se espalha depressa.

Pego a criança mais próxima, segurando-a contra o peito, e projeto meu poder, envolvendo o restante dos inocentes em um casulo de sombras para protegê-los das chamas.

— Temos que tirar as crianças daqui.

Misha acomoda uma criança sobre cada ombro, e Leta pega uma garotinha da cama mais perto da porta. Juntos, corremos para a saída.

Lá fora, tudo está mergulhado no mais puro caos. Bolas de fogo voam pelo céu, transformando telhados de palha e piche em combustível. Pessoas gritam e correm em todas as direções, tentando escapar do fogo, que parece estar em todos os lugares. Feéricos de água de corpos brancos emergem do rio e redirecionam a correnteza, lançando jatos sobre as casas que queimam. Um deles para e apaga as chamas que queimam o vestido de uma jovem comerciante. A vendedora cai de joelhos, molhada e soluçando.

— A enfermaria! — grito para uma feérica de água que emergiu de sua casa no rio, exibindo escamas brilhantes. — Consegue controlar o fogo no prédio enquanto tiramos as crianças de lá?

Ela nem perde tempo respondendo, só corre na direção do prédio com os pés de nadadeiras, assobiando para que outras a sigam.

— Aqui! — uma mulher berra, sacudindo os braços. Uma cúpula cintilante do tamanho de uma pequena casa se forma em torno dela. — O fogo não consegue penetrar esse escudo.

Corro para lá com a criança nos braços.

— Consegue segurá-la? — pergunto à feérica lá dentro.

Ela assente.

— Vou tentar.

Ponho a criança no chão dentro da cúpula e volto para ir buscar outra.

Alguém me segura por trás e braços fortes enlaçam minha cintura.

— Não volte para lá — grita Misha. — Esta corte *precisa* de você.

Rosno e me dissolvo em sombra – em *nada* – e corro de volta para o fogo, desviando como névoa de criaturas em pânico. Agora está mais quente, e a fumaça no ar é densa. Não me permito pensar em como essas crianças são inocentes, em quanta fumaça aspiraram sem saber. Não me permito lembrar como é estar presa e impotente enquanto o fogo queima tudo ao redor.

Volto à forma sólida tão depressa que meu estômago se revolta, mas continuo correndo. Dessa vez pego duas crianças – gêmeos que mal andam e são pesos mortos em seu sono doentio – e prendo a respiração quando corro através da fumaça para a segurança do escudo.

Cada vez que respiro, bebo daquele poço aparentemente inesgotável de poder, reforçando o casulo frio de sombras com que envolvi as crianças, torcendo para ele se manter quando as chamas se tornarem quentes demais.

Quando volto, há uma silhueta cambaleando em direção à saída, carregando uma criança sobre cada ombro. Misha vem logo atrás.

O menino sai com passos trôpegos e tosse muito, balançando.

— Não pode entrar lá de novo — ele diz.

— Está muito pior — Misha concorda. — Espere a feérica de água sufocar as chamas antes de entrar.

Balanço a cabeça.

— Não vou abandonar as crianças.

Os olhos de Misha ardem.

— Se entrar lá, talvez não consiga sair.

Passo por ele em direção à fumaça espessa.

Misha está certo. O prédio está caindo. Lá dentro, as paredes queimam e a fumaça traga cada centímetro de ar. Do lado de fora, pessoas gritam. A cacofonia de destruição desaparece no fundo de minha cabeça enquanto analiso a enfermaria. Onde os únicos sons são o crepitar e o chiado do fogo e os estalos das vigas do teto, cada vez mais fracas. Corro por entre as labaredas, rangendo os dentes para resistir à dor do contato do fogo com a pele.

As duas últimas crianças dormem de mãos dadas, uma menina pequena e seu irmão mais velho. Não conseguiria carregar os dois nem nos meus melhores momentos, mas agora, já tonta por causa da fumaça, com os pulmões queimando, sei que as chances são desfavoráveis.

Passo um braço em torno de uma criança, depois enlaço a outra. Meu poder vacila, o escudo que criei em torno delas ameaça se dissipar, mas preciso de mais. Só um pouco mais.

Concentro-me na sombra e na escuridão, na noite fria e tranquila, até a parede dos fundos não ser mais que sombras e fogo. Então, faço um esforço e jogo as crianças para o outro lado com o que me resta de força.

Como o arco de um violino que é esticado demais, meu poder se rompe e é recolhido para algum lugar onde não alcanço. Desabo, e as chamas lambem minhas pernas.

Estou indo te buscar, Princesa. Não desista.

A voz de Misha me faz abrir os olhos. As labaredas à minha volta estão perto demais.

Não! Grito a palavra em pensamento. Não posso deixar meu amigo vir aqui. Não posso deixar que se arrisque a ficar preso, não posso aceitar o risco de mais devastação para salvar minha vida.

Tento acessar meu poder outra vez. É como nadar na areia, mas continuo tentando, reunindo tudo o que posso, cada fragmento, até a parede diante de mim ceder às sombras e eu conseguir rastejar para o outro lado.

Respiro o ar frio. É um bálsamo para os pulmões.

Uma silhueta coberta de preto salta sobre mim.

— Não — grito, e tento escapar. Mas sou lenta demais, e sinto a agulha entrar em meu braço, o ardor da toxina correndo nas veias.

Tento projetar meu poder, mas é como virar uma caneca vazia. Não tem nada ali.

Conheço essa sensação.

Alguém me pega nos braços e me leva para longe do fogo, dos gritos desesperados de socorro. Estou de barriga para baixo sobre um cavalo, cavalgando depressa.

— Cure-a agora! — alguém grita. — Antes que a percamos. As ordens foram claras... ela tem que ficar viva.

— Calma — diz uma voz mais suave, mais feminina. — Ela vai ficar bem.

Não reconheço as vozes, e, quando tento falar com Misha por aquela conexão entre nossos poderes, é como se houvesse uma parede.

Estou tonta e esgotada. Fraca. Preciso saber onde estou, ver para onde estão me levando, mas meus olhos se recusam a cooperar, e mergulho na inconsciência.

Capítulo 15

Quando recobro os sentidos, o céu está escuro. A lua se esconde atrás de nuvens e não vejo estrelas, mas meus olhos se adaptam depressa. Ao longe, vejo um templo modesto construído na encosta da montanha.

Ainda estamos cavalgando. Estou caída para a frente diante de um corpo grande, um corpo masculino, acho. Conto três homens e uma mulher à nossa volta, mas ouço outros ali por perto.

Essas são as pessoas que me resgataram do fogo. As que me curaram. As que me querem viva. Mas sei com cada fibra do meu ser que *não* são aliados. Tento me mexer e sinto dor. Meus pulsos estão amarrados; os músculos, doloridos.

— Acho que ela está com dor — diz o homem atrás de mim. Sua mão enorme agarra minha coxa. — Posso te deixar dolorida *de verdade*, benzinho.

— Pare com isso — diz a mulher que cavalga ao nosso lado. Ela mostra os dentes para o homem que divide o cavalo comigo. — A rainha a quer viva e sem nenhum arranhão.

O homem atrás de mim rosna, mas tira a mão da minha perna.

— Eu ia deixar só umas marquinhas... o suficiente para mostrar para a garota o que fazemos com traidores.

Essas pessoas me curaram para me levar à Rainha Arya. O fogo havia sido uma armadilha? Um jeito de esgotar meu poder para me tornar mais fácil de capturar?

Misha. Penso no nome dele com toda a força possível, mas encontro aquela parede de novo. Nossa conexão deve contar com magia em algum nível, e eles injetaram em mim aquela toxina quando me tiraram da capital. Enquanto ela estiver no meu organismo, não tenho poder algum.

Ouço um trovão distante, e, ainda mais longe... cascos de cavalos. *Alguém vem vindo*. Sebastian? Um aliado de meus captores?

A mulher ao nosso lado se empertiga sobre o cavalo e olha para trás. Não fui a única que ouviu o barulho.

— Temos companhia — ela anuncia, estreitando os olhos para tentar enxergar mais longe.

— A que distância? — pergunta um homem na nossa frente. Ele é alto e tem o mesmo cabelo platinado de Sebastian. Aposto que faz parte do Exército Dourado da rainha. Talvez todos sejam militares.

Ela balança a cabeça.

— A tempestade atrapalha, não consigo determinar. Menos de meia hora.

Os amigos dela também olham para trás.

— Quem mais estaria aqui, no meio das montanhas, a esta hora da noite?

— Pode ser qualquer pessoa, agora que os sujos recuperaram o poder. O mundo inteiro foi para o inferno.

Olho para o templo distante, agora mais próximo. Esses feéricos conseguem enxergar no escuro, como eu? Podem ver os corvos sobrevoando os degraus do templo? Quando escolheram este caminho, sabiam que teriam que passar por uma matilha de Sluaghs? Duvido. Sluaghs são poderosos demais para se correr o risco de enfrentá-los no escuro.

Talvez seja Sebastian cavalgando atrás de nós, mas, se ele estiver sozinho, seremos massacrados. Preciso dar uma chance a ele, mas estou desarmada, sem aliados e sem magia. Nada além de Sluaghs à espreita, perto demais para eu me sentir confortável.

Se não posso usar minha magia, vou ter que recorrer à deles.

Espero até quase alcançarmos os degraus do templo e então agarro meu estômago e finjo um espasmo.

— Eu vou... vomitar. — Minha voz combina com o estado do meu corpo: abatida, pulverizada.

— O que ela está resmungando? — pergunta o homem na nossa frente.

— Está enjoada — diz a mulher, e mal olha para mim. — São as injeções, meu bem, mas não podemos deixar você usar sua magia, não é?

— Não. Não é isso... — Balanço para trás e para a frente, abro a boca e finjo que estou com ânsia.

— Ah, merda — diz o homem atrás de mim. — Ela vai vomitar.

— Deixa ela — retruca a mulher.

Ameaço mais uma vez e me apoio no homem com quem estou cavalgando.

— Não, nem pensar — ele declara, e para o cavalo na frente do templo. Desmonta e me tira do cavalo, praticamente me joga no chão.

Os outros param, e o que vai na frente resmunga.

— Não temos a noite toda.

Repito a encenação de ânsia de vômito, dessa vez mais alto. Se conseguir manter a atenção de todos em mim, talvez não notem os corvos voando em círculos tão perto de nós.

Rastejo até os degraus de mármore e ganho uma bota na barriga.

— Levante — grunhe o homem na minha frente. — Não vamos entrar aí. Termine o que tem que fazer e vamos seguir nosso caminho.

— Estou passando mal. — Levanto cambaleando e caio de novo, tentando parecer fraca, não que seja muito difícil. Meu corpo está destruído, e, com as mãos amarradas, é difícil me equilibrar.

A mulher desce do cavalo, e meu parceiro de cavalgada enrola uma corda em minha e puxa com força. Cambaleio para a frente, e só agora percebo que eles não amarraram somente meus pulsos: também há uma corda em volta do meu pescoço. Como uma coleira. Ou uma forca.

Isso pode acabar muito, muito mal.

Eles montam. O sujeito que me puxa estala a corda.

— Chega. Ela está querendo ganhar tempo.

— Posso apagar ela de novo — sugere a mulher, e dá um passo em minha direção.

Engulo em seco e torço para todos estarem distraídos demais para perceberem os corvos que sinto voando mais perto.

De repente, o homem que segura a corda olha em volta, transtornado.

— Merda! Olha ali! — Ele solta a corda e as rédeas do cavalo e corre para a floresta.

— Mas que... — A mulher se abaixa, como se alguma coisa a atacasse do céu. — Não! Por favor!

Abriella! A voz da minha mãe. Como um canto de sereia ao longe. Ondas quebrando enchem meus ouvidos, a água fria lambe minhas canelas.

Não é real. Não interaja.

Outro homem se abaixa em cima do cavalo e chora.

— Não! Por favor, não! Desculpe!

Uma pequena parte de mim lamenta ter arrastado todo mundo para essa tormenta mental, mas ignoro a culpa.

Os últimos homens descem dos cavalos e cambaleiam para a escada do templo. Um deles segura a cabeça entre as mãos e puxa os cabelos como se tentasse arrancá-los da cabeça.

Abriella! Rápido. A água está ficando profunda demais.
Ignorar a voz da minha mãe é como ignorar a necessidade de respirar.
Abriella, por favor. Segure minha mão.
Sei que vou vê-la se virar a cabeça. Sei que, se estender as mãos amarradas, ela vai soltá-las e me abraçar. Preciso olhar nos olhos dela de novo. Vai ficar tudo bem.
Não consigo evitar a hesitação. Meus pés não se movem.
Não é ela. Minha mãe se foi.
Fecho os olhos com força, bloqueando o canto de sereia do Sluagh.
— Brie, aqui! — A voz de Sebastian está bem próxima. Mas ele me encontrou ou o Sluagh está me fazendo pensar que é ele? — Brie, deixa eu te ajudar!
Quero ver o rosto da minha mãe só mais uma vez, e, quando me viro, me deparo com seu sorriso lindo, seus olhos bondosos... pouco antes de uma onda a envolver e puxar para o fundo do mar.
— Mãe! — grito, e mergulho atrás dela.
Mãos agarram minhas pernas, me puxam para baixo, mas eu resisto e nado na direção dela. O cabelo castanho da minha mãe flutua em torno dela na água, e seus olhos se fecham.
Não.
Dentes como lâminas rasgam minhas pernas, os braços, penetram na minha barriga, me puxam para longe dela. Luto contra eles com o resto de ar em meus pulmões.

— Abriella, *respire*!
Faço um esforço para abrir os olhos e vejo o rosto de Sebastian contra a luz da manhã que se derrama para o interior do santuário do templo. Ele está debruçado sobre mim, e seus belos olhos verdes são dominados pela preocupação.
— Eu sabia que você viria — sussurro, mas não consigo manter os olhos abertos. Um vento suave me levanta do chão, estou nos braços dele, sendo levada para longe do templo e montanha abaixo.
— Eu sempre vou estar onde você precisar — Sebastian sussurra.

Tenho uma vaga consciência das vozes à minha volta. Os pedidos aflitos de Sebastian e a voz baixa que sei, de alguma forma, que pertence a um curador.

— Não há mais nada que eu possa fazer — o curador diz. — A toxina está no organismo dela, e qualquer tentativa de cura ativa fortalece o veneno.

— Ela está com dor — ele diz, com a voz atormentada.

— Só podemos esperar. Ela precisa descansar. Precisa ir para *casa*. Deixe-a perto de qualquer coisa de onde ela extraia poder naturalmente. Leve-a para a cobertura e a deixe descansar sob as estrelas.

— Somos vinculados. Não posso fazer nada? Ela não pode tirar forças de mim, de algum jeito?

— O vínculo não funciona como uma corda. Sabe disso, Príncipe Ronan. Meus músculos gritam quando alguém me pega nos braços

— Desculpe — ele diz. — Abriella, me desculpe. Eu sei o que fazer.

E então me sinto leve, como se saísse do meu corpo. E é um alívio, apesar de eu combater a sensação. Preciso estar no meu corpo. Tenho medo de nunca mais voltar se sair dele. Se eu me desconectar da dor física, nunca terei coragem para retornar.

Sou jogada de volta a mim mesma e sinto os braços que me sustentam mudarem de posição, sinto Sebastian cambalear.

— Obrigado — ele murmura, e depois ouço um goblin agradecendo a ele pelo pagamento.

— O que aconteceu? — É a voz de Finn.

— Eu a encontrei do lado de fora do templo nas Montanhas Goblin. Os outros estavam mortos, e ela estava assim... como se alguma criatura tivesse tentado dilacerar seu corpo.

— Pretha, mande chamar meu curador.

— Não! — Sebastian grita. — O meu já tentou, mas há uma toxina no organismo dela que resiste à intervenção, fica mais forte a cada esforço para curá-la. Ela precisa ficar cercada pela escuridão. Precisa...

Abro os olhos com esforço. Estou nos braços de Sebastian, ele olha para Finn. eu me viro para ver o rosto de Finn, preciso desesperadamente ver aquele rosto depois de ter ficado trancada em meu pesadelo, mas não tenho força para isso.

— Ela precisa de tudo o que possa ser fonte de poder, e me disse que o poder dela é mais forte com você.

— Entendo — Finn responde em voz baixa. — Eu cuido dela.

Choramingo quando me passam para os braços de Finn e a dor me rasga. Quando abro os olhos de novo, Sebastian está saindo da sala com o rosto lavado pelas lágrimas.

— Por favor — ele diz. — Por favor, faça tudo o que puder.

— Obrigado por trazê-la para mim — responde Finn.

A consciência vem e vai, mas sinto a escuridão relaxante, o calor de Finn, seu cheiro de couro e pinho fresco.

— *Shhh* — ele murmura. Eu estava chorando? — *Shhh*, agora você está em casa.

— Em casa — falo baixinho, e escondo o rosto em seus braços. Não sei onde estamos, mas a sensação de estar em casa é boa.

— Estou aqui. Não desista. Não se atreva a desistir. Você está segura agora. Em casa.

Sinto que estou sendo posta em uma cama e choro, tenho medo de que ele me abandone. Não consigo encontrar as palavras, mas não quero que ele vá embora, não quero ficar sozinha. Porque estou morrendo.

— *Shh*, estou aqui. — Sinto o movimento do colchão quando ele se acomoda na cama ao meu lado e me abraça. — Descanse, Abriella.

Quando abro os olhos novamente, estou em uma cama grande e macia, e o céu da noite se estende, infinito, sobre mim. Crio coragem e me viro de lado, e fico chocada quando nada dói.

— Isso é um sonho? — pergunto para a parede. Sei que Finn está aqui. Mesmo sem tê-lo visto, eu o sinto.

— Não — ele responde. — Você estava dormindo, mas isso é real.

Faço um esforço para me sentar, e o resultado é um ataque de tosse.

— Você devia repousar — diz ele, mas seus olhos estão vermelhos e a pele é pálida, como se fosse ele quem mais precisasse de repouso.

Balanço a cabeça.

— As crianças?

— Em segurança. Graças a você. Pretha conseguiu trabalhar com Hannalie, e elas sustentaram o escudo juntas. Mantiveram as crianças adormecidas em segurança até o incêndio ser controlado.

Engulo em seco e olho em volta. Acho que voltamos ao Palácio da Meia-Noite, mas não reconheço o quarto. A cama enorme se localiza no meio da parede mais longa, e não tem teto, como se quem criou o espaço não conseguisse se imaginar dormindo em outro lugar que não fosse sob as estrelas.

Olho em volta e balanço a cabeça.

— E se chover?

Ele ri.

— A magia protege o quarto dos elementos, mas permite a sensação de se estar ao ar livre.

Levanto a mão, sentindo a brisa tocar meus dedos. Dara e Luna, os lobos de Finn, levantam a cabeça onde estão deitados, em um canto, farejam o ar e ganem baixinho olhando em minha direção. Sorrio para tranquilizar os animais.

— O que aconteceu?

Finn solta o ar lentamente e se ajeita na poltrona ao lado da cama.

— Que parte? Aquela em que você quase se matou correndo para dentro de um prédio em chamas?

— Você sabe muito bem que não é isso que estou perguntando.

— Você parece ter esse hábito.

— Não podia ter feito outra coisa.

— Eu sei. E sou grato... mais do que você imagina. Mas o jeito como você esgotou seu poder, como o usou sem reservas, sem recorrer à sua origem mais profunda? Foi perigoso, Princesa. Mais que qualquer fumaça ou chama.

Sufoco uma risada irônica.

— Você agora é imortal. Sua pele vai cicatrizar, os pulmões vão se recuperar, mas você gasta sua magia tão depressa e intensamente que nenhum curador pode te trazer de volta.

Talvez fosse melhor assim.

Finn olha para mim intrigado, e de repente me sinto grata por ele não poder ler meus pensamentos.

— Fale mais — peço. — Quem estava por trás do ataque?

— Um contingente do Exército Dourado atacou a cidade, foi uma emboscada. Uma legião de feéricos de fogo da rainha vinda das montanhas atacou. — Ele parece cansado, abatido. — Graças à conexão de Sebastian com a corte dourada e ao conhecimento de Riaan sobre as táticas militares dela, conseguimos localizar o exército e interromper o ataque com relativa rapidez, mas...

— Mas não foi o suficiente.

Ele balança a cabeça.

— Não prevíamos nada disso. Preparamos nossas forças, ficamos observando os exércitos deles se preparando para um ataque, mas estávamos tão focados nas legiões reunidas nas montanhas que não vimos os sinais dessa.

— Você acha que a rainha sabia que isso iria acontecer com a Corte Unseelie se Sebastian me desse a poção? — Quebrar a maldição sobre os Unseelie deveria ter ajudado a corte das sombras, mas, sem alguém para se sentar no trono, a maior favorecida havia sido a rainha Seelie.

— É possível — diz Finn. — É difícil dizer, mas nós podemos presumir que agora ela sabe. Por isso ela quer você viva. Se conseguir te capturar e te manter em algum lugar, viva, mas inacessível, ela cria uma chance de não podermos unir a coroa e seu poder.

Olho para o céu da noite.

— Quanto tempo fiquei apagada?

— O ataque aconteceu há um dia e meio. Misha, Sebastian e eu nos revezamos na vigília, mas... — Ele desvia o olhar e sorri discretamente. — Você se recupera melhor comigo, então eu fiquei com você quase o tempo todo.

Olho para a cama, depois para ele com uma sobrancelha erguida.

— Não se preocupe, Princesa. Estou aqui na poltrona desde que você adormeceu.

Talvez por isso pareça tão abatido.

— Você acha que sua conexão com a coroa ajudou a me curar?

Ele abre a boca, fecha e tenta de novo.

— Acho que existe entre nós uma ligação para a qual não tenho uma explicação.

Ele também sente isso?

— Antes de me tornar feérica, eu sempre tinha a sensação de que meu poder era mais forte quando você estava por perto. Pensei que fosse pelo fato de você ser membro da realeza Unseelie e eu carregar o poder da coroa. Mas, se fosse isso, não teria a mesma sensação com Sebastian?

— Faz sentido. — Finn toca meu rosto hesitante, com tanta leveza que poderia ser a brisa. — Eu também sinto isso. Essa conexão entre nós. Essa... *consciência* de você.

— Como o vínculo?

Ele nega com um movimento de cabeça.

— Não consigo rastrear seu paradeiro ou sentir suas emoções tão diretamente. Mas é quase como se seu poder estivesse conectado a mim.

— Seu poder é mais forte quando estou perto, como acontece com o meu?

— Não. Não é mais forte, mas está ligado a você, de algum jeito. Não tenho respostas, mas não vou negar que sinto uma satisfação vaidosa por saber que você também sente isso. Mesmo que do seu lado seja um pouco diferente.

Estudo as estrelas.

— Desculpe se atrasei sua viagem para visitar a Alta Sacerdotisa.

— Não atrasou. O Lunastal ainda não começou. Temos tempo.

— Acho que vou estar bem para viajar amanhã de manhã.

— Brie... — Os olhos prateados encontram os meus. — Mudei de ideia sobre você ir conosco para as montanhas.

Eu me sento na cama, e o quarto roda por um instante.

— O quê? Não. Finn, você não pode ir sem mim. Você mesmo disse que ela só vai falar com quem tem o poder da coroa. — Toco meu peito. — Sou eu.

— Não vou correr o risco de capturarem você enquanto atravessamos a floresta, e Sebastian e Jalek não podem nos acompanhar por causa do sangue Seelie.

— Não preciso de Sebastian. Você vai estar comigo. — As palavras me fazem sentir mais vulnerável do que gostaria, e abaixo a cabeça para acrescentar: — E os outros também.

Finn estuda os lençóis escuros.

— Tem mais um assunto que preciso discutir com a sacerdotisa — ele diz, e sinto a preocupação em cada palavra. — Outro motivo para minha hesitação em te levar.

Pego o travesseiro ao meu lado e o abraço. É macio e tem cheiro de couro e pinho. Como Finn.

— O que é?

Ele fecha os olhos, e tiro proveito deste momento para estudar seu rosto à luz da lua. A linha firme do queixo, as maçãs do rosto altas, as sobrancelhas grossas, elegantes, e os cachos escuros que imploram pelos meus dedos. Ele é sempre bonito, mas fica ainda mais sob a luz das estrelas. Quando finalmente abre os olhos de novo, ele me encara por um longo momento antes de falar.

— Tem alguma coisa errada comigo, Abriella. Não sei se é algo relacionado à doença que está afetando as crianças, ou se tem a ver com a coroa em poder de outro herdeiro.

— Como assim? O que está errado?

Ele me estuda com tanta intensidade que posso praticamente sentir o olhar passando pelo meu pescoço, meu queixo, meu rosto, parando no arco da minha boca.

Um arrepio suave percorre meu corpo sob a intensidade daqueles olhos prateados.

— Eu enfraqueci — ele sussurra. — Não sempre. Às vezes me sinto bem... na maior parte do tempo, na verdade. Mas tem havido alguns episódios em que parece que a força vital foi sugada de mim. Não tenho magia disponível, e sobra pouca força.

— Como quando estava amaldiçoado?

— Não. É diferente. — Ele franze a testa e pensa. — Com a maldição, a magia ainda estava lá, só era finita, escassa algumas vezes. O que eu tenho sentido desde que Sebastian tomou a coroa é mais como... se a válvula da minha magia estivesse aberta. Como se ela saísse de mim muito depressa, e por motivo nenhum.

Vida é magia. Magia é vida. Meu peito dói quando imagino o poder de Finn... sua *vida* sendo arrancada dele.

— Você falou sobre isso com mais alguém?

— Pretha e Kane sabem. Tentei esconder, mas eles me conhecem bem e há muito tempo. Nos dias seguintes a um encantamento, minha força se reconstrói, e me sinto bem novamente. — Ele olha para os lençóis. — Mas não tive forças para ajudar quando os feéricos de fogo atacaram. Não consegui defender a cidade, nem chegar até você. Não consegui fazer nada. E se você estiver em perigo nas montanhas durante um desses meus episódios, se for ferida ou capturada porque minha magia falhou? — Ele balança a cabeça. — Não quero correr esse risco.

— A sacerdotisa vai conseguir resolver... o que está acontecendo com você?

— Ela não é curadora, mas espero que consiga identificar o problema. Com essa informação, talvez possamos encontrar uma solução.

— Você não parece muito confiante.

— Cada vez que tive um desses episódios, me surpreendi ao acordar na manhã seguinte. Sempre esperei que...

Meu estômago revira dolorosamente.

— Você acha que vai adormecer como as crianças.

— Não sei. Talvez.

Eu queria que ele olhasse para mim. De repente, preciso sentir a segurança dos olhos prateados em mim.

— Está acontecendo com mais alguém?

— Ninguém disse nada, mas não posso sair por aí anunciando que o príncipe está...

— Morrendo — sussurro. — Você acha que está morrendo.

— Talvez. — A palavra é áspera, como se entalasse na garganta e ele tivesse que empurrá-la. — Em uma situação ideal, os governantes de nossas terras nunca morreriam. Só escolheriam passar para o Crepúsculo. Quando os governantes se aproximam do momento de transferir seu poder para o herdeiro, existem sinais que os induzem a agir. Acredita-se que os deuses fazem isso para que as cortes não fiquem estagnadas, de modo que nenhum governante tenha poder por tempo demais. Meu pai se aproximava de seu momento quando passou o poder para você, e tudo o que me lembro, tudo o que li sobre isso, parece desconfortavelmente semelhante ao que estou vivenciando.

— Vamos dar um jeito nisso — sussurro. Meus olhos de repente ficam quentes e molhados. — Vamos encontrar uma cura para você e para as crianças. Vamos dar um jeito nisso.

Quando ele finalmente olha para mim, o sorriso suave não toca seus olhos.

— Por mais que eu aprecie sua preocupação, isso não é problema seu. Só estou contando porque quero que você entenda que talvez não consiga te proteger... especialmente se Sebastian não ceder com relação ao vínculo.

— Eu entendo. Mas não estou preocupada comigo.

Ele franze a testa.

— Quase perdemos você... de novo. Se eles tivessem um goblin para levar você até Arya em vez de atravessar as montanhas, ou se Sebastian chegasse uma hora mais tarde...

— Não vou ficar, Finn. — Seguro seu braço, e o poder desperta dentro de mim, me preenche. Eu me assusto com a intensidade e vejo seus lábios se entreabrirem. Ele disse que sente a mesma coisa de um jeito diferente – não uma conflagração, mas uma conexão.

— Vamos viajar para Staraelia a cavalo. É bom considerar também o desgaste físico.

— Não vamos usar goblins?

— Não. Em parte, porque isso dificulta viagens em grupo, mas principalmente pela imagem que queremos passar. Em muitas partes destas terras, ninguém confia nos goblins, e viajar com a magia deles pode passar a impressão errada.

— Eu aguento, e prometo não pôr em risco o poder de Oberon. Vou me comportar tão bem quanto seus lobos. Por favor, me deixe ir.

Ele abre a boca, e as narinas dilatam com a irritação.

— Você acha mesmo que minha maior preocupação é o poder de meu pai.

— Bom, sim. — Dou de ombros. — E não posso te condenar por isso.

Ele segura meu queixo com uma das mãos grandes e desliza o polegar sobre meu lábio inferior. Um arrepio percorre meu corpo, e olho dentro dos olhos dele.

— Acho que devemos tentar conseguir uma audiência com a sacerdotisa sem você.

— Mas...

Ele toca meus lábios para me silenciar.

— Mas a decisão é sua. Só peço que seja honesta com o que sente, e, se tivermos que adiar a viagem um ou dois dias, adiamos. Tenho outros motivos para querer estar presente no Lunastal, mas, se for necessário, vamos direto ao encontro da sacerdotisa. — Como se percebesse de repente o quanto o toque é íntimo, ele abaixa a mão. — Vejo você de manhã.

— Finn — chamo, e o faço parar antes de chegar à porta.

— Sim, Princesa.

Cruzo os braços e sorrio para ele com toda a segurança de que sou capaz.

— Se usar o dedo para me impedir de falar outra vez, eu te mordo.

O sorriso dele é lento e perverso, mas acende nos olhos uma luz que eu queria muito ver.

— Isso é uma ameaça?

Pego um travesseiro e arremesso na direção dele, mas Finn desaparece, e o travesseiro cai no chão.

Capítulo 16

ALGUMAS HORAS MAIS TARDE, estou acordada outra vez, já tomei banho, me vesti e estou com muita vontade de tomar café. Quando abro a porta para sair do meu quarto nada convencional, Sebastian está esperando do lado de fora, e se vira ao ouvir o barulho. Está tenso, com os punhos cerrados. Vejo a preocupação em seu rosto. Por um momento minhas defesas caem, e eu o sinto. Terror, apreensão, receio.

Sofrimento.

Todos os sentimentos dele que tenho me esforçado tanto para bloquear.

— Como está se sentindo? — ele pergunta. Posso quase sentir o quanto quer me tocar. O quanto quer me tomar nos braços. Mas ele se controla. Em vez disso, me encara de novo e de novo, como se quisesse ter certeza de que estou bem e me devorar ao mesmo tempo.

— Estou bem. Obrigada. Graças a você.

— Eu senti — ele comenta em voz baixa. — No fogo. Corri para lá, e, quando te localizei nas montanhas, o Sluagh...

— Estou melhor — declaro. — Finn disse que usei muito poder de uma vez só, mas hoje estou renovada. — E isso é quase verdade.

Ele assente.

— Que bom. Fico feliz por saber disso.

— Obrigada por ter ido me salvar. Eu sei que não está muito feliz comigo agora, que eu te magoei, e mesmo assim você foi.

— É claro que fui. — Ele me segura pelos ombros. — Eu disse que estaria sempre pronto para te ajudar, e falei sério.

Meu coração fica apertado quando olho dentro daqueles olhos e vejo a dor e a melancolia. Senti as mesmas coisas não faz muito tempo.

Ele olha para minha boca e se inclina, mas apoio a mão em seu peito e o empurro de volta antes que ele possa se aproximar mais.

— Bash, não somos mais isso.

— Discordo. Eu ainda sou. Amar você é parte de quem eu sou. Você sabe como foi não ter certeza de que eu chegaria a tempo? Ser obrigado a deixar que *ele* te ajudasse quando nós voltamos? Tem alguma ideia do que isso faz comigo?

— Tenho. E sinto muito.

Olho para o chão de pedra polida. É muito difícil ver seu rosto, encarar aqueles olhos lindos e bloqueá-lo.

— Finn me contou que você localizou o feérico de fogo nas montanhas... e salvou muita gente.

— Com a ajuda de Riaan, sim. Mas ainda perdemos muitos outros, Brie. — Ele olha para uma janela no fim do corredor e observa o nascer do sol com olhos cansados. — Morreram por causa dela. Por causa da minha mãe. Você precisa acreditar quando digo que não estou com ela. Que vou à guerra contra o reino dela para não permitir que ela destrua os Unseelie.

— Eu sei. — Baixo a voz. — Eu sinto. Sinto você. Eu te conheço.

— Lamento muito se alguma decisão minha te fez pensar que eu a apoio de algum jeito. Mas agora é como se ela estivesse tentando me punir, jogando minha corte contra mim antes mesmo de eu ter uma chance de assumir o trono... não entendo o motivo.

Afago seu braço.

— Você está fazendo as coisas certas. Continue trabalhando conosco, com Finn e seu povo, comigo. Vamos encontrar uma solução para isso.

— Que bom. — Sebastian olha para o quarto atrás de mim. — Agora que está melhor, podemos transferir você para o meu quarto.

— É melhor não ficarmos no mesmo quarto, Bash. — Mordo a parte interna da boca, antes de olhar em seus olhos. — Vamos trabalhar juntos. Vamos ser amigos, mas não posso oferecer nada além disso.

Suas bochechas claras ficam vermelhas, os olhos escurecem.

— Mas não se importa de dividir um quarto com *ele*?

Olho para trás. Não sabia que esse era o quarto de Finn, mas faz sentido. O jeito como os lobos descansavam no canto, o cheiro dele nos lençóis. O Palácio da Meia-Noite havia sido a casa dele antes de Mordeus roubar o trono, e é grande o bastante para que seus aposentos tenham permanecido intocados quando ele voltou.

Quando meus pensamentos param no fato de eu ter dormido na mesma cama onde Finn passou noites incontáveis, eu os interrompo e dou de ombros.

— Não tem importância. Vamos partir hoje.

Ele desliza a mão pelo meu braço e segura meus dedos.

— Volte para mim... depois? Vai me dar uma chance de reconquistar você?

— Vocês não vêm? — Pretha pergunta do corredor. Ela sorri, mas sua expressão é tensa. — Os outros estão esperando na sala de reuniões.

Solto a mão de Sebastian com delicadeza.

— Temos que ir.

Sigo Pretha até uma sala onde nunca estive antes, com Finn, Misha, Kane, Tynan, Riaan e Jalek reunidos em torno de uma mesa grande. Há um copo d'água na frente de cada um ao lado de um copo vazio. No centro da mesa há três garrafas de líquido cor de âmbar, como se estivessem ali para uma degustação de uísque, não para planejar nossa estratégia para proteger esta corte de uma rainha faminta por poder.

Que bom vê-la de pé de novo, Princesa, Misha diz em minha cabeça.

Sorrio para ele. *É bom estar de pé.*

— Muita gentileza dos dois virem para a reunião — Finn comenta olhando para minha mão, que Sebastian está segurando outra vez. Depois olha para Riaan. — Qual é a situação das forças da rainha nas montanhas?

— Estão posicionadas na fronteira — ele responde. — O número de soldados está aumentando, mas não há nenhum sinal de avanço.

— E por que nós vamos ouvir o que ele diz? — Jalek pergunta. — Ele serviu Arya.

Os olhos de Riaan se acendem com a raiva, mas ele se recosta na cadeira.

— Servi ao meu *príncipe* — diz. — E continuo servindo.

Sebastian solta minha mão e se dirige a uma cadeira vazia.

— Acho que Riaan já provou que é leal quando a capital foi atacada. Sem a ajuda dele, não teríamos conseguido dominar o fogo da legião de feéricos com a mesma rapidez.

Mas você não confia nele, Misha fala dentro da minha cabeça enquanto os outros conversam.

Não confio em ninguém, respondo.

Mentira.

Consegue entrar na cabeça dele? Descobrir se é digno de confiança?

Já tentei. É muito protegida.

Isso não é suspeito?

Não. Só é sensato.

— ... agora que os Cavaleiros da Meia-Noite estão posicionados nas montanhas — Finn continua.

Volto a prestar atenção na conversa em torno da mesa.

— Estão? — pergunto, e me sento na cadeira ao lado de Sebastian. — Pensei que estivessem protestando.

Sebastian balança a cabeça.

— Finn e eu encontramos os capitães e deixamos claro que estamos juntos. — E afaga minha mão sobre a mesa. Finn acompanha o movimento.

Sorrio para Bash com educação e retiro delicadamente a mão de debaixo da dele, repousando-a sobre o colo.

— Se os Cavaleiros da Meia-Noite estão nas montanhas, quem vai proteger a capital? — pergunto.

A mesa volta a discutir estratégia militar, e eu tento ignorar a dor da rejeição que sinto em Sebastian. Misha estava certo: é muito mais difícil bloquear o vínculo quando estamos próximos.

— Pensei que fôssemos para as montanhas procurar a Alta Sacerdotisa — falo para Finn quando Kane nos guia para fora da trilha nas montanhas na direção de um vilarejo. Não esperava viajar em uma caravana, mas Kane, Misha, Pretha e Tynan se juntaram a Finn e a mim para a jornada. Até os lobos de Finn viajam conosco, embora passem a maior parte do tempo afastados, investigando a área da trilha.

Finn e eu cavalgamos lado a lado atrás de Kane, com os três feéricos da Floresta Selvagem atrás de nós.

— E vamos, mas ela só vai nos receber depois do Lunastal.

Eu me viro sobre o cavalo e olho para ele.

— Pensei que fosse por isso que estou aqui com esse... — Movo a mão em torno da cabeça — meu poder todo-poderoso. Para sermos recebidos?

Finn ri e balança a cabeça.

— Primeiro vamos a Staraelia, uma cidade ao pé das montanhas, onde vamos encontrar os moradores e anunciar que pretendemos encontrar a Alta Sacerdotisa. Com sorte, falaremos com ela no Lunastal, em vez de ela nos fazer esperar até o fim da semana. E depois vamos precisar de mais sorte para convencer a Sacerdotisa a abrir um portal para o Mundo Inferior.

— Pretha e Misha criam portais para você o tempo todo. Por que *eles* não podem resolver isso?

Kane ri na nossa frente.

Finn sorri para o amigo antes de olhar para mim.

— Os portais para o Mundo Inferior não podem ser abertos por qualquer um. Nossos guardas anciãos queriam que conseguíssemos ter acesso a eles, mas só com a aprovação dos que fossem considerados mais dignos entre nós.

Acreditei que Finn conseguiria falar com Mab. Agora tudo isso parece ser só um desejo sincero.

— Tem certeza de que a Alta Sacerdotisa vai te atender?

— Se Mab estiver disposta a permitir nossa visita, a Alta Sacerdotisa é obrigada pelo juramento à terra a abrir o portal para nós.

Pretha pigarreia atrás de nós.

— Talvez esse seja um bom momento para dizer quem ela vai ser quando chegarmos a Staraelia.

Olho para Pretha por cima do ombro.

— Como assim?

Finn gira os ombros para trás.

— Não vou lá há muito tempo. Não quero presumir que todos são confiáveis. Como não sou vinculado a você, a melhor desculpa para me manter perto o bastante para garantir sua proteção é dizer que temos um relacionamento.

— Quem é essa gente? Pensei que fossem Unseelie. Por que você tem que ficar perto de mim?

— Pode haver espiões trabalhando para os seguidores de Mordeus — diz Kane. — Ou mesmo os que foram pagos para trabalhar para a rainha.

Finn assente.

— A maioria é Unseelie, e orgulhosa disso. Vai me reconhecer como príncipe, mesmo que eu nunca seja reconhecido como rei, mas alguns entre eles também vão conseguir sentir o poder que você carrega, e isso pode ser perigoso se não confiarem em você. Então, precisamos encontrar um jeito de você conseguir a confiança do povo. — Seu olhar desvia de mim para os chalés cada vez mais próximos no horizonte.

— Eles vão ter raiva de mim por ter o poder da coroa? — pergunto.

Ele solta o ar com um sopro lento.

— Não se pensarem que você está comigo.

— Você quer que eu finja que estamos... *juntos*?

Kane dá risada.

— Não vai conseguir nada com essa aí.

Jogo uma bola de sombra em seu ombro e o desequilibro por um momento. Ele olha para trás e pisca para mim.

Finn massageia a nuca.

— Já pensei muito nisso. Não consigo imaginar outro jeito. Como não tenho o vínculo para te manter segura, temos que recorrer à segunda melhor opção. Já sabemos que Arya está atrás de você. A última coisa de que precisamos é meu povo se voltando contra você por achar que isso pode me ajudar de alguma maneira.

— Por que você não diz para eles...

— O que deseja que eu diga, Princesa?

Percebo o tamanho do problema e reajo como se tivesse levado uma bofetada. Não posso explicar que, sem querer, entreguei a coroa ao príncipe dourado, ou que dividi o trono, a *corte* inteira, quando tomei a Poção da Vida. Eles vão me odiar, e com toda a razão.

— Eu sei por que você se vinculou a Sebastian — Finn fala baixinho —, e não condeno suas decisões, mas aquelas pessoas podem condenar. Eles tiveram que abandonar suas casas e viver nas cavernas embaixo das Montanhas Goblin durante o reinado de Mordeus. Depois de tudo o que sofreram, temos que tomar muito cuidado. Se estivermos juntos, eles vão sentir o poder, mas não vão questionar de onde ele vem. Qualquer um que esteja sintonizado o suficiente para saber que o poder vem de você vai acreditar que é porque você está vinculada a mim. Eles vão presumir que estão sentindo esse vínculo.

— Não vão perguntar se somos vinculados?

Ele balança a cabeça.

— Seria rude fazer perguntas sobre o nosso relacionamento.

— Tudo bem, então. Se eu fingi que gostava da rainha naquelas semanas no palácio dourado, é claro que posso fingir que acho você tolerável.

Ele ri, e a tensão entre nós desaparece.

— Muito obrigado, Princesa. Agora, vamos passar as próximas horas trabalhando em usar esse seu poder considerável sem vazar demais.

— Está falando sério?

Ele arqueia uma sobrancelha.

— Qual é o problema? Está com vergonha porque vou saber que tem treinado pouco nas semanas que passamos separados?

Projeto a mão de sombra e cubro a boca dele para silenciá-lo.

Rindo, Finn a morde. Eu me arrepio ao sentir os dentes em minha pele. Depois disso, escolho outros alvos para minha magia.

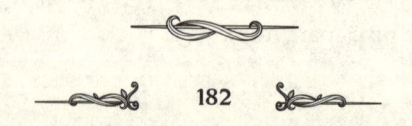

O ânimo aumenta quando passamos pelos portões de uma mansão rural e cavalgamos até a escada de degraus largos. Dara e Luna passam correndo por nós para cheirar o canteiro de flores e a escada.

Finn pula do cavalo e joga as rédeas para Kane antes de se aproximar para me ajudar a descer de Duas Estrelas. Quero recusar a oferta de ajuda, mas a última coisa de que preciso é um tornozelo quebrado antes de nos aventurarmos pelas montanhas. De um jeito ou de outro, tenho um papel para desempenhar aqui.

A sensação das mãos de Finn na minha cintura é um lembrete indesejado do que senti por ele desde o dia em que nos conhecemos. Um lembrete de como foi ter seu corpo colado ao meu quando nos beijamos. Um lembrete de que, sem saber, passei as duas últimas noites dormindo na cama dele.

Ele me segura muito perto de seu corpo quando meus pés encontram o chão.

— Está tudo bem?

Respondo que sim com um movimento de cabeça, umedecendo os lábios ao olhar para ele, para aqueles olhos prateados e doces. Ele é muito alto, e, depois de um tempo sem me aproximar, esqueço o quanto é largo.

— Está dolorida? — ele pergunta.

— Estou bem.

— Sei que não cavalgava muito em Elora.

Tento não reagir com constrangimento quando ele lembra das minhas raízes de plebeia. Em Elora, cavalos são para os ricos, e fui pouco mais que uma escrava durante meus últimos nove anos lá.

— Pratiquei muito no território da Floresta Selvagem.

O som de botas nas pedras nos faz olhar para a casa, e uma mulher com cabelo comprido, ondulado e castanho aparece na escada da frente. Ela usa um vestido cor de cereja, o que faz suas bochechas terem um saudável tom rosado. Se fosse humana, eu diria que teria mais ou menos a minha idade, talvez um pouco mais, mas aquelas orelhas de elfo aparecendo entre os cabelos a delatam.

— Já era hora de voltar, Finnian. — Seu sorriso é largo, e ela corre para nós.

Finn solta minha cintura e se vira para recebê-la em seus braços.

Ela o abraça e aperta com força, gritando:

— Faz uma era. Estava começando a me perguntar se ainda o veria de novo.

Quando ela se afasta, ele a encara e sorri, e um sorriso inconveniente rasga meu peito, substituindo o afeto que senti quando ele me ajudou a descer do cavalo.

— Como você está? — pergunta. — Continua deixando sua mãe maluca?

— Se eu parasse, ela ia pensar que tem alguma coisa errada.

Finn ri, tocando o nariz dela antes de recuar.

— Juliana, esta é Abriella.

— A que vai fingir que é sua noiva? — ela pergunta.

Olho para Finn e fico tensa, chocada por ele ter divulgado essa informação para uma mulher que nem conheço, e um pouco magoada por ela saber sobre o plano antes de mim. Finn olha nos meus olhos e assente, como se quisesse me dizer que está tudo bem.

— Sim. Pelo menos até nós podermos encontrar a Alta Sacerdotisa, essa é a melhor maneira de garantir a segurança dela.

Ela olha para mim, e não posso deixar de notar que seu sorriso perde um pouco do brilho.

— Abriella, é um prazer conhecer você. Seja bem-vinda ao meu vilarejo.

O vilarejo é *dela*?

A dúvida deve estar estampada em meu rosto, porque Finn explica:

— Juliana é a Senhora de Staraelia. Ela governa estas terras.

Uma mulher no comando. Que *moderno*.

— Podemos ser rurais, mas somos sábios — diz Juliana. — Durante gerações, as pessoas desta região entenderam que é melhor deixar a liderança para as mulheres.

— E prosperaram por isso — Finn acrescenta, sorrindo, e o ciúme mostra sua cara feia de novo. — Não quero dar trabalho, mas precisamos ir para os nossos aposentos. A cavalgada foi longa, seria bom ter um momento para descansar.

— É claro. Vou chamar alguém para ajudar com a bagagem — diz Juliana, e, como se ela tivesse gritado para chamá-los, meia dúzia de feéricos sai da casa. — Instalei Abriella mais perto do fim do corredor, e você no quarto na frente do meu, Finn. Vai ser como nos velhos tempos.

— Abriella vai ficar comigo — Finn anuncia.

O sorriso de Juliana desaparece.

— Aqui ela está segura.

— Eu acredito, mas é importante manter as aparências. Prometo que você e eu vamos pôr a conversa em dia hoje à noite. — Ele se inclina e sorri, um sorriso cheio de significados que transformam o ciúme em um criatura sem controle dentro de mim. — Como nos velhos tempos.

— Melhor assim — Pretha comenta em voz baixa quando para ao meu lado. — A última coisa de que Finn precisa é de Juliana cravando as garras nele. — Ela sorri para mim. — Com você no quarto, ele vai se esquecer de que ela existe.

Capítulo 17

— Ah, isso é muito... bom — digo, girando lentamente e tentando não olhar muito para a cama de solteiro entre duas grandes janelas.

— Não se preocupe, Princesa — Finn dispara. — Não espero que divida sua cama comigo esta noite.

Olho para ele, intrigada. Finn não acabou de insistir para dividirmos o quarto?

— Onde você vai dormir, então?

Ele pega o cobertor dobrado ao pé da cama e o joga no chão.

— Aqui está ótimo para mim.

Reajo, constrangida.

— Finn, você não pode...

— Não me ofenda, Princesa. Fui criado acampando nestas montanhas e dormindo no chão todas as noites. Eu aguento.

— Mas... — Balanço a cabeça. — Eu posso dormir no chão. Não me importo.

Ele ri.

— Minha mãe não me educou melhor do que isso. Aproveite a cama. Eu vou ficar bem aqui. — Quando abro a boca para protestar e ele levanta a mão. — Acredite em mim; com toda a proximidade que vamos ter este fim de semana, você provavelmente vai querer desfrutar dos momentos em que não estiver muito perto de mim.

Tenho que morder a boca com força para não continuar discutindo as acomodações.

— Juliana parece ser... boa pessoa.

Ele ri.

— Não se deixe enganar. Ela só é boa quando isso beneficia seu povo.

Eu podia ter adivinhado essa, penso, mas fico de boca fechada.

— Felizmente, nesse caso, o que nós queremos favorece o povo de Juliana. — Ele abre o guarda-roupa e analisa o conteúdo antes de balançar a cabeça em sinal de aprovação. Depois olha para mim. — Você deve ter tudo de que precisa aqui, mas avise sua criada se precisar de alguma coisa. Ela deve chegar logo para preparar seu banho. — E caminha para a porta.

— Aonde você vai? — pergunto.

— Encontrar Juliana. Precisamos discutir algumas coisas antes da reunião com o general.

O ciúme retorna, me faz feia e pequena, e abaixo a cabeça para disfarçar.

— Tome cuidado.

Ele ri.

— Cuidado, Princesa. Posso começar a pensar que você se importa.

―――∞―――

Juliana se inclina sobre a mesa e enche novamente todos os copos antes de endireitar o corpo e pegar sua taça.

— Gostaria de propor um brinde — ela diz, mostrando aquele sorriso ofuscante para todos antes de olhar diretamente para Finn. — Ao nosso príncipe, que sempre soubemos que voltaria para casa. — Ela levanta a taça um pouco mais. — Que a estrada o leve exatamente aonde precisa ir e sempre o traga de volta para nós.

— Ouçam! Ouçam! — Kane grita, batendo com o punho na mesa.

Estamos todos reunidos para o jantar em volta de uma grande mesa situada no terraço de pedra com uma vista impecável do terreno atrás da casa: Finn, Pretha, Kane, Tynan, Misha, Juliana e eu. A comida estava deliciosa, especialmente após dias de longas cavalgadas, e todo mundo parece estar se divertindo muito, mas a noite toda me senti solitária.

Sorrio educadamente e bebo um gole de vinho. Sou a esquisita aqui. A única que não entende como Finn se encaixa neste mundo, a única que não o conhece há décadas ou mais.

Estou concentrada em meus pensamentos, por isso mal percebo que Kane se inclinou para mim até ouvir a voz dele em meu ouvido.

— Não precisa ficar com ciúme, Princesa.

— O quê? — Reajo, tensa. — Eu não...

Ele ri.

— Ele não olha para Juliana como ela gostaria que olhasse, nunca olhou. — Sua voz é tão baixa que eu nunca poderia ouvi-lo se não tivesse essas orelhas feéricas. Mesmo assim, olho em volta para ter certeza de que mais ninguém está escutando a conversa.

— Não estou com ciúme de nada — respondo, mas Juliana me torna uma mentirosa. Em vez de voltar a seu lugar, ela se joga no colo de Finn e passa um braço em torno de seu pescoço. Finn sorri para ela, como se tê-la em seu colo fosse a coisa mais natural do mundo. Sorrio para Kane e me levanto da mesa. — Com licença. Preciso esticar as pernas.

Kane balança a cabeça e resmunga alguma coisa sobre mulheres.

O ar é frio e o céu está claro, e, no minuto em que o restante do grupo não pode mais me ver, relaxo os músculos. Sei que minha atitude é infantil. Meu ciúme é irrazoável e indesejado. Não devia me sentir assim, mas os sentimentos raramente consideram o que *deve* ou *não* acontecer.

Kane estava tentando ajudar, mas ele não entende minhas emoções neste momento. Sim, estou com ciúme, mas não só de Juliana e do relacionamento que Finn tem com ela; também tenho ciúme dos outros. Da comunidade e das amizades que eles têm e eu nunca terei. Tenho ciúme deles porque podem ver a própria família, enquanto a única que tenho está em outro reino, onde nunca serei bem-vinda. Tenho ciúme porque eles podem devolver alguma coisa a este mundo, quando o melhor que posso fazer é torcer para conseguir consertar o que minha existência arruinou.

Chego ao estábulo antes mesmo de perceber para onde vou. Duas Estrelas relincha e sacode a cabeça quando me vê.

— Você acha que eu trouxe um petisco para você, garota? — pergunto, e pego no bolso um dos cubos de açúcar que surripiei da bandeja de chá e ofereço a ela.

Duas Estrelas o devora, e afago seu focinho antes de me abaixar para pegar a escova.

Os cavalariços de Juliana cuidaram bem dela, mas entro na baia mesmo assim. Escovo seu pelo macio, desfrutando do ritual – o ruído baixo da escova deslizando e o som da cauda balançando na brisa da noite. Posso não ter família ou amigos neste reino, mas me sinto um pouco menos sozinha aqui, com minha égua.

— Como é que eu sabia que te encontraria aqui? — pergunta Finn.

Não preciso olhar para trás para saber que é ele. Ele poderia ter entrado em silêncio e eu o sentiria. Meu poder *vibra* quando ele está por perto. Sorrio, feliz com a descoberta de que ele também sente essa conexão.

— Esta menina me conquistou completamente — comento.

Ele se aproxima e afaga o pelo preto aveludado.

— Você estava quieta durante o jantar.

Olho para ele movendo apenas os olhos, sem virar a cabeça.

— Pensei que não tivéssemos que fingir com esse grupo. Precisava de um discurso meu?

— Não. É claro que não. Só fiquei preocupado porque você podia estar... incomodada.

Balanço a cabeça. Lágrimas queimam o fundo dos meus olhos. Como posso explicar isso a ele? Diante de tudo o que está acontecendo, parece tolice, até mesquinharia. Como posso reclamar da minha solidão, dos meus medos em relação ao futuro? Do receio que sinto de não me encaixar em lugar nenhum, agora que virei feérica? A única coisa mais constrangedora que isso seria reclamar de nunca ter me encaixado.

Engulo em seco.

— Eles dizem que este lugar é sua casa. Não foi criado no palácio?

Ele me encara por um longo momento, e percebo que está considerando se deve insistir sobre meu comportamento durante o jantar. Mas Finn suspira e abandona o assunto.

— Sim e não. Minha mãe foi criada neste lugar e tinha uma casa aqui, mas só fazíamos visitas ocasionais quando ela estava viva.

— E depois que ela faleceu?

— Depois que ela faleceu, meu pai deixou a irmã de minha mãe encarregada de criar meu irmão e eu, e ela acreditava que seríamos líderes melhores se fôssemos educados na casa de minha mãe. Vexius e eu passávamos mais tempo aqui do que em qualquer outro lugar.

Eu me ajoelho para examinar os cascos de Duas Estrelas. Ou só quero colocar alguma distância entre mim e aqueles olhos prateados que parecem enxergar através de mim.

— Você gostava daqui?

— Mais do que de qualquer outro lugar. Por isso Staraelia sempre vai ser minha casa, embora eu tenha passado tanto tempo longe daqui.

Olho para ele. Finn está encostado na porta da baia, me olhando enquanto trabalho.

— Depois da maldição? — pergunto.

— Desde que Mordeus passou a reinar. — Ele inclina a cabeça para trás e fecha os olhos. — Quando meu pai ficou preso no reino mortal, eu não estava preparado para ser rei, e, em vez de ocupar o lugar que ele deixou vago com sua ausência, me convenci de que ele voltaria logo. Essa decisão de fugir das minhas responsabilidades custou caro ao meu povo. — Ele abre os olhos, mas seu olhar é distante. — Falhei com eles quando fiquei aqui, porque devia ter ido logo para o palácio. Não percebi que Mordeus reunia seus seguidores, seus aduladores, aqueles traidores que fariam qualquer coisa que meu tio mandasse só pela chance de ter um pouco mais de poder, um pouco mais de riqueza. E, quando percebi o que estava acontecendo — ele suspira —, a bagunça já estava armada.

— Mas seu pai não passou a coroa para você — lembro, e me levanto. — Teria feito alguma diferença voltar ao palácio mais cedo?

— Eu não tinha mais direito ao trono que Mordeus, mas dei a ele a chance de se impor, tentar ocupá-lo, e isso fez toda a diferença. Estava tão concentrado em... — Ele faz uma careta e engole em seco. — Estava tão concentrado na minha vida aqui que não me incomodei com o que poderia estar acontecendo na capital, nem pensei nisso.

Sua vida aqui? Ele se referia a Isabel? Quero perguntar como a conheceu, quando foi que as coisas mudaram entre eles, e por que ele se dispôs a sacrificá-la pelo poder, mas abaixo a cabeça e termino de escovar Duas Estrelas.

Devolvo a escova ao balde e limpo as mãos na calça antes de sair da baia.

Finn se aproxima, colocando-se entre mim e a saída. Segura meu queixo e estuda meu rosto.

— Está preparada para amanhã?

Engulo em seco. Não fico tão perto dele desde que estávamos no terraço do Castelo Craige. Desde que ele tinha me beijado, e eu queria que fizesse muito mais. Até quando ele ficou ao meu lado na cama no palácio Unseelie havia mais espaço entre nós. Ou talvez eu só esteja me sentindo particularmente exposta e vulnerável esta noite.

Viro o rosto, temendo que minha expressão me traia.

— Vou estar pronta. Que tipo de evento é esse?

Ele solta meu queixo e põe as mãos nos bolsos.

— É uma celebração da fartura da colheita — diz. — E tudo o que a representa.

— Que resposta enigmática.

Um lado de sua boca se eleva, esboçando um sorriso.

— Tenho medo de que você se ofenda se eu explicar.

Cruzo os braços.

— Agora você vai ter que me contar.

— Celebramos nossas mulheres no Lunastal. Celebramos o trabalho delas nos campos e em casa, mas também porque... — Ele hesita por um instante. — Porque as mulheres representam a fertilidade, a continuação de nossas linhagens de sangue.

— Estou com medo de perguntar como vocês fazem isso — confesso, mas meu rosto esquenta enquanto a imaginação oferece várias sugestões de como celebrar a fertilidade com Finn.

— Talvez seja melhor preservar a surpresa — ele responde, rindo.

Empurro seu peito com a mão aberta.

— Você não pode fazer isso comigo! Não vou dormir. Vou ficar preocupada demais para conseguir.

Os olhos dele voltam à minha boca.

— Prometo não fazer nada que a deixe desconfortável. — E pisca. — Por mais que eu possa querer celebrar como Lugh pretendia.

Como eu disse a Finn, minha cabeça está cheia de pensamentos sobre o que pode acontecer amanhã, e não consigo dormir. Eu me viro de lado e soco o travesseiro, mas o som de risadas atrás da casa me tira da cama, e me aproximo da janela.

Juliana e Finn estão sentados no pátio bebendo vinho. Finn está sorrindo para ela, e Juliana joga a cabeça para trás e ri. Deuses, que inveja sinto dela – do sorriso que Finn lhe direciona, de sua história com ele e até mesmo daquele cabelo escuro e exuberante cobrindo suas costas, por mais que isso me faça parecer mesquinha.

Nunca fui particularmente bonita, mas sempre tive orgulho do meu cabelo comprido e vermelho. Para ser honesta, sinto saudade dele. Por mais que isso pareça mesquinho, queria cortar o cabelo de Juliana para igualar nossas chances. E então, por ser mais sensata que mesquinha, penso que seria ótimo guardá-lo para pagar os goblins quando fosse necessário.

— Não sou melhor que as horrorosas das minhas primas — resmungo, e balanço a cabeça.

Lá embaixo, Juliana fica séria e se inclina para Finn.

Quero saber o que ela está dizendo, e não me deixo pensar demais antes de mergulhar em sombras e descer a escada.

Entro no pátio e me junto às sombras. Dara e Luna levantam a cabeça ao mesmo tempo, olham em minha direção, mas, se sentem minha presença, não me consideram uma ameaça, porque se deitam de novo quase imediatamente.

— Acabou — Finn anuncia, despejando as últimas gotas de vinho no copo dela.

— Vamos abrir outra garrafa, então — sugere Juliana.

Finn dá risada.

— Acabamos de esvaziar a segunda. Mais um pouco e minha jornada amanhã vai ser uma tortura.

— É que eu nunca vejo você — Juliana choraminga. Girando o vinho na taça, ela olha para ele com ar sério. — Honestamente, fiquei surpresa quando veio falar comigo hoje à noite.

— Eu disse que nós íamos conversar.

Ela ri baixinho.

— Eu subestimei sua capacidade de resistir à mulher bonita em seu quarto, acho.

Finn abaixa a cabeça e estuda seu copo. Bebe um longo gole antes de falar.

— Não vou fingir que é fácil.

— Me surpreende saber que você consegue olhar para a cara dela sabendo que foi a escolhida de seu pai. Sabendo que ele passou o poder para ela, uma *humana*, e não para você.

Finn levanta a cabeça bruscamente.

— Eu não te contei isso.

— Sério, Finnian. Posso não ser uma sacerdotisa, mas *sou* filha de uma. Tenho alguns poderes. Eu sinto isso nela. Minha única pergunta é como a maldição foi quebrada, se a rainha ainda está viva e essa mulher tem o poder do trono.

Finn bebe mais um pouco e suspira.

— A maldição foi quebrada quando ela se vinculou com o Príncipe Ronan, morreu e passou a coroa, mas não o poder, para ele. Por isso o Príncipe Ronan está no castelo, não só porque a maldição foi quebrada, e não só por ter direito de herança ao trono, mas por ter a coroa.

— Eu temia que fosse alguma coisa assim.

— Infelizmente, mas pelo menos ele parece sincero sobre a vontade de ser correto com os feéricos das sombras. Ajudou a defender a capital durante o ataque, e também desmontou os acampamentos da rainha. Ele trouxe centenas de crianças para casa.

— Por mais que eu seja grata por isso... — Juliana respira fundo. — Não vai dar certo, Finn. Ele não pode ser rei. Nosso povo nunca vai aceitá-lo. Ele pode nos liderar na guerra e vencer, e ainda vai haver entre nós quem se recuse a aceitá-lo só por ser filho de Arya.

— A corte está morrendo, e uma solução imperfeita é melhor que nenhuma solução.

— Vai deixar ele ficar com *tudo* o que é tão importante para você?

— Como assim?

— Abriella. Ela está vinculada a ele, mas você olha para ela como se visse as estrelas e a lua. Como se ela fosse a chuva depois de uma longa seca de verão. Olha para ela como todas as jovens de Staraelia um dia sonharam que você olharia para elas. — Ela faz uma pausa breve. — Você olha para ela como um dia olhou para Isabel.

A mão segura o copo com mais força.

— Não.

— Vai negar?

— Não gostei das comparações.

Ela ri baixinho.

— Foi por isso que Ronan conseguiu botar as mãos na coroa antes de você? Porque já tinha se apaixonado pela humana? Aposto que todas as vezes que pensou em se vincular a ela, pensou em Isabel morrendo em seus braços.

— Você está passando dos limites — Finn avisa. Sua voz é baixa, mas tão penetrante quanto a lâmina que cravei no peito de Mordeus. — Esqueceu que não preciso da sua permissão para falar com sua mãe?

— Minha intenção não é ser cruel, Finn. Estou tentando entender por que isso aconteceu. Como pode essa garota ter um vínculo com o Príncipe Ronan e estar aqui com você?

— Ela está comigo porque não perdoa a mentira do príncipe, e porque quer encontrar um jeito de salvar estas terras e seu povo.

— Ela é *humana*. — Juliana joga o cabelo por cima do ombro. — Você acredita nisso?

— Agora é feérica, não que isso importe.

— Ela e o príncipe podem estar manipulando você. Talvez ela queira o trono.

Mostro os dentes e quase dissipo as sombras. Tenho que fazer um esforço enorme para não rosnar para ela. Por que eu haveria de querer o trono? Como é que ela se atreve a plantar essas ideias na cabeça de Finn?

— É possível — Finn responde, em um tom mais calmo —, mas tudo o que ela disse e fez indica que vê o poder como um fardo, não como uma bênção.

— Que tonta — Juliana resmunga.

Finn dá de ombros e bebe mais um gole de vinho.

— Talvez nós sejamos os tontos.

Ela assente.

— Você ainda não explicou como foi que ela ficou com o poder que supostamente não quer.

— O Príncipe Dourado deu a ela a Poção da Vida para salvar sua vida e fazer dela uma feérica, mas com isso, sem querer, atrelou o poder à vida dela.

— Por que ele correu esse risco? Devia saber que essa possibilidade existia.

— Ele estava apaixonado por ela... está apaixonado.

— Hum. Você disse que ele deu a Poção da Vida a ela porque a ama...

— Isso.

— Então acredita mesmo que ele vai romper o vínculo?

— Não. Não acredito.

— Interessante.

— Fale de uma vez.

— Só estava pensando que, da última vez que dois irmãos se apaixonaram pela mesma mulher, Faerie foi dividida ao meio.

— Não é a mesma coisa.

— Você não está apaixonado por ela? Não trouxe a garota para apresentar como sua noiva para ter certeza de que o povo de sua terra natal a aceitaria ao seu lado? Não tem uma parte sua esperando conseguir a bênção da Mãe para o relacionamento com a parceira vinculada de seu *irmão*?

Finn permanece em silêncio e pega outra garrafa de vinho. Enche o copo.

— Você sabe o que me trouxe aqui.

— Eu sei o que *deveria* ter trazido você aqui. Eu sei que o seu povo precisa desesperadamente te ver depois de todos esses anos. Os que não foram forçados a se esconder ficaram com medo, torcendo para seu príncipe vir para casa, mas você não veio nem para nos visitar. Nem uma vez.

— Se eu viesse, teria posto todo o vilarejo em risco. Mordeus teria adorado uma boa desculpa para atacar o lugar favorito da minha Mãe. Fiquei longe para proteger todos aqui.

— Eu sei disso, Finn, mas nem todo mundo entende. Alguns se sentem abandonados. — Ela balança a cabeça. — Você pretende mesmo comemorar o Lunastal homenageando a parceira vinculada de seu irmão?

— Ele não é meu irmão.

— Ah, é verdade. — Ela bebe todo o vinho do copo. — Já que você foi deserdado pelo seu pai.

— Não abuse da sorte, Juliana.

— Estou falando a verdade. — Ela pega a taça da mão dele e bebe, devolve a taça e o encara. — Você é meu príncipe e o herdeiro por direito. Há muito tempo eu jurei lealdade a você e prometi colocar seu futuro no trono acima da minha vida. Isso não mudou. Mas também sei que você está procurando soluções, e pode não gostar do que vai encontrar.

— Você pode se surpreender com o que eu vou encontrar — ele dispara.

— Como assim?

Finn permanece em silêncio por um longo instante.

— O que você sabe sobre os amarrados?

— Sua linhagem?

— Minha linhagem antes de estarmos no trono. Minha linhagem antes de a linhagem de Mab acabar.

Ela balança a cabeça.

— Não sei muita coisa. Eram criados da coroa. Altamente poderosos, confiáveis, honrados, mas explorados. Instrumentos para nossos governantes.

— Ouviu falar em alguém que foi amarrado desde então... à coroa, ou de outra forma?

— Por que isso agora, Finn? — Ela empalidece. — Não pode acreditar que... é impossível.

— Não sei. Ignorei a possibilidade por semanas depois que ela chegou, mas a senti desde o primeiro momento em que me aproximei dela. Existe... uma conexão diferente de qualquer outra coisa. E ela extrai forças de mim. Desde o início. Antes achei que fosse por causa da coroa, mas... não é isso.

— Mas ela ainda tem o *poder* da coroa, mesmo que não a tenha. Talvez as raízes estejam aí, em seu destino de ter a coroa.

— Já ouviu falar de algo assim que tenha acontecido?

— Não. Só que isso é mais razoável que pensar que os deuses teriam amarrado você a uma humana aleatória. — Juliana abre a boca e balança a cabeça. — Amarrado — repete, como se a palavra fosse chocante. — Não acredito nisso.

Acho que a fixação que tem nela faz você procurar desculpas para seus pensamentos cheios de desejo.

Finn grunhe.

— Tenho muitos, pode acreditar, mas não é isso. Não consigo explicar. Sempre que ela usa quantidades extraordinárias de poder, se reabastece em mim. Eu fico fraco. Quando ela se tornou feérica e usou seu poder para fugir do Palácio Dourado e trancar na escuridão todos os que deixou para trás, pensei que estivesse morrendo.

— Isso aconteceu de novo?

— Sim. Ela usou muito poder quando a capital foi atacada. Enquanto isso, eu estava no palácio sofrendo com um desses episódios. Tentei achar outra explicação, mas sempre volto à mesma coisa.

— Já cheguei a acreditar que isso fosse um mito. Um pretexto que as antigas rainhas usavam para manter os amantes por perto. — Ela sopra o ar e balança a cabeça. — Acho que você está encurralado. Se está amarrado a alguma coisa, é ao trono. — Ela o encara. — E não é seu propósito servir àquele trono, Finn. É ele que deve servir a você.

— Deve servir à linhagem de Mab, não à minha.

— Mas a linhagem dela deixou de existir, e ela confiou na linhagem de seu pai para continuar reinando. Não duvide da vontade de nossa Grande Rainha.

— Não duvido.

— Então, se Mab disser que deve matar os dois, a garota e Ronan, e tomar o trono, você cumpre a ordem?

Finn olha para ela por um longo tempo, e eu cubro a boca com a mão e mordo o lábio enquanto espero pela resposta. Sei que não devo confiar em ninguém, que nunca vou poder confiar enquanto tiver esse poder, mas não consigo aceitar que Finn pensaria em me matar e matar Sebastian para reclamar o trono. A ideia me machuca demais. Mas poderia aceitá-la, se ela salvasse milhares de vidas?

— Ela não vai fazer isso — Finn responde finalmente. — A magia da coroa impediria que ela fosse transferida para mim, mesmo que eu estivesse disposto a considerar essa saída, então não me faça responder a uma pergunta impossível que nunca vai ser relevante. Se eu estiver certo, se eu for amarrado a Abriella, você entende o que isso pode significar para o trono.

Juliana fecha a cara.

— É ofensivo que você me peça para considerar isso. Você enlouqueceu, Finn. Esqueceu como nosso trono funciona?

— Não esqueci nada, mas como Oberon passou a coroa para ela, tudo indica que estamos agindo sob um novo conjunto de regras.

— Talvez *você* esteja, mas as regras antigas valem para o restante, para todos nós. Linhagens de sangue e a de Mab importam para nós. Você esquece como foi terrível para nós quando Mordeus governou.

— Não esqueço nunca — ele retruca, com a voz solene.

— Está me pedindo para proteger a parceira vinculada do Príncipe Ronan. Para considerar que ela pode ser digna do poder que é destinado aos maiores entre nós.

— Ela *é* digna.

Os olhos de Juliana se acendem com a raiva, mas ela projeta o queixo e olha para um ponto distante.

— Não vou discutir com você sobre isso. Acredito que Mab vai ter as respostas de que nós precisamos.

— Eu também acredito.

Quando olha para ele de novo, seu rosto fica mais brando.

— Tenho certeza de que pareço horrível para você, mas não é essa a minha intenção. Quero que você ocupe aquele trono, seu lugar, e, apesar de qualquer doença que esteja enfrentando, ou de percalços na magia provocados pelas escolhas malfadadas de Oberon, acredito que é lá que você vai chegar.

Ele segura a mão dela sobre a mesa. Há tanta ternura entre eles que volto para o interior da casa mais confusa que antes e me sentindo culpada por espionar Finn.

Talvez eu conte a ele amanhã. Seria melhor, não? Só para ser honesta sobre eu ser uma péssima amiga que ouve conversas particulares?

Essa, como tantas outras, me deixou com mais dúvidas que respostas. *Amarrado*. Onde foi que tinha ouvido isso antes? Vou ter que contar tudo a Finn amanhã, assim ele pode me dizer o que isso significa.

Quando volto para a cama, minha cabeça está girando. São muitas coisas importantes para ponderar, mas, sozinha no quarto que vamos dividir esta noite, meus pensamentos trazem de volta as partes mais significativas da conversa entre os dois.

Eu subestimei sua capacidade de resistir à mulher bonita em seu quarto.

Não vou fingir que é fácil.

Acho que a fixação que tem nela faz você procurar desculpas para seus pensamentos cheios de desejo.

Tenho muitos, pode acreditar.

Os trechos se repetem em minha mente. Não são importantes. Não é como se essa atração entre nós fosse uma revelação, ou até mesmo significativa. Mas, em parte, sempre presumi que ele estivesse só brincando. Flertando para conquistar meu apoio. Uma parte de mim realmente gosta da ideia de Finn se esforçando para resistir – a mesma parte que gosta de imaginá-lo dormindo comigo hoje neste quarto e se debatendo com os pensamentos cheios de desejo que ele admitiu ter.

Sonho que sou apenas sombra, uma penumbra escura que não se esconde e não se acovarda. Que pega o que quer e ri de quem é prejudicado no caminho.

Não sou mais que um contorno de mim quando saio do quarto que estou dividindo com Finn e percorro o corredor até outro aposento. Ele sorriu para ela. Riu e fez confidências, deixou que ela sentasse *em seu colo* durante o jantar. Provavelmente pensa que ela é bonita, com aquela elegância feminina e o cabelo comprido escuro. Ela não o merece.

A porta do quarto dela está fechada. *Quanta meiguice.* Passo através da porta e caminho pela escuridão até a cama de Juliana. Seu cabelo se espalha sobre o travesseiro e em volta dela. Está tranquila, com as mãos repousando sobre o ventre e o peito subindo e descendo no ritmo lento do sono profundo.

Sorrindo, minha sombra pega um punhado daquele cabelo e usa uma faca que eu nem sabia que empunhava para cortá-lo. Ela vai continuar bonita. Ainda vai ter o mesmo sorriso e os olhos cintilantes. Ainda vai saber exatamente qual é seu lugar no mundo, mas eu terei seu cabelo na próxima vez que precisar subornar um goblin.

Estou rindo quando volto para o meu quarto e deixo cabelo e faca em cima da mesinha de cabeceira. Quando vejo meu corpo na cama, o sonho pisca, desaparece e aparece de novo. Novamente em meu corpo, eu me viro de lado e me encolho embaixo dos cobertores. No momento seguinte, sou desconectada outra vez, olho para mim do pé da cama, onde sorrio para a noite e levanto os braços.

A sensação de estar livre de minha própria pele é *boa*. É bom me sentir viva e saber que Finn está por perto. Porque é ele que eu quero. Na escuridão deste sonho, sem nada além de minha sombra como corpo, ele é *tudo* o que quero.

Deslizo no escuro até a cama improvisada ao lado da janela. Ele é bonito deitado de costas, com uma das mãos atrás da cabeça e a outra repousando sobre o peito nu. Estudo seu rosto na escuridão. Parece tão natural – é *bom, pervertido e delicioso* – montar em seu corpo e sentar sobre ele.

Ele parece perfeito embaixo de mim. *Quente. Sólido. Forte.* E ele também gosta. Deixa escapar um gemido satisfeito, sem abrir os olhos. Quente, sólido e poderoso até quando está dormindo.

Pego a mão sobre seu peito e a coloco em meu ventre, assistindo fascinada quando seus olhos se abrem.

— Abriella? — Ele parece confuso, como se não esperasse me ver ali, como se houvesse algum outro lugar onde eu quisesse estar. Tira a mão de detrás de cabeça e esfrega os olhos. — O que é isso?

— Eu... *quero* — digo, mudando de posição, escorregando para baixo sobre seu corpo até minhas coxas envolverem seu quadril. Consigo senti-lo através do lençol, duro e grosso contra mim.

Ele resmunga algumas palavras e inspira profundamente.

— Você sabe o que está fazendo? — pergunta.

— Estou indo atrás do que eu *quero* — sussurro, e movo o quadril para mostrar exatamente o que quero. — E dando o que você quer.

O pescoço de Finn arqueia quando ele geme, o quadril sai do chão buscando mais. Buscando meu corpo.

— Brie — murmura.

Deslizo meus dedos de sombras por seu peito nu, por cima do umbigo e pela linha suave de pelos que desaparece embaixo do lençol.

— Deuses — ele suspira. — Isso é real?

— Faz diferença? — ronrono.

De repente ele senta, e sorrio ao sentir seu calor tão próximo. Finn olha para a cama, depois para mim.

— O que é isso?

— Não ligue para *ela*. — Estou aborrecida. Quero que ele se concentre em *mim*. Quero toda a sua atenção em mim, não naquela garota na cama.

Ele empurra meu ombro, mas as mãos passam direto através de mim, e rio baixinho.

— Só quero me divertir um pouco, Finn.

Ele se afasta e fica de pé, recua em direção à janela. Está vestido com um short preto e justo e nada mais, mas há medo em sua expressão quando olha para mim, para a cama e para mim de novo.

— O que é você?

Relutante, sigo seu olhar e meu corpo sofre um espasmo. Como se fosse lavada com um balde de água fria, sento bruscamente na cama e olho em volta.

— Brie. — Finn olha para mim e respira arfante, com o queixo caído. — Você está bem?

Olho para o pé da cama, onde estava pouco antes, onde há pouco... não tem nada lá. Mas vejo a mesa de cabeceira... e as mechas de cabelo castanho e brilhante que sonhei que cortava da cabeça de Juliana.

Capítulo 18

A CONFUSÃO NOS OLHOS DE Finn reflete a minha.

— O que aconteceu aqui? — ele pergunta.

Meu coração disparou, mas o corpo... o corpo formiga como se eu estivesse mesmo montada em Finn, não dormindo na cama, embaixo dos cobertores.

— Sonhei que estava...

Finn respira depressa, e seu olhar oscila entre mim e os cobertores no chão, onde há pouco nós...

— Nunca vi você fazer isso antes. Nunca... — Ele murmura um palavrão e balança a cabeça. — Diga que era você.

Não era eu. Eu estava na cama. Dormindo. Mas... olho diretamente para Finn.

— Pensei que estivesse sonhando.

Ele me encara por um minuto; depois, de repente, aquela expressão de susto e preocupação desaparece e a boca desenha um sorriso.

— Pensou que estivesse *sonhando*? E o que mais nós fazemos em seus sonhos, Princesa?

Pego um travesseiro e jogo nele.

Ele se esquiva e ri, antes de ficar sério de novo.

— Há quanto tempo você consegue fazer isso? Com que frequência acontece?

— Nunca tinha acontecido. Eu... — Lembranças chegam em flashes mórbidos. Os orcs em volta do fogo. A faca ensanguentada. O jeito como as entranhas deles jorram quando os corto. — Não lembro.

Ele dá um passo em minha direção.

— O que está escondendo de mim?

Fecho os olhos e me lembro daquela noite.

— Na noite em que conheci Misha no campo de refugiados, fui capturada. Eles injetaram aquela toxina em mim e bloquearam meu acesso à magia. Me algemaram. Eu era minoria e estava *exausta* da metamorfose, de ter usado a magia quando fugi do palácio e de ajudar aquelas crianças a chegarem ao portal.

— Sinto um tremor dentro de mim. Não havia pensado muito sobre aquela noite, questionado quem matou meus captores. Agora percebo que nunca me permiti pensar naquilo. — Fui dormir desejando que eles estivessem mortos, e, quando acordei, ele estavam. Foram mortos durante o meu sono. E uma faca ensanguentada, *minha* faca, estava no chão ao meu lado.

— Você acha que foi você? Mas não se lembra?

Fecho os olhos. Não quero admitir isso nem para mim mesma.

— Tenho lampejos dos olhos deles transbordando pânico enquanto eram mortos — confesso finalmente. — Disse a mim mesma que estava imaginando isso. Que era só minha mente tentando entender alguma coisa que eu não conseguia explicar.

— Merda — Finn murmura.

— O que isso significa? Eu me transformei em sombra muitas vezes, mas nunca deixei meu corpo real.

Ele levanta o rosto e sopra o ar.

— Existem lendas sobre Unseelie que conseguiam controlar seu eu sombrio. Gerações atrás. Tem uma história sobre Mab. Uma vez ela foi capturada, trancada em um quarto de ferro que anulava seu poder, mas ainda conseguiu enviar seu eu sombrio para destruir os guardas e se libertar daquela prisão.

— Mesmo sem conseguir acessar sua magia?

— A ideia era que o eu sombrio não ficasse preso ao corpo físico. — Ele dá de ombros. — Boa parte disso é lenda. Não sei se acredito que aconteceu de verdade.

— Tem alguma outra explicação para o que aconteceu conosco esta noite?

— Eu vi você... *senti* você em mim. Eu te toquei, e foi tão real quanto qualquer coisa. Mas, depois que te vi dormindo na cama, você deixou de ser corpórea. Minhas mãos passaram através de você.

— Conhece alguém que seja capaz de fazer isso? — Ainda estou tremendo.

— Não. Meu pai queria, na verdade. Ele treinou com uma sacerdotisa especial para tentar acessar seu eu sombrio, mas nunca conseguiu. Só tome cuidado, Princesa. Com você, não...

— ... sabemos como minha magia funciona e por quê, porque sou uma mortal transformada em imortal e detenho o poder da coroa Unseelie que Oberon nunca devia ter conseguido passar para mim.

Ele não protesta, mas sua expressão é a de um pedido de desculpas. Olha para a noite escura além da janela e fecha as cortinas.

— Precisamos dormir.

Eu me recosto contra a cabeceira e vejo outra vez a mecha de cabelo e a faca em cima da mesinha. Estou tão apavorada que não sei se vou conseguir dormir.

— O que é isso? — pergunta Finn, seguindo a direção do meu olhar.

Balanço a cabeça, ainda olhando para a mesinha.

— Não tenho certeza, mas acho que é o cabelo de Juliana.

Finn solta uma gargalhada.

— Você cortou o cabelo de Juliana?

— Pensei que tivesse sonhado.

Ele continua rindo em silêncio.

— Acho que você estava sonhando que cortava o cabelo dela, mas seu eu sombrio estava fazendo a mesma coisa no mundo real. Acordado.

Estremeço de novo. Isso resume o que aconteceu, mas não torna tudo menos assustador.

— Espero sempre merecer sua consideração, Princesa.

Olho para ele.

— Eu nem sei se merece.

Ele olha para o meu rosto, desce pelo pescoço até o decote da camisola, depois para os cobertores sobre minhas pernas. É um olhar que me queima, como se eu estivesse nua.

— Já conheci o seu lado bom — ele diz. — Ele saiu para brincar na chuva uma noite. Foi muito divertido. — Jogo outro travesseiro nele, e dessa vez Finn o pega no ar, rindo. — Obrigado. Parece que agora tenho todos os travesseiros. Isso significa que você vai dormir comigo no chão? — Ele pega o outro travesseiro e levanta os dois. — Ou prefere que eu vá para a cama com você?

— O que aconteceu com a intenção de ter sempre minha consideração?

Rindo, ele joga um travesseiro de volta para mim e se deita na cama improvisada. Ficamos em silêncio por um bom tempo.

Fecho os olhos e ouço o som da respiração dele, mas sei que não está dormindo, e eu também não estou. Com as imagens daqueles orcs eviscerados piscando em minha mente, não sei se vou conseguir dormir.

— Você está tremendo — diz Finn. — Sinto daqui.

— Odeio sentir que existe uma parte minha que eu talvez não controle. Estou com medo. — Mordo o lábio.

Ele fica quieto por tanto tempo que penso que pode ter adormecido, mas depois escuto os movimentos, e no instante seguinte sinto meus lençóis sendo afastados. A cama se move sob o peso dele.

— Estou aqui — ele sussurra, e segura minha mão embaixo das cobertas. — Bem aqui. Prometo que acordo antes que o seu eu sombrio consiga me seduzir. — As palavras são temperadas com deboche, e não contenho um sorriso.

Belisco o dorso da mão dele.

— Como você sabe que a sombra não queria só uma mecha do seu cabelo?

Rindo, ele se vira de lado para olhar para mim. Seus lábios tocam meu ombro, mornos e doces.

— Da próxima vez que sentar em mim, acorde primeiro — ele murmura. — Quero você inteira, não só um canto secreto, escuro e meio pervertido da sua mente.

Sinto outro arrepio, mas não estou mais tremendo. Não de medo, pelo menos.

A luz me atinge como um golpe físico, me viro na cama e enterro o rosto nos travesseiros.

— Feche a cortina — resmungo.

A exigência é recebida por uma risada feminina.

— Hora de acordar, dorminhoca — diz Pretha. — Se não se vestir agora, eles vão ter que partir sem você.

— Podem ir. Preciso dormir.

As cobertas são puxadas de cima de mim, e eu resmungo.

— Por que você me odeia?

— Eu não te odeio. Nem um pouco. Mas hoje é importante. Levanta.

Eu me sento na cama, mas só porque sinto cheiro de café, e congelo quando as lembranças da noite anterior voltam. Fecho os olhos por um instante e me permito lembrar como foi montar sobre o corpo de Finn, acordá-lo, ouvir seu grunhido faminto quando ele percebeu que era eu... embora não fosse. Não de verdade. A lembrança não traz mais que constrangimento e novas perguntas sobre este mundo e meus poderes.

Mas depois me lembro de que ele dormiu segurando minha mão. Como foi bom tê-lo perto de mim. E as palavras dele antes de pegar no sono? *Quero você inteira.*

Sigo para a cafeteira fumegando sobre a mesa de canto. Vou precisar de café para processar parte do que aconteceu esta noite. Depois que Finn dormiu ao meu lado, a noite se prolongou como se fosse eterna, enquanto meus pensamentos corriam em círculos. Quando cochilei, o sol começava a nascer.

— O que vamos fazer hoje mesmo? — pergunto, me servindo de café.

Pretha estuda o conteúdo do guarda-roupa com ar pensativo.

— Durante o dia e a noite, hoje, celebramos o Lunastal — ela diz, sorrindo para mim por cima do ombro.

— E isso envolve o quê? — A explicação de Finn deixou muito a desejar.

— É uma celebração do início da colheita. Nestas partes do território, dizem que não comemorar traz má sorte, e as pessoas acreditam que o deus Lugh condena as plantações daqueles que deixam de homenageá-lo.

Bebo o primeiro gole de café e espero um momento até ele aquecer meu peito.

— A celebração acontece em toda Faerie?

Ela assente, pegando um vestido vermelho escuro, da cor de folhas secas no outono.

— Sim, só que é mais animada nas áreas rurais, onde o povo tira o sustento das plantações.

— E onde está Finn? — Não ouvi os movimentos dele de manhã, não senti quando ele saiu da cama.

— Acordou cedo e foi visitar uma pessoa, uma amizade antiga.

Imagino se ele foi encontrar Juliana de novo. Deixar que ela o toque a cada oportunidade. Se foi fazê-la rir. O ciúme faz o café cair mal no meu estômago.

Pretha ri.

— Você é tão transparente que chega a ser engraçado.

— Quê?

— Está com ciúme.

— Não. Só estou curiosa sobre onde ele pode estar.

Ela nem tenta disfarçar o riso.

— Bem, pois saiba que esse velho amigo está perto do aniversário de mil anos e raramente sai do chalé onde mora, à beira do rio, então acho que você não precisa se preocupar com a possibilidade de Finn deixar de suspirar por você por causa dessa amizade.

— Ele não suspira por mim.

Ela ri.

— Certo.

Mas não suspira, suspira? Existe atração física dos dois lados, sim, e a noite passada ele tinha deixado claro que estava aberto a agir de acordo com essa atração. Mas é só isso. Qualquer coisa além disso seria complicado demais.

— E essa comemoração começa de manhã, imagino — digo, tentando mudar de assunto. — Por isso você me arrastou da cama tão cedo?

Ela ri e joga o vestido em cima da cama.

— O dia todo. Vamos começar com a tradicional trilha no Monte Rowan, que vai ocupar a maior parte da manhã.

Olho para o vestido com ar intrigado.

— Uma trilha que dura a manhã toda, e você quer que eu vista isso?

Ela sorri e alisa o corpete.

— Você está aqui como noiva de Finn. O que quer que aconteça com o Trono das Sombras, isso faz de você a futura rainha aos olhos deles. E eles esperam te ver vestida de acordo.

Sirvo mais café para mim.

— Acho que você me conhece o suficiente para saber que não é exagero quando digo que não consigo nem *fingir* que sou uma *lady*.

— Seja você mesma. A única coisa que vai ter que fingir é seu relacionamento com Finn, e acho que nem vai ser muito difícil, porque não é tão absurdo.

Paro com a xícara a caminho da boca.

— Como assim?

Pretha ri, inclina a cabeça de lado.

— Você acha que não percebemos como vocês se olham?

— Pretha, não faça isso.

Ela suspira e revira os olhos.

— Quando chegarmos ao topo da montanha, vamos montar um acampamento, e depois seguimos até a fonte sagrada mais ao norte.

— Não temos pressa para encontrar a sacerdotisa? Pensei que fôssemos ao templo.

— Esse era o plano, mas só vamos conseguir vê-la amanhã de manhã. Hoje cedo recebemos a notícia de que, depois do ataque à capital, ela não vai receber ninguém que não tenha feito uma oferenda a Lugh.

Fico tensa, pensando nos *tributos* humanos que os Unseelie tinham feito durante os anos de maldição.

— Que tipo de oferenda?

— Pare de olhar para mim como se eu fosse te obrigar a arrancar o coração de um cachorrinho. Nós oferecemos grãos e milho. Nada que sua delicada sensibilidade não possa suportar.

— Não sou delicada.

Ela ri.

— Seja como for, nós voltamos para a celebração antes do anoitecer.

— E o que acontece à noite?

— Vai haver uma fogueira com dança, bebida, cerimônias de união e alegria generalizada.

— Você adora — concluo. Mesmo que ela não estivesse sorrindo, os olhos a tinham delatado.

Pretha dá de ombros.

— Tenho muitas lembranças boas deste período do ano. Meu marido foi criado aqui, e o Lunastal era uma de suas celebrações favoritas. — Ela parece perdida nas lembranças. — Ele era forte e atlético, gostava de se exibir nas competições, mas também gostava... — Ela faz uma pausa, respira fundo e olha para mim. — Ele amava a comunidade, o povo. Adorava saber que sempre teria um lar aqui. Existe uma lealdade entre essas pessoas que você não encontra na capital, e Vexius reconhecia isso.

— Foi aqui que Finn conheceu Isabel? — Lembro o que ele disse no estábulo na noite passada, sobre ter se ocupado neste lugar com a própria vida enquanto Mordeus tomava o poder na Corte Unseelie.

— Sim, imagino que por isso voltar seja tão agridoce para ele.

— Como foi que eles se conheceram? Ela era humana, não era? Uma criada?

— Tirou a manhã para fazer perguntas? Precisa se vestir. — Pretha contorna a cama enquanto abre o zíper do vestido. Espera eu tirar a camisola, depois me ajuda a entrar nele. — Sim, Isabel era humana — responde, e fecha o zíper. — Bem, era uma criança trocada, tecnicamente.

Olho por cima do ombro.

— O que é uma criança trocada?

— Entre os feéricos, existem aqueles que têm um interesse especial em crianças humanas doentes. Não suportam ver o sofrimento delas e acreditam ter o dever de usar a magia de Faerie para curá-las.

Giro de frente para ela.

— Eles *roubam* as crianças dos pais?

Seu rosto fica sério.

— Não espero que você entenda essas tradições, mas peço que acredite em mim quando digo que qualquer criança trazida para cá ainda bebê tinha sua morte já determinada. Não é fácil, e trazer uma criança humana para viver em nosso reino envolve muito sacrifício.

— E Isabel era uma criança trocada. O que isso significa exatamente? Habilidades de mutante?

— Não — ela ri. — Céus, não. Ela era só uma humana criada em Faerie.

Bebo mais um pouco de café e me lembro da mulher de vestido branco nas catacumbas.

— E era muito bonita — sussurro.

— Sim — Pretha concorda. — Uma beleza tranquila. Era o tipo de pessoa que olhava pelos menos afortunados que ela, que sempre colocava os outros acima dela mesma.

A vergonha me invade. Não era sobre esse tipo de beleza que eu falava, mas conheço Finn bem o bastante para saber que *quem* ela era importava mais que o restante.

— E também era bonita fisicamente — Pretha continua. Pega um par de meias de seda no guarda-roupa e joga em cima da cama. — Tão bonita que muitos acreditam que o pai adotivo sabia exatamente o que estava fazendo quando a colocou no caminho de Finn.

— Mas ninguém imaginava que Finn se apaixonaria por uma humana.

— Não. — Ela ri e balança a cabeça. — Na verdade, ninguém se importava com isso, por quem ele iria se apaixonar. Ele só não devia passar a vida com uma humana, não devia pôr uma no trono a seu lado. Mas era esse o plano dele. Casar com ela, fazer dela sua rainha e, depois de ter alguns herdeiros, dar a ela a Poção da Vida para torná-la feérica.

— Com tantas humanas tendo filhos de homens feéricos, por que só algumas poucas tomam a poção? — Pego as meias e me sento na beirada da cama para calçá-las. Teria sido mais fácil antes de colocar o vestido, mas Pretha deve saber que sou recatada demais para ficar exposta por tanto tempo.

Com as duas meias nos pés, eu me levanto e ajeito a saia.

— Misha me contou sobre as pedras de fogo.

— Ótimo. Então você entende por que a poção não é uma coisa que nós temos à mão.

— Os humanos falam dela como se os feéricos tivessem um estoque ilimitado.

Pretha balança a cabeça.

— Você é a única humana que conheço e foi transformada. Ouvi falar de outros, mas, em todos os meus anos, só conheci você.

— E a noiva de Finn? Ela teria tomado a poção?

— Finn estava tentando reunir os ingredientes necessários quando eles planejaram trocar os votos, mas com a guerra fora de controle nas montanhas, ele não conseguiu o que era necessário. Esperava ter todos os ingredientes quando os filhos deles nascessem. — Ela estuda o conteúdo de uma bolsa de cosméticos. — O pai dele ficou furioso quando Finn contou sobre o casamento. Oberon tinha planos de casar Finn com... outra pessoa. Alguém que fortaleceria o poder na linhagem deles. E Finn se negou. Foi muito dramático, mas Finn era um homem apaixonado que se recusou a colocar a política à frente do coração.

Sou tomada pelo ciúme. Não, não é ciúme. Como posso ter ciúme de uma mulher que está morta? Uma mulher que viu o pior lado da raça de Finn... do próprio Finn.

— Parece que você teria concordado com isso — digo.

— É claro. — Ela tira uma paleta e um pincel da bolsa. — Feche os olhos. Obedeço e deixo que ela aplique a maquiagem.

— Você ficou ressentida porque eles puderam escolher e você não?

Ela suspira.

— Nessa época eu estava apaixonada por Vexius. Eu acreditava que os deuses tinham me dado dois grandes amores. Não me arrependo do casamento ou da decisão de me vincular ao meu marido, e também não me arrependi naquele tempo. Vexius me fez feliz de verdade, e se eu tivesse me recusado a me casar com ele, nunca saberia como era ter seu amor. Não teria Lark.

— É verdade. — E muito maduro. Tenho certeza de que suas emoções não são tão simples.

— Pode abrir — ela diz, depois de uma última pincelada. Abro, e a vejo pegando um colar de pérolas, que coloca em meu pescoço, toco a pedra que Sebastian me deu.

— Devo tirar?

Pretha balança a cabeça.

— Não, todas nós usamos uma pedra de fogo em algum lugar. É o esperado.

Mas como Finn se sentiria se soubesse que era Sebastian quem tinha me dado a pedra? Melhor nem perguntar.

— Quando Oberon e Finn divergiram sobre o futuro de Finn, me preocupei com ele mais que tudo. Eu entendia como era ter suas vontades e necessidades individuais destruídas pelas ambições políticas dos pais, e sabia o quanto isso doía.

Levo a mão às pérolas. São lisas como seda sob meus dedos.

— Você tem sido uma boa amiga para ele.

— Ele é fácil de amar. — Pretha prende o fecho do colar. — Agora o cabelo.

Puxo uma mecha que termina um pouco abaixo da orelha, esticando-a.

— Lamento, mas não há muito o que fazer com ele.

— É melhor pentear para trás. Por causa das flores — ela comenta.

Flores para a cerimônia de que ainda não sei nada, mas em vez de fazer perguntas, concordo e pego a xícara de café.

— Vai me fazer companhia na trilha?

— Não. A jornada oficial é mais um evento para casais recém-vinculados.

Tusso e quase cuspo o café.

— Ah, é? — Eu sabia que teria que agir como noiva de Finn neste fim de semana, mas estou começando a me arrepender de não ter feito mais perguntas sobre o motivo para isso.

— Tem muita gente solteira fazendo a trilha nas montanhas, mas o ritual é considerado o momento perfeito para a união, e eu... — Ela balança a cabeça. — Já faz muito tempo, tanto que se espera que eu siga em frente, mas não estou preparada.

E como poderia estar? Ela tinha amado o marido e o perdido, mas nunca deixara de amar Amira também. Não a condeno por não querer sofrer mais.

— Enfim — Pretha diz, colocando alguns grampos no meu cabelo —, Kane vai fazer a trilha com Juliana, e Misha, Tynan e eu seguiremos a cavalo a uma certa distância do grupo oficial.

Assinto, embora não pense muito nos detalhes do dia.

— Quando foi que as coisas mudaram entre Finn e Isabel? — pergunto, embora Pretha pareça ter encerrado o assunto.

— Como assim? — ela devolve, desconfiada.

— Como foi que ele passou da revolta contra o pai por causa dela à decisão de que valia a pena sacrificá-la? — Estou tão ocupada evitando seu olhar que não percebo que ela ficou em silêncio, até que alguns momentos passam. Levanto a cabeça e encontro sua expressão de desaprovação e decepção. Eu me sinto mal, mas não retiro a pergunta.

— Tem algumas histórias que você vai ter que ouvir de Finn — ela diz. — Mas posso te dizer que o que você sente por ele, seja o que for, não deve ser desconsiderado por causa do que você *pensa* que sabe. Converse com ele.

A vergonha esquenta meu rosto.

— Não importa o que eu sinto ou que respostas ele poderia me dar — respondo. — Eu não devia confiar em ninguém. Não mais.

Ela não volta a falar até terminar de me pentear, e mesmo assim espera até que eu olhe em seus olhos.

— Você já se perguntou por que Finn não tentou convencer você a aceitar o vínculo com ele naquela noite em que estava drogada?

O calor em meu rosto passa do nível de vergonha ao de mortificação quando me lembro daquela noite. O banho. Minhas *súplicas*.

— Porque ele sabia que eu diria não — respondo.

Pretha sorri para mim com tristeza, como se dissesse que me entende mais do que eu mesma me entendo.

— Não sei se isso é verdade.

— Eu teria dito não. Queria Sebastian. — Mas queria que Sebastian fosse quem eu pensava que era. O homem cuja prioridade era me proteger, não me enganar para obter a coroa.

— Bom, você conseguiu. — Pretha parece irritada.

— Não finja que os motivos de Finn para me querer eram mais nobres que os de Sebastian — resmungo. — Eles queriam as mesmas coisas pelas mesmas razões. Ainda querem.

— No início isso era verdade. No início, você era só uma garota bonita que tinha uma coisa de que ele precisava. — Ela suspira e recua um passo para admirar o resultado de seu trabalho. — Depois passou a ser mais.

— O quê?

— Minha amiga, entre outras coisas. E, como amiga, vou te contar uma coisa. Quando meus pais descobriram sobre mim e Amira e me mandaram embora, eu fiquei arrasada e revoltada. Estava preparada para passar a vida em um casamento político, enquanto meu coração seria sempre de outra pessoa. Não estava preparada para Vexius. Nunca soube que poderia amar duas pessoas daquele jeito, um amor romântico, completo e simultâneo. Meus sentimentos por um pareciam ser sempre uma traição ao outro, mas um nunca diminuiu o outro.

Penso em como me apaixonei por dois príncipes feéricos de um jeito romântico, completo e simultâneo. Mas, diferentemente de Pretha, não devo confiar em nenhum dos dois.

Quando descemos, a chuva lavava a janela em um ritmo constante. Olho para fora e vejo Finn, Kane, Juliana e um grupo de feéricos que não reconheço conversando na chuva. Nenhum deles parece se preocupar com as roupas molhadas ou a água que escorre pelo rosto.

Pretha abre a porta e me empurra de leve para o degrau do lado de fora.

— E então ele disse que... — Finn para no meio da frase ao me ver, e seus olhos me estudam desde os cachos vermelhos que Pretha prendeu longe do rosto até a bainha do vestido vermelho, que varre a pedra molhada da escada. Seu rosto é solene quando ele me encara. — Bom dia, Princesa. Está absolutamente deslumbrante, como sempre.

Meu estômago dá um pulinho quando ouço essas palavras, mesmo sabendo que são mais para os espectadores ali reunidos do que para mim. Ainda assim, uma parte visceral de mim deseja desesperadamente acreditar nelas.

Ele dá um passo à frente e segura minha mão, me puxando de sob o toldo para a chuva.

— Pronta para nossa trilha montanha acima?

— Vamos ficar ensopados — comento, erguendo o rosto para o céu. Não me importo, na verdade, mas de repente a ideia de fazer uma trilha embaixo de chuva ao lado dele, fingindo que somos um casal, me faz sentir muito vulnerável, como se a água pudesse lavar o que me resta de força de vontade para resistir a Finn. Talvez seja ridículo depois da noite passada, mas pelo menos à noite não havia ninguém olhando, ninguém tentava dissecar o que sentimos um pelo outro.

Juliana dá um passo à frente. Seu vestido dourado e amarelo me faz pensar no sol, e ela tem margaridas presas nos cabelos. Uma mecha, percebo com um lampejo de satisfação envergonhada, está bem mais curta que as outras.

— Ter chuva fraca durante o Lunastal é considerado uma bênção de Lugh — ela diz, entregando uma cesta de flores a Finn, que a aceita sem falar nada.

Ele pega um punhado de flores do cesto antes de deixá-lo no chão da varanda e fica de frente para mim.

— Posso? — pergunta, ajeitando com dois dedos um cacho que tinha fugido dos grampos.

— É tradição — diz Pretha atrás de mim. — Deixar o parceiro colocar flores no seu cabelo. Você vai usá-las até chegar ao topo da montanha, e lá você as enterra na porta de sua tenda.

— Existe a crença — explica um feérico com chifres que nunca vi antes — de que enterrar as flores na porta do lugar onde vocês vão dividir a cama é pedir que os deuses abençoem você com fertilidade e uma gravidez saudável.

Arregalo os olhos, e chamas de constrangimento lambem meu rosto. Os olhos de Finn transbordam humor quando encontram os meus. Quase dou uma tapa nas mãos dele para jogar longe as flores e pergunto onde ele está com a cabeça, mas não posso fazer isso diante de uma plateia.

— Me permite? — Finn pergunta de novo, e chega mais perto.

Assinto, sem saber o que mais posso fazer. Não existe nenhum risco de o ritual acabar em gravidez, então, concordo, e Finn põe as flores uma a uma nos meus cabelos.

O ar é gelado na chuva, mas o corpo de Finn é quente, e seus dedos grandes são gentis, quase relaxantes, quando ele usa os grampos para formar uma coroa com as florezinhas.

— Ficou lindo — Pretha elogia quando Finn recua.

— Adorável mesmo — Juliana concorda, e me pergunto se mais alguém percebe a desaprovação na voz dela.

Kane grunhe e concorda com um movimento de cabeça.

— Parece que nosso príncipe finalmente encontrou alguma coisa que sabe fazer bem.

Finn segura meu queixo por um instante.

— Ela facilita as coisas — diz, com a voz rouca, antes de se afastar.

Quando a mão dele me solta, quero que ela volte.

Capítulo 19

Nossa trilha *comemorativa* montanha acima foi mais um esforço interminável em meio à lama e à chuva. O bom povo de Staraelia não permite que o tempo inclemente impeça a comemoração do Lunastal, então, mesmo quando a chuva caía tão forte e fria que era como espetadas de um milhão de pequenas agulhas ao mesmo tempo, seguimos em frente. Finn estava mais silencioso do que de costume enquanto caminhávamos na trilha, sempre ao meu lado, mas me tocando apenas para oferecer ajuda em terrenos particularmente acidentados. De vez em quando eu o pegava olhando para mim como se tentasse entender alguma coisa.

Gosto de me considerar resistente, mas ao chegarmos no topo da montanha, quase chorei de alívio. Relaxei com o treino nas semanas em que fiquei como hóspede de Misha, na Floresta Selvagem, e mal consegui acompanhar esses feéricos felizes e bronzeados de Staraelia. Em vez de ajudar na enfermaria e na escola do assentamento, talvez eu devesse ter trabalhado nos campos.

Alguém me entrega um cantil de água fresca, e bebo com avidez enquanto estudo o cenário. Não estamos exatamente no topo da montanha, mas em um platô rochoso perto do topo. Já tem dezenas de tendas montadas e criados se movimentando com comida e lenha.

— Suas tendas estão prontas — anuncia um homem parado diante de uma fogueira alta. — Por favor, fiquem à vontade.

— Qual é a nossa? — pergunto a Finn, tentando não deixar a exaustão transparecer na voz.

— Ansiosa para ficar sozinha com ele? — indaga uma voz masculina. A risada baixa me faz desejar que fosse possível retirar minha pergunta. Mas acho que é melhor que todas essas pessoas acreditem que Finn e eu estamos loucamente apaixonados. Melhor que não entendam que meu desejo de encontrar nossa tenda tem mais a ver com os músculos das minhas coxas tremendo com o esforço da subida do que com o que vai acontecer quando ficarmos sozinhos.

— Prometo que mostro daqui a pouco, mas antes você precisa se sentar — diz Finn, e segura minha mão. A ideia de me *sentar* é tão boa que me deixo levar para um assento ao lado do fogo.

Mal tenho tempo de apreciar o calor das chamas. Assim, logo percebo que todos os feéricos que fizeram a trilha estão se reunindo atrás de Finn, olhando para nós e sorrindo.

Finn pisca para mim.

— Não se mexa — diz.

Como se eu pudesse. Agora que estou sentada, a exaustão se torna mais pesada sobre meus ombros, em parte por causa do exercício, mas também, sem dúvida, por não ter conseguido voltar a dormir na noite passada.

Finn pega duas vasilhas grandes embaixo do banco e se aproxima da fogueira, onde as enche com a água de uma panela preta de metal. Ele pisca para mim antes de salpicar pedacinhos de flores secas em uma delas e gotas de óleo na outra.

Seus movimentos são tão precisos que não poderiam ser interpretados como outra coisa além de um ritual, tão parte dessa tradição quanto as flores em meu cabelo. O grupo de espectadores cresce enquanto ele trabalha, e meu incômodo acompanha o crescimento.

Finn volta para perto do banco, deixa as duas vasilhas no chão e se ajoelha entre elas. A água está fumegando, e não vejo a hora de enfiar os pés doloridos nela, mas espero, sentindo muitos olhos atentos e prontos para registrar qualquer movimento errado.

Finn põe a mão embaixo do meu vestido e paro de respirar por um instante. Suas mãos envolvem minha canela e deslizam para cima. O calor de sua pele atravessa o couro das botas.

— É uma honra lavar os pés de minha futura rainha — ele fala em voz baixa, e começa a desamarrar as botas embaixo de minha saia. — Para mostrar minha reverência e provar minha subserviência.

Meu rosto esquenta de novo. Sinto que é errado participar desses rituais sem que sejamos um casal de verdade, quando não estou a caminho do trono, mas no caminho do trono, impedindo que ele aceite um novo rei. Mais que isso, seu toque é muito íntimo. Uma das mãos segura minha perna atrás do joelho enquanto a outra tira a bota de um pé, depois do outro. É embaraçosamente semelhante a um jogo de sedução, e se não fôssemos observados com tanta atenção, eu certamente pediria para ele parar.

Ou o incentivaria a continuar.

O fato de não saber o que faria me deixa com o rosto ainda mais quente.

Quando Finn levanta minha saia um pouco mais, seus dedos calejados encontram o fim da meia na metade da coxa. Com os olhos cravados nos meus, ele hesita, desliza o dedo no limite da seda, como se estivesse fascinado com o contraste entre minha pele e o tecido fino. Não consigo respirar.

— Qual é o problema, Finnian? — Juliana chama de seu lugar ao lado do grupo. *Devo* ter me distraído com Finn, não a notei ali. — Esqueceu como se faz para despir uma mulher?

Meu rosto queima de vergonha quando lembro que não estamos sozinhos, mas Finn não parece se incomodar com o comentário. Nem olha para ela, simplesmente apoia a mão aberta em minha perna e roça o polegar na área interna da coxa.

— Você está bem?

Bem? Com seu dedo me tocando ali? Com as mãos embaixo do meu vestido, tão altas que ele poderia...

— Estou bem. — Sou uma mentirosa. *Bem* não é a palavra certa. Estou queimando, doendo. Metade de mim quer ficar sozinha com ele, e a outra agradece por não estarmos sozinhos.

Ele segura a beirada da meia e puxa lentamente da metade da coxa até embaixo, depois repete o movimento na outra perna. Não demora tanto desse lado, mas os dedos tocam bem mais alto do que é necessário quando procuram a borda da meia.

Quando arrepio, ele franze a testa.

— O dia vai ficar mais quente quando o sol aparecer — ele diz, deixando a meia em cima da primeira. — Mas prometo que vai ter um banho quente esperando por você quando terminarmos aqui.

Um banho seria maravilhoso, mas onde? Na frente de toda essa gente?

— Devo me preparar para uma tradição especial na banheira também? — Quero que a pergunta seja divertida, mas o que parece é que estou sugerindo alguma coisa indecente.

Finn responde com uma piscada e mergulha uma esponja em uma das vasilhas de água quente e perfumada. Ele desliza a mão para baixo da minha saia e lava meus pés e os tornozelos, levando a esponja do pé ao tornozelo, seguindo pela frente da perna até o joelho e descendo pela panturrilha. E não consigo decidir se ele quer fazer o contato parecer sensual, ou se está cumprindo as etapas do ritual. Talvez sejam minha cabeça e meus desejos, o fato é que as mãos dele em minha pele aquecem meu sangue. Ou a culpa é das palavras que ele falou na noite passada, no escuro. *Quero você inteira.*

Mas ele quer? Ou o que ele quer é esse poder e mais nada? É cada vez mais difícil me convencer disso.

Com Finn ajoelhado na minha frente, as mãos ensaboadas deslizando para cima embaixo da minha saia, é difícil pensar com clareza, mas a verdade é que quaisquer suspeitas que eu tivesse sobre a honestidade de seus motivos desmoronaram ontem à noite, quando ele dormiu segurando minha mão. Se ainda tento me agarrar a essa crença agora, é só por uma busca desesperada por autopreservação.

Já sinto alguma coisa por Finn, e seria muito fácil me apaixonar a ponto de não ter volta.

Alguém entrega uma toalha, que ele usa para enxugar meus pés e pernas, secando a pele que acabou de lavar sem desviar os olhos dos meus. Sinto um arrepio, mas não estou mais com frio. Imagino o que espera por nós na tenda... *nossa* tenda. Ele me prometeu um banho.

— Agora — diz Finn depois de me enxugar —, as flores. — Ele se levanta e começa a tirar as flores do meu cabelo, jogando os botões na vasilha de água com ervas que usou para lavar meus pés. Quando tira a última flor, ele passa a vasilha para o feérico de chifres e me pega nos braços.

Grito e enlaço seu pescoço com os braços. Finn ri, e a plateia aplaude.

— Isso é mesmo necessário? — cochicho em seu ouvido.

— Relaxe e aproveite, Princesa. É a tradição. — Ele me carrega em volta da fogueira e na direção de uma grande tenda atrás dela, mas não entra. Na porta, ele se vira para o feérico de chifres, que espera atrás de nós com a vasilha de água, ervas e flores.

O homem inclina a cabeça e murmura algumas palavras sobre a água, depois a oferece a nós.

— Por favor, Princesa — Finn pede em voz baixa.

Tiro uma das mãos do pescoço dele e pego a vasilha.

O homem sorri e pega uma pá dentro da tenda. O solo é fofo e solto onde ele cava, murmurando alguma coisa em um idioma que não reconheço.

Assim que abre um buraco de profundidade razoável, ele recua e se ajoelha.

Olho para Finn.

O rosto dele é solene.

— Agora você despeja o conteúdo da vasilha na terra. — Ele me ajeita em seus braços, me ajudando a jogar a água no lugar certo.

Quando viro o recipiente, uma corrente de poder formiga em mim, e, quando Finn inspira profundamente, sei que ele sente a mesma coisa.

— Que os deuses a abençoem, rainha, e a seus filhos, Majestade — diz o homem ajoelhado.

— Obrigado, Dunnick — Finn responde, e passa por cima do buraco lamacento com flores e ervas para entrar na tenda, deixando as abas da porta se fecharem depois de passar por elas.

A barraca é maior do que eu esperava. Alta o suficiente para até mesmo Finn ficar de pé. No centro, uma almofada grande do tamanho da nossa cama na mansão de Juliana foi colocada no chão, e sobre ela há uma pilha de cobertores. Há uma cadeira no canto, com duas pilhas de roupas sobre ela – as dele e as minhas.

— Pode me pôr no chão agora — digo.

Finn me estuda por um momento longo e intenso, e acho que ele vai me beijar, mas ele me põe no chão.

Quando dá um passo para trás, sua respiração está irregular e os olhos buscam o piso da tenda.

— Preciso falar com Misha e Pretha para deixar tudo pronto para nossa visita à fonte sagrada hoje à tarde. Daqui a pouco uma criada virá preparar seu banho quente. Depois, talvez você deva dormir um pouco. A cavalgada pelas montanhas hoje não vai ser fácil.

— Certo — respondo. Sinto que ele se afasta e preferia que ficasse. A dor em meu coração é grande demais para ficar contida no peito. — Não quero Sebastian — declaro.

Finn levanta a cabeça e arregala os olhos, como se estivesse surpreso. Eu também estou, para ser honesta, mas nem por isso minha declaração é menos verdadeira.

— Você fez comentários insinuando que eu talvez estivesse aflita por algum tipo de reconciliação com ele.

— Vi quando vocês se beijaram — ele explica. Não há julgamento em sua voz.

— Aquilo foi um erro. Ele me pegou desprevenida, e o vínculo fez...

Finn fecha os olhos, como se a explicação tornasse tudo pior.

— Imagino que tenha sido muito intenso, com o vínculo. Ouvi... — Ele suspira e balança a cabeça. — Não importa por que beijou Sebastian ou se pretende beijar de novo. Contrariando qualquer comentário que eu possa ter feito naquele dia ou depois, não é da minha conta.

— Talvez não, mas eu queria que você soubesse. Nada mudou desde o dia em que saí do Palácio Dourado. Ele mentiu para mim duas vezes, Finn. Não sei se nosso relacionamento poderia se recuperar depois disso. Mesmo que eu quisesse.

Ele olha para mim intrigado.

— Por quê?

Porque ele não é você. Porque não consigo parar de pensar no seu beijo ou em como você me confortou na noite passada. Porque, embora o vínculo com Sebastian possa acentuar as coisas que sinto por ele e com ele, nada disso se compara ao que sinto quando estou perto de você.

Mas não digo nada disso. Finn tem sido honesto sobre o que quer, sobre suas motivações e prioridades. Ele se sente atraído por mim, sim, e talvez até me receba em sua cama. Mas ele está aqui por seu povo, não por mim, e não é justo querer dele algo diferente disso.

— Não confio em ninguém — respondo finalmente.

Finn assente e se vira para sair, mas para com a mão na aba da entrada da tenda. Ele fala sem olhar para trás.

— *Pode* confiar em mim. Eu sei que minha palavra não significa muito para você, mas é verdade.

Tomo um banho, como um pouco de pão e queijo, deixados para nós, e tento dormir um pouco, mas, cada vez que cochilo, ouço alguma coisa do lado de fora da tenda e acordo sobressaltada, pensando que pode ser Finn de volta. Temos muitas coisas sobre as quais conversar. Ainda não confessei que ouvi a conversa entre ele e Juliana na noite passada, nem perguntei sobre os amarrados para entender o que são.

Mas ele não vem. Em vez disso, a criada que me ajudou com o banho volta à barraca no fim da tarde e me avisa que Finn espera que eu me vista para nossa expedição, e que ele me espera no estábulo. Hoje vamos a uma fonte sagrada e faremos uma oferenda a Lugh para que a sacerdotisa aceite nos receber amanhã.

Deixo a criada me ajudar a entrar em um dos vários vestidos que já esperavam por mim na barraca quando chegamos. É o mesmo tom de vermelho que eu usava de manhã, com mangas mais grossas e decote mais alto.

Detesto pensar em voltar ao dia chuvoso, mas, quando saio da tenda, o sol está brilhando. Talvez me arrependa de ter escolhido o vestido pesado e as meias grossas com botas.

A criada me mostra onde fica o estábulo, e, no momento em que vejo Finn ao lado de Duas Estrelas, lembro por que a palavra *amarrados* associada a um relacionamento entre duas pessoas me parece familiar.

Misha e Amira tinham dito que o avô de Finn, Kairyn, era o parceiro de amarra da Rainha Reé, o último regente da linhagem de Mab. Não perguntei o que isso significava e presumi que fosse alguma espécie de juramento entre uma rainha e seu sucessor. Mas, se Finn pensa que podemos ser amarrados, não deve ser isso.

— Dormiu bem? — Finn pergunta.

— Sim, obrigada — respondo, sorrindo para reforçar a mentira. Admitir que passei o tempo todo desejando que ele fosse se juntar a mim vai parecer patético.

— Ótimo. — Ele aperta a correia da sela e bate com afeto no flanco de Duas Estrelas. — Kane e Pretha vão conosco. Podemos chegar lá em uma hora, se avançarmos depressa.

Os outros dois montam em seus cavalos, e eu estranho o arranjo.

— Onde está seu cavalo, Finn?

Ele sorri e afaga Duas Estrelas de novo.

— Você e eu vamos juntos.

— Está brincando.

Finn arqueia uma sobrancelha e olha para a criada que se mantém à disposição atrás de mim. *É claro. Supostamente, somos noivos.*

— Só quis dizer que não tenho medo de cavalgar sozinha — explico.

— Assim é mais seguro — ele retruca. — Não vou correr riscos, depois do que aconteceu na capital.

— Para nossa sorte, o sol apareceu — Pretha comenta de cima da montaria, voltando o rosto para o céu. — Parece verão de novo.

Kane leva o cavalo mais para a frente e para ao lado de Pretha.

— Você devia vestir alguma coisa mais leve — diz, olhando para mim.

— Não se preocupe. Estamos nas montanhas, o quanto mais pode esquentar?

Um calor desgraçado. Especialmente embaixo das roupas grossas demais e com Finn cavalgando atrás de mim. O sol nos castigou enquanto seguíamos por trilhas nas montanhas, e, quando paramos na fonte para fazer oferendas a Lugh, eu estava vermelha, suada e infeliz.

A humana em mim queria debochar da simplicidade boba do ritual, mas, quando andamos no sentido horário em torno da pequena fonte cercada de pedras na encosta da montanha, jogando punhados de grãos na água, senti a magia fluir em mim com a mesma certeza com que sinto a presença do céu da noite.

Quando terminamos, Pretha pediu para irmos em frente, porque queria um tempo sozinha.

Cavalgamos até uma clareira não muito distante e paramos.

— Vamos esperar aqui — diz Finn, e desmonta. Quando ele me ajuda a descer do cavalo, me segura por alguns momentos além do necessário, e um canto de sua boca se eleva em um sorriso, como se soubesse exatamente como a cavalgada tão perto dele tinha me afetado.

Saio do abraço e dou um passo para trás. Olho por cima de um ombro. Não consigo ver Pretha, mas a ouço.

— Por que ela quis ficar?

— Ela espalhou as cinzas de Vexius em torno daquela fonte — Finn explica. — Esta é a primeira vez que ela volta aqui.

Sinto o coração apertado por minha amiga e por sua tristeza.

— Tem certeza de que não devíamos ter ficado?

— Temos certeza — responde Kane, e se senta em uma das várias toras caídas e arranjadas em círculo. — Ela quer ficar sozinha. Deixe que fique.

Eu me sento também, mas escolho a terra na frente do toco de árvore, pois assim posso apoiar as costas nele. O calor acabou com minha energia.

— Você está bem? — Finn pergunta pela terceira vez desde que saímos da fonte.

— Sim. Eu aguento um pouco de calor.

— Podia tirar o vestido — Kane sugere, rindo. — Ninguém ia se incomodar.

Reviro os olhos.

— Deixe de ser grosseiro.

— Ignore-o — Finn sugere, e olha para Kane de cara feia.

Kane dá de ombros.

— Ela não está confortável. Só estava tentando ajudar.

— É a estação — Finn explica. — Esta parte da corte pode ter neve de manhã e calor suficiente para nadar à noite.

— É verdade — Kane concorda. — A única coisa confiável sobre o clima aqui é que é imprevisível.

— Não é muito diferente de Elora — comento, lembrando quanto o tempo podia ser volátil no fim do verão. Dou risada. — Sabiam que alguns humanos culpam vocês por qualquer tempo atípico, inesperado?

Kane grunhe.

— Culpam os feéricos? Pelo clima em um reino que nem é o nosso? Que poder eles acham que nós temos?

— Melhor ainda — diz Finn —, por que íamos nos dar ao trabalho de provocar uma nevasca antecipada ou uma onda de calor no inverno no reino humano?

Rio de novo – muita coisa que eu pensava saber sobre os feéricos estavam erradas –, mas meu sorriso logo desaparece.

— Eles também acreditam que os Unseelie são pervertidos e cruéis — digo, balançando a cabeça. — Mas nem Mordeus se compara à crueldade da supostamente bondosa rainha dourada.

— Isso não é por acaso — diz Kane. Uma mosca passa perto de seu rosto, e ele a afasta com a mão. — Antes de os portais serem fechados, os Seelie usaram o medo dos Unseelie para conquistar a confiança dos humanos.

— Mas a Rainha Mab tirou vantagem do medo dos humanos, como fez com todo o resto — Finn acrescenta.

— Mab foi a primeira rainha de Faerie? — quero saber.

Kane tira o cantil da boca e tosse.

— De jeito nenhum — responde Finn, balançando a cabeça para Kane. — Mas foi a primeira rainha das sombras. Ela criou o Trono das Sombras e ofereceu um refúgio para aqueles que a Corte Seelie tentava escravizar.

— Como foi que ela criou a própria corte?

— Este reino foi um só por milênios — diz Finn. — Faerie era um reino unido por um rei e uma rainha, mas tudo mudou quando a Rainha Gloriana chegou ao trono. Ela fez uma coisa sem precedentes na época: tomou o poder antes de escolher um marido. Os pais passaram a coroa e seu poder para ela, e permitiram que ela ocupasse a posição antes de ter escolhido um rei, convencidos de que ela ainda não havia encontrado o parceiro de seu coração. Na verdade, ela estava apaixonada por dois homens, ambos filhos de um lorde feérico, mas de mães diferentes. Um filho, Deaglan, nasceu da esposa do lorde, e o outro, Finnigan, nasceu da amante camponesa desse senhor.

— Finnigan? — pergunto. — Outro Finn? Seu nome tem a ver com ele?

Kane arqueia uma sobrancelha.

— Ela é rápida.

— É seu ancestral, então — deduzo.

— Não de sangue — Finn responde —, mas você está se antecipando. Diz a lenda que a Rainha Gloriana amava os dois e teria preferido nunca ter que escolher, mas os irmãos eram ciumentos e possessivos, e exigiram que ela escolhesse um para pôr no trono a seu lado. A tradição determinava que ela escolhesse Deaglan, que tinha mãe nobre e berço na realeza, enquanto Finnigan era filho de uma camponesa, um bastardo que teria que lutar pelo respeito do reino. Mas os conselheiros de Gloriana viram a extensão do ciúme dos dois e disseram a ela que escolher qualquer um seria perigoso. Sugeriram que ela mantivesse Deaglan e Finnigan como consortes, mas escolhesse outro para ocupar o trono a seu lado. Os conselheiros apresentaram várias alternativas, e ela decidiu seguir o conselho deles, o que fez os irmãos acreditarem que não havia mais nenhuma esperança.

Abaixo a cabeça, torcendo para conseguir esconder o rubor. Era sobre isso que Juliana falava na noite passada, quando disse que, da última vez que dois irmãos tinham se apaixonado pela mesma mulher, isso tinha dividido o reino em dois.

Finn continua:

— Embora fosse camponesa, a mãe de Finnigan também era sacerdotisa. Seus pares não sabiam, mas ela era a sacerdotisa mais poderosa na história de nossa espécie. Agora é conhecida como Mab.

— Pensei que Mab fosse uma rainha, não uma camponesa.

— Primeiro foi camponesa — diz Kane. — E ela era uma mãe amorosa, mas muito protetora, com Finnigan e depois com a corte que os deuses deram a ela.

Finn olha para Kane.

— Está se adiantando, Kane.

— Muito bem. Então, a Rainha Gloriana foi incentivada a escolher alguém que não fosse um dos irmãos — lembro.

Finn pega um graveto do chão e começa a quebrá-lo, distraído.

— A rainha pode ter escolhido um dos sujeitos de origem real apresentados a ela, mas engravidou de Finnigan. É tão raro haver crianças entre os nossos que Gloriana interpretou a gravidez como um sinal dos deuses de que ela deveria se casar com Finnigan. Ele ficou muito feliz, e os dois começaram a planejar o casamento e o dia do vínculo, mas na manhã do evento, ela foi envenenada, caiu de cama e perdeu o bebê.

— Ah, não — murmuro. — Que coisa terrível.

— Deaglan cochichou nos ouvidos de toda a corte da rainha, e até nos da própria rainha doente, culpando o noivo dela pelo envenenamento — Finn continua. — Deaglan afirmava que Finnigan queria o trono e o poder da rainha para ele.

— Por que ele a envenenaria antes do casamento? — pergunto. — Se queria mesmo o poder, isso não faz sentido.

— Por isso a mentira foi tão ardilosa — explica Kane. — Deaglan disse que Finnigan pretendia envenená-la na noite de núpcias, mas que a rainha encontrou os chocolates antes da cerimônia e arruinou os planos de Finnigan.

— Por algum motivo, as pessoas acreditaram nas mentiras e exigiram que Finnigan fosse enforcado por traição — Finn acrescenta.

Kane balança a cabeça com desgosto.

— Ele se declarou inocente até o momento em que teve o pescoço quebrado, mas ninguém deu ouvidos.

— Mab ficou arrasada. Perdeu o filho e o neto em uma semana, e sabia que Deaglan era o responsável. Ela mandou uma visão ao palácio, alertando-os de que lançaria uma maldição poderosa que destruiria o reino se algum responsável pela morte de seu filho fosse reinar ao lado da Rainha Gloriana. A maldição determinava que o reino teria dias infinitos, de modo que os governantes perversos nunca pudessem esconder seus malfeitos sob o manto da noite.

— Mas Deaglan não sabia o quanto Mab era poderosa — Kane continua. — Desdenhava dela por ser uma camponesa e começou a se esgueirar para a corte da rainha.

— Nos meses seguintes à execução de Finnigan — diz Finn —, a Rainha Gloriana se entregou à tristeza e abandonou todos os deveres de governante. Deaglan carregava todo o fardo, ajudando-a a manter a cabeça fora d'água para que o povo não se rebelasse contra uma rainha negligente e tomasse seu trono. Depois de um tempo, ela aceitou se casar com ele, mas só por gratidão, pelo que ele tinha feito em prol do reino enquanto ela estava arrasada demais pela tristeza para poder trabalhar por seu povo. Mas a maldição de Mab ainda estava em vigor, e no momento em que Gloriana se vinculou a Deaglan e o pôs no trono a seu lado, o reino foi condenado a dias infinitos. Os sentinelas de Deaglan localizaram Mab e a levaram para as Montanhas dos Goblins. Eles não podiam correr o risco de matá-la imediatamente, por isso a deixaram sangrando nas montanhas. Todo o sangue deixou o corpo dela, junto com as lágrimas, formando o que conhecemos como Rio de Gelo. E, quando a última gota de seu sangue se derramou, a maldição se desfez, levando a noite ao reino pela primeira vez em semanas.

— Se ela morreu, como se tornou rainha? — pergunto.

— Mab nunca teve a intenção de governar — diz Finn, traçando duas linhas na terra. — Ela nunca quis fazer nada além de buscar justiça pelo filho, acusado injustamente, mas os deuses a recompensaram por seu amor profundo em um mundo que tinha muito pouco disso. Eles ressuscitaram nossa Grande Rainha e deram a ela uma escolha. Ela poderia escolher a magia, manter sua vida imortal e ter mais poder mágico que qualquer um na história do reino. Se escolhesse o poder, ele seria transmitido a todas as gerações depois dela, ou poderia abrir mão de imortalidade e da magia. Em troca, os deuses criariam a Corte da Lua e a deixariam reinar pelos anos que restavam de sua vida mortal.

— Mas Mab era esperta demais para escolher — diz Kane. — Queria os dois, e foi o que ela teve.

— Como?

— Ela convenceu os deuses de que duas cortes eram vitais para o reino — Kane relata —, e os fez ver que a falsidade de Deaglan poderia se espalhar como uma doença se ele conseguisse reinar sobre toda a terra. Os deuses viram verdade em seu argumento e dividiram a terra em cortes opositoras. Fraturaram o reino em dois, bem no meio das Montanhas Goblin e ao longo do Rio de Gelo.

Finn assente.

— Assim, deram a ela a Corte da Lua, que extrairia poder da noite, das estrelas e da lua. Para que existisse equilíbrio, deram ao inimigo o poder do dia e do sol e o nome de Corte do Sol.

— Mas Mab enganou os deuses — diz Kane. — Ela não *escolheu* a corte com sua maldição de mortalidade, apenas justificou o mérito da existência de duas cortes. Quando o reino já estava dividido e ela usava a Coroa da Luz Estelar, Mab fez sua escolha. Queria ter mais poder mágico que qualquer feérico na história e transferir esse mesmo poder para sua prole.

— Ela era uma sacerdotisa que tinha enganado os deuses, que tinha morrido e voltado à vida — Kane continua —, então, naturalmente, a Corte do Sol a retratou como praticante de magia escura, como alguém perverso, alguém que devia ser temido e evitado a qualquer preço.

— E deu certo — diz Finn. — Multidões de feéricos deixaram o que agora é conhecido como território Unseelie. Declararam lealdade à Corte do Sol. Talvez Mab não tivesse um reino para governar, mas Deaglan era um rei cruel, expulsava qualquer um que não tivesse nada para oferecer a ele, exigindo dízimos dos pobres e construindo aquele palácio de quartzo brilhante com trabalho escravo. Mab deu refúgio a todos os que Deaglan expulsou de sua corte. Os que ele perseguia, ela resgatava.

— Por isso era tão amada — concluo. — Ela os salvou, literalmente.

— Isso mesmo — confirma Finn. — E conquistou o coração e a lealdade de muitos outros com isso. Alguns se recusaram a jurar lealdade e fugiram para o extremo oeste, para o território hoje conhecido como Terras da Floresta Selvagem. Os que permaneceram nas terras de Deaglan eram os Seelie, um título que atribuíram a si mesmos para divulgar o orgulho de fazer parte da corte original. Eles se julgavam melhores do que aqueles que tinham sido proscritos; uma vez que os que foram para o oeste jamais seriam governados por quem compartilhava do sangue real original, os feéricos dourados os chamaram de *Unseelie*, usando o termo como um insulto e criando histórias sobre a rainha má e sobre crueldades no reino ao leste.

— Mas os que viviam no leste acolheram o título — diz Kane. — Mab reinava sobre os desajustados, os sonhadores, os rebeldes e os que se dedicavam à verdade e à integridade. Eles não queriam ter nenhuma ligação com o Rei Deaglan e suas mentiras, sua manipulação. Eram *Un*seelie. Eram melhores que os Seelie, porque sua linhagem real nunca seria maculada pelo sangue de traidor de Deaglan.

Finn assente, percebo que eles conhecem esse relato como o rosto um do outro. É parte da história deles. Da herança deles.

— Os Seelie diziam que a prova de nosso coração corrompido estava no fato de extrairmos poder da escuridão — comenta Finn —, mas eles não entendem que aqueles entre nós que amam a noite prosperam nela pela maneira como ela nos permite encontrar até o menor ponto de luz. E eles negam a existência da escuridão, mesmo quando o sol que adoram projeta sombras em todo canto.

— Por isso é tão difícil para os Unseelie suportarem a presença de Sebastian no palácio — deduzo. — Por isso Misha diz que talvez nunca o aceitem. Porque ele é descendente de Gloriana e Deaglan.

Finn olha para as árvores e assente.

— A rivalidade entre as cortes começou com a criação delas. E, embora tenha mudado com o tempo, nunca diminuiu. Os Seelie foram preconceituosos contra aqueles que viviam ao leste e contra a Rainha Mab, convencidos de que ela tinha conquistado o território com magia negra. Inventavam histórias sobre a maldade do povo do leste, dando à Rainha Unseelie e àqueles que a serviam a reputação de crueldade e maldade, embora existissem muitos feéricos cruéis e maus que permaneceram na corte da Rainha Gloriana.

— E depois eles mataram a linhagem de Mab — digo, lembrando da história que Misha e Amira tinham me contado. — Mataram todos os descendentes de sua linhagem de sangue para roubar o grande poder que os deuses tinham conferido a ela e destruíram a corte das sombras.

Finn engole em seco.

— Sim, mas isso não destruiu a corte como eles planejavam. Somos mais fortes do que eles acreditam. Graças à Grande Rainha.

— Ou éramos — resmunga Kane —, até o Rei Oberon decidir seduzir a Princesa Seelie para destruir a corte deles por dentro.

Reajo, chocada.

— O quê? Pensei que ele a amasse!

Kane gargalha.

— Você acha que o rei da Corte da Lua *se apaixonou* mesmo pela filha de seu maior inimigo e a engravidou?

— Eu... — Não sei o que penso. — A história diz isso.

Finn abaixa a cabeça.

— A Grande Guerra Feérica se estendeu por anos — diz. — Arya era parte do plano de meu pai para destruir o reino Seelie de dentro para fora, mas ele não contava com os pais dela o trancando no reino humano. E não contava com o próprio irmão tentando roubar o trono.

Ele nunca a amou.

— Deuses — murmuro. — Agora entendo por que ela é tão raivosa, pelo menos. — E odeio isso. Odeio as semelhanças entre mim e Arya. Nós duas fomos traídas por homens que pensamos que nos amavam, nós duas fomos romanticamente manipuladas por causa de vantagens políticas. Ambas amargas e revoltadas.

Finn me observa com atenção, e me sinto mais grata que nunca por ele não poder ler meus pensamentos patéticos.

— Os deuses não se irritaram por terem sido enganados? — pergunto, tentando abstrair das diferenças entre mim e a rainha má. — Tentaram punir Mab? Sua corte?

— Ah, sim — Finn responde. — E, como em todas as coisas, os deuses valorizam o equilíbrio. Por isso criaram as pedras de fogo e as pedras de sangue para representar suas escolhas, embora em menor medida. As pedras de fogo amplificam a magia de qualquer feérico, Seelie ou Unseelie, e apesar de quem as usa nunca alcançar poder igual ao de Mab, é possível fazer coisas grandes e terríveis com a ajuda dessas pedras.

— São as mesmas pedras de fogo usadas hoje em dia? Como a que eu tenho? — Levo a mão à gema entre meus seios.

Finn confirma com um movimento de cabeça.

— E as pedras de sangue?

O rosto dele fica solene.

— As pedras de sangue foram o verdadeiro castigo pelo ardil de Mab. Elas permitiam que quem as usasse roubasse a magia e a imortalidade de alguém com sangue Unseelie e canalizasse seu poder para outra coisa. Essas pedras tornaram Mab e toda a sua corte vulnerável porque permitiam que os Seelie roubassem nosso poder sem sofrer nenhuma das consequências que a corte de Arya enfrentou quando ela amaldiçoou nossa gente.

— As pessoas usam essas pedras?

Kane revira os olhos.

— Você quer saber se nós temos uma pedra mágica que pode fazer você voltar a ser mortal? Não, Abriella, não temos. Mab as destruiu para que nunca mais pudessem ser usadas contra ela ou sua corte.

Sinto a decepção chegando. Minha única chance de voltar a ser mortal se perdeu milhares de anos antes de eu ter nascido. E talvez... talvez eu não tenha nascido para viver todos os meus dias como humana. Talvez tenha nascido para ser algo diferente, encontrar outro jeito de ajudar os que foram explorados, como Jas e eu quando éramos crianças.

Sinto que Finn está olhando para mim e levanto a cabeça para encará-lo. Há inúmeras perguntas naqueles olhos prateados, e me pergunto se ele pensa que estou desejando uma pedra de sangue para mim.

O som de cascos de cavalo atrai nossa atenção para a trilha de pedra. Pretha puxa as rédeas ao se aproximar da clareira e desmonta imediatamente.

— Encontraram sombra — diz, abanando-se. — Vou aproveitar um pouco.

Kane bebe de seu cantil e limpa a boca com o dorso da mão.

— Acho que devemos voltar, então.

— Vocês se importam se fizermos uma parada rápida? — Pretha pergunta. Ela amarra o cavalo a uma árvore próxima dos outros e desaba sobre um tronco cortado. Puxa a parte de cima do vestido. — Estou morrendo de calor, preciso me refrescar um pouco, senão hoje à noite vou estar insuportável.

— E quando é que não está? — Kane provoca.

Pretha olha para ele, depois para mim.

— Podemos esperar um pouco, Brie? Prometo que não vamos nos atrasar para as comemorações.

— Tudo bem. Se só podemos encontrar a sacerdotisa amanhã, não vejo motivo para pressa. — Não me incomodo nem um pouco, na verdade. Não estou ansiosa para voltar àquele cavalo com Finn, e a tarde quente é só uma parte da razão.

— Só precisamos voltar daqui a algumas horas — diz Finn. — Se todo mundo está de acordo, não temos pressa.

— Graças aos deuses — diz Pretha, levantando a saia e abrindo o zíper das botas. — Estou derretendo, juro. Retiro tudo o que disse sobre ter feito muito frio hoje de manhã.

Kane aponta para as árvores.

— Vá se refrescar no lago. Dá para ouvir a cachoeira daqui.

Pretha balança a cabeça.

— Não tenho forças nem para tirar a roupa. O calor me deixa preguiçosa.

Uma *cachoeira*? Levanto apressada e olho para a floresta, praticamente salivando com a ideia da água fria correndo sobre minha pele. Temos tempo suficiente, com certeza.

— Aonde pensa que vai? — Kane pergunta, já de pé.

Olho para ele com o queixo erguido, irritada por ter que dar explicações.

— Você disse que há um lago — lembro, apontando na direção que ele indicou. — Com esse calor, devo estar cheirando como se não tomasse banho há dias. Pensei em usar esse tempo para me refrescar.

Kane sufoca uma risada.

— Você acha que vamos te deixar sozinha depois que...

— Eu vou com ela — Finn anuncia.

Capítulo 20

OLHO PARA ELE.
— Como é que é?
Só queria um momento para mergulhar na água, sentir a cachoeira em meu cabelo e esfregar o suor da pele.

— Não sabemos onde a rainha mantém seus agentes... quem está atrás de nós, observando. Seria tolice nadar sozinha.

— Não vou nadar, vou *tomar banho*.

Ele cruza os braços.

— E daí?

— Por que não a Pretha? — pergunto.

Pretha olha para mim e para o cunhado de olhos arregalados.

— Bom, acho que eu podia...

Finn muda para sua versão irritadiça.

— Qual é o problema, Princesa? Eu deixo você nervosa?

— Tudo bem — resmungo, e me viro na direção da água. Ouço sua risadinha atrás de mim, os passos amassando folhas caídas.

O lago fica lindo sob o sol da tarde. A luz cintila na água, e o barulho da cachoeira enche os ouvidos.

— Acho que você teve a ideia certa — diz Finn. — Quando nós terminarmos, mando Kane e Pretha virem. Melhor que sentir o cheiro dos dois até o fim da viagem.

— Nós? — Ponho as mãos na cintura. — Quando *nós* terminarmos?

— É, nós. Você não vai entrar na água sozinha.

— Porque alguma criatura poderia se esconder nas profundezas? — Chego perto da margem e olho para a água cristalina do lago. — Acho que não.

— Quem disse que também não preciso de um banho? — Os olhos de Finn deixam arrepios felizes por onde passam. Sei que não estou grande coisa agora, mas a julgar pelo calor em seus olhos, eu poderia ser uma sereia cantando nas pedras do mar. Sempre vivi um grande conflito em relação a Finn, e hoje não é exceção, pelo jeito.

Meu estômago se contrai. O plano era tomar banho na cachoeira, deixar a água me lavar. Duchas são um luxo raro em Elora, e tive esse prazer em poucas ocasiões na vida, a última vez na casa onde Finn estava depois que tinha sido drogada. Minha pele esquenta quando me lembro de como ele me segurou sob o jato de água, tentando esfriar meu corpo e superar a reação, e também me lembro de como implorei por ele.

Ele sorri olhando para a cachoeira antes de olhar para mim. Pode não conseguir ler meus pensamentos como Misha, mas neste momento, isso nem é necessário.

— Está com medo de implorar pelo meu toque de novo? — ele pergunta.

Dou risada.

— Você não cansa de carregar esse ego para todo lado?

— É melhor se apressar — ele diz, olhando por cima de um ombro. — Se demorar muito, eles vêm atrás de nós. Não quero perder a pouca privacidade que temos.

Prefiro não deixar meus pensamentos se fixarem no motivo para querermos *privacidade*.

— Vire de costas — digo.

Ele não vira. Simplesmente cruza os braços e continua me encarando.

— Quero me despir, posso?

Ele não se move, só os lábios se distendem em um sorriso malicioso. Tiro uma das botas e a jogo nele.

Ele a pega no ar, ri, mas finalmente me dá as costas.

Tenho consciência de sua presença quando abro o zíper do vestido, tomando o cuidado de dobrá-lo e colocá-lo sobre uma pedra para que não se suje. Depois tiro as duas meias, as de seda e as mais grossas. Estou ansiosa para sentir a água fria na pele, mas permaneço com a roupa íntima. Pelo menos ela me dá um pouco de proteção, e posso tirá-la antes de entrar no vestido novamente.

Só quando estou com água até o pescoço percebo que cometi um erro.

— Fique aí — grito, antes que Finn possa se virar.

— Algum problema? — ele pergunta, em tom debochado.

Olho para baixo, para a água transparente e o tecido muito fino, agora também transparente, das peças que estou usando. Eu podia ter ficado nua.

— Por que não espera na margem? — sugiro. — Vamos revezar.

Ele se vira para mim lentamente.

— Mas quem esfregaria minhas costas?

— Devia pedir para Juliana. Ela parece pronta para lavar tudo o que você pedir.

Ele abre a boca, pisca duas vezes.

— Está com ciúme, Princesa? — E começa a andar para a margem, tirando a túnica e abrindo a fivela do cinturão de facas.

— Não. Pode fazer o que quiser, com quem quiser.

— O que eu quiser? Então, entrar com você neste lago...

— Ainda não seria... *apropriado*.

O sorriso fica mais largo, e ele chega mais perto, descartando uma peça de roupa a cada passo.

— E desde quando você se incomoda com o que é apropriado?

Mordo o lábio. O mais razoável é insistir para ele ficar onde está. Ele *respeitaria* minha vontade se eu insistisse... no entanto, depois de tantas horas cavalgando na frente dele no cavalo, sentindo o calor de seu corpo e a força das pernas me amparando? O mais razoável não chega nem perto do que eu quero.

Portanto, não me oponho. Mas fico um pouco tímida, então, quando ele começa a tirar a calça, mergulho e me afasto da margem. Quando volto à superfície, ele está no lago, a um metro de mim, com o cabelo molhado e a água escorrendo pelo rosto. O sorriso desaparece quando estuda minha expressão, e seus olhos se acendem quando descem até a água, vendo tudo o que sei que está exposto sob a superfície.

Jogo água nele, e Finn recua como se acordasse de um torpor.

— Olhe para outro lugar — aviso.

— Mas o que estou vendo é tão lindo! Eu devia agradecer por você não usar sua magia impressionante para se esconder de mim.

A magia. *É claro*. Com um único pensamento, me cerco de sombras, tecendo um vestido de escuridão que cobre desde a área acima dos seios até abaixo dos joelhos.

Ele me encara.

— Não foi uma sugestão.

Dou de ombros e me viro de costas, nado para a cachoeira e para o barulho constante da água batendo nas pedras. Um momento depois, alguma coisa segura meu pé. Prendo a respiração antes de ser puxada para o fundo. Giro sob a superfície para ver o que – *quem* – está me segurando, e os olhos prateados de Finn brilham diante de mim, cintilam mesmo embaixo d'água.

Ele sorri e nada em minha direção, me segura pela cintura e volta à superfície comigo. Respiro, mas não tenho chance de dizer nada antes de sua boca cobrir a minha. Uma das mãos segura minha cintura, me mantém perto, e a outra desliza até meu cabelo para posicionar minha cabeça.

A água é fria, mas minha pele está mais quente do que esteve durante a ensolarada jornada até aqui – quente e carente no mesmo instante, ao simples toque da língua dele na minha e com a sensação de sua mão envolvendo meu quadril.

Quando se afasta, ele está ofegante, respirando grandes goles de ar como se tivéssemos passado muito tempo submersos. Seu olhar busca a margem e fica lá por alguns instantes.

— Que foi? — Viro a cabeça. Além da margem, na linha das árvores, olhos vermelhos brilham voltados para nós. Minha visão feérica me permite identificar a imponente silhueta de Kane apoiada em um enorme carvalho. — Bisbilhoteiro — resmungo.

Finn dá risada.

— Está mais para obcecado por segurança — diz. Sob a superfície, os dedos se entrelaçam nos meus e ele puxa minha mão. — Venha comigo. — Finn me solta, e nadamos lado a lado para a cachoeira.

A aparição de Kane é um lembrete de que devo me banhar e voltar para pegar minhas roupas, mas não consigo parar de pensar nas mãos de Finn em mim desde o incidente com meu eu sombrio ontem à noite, talvez desde muito antes disso, então o acompanho.

Finn mergulha sob a cachoeira, nada para debaixo dela. A água cai com tanta força que não consigo ouvir mais nada, mas mergulho atrás dele. Quando volto à superfície, ele já subiu em uma plataforma de pedra. Estende a mão para mim e me ajuda a sair da água. Eu devia me sentir constrangida, exposta como estou, mas não. Quero tanto este momento que não tenho energia para nenhuma timidez.

O som da queda-d'água é quase ensurdecedor, mas a cachoeira cria uma cortina, e atrás dela temos privacidade.

Finn segura meu rosto entre as mãos e o estuda.

— Você está bem?

— Eu... sim. — Não. Meu coração bate como louco no peito, e a expectativa desliza por minha pele.

Finn engole e abaixa a cabeça, encosta a testa na minha.

— Tenho sentido vontade de te beijar de novo todos os dias, todos os minutos desde que cheguei ao Castelo Craige. Não consigo parar de pensar nisso.

— Ele desliza o polegar no meu lábio. — Diga que também quer, que queria antes deste momento.

— Eu quero. — Seguro sua nuca e o puxo para mim enquanto me deito na pedra. Ele cola a boca à minha primeiro com suavidade, chupando e saboreando, antes de a língua passar entre meus lábios.

Um gemido escapa da minha garganta quando, embaixo dele, sinto o corpo incendiar com necessidade e desejo. Ele aprofunda o beijo, gemendo com uma fome que é comparável à minha. Minhas mãos passeiam por seus ombros e descem pelas costas poderosas. Sinto o sabor do desespero em seu gemido, na mão que ele apoia em meu quadril. O polegar toca de leve meu corpo através do tecido fino e molhado, e arfo com o prazer provocado por um toque tão simples. Arqueio as costas, colo meu corpo ao dele e convido suas mãos a explorarem e...

Agonia. Empurro Finn e saio de seus braços. Sou inundada pela dor. Dor emocional. Deixo escapar um grito, mas não tem nada a ver com as sensações físicas, e tudo a ver com a dor em meu peito.

— Abriella? — Finn me encara, confuso. — Que foi? Está sentindo alguma dor?

Levo a mão ao peito e meus olhos se enchem de lágrimas.

— Eu... — soluço.

— Fale comigo.

Respiro fundo e penso no que Misha me ensinou. Centrada. Protegida.

— É...

Flashes de compreensão iluminam seus olhos, e ele se afasta, vai se sentar do outro lado da plataforma.

— Sebastian. — Resmunga um palavrão. — É claro. Ele sente você, sabe que está aqui comigo... e você sentiu a reação dele.

— Como... — Balanço a cabeça. — Pensei que tivesse bloqueado as emoções dele.

— É difícil sentir alguma coisa intensamente e bloquear esse sentimento do vínculo. — Ele se aproxima de mim outra vez e passa os dedos em meu rosto, no pescoço. — Desculpe.

Balanço a cabeça. Sou eu quem tem que se desculpar. Eu me vinculei a Sebastian pelas razões erradas.

— Vou deixar você terminar seu banho, te espero na margem.

Finn volta para a água, mergulha e se afasta nadando.

Abro a boca para chamá-lo de volta, mas o que posso fazer? O que posso dizer?

Estou vinculada a Sebastian. Fiz essa escolha, apesar dos avisos de Finn, e agora ela não pode ser desfeita.

A cavalgada de volta ao acampamento é tensa e dolorosamente silenciosa. Estou na frente de Finn outra vez, mas, em vez de a proximidade ser sensual e provocante, ela é um lembrete incômodo do que aconteceu na cachoeira. Finn segura as rédeas de Duas Estrelas com as duas mãos, não me toca. De algum jeito, isso só torna tudo pior, e me sinto grata quando avisto o acampamento.

Em pouco tempo estou sozinha na barraca, trocando de roupa novamente. O vestido da vez é prateado, cor da lua. É um tomara que caia com decote em forma de coração que mal esconde a runa tatuada sobre meu seio, e o tecido leve flutua em camadas a partir da cintura alta.

Procrastino o máximo possível, esperando termos uma chance de conversar reservadamente, mas Finn não aparece.

O céu claro se mantém durante o entardecer, e quando o sol se põe, cada estrela parece uma joia preciosa cintilando ao luar. A celebração do Lunastal ocupa os espaços entre as tendas e em volta da fogueira até a encosta da montanha.

Músicos tocam à nossa volta, dançando e cantando enquanto os dedos puxam cordas e empurram teclas de instrumentos. Há comida, risadas e muita dança. Essas pessoas estão tão empolgadas por receber seu príncipe que meu coração dói pelo papel que desempenhei, mesmo sem intenção, na trama para manter a coroa fora das mãos dele.

— Está se divertindo? — pergunta uma voz profunda a meu lado.

Eu me viro e vejo o sorriso de Misha, seus grandes olhos castanhos estudando meu rosto como se tentassem ler meus pensamentos através do escudo.

— Sim.

— Você parece muito triste, Princesa. Estamos numa festa.

— Acho que só me perdi nos meus pensamentos. — Minha garganta fica apertada. — Eu soube o que aconteceu com este povo durante o reinado de Mordeus, como tiveram que abandonar suas casas e a vida aqui para se esconder dele.

Misha assente e olha para os grupos.

— Imagino que seja por isso que eles já te amam.

— Eles não me amam.

Ele ri baixinho.

— Todo mundo ama você, Abriella. Todo mundo aqui, pelo menos. — Ele olha para as pessoas felizes que dançam ao nosso redor, depois para Finn. O príncipe das sombras está encostado na lateral de uma tenda e mantém uma das mãos no cabelo cacheado enquanto sorri para Juliana, que gesticula energicamente, contando alguma história animada, sem dúvida.

— É a *ele* que eles amam — digo a Misha. — E me aceitam porque acham que nós formamos um casal.

— Você entendeu o que ele fez hoje de manhã, não?

— Como assim?

— Quando o rei das sombras, e não se engane, é isso que Finn é para esta gente, quando ele se ajoelha diante da parceira e lava os pés dela, projeta um símbolo muito poderoso. Está declarando que você é digna de ser servida, e se *ele* se ajoelha a seus pés, eles também têm que se ajoelhar.

Balanço a cabeça.

— Foi só um ritual. Não significou nada.

— É um ritual. Mas significa tudo para este povo. Se você não estivesse aqui, ele teria se ajoelhado diante de outra mulher. Ele *escolheu* mostrar deferência a você como um sinal para sua gente, uma demonstração de que você é valiosa e deve ser honrada de agora em diante.

Meu estômago dá uma cambalhota.

— Por que ele faria isso?

Misha ri.

— Posso pensar em algumas razões, mas talvez você deva conversar com Finn. Mas eles teriam honrado você de qualquer jeito. Você matou Mordeus. É responsável pela quebra da maldição.

Como se eu precisasse de lembretes.

— E por destruir o trono deles.

Ele dá uma cotovelada de leve nas minhas costelas.

— Pare de pensar nisso. Estamos em uma celebração. — Ele pega uma taça de vinho tinto espumante de um criado que passa e me oferece. — Beba.

Franzo a testa. Da última vez que bebi vinho feérico em uma festa, acabei drogada e no chuveiro com Finn.

— Sério? — Misha ri.

Olho para ele e fortaleço meu escudo mental.

— Dá para ficar fora da minha cabeça?

— *Eu gosto* dela — ele responde. — É fofa, encantadora, e, às vezes... deliciosamente maldosa. — Ele pega o vinho da minha mão, cheira e bebe um gole antes de me devolver a taça. — Pode beber, é seguro, mas prometo cuidar de você pessoalmente se terminar a noite drogada.

— Você adoraria, não é?

Outro sorriso.

— Digamos que eu seria mais *prestativo* que o seu príncipe das sombras.

Jogo uma bola de sombra em seu peito, e ele cambaleia para trás, ainda rindo. Meu rosto queima.

— Você é péssimo — resmungo.

Misha se aproxima de novo.

— Na verdade, todo mundo diz que sou muito bom.

Reviro os olhos e bebo um gole generoso do vinho. Borbulhante e meio doce, com sabor de maçãs crocantes no verão e um toque ácido de ameixa.

— Beba logo para podermos dançar — ele diz quando levo a taça aos lábios.

Engulo a bebida e me delicio com o calor em meu peito.

— Quer que eu dance com você depois *disso*?

— Conheço meu lugar, pode confiar em mim. Na verdade, valorizo demais sua amizade para estragar tudo por uma noite em sua cama. Por mais que pudesse ser uma noite deliciosa. De qualquer modo, já superei minha fase de correr atrás de mulheres emocionalmente indisponíveis.

Meu queixo cai. *Correr atrás?* Ele já correu atrás de Amira?

— Está dizendo...?

— Não. — O rosto de Misha endurece, sem revelar nada. — Não quero falar sobre isso hoje. Só quero dançar com a garota mais bonita da festa. — Derreto um pouco com o elogio, e ele suspira. — Já que *ela* não está disponível, eu me conformo dançando com você.

Dou risada.

— Que peste! — Bebo mais um gole de vinho, só porque Finn ainda sorri para Juliana como se ela fosse a criatura mais divertida que já conheceu. O ciúme inegável me faz questionar todas as decisões que tomei desde que cheguei a este reino, e como esse não é um jeito muito produtivo de passar a noite, melhor encher a cara de vinho feérico e me divertir dançando.

— É isso aí, garota — Misha aprova quando esvazio a taça. Ele a pega da minha mão e deixa sobre uma mesa próxima, depois me leva para a pista de dança.

A música é animada, o tipo de cadência que me faz sentir mais leve, se bem que pode ser efeito do vinho. Misha me põe a seu lado e, paciente, me ensina a coreografia. É simples, mas fica linda quando todo mundo a executa ao mesmo tempo. Um passo para o lado, outro com o pé arrastando no chão, um passo para trás cruzando os pés, com alguns movimentos dos braços e uma mesura ocasional, depois um quarto de giro antes de repetir todas as etapas para o outro lado.

Sprites de asas brilhantes se movem no ar executando a própria dança, deixando rastros de luz sobre nós, e logo estou sorrindo e acompanhando os passos novos.

Estou tão ofegante quando a música termina que não reclamo quando Misha me abraça para dançar a próxima canção, que é bem mais lenta. No momento em que penso que nossa coreografia pode ser íntima demais, ele me inclina para trás; me inclina tanto que meu cabelo curto quase toca o chão. Eu rio, e ele me levanta, e seus olhos brilham cheios de humor.

— Não olhe agora — diz no meu ouvido —, mas acho que alguém não está gostando de me ver dançar tão perto de você.

Viro a cabeça, mas Misha interrompe o movimento com a mão em minha nuca.

— Eu falei para não olhar.

— Mas não sei de quem você está falando — retruco, curiosa.

Ele joga a cabeça para trás e ri de novo.

— Se tenho que explicar isso para você, não há mesmo nenhuma esperança para os dois.

Finn.

No momento seguinte, Finn para ao lado de Misha e cutuca seu ombro.

— A próxima dança é minha. Afinal de contas, ela é *minha* noiva.

— Ah, é por *isso*? — Misha pergunta. — Para sustentar a *farsa*? Pensei que fosse outra coisa.

Espero Finn se irritar, mas ele me surpreende piscando para o amigo.

— Um homem não pode ter mais de um motivo para dançar com uma mulher bonita? — Sem esperar pela resposta, ele se coloca entre nós, segura minha mão e enlaça minha cintura.

— Divirtam-se — diz Misha, e se curva discretamente antes de se afastar.

Finn espera ele dar alguns passos, depois olha para mim.

— Está me evitando hoje.

— Achei que não fosse perceber. Estava ocupado demais dançando com Juliana. — E me arrependo imediatamente da taça de vinho. Finn não deixaria de perceber o ciúme em uma resposta como essa.

Ele sorri, como se minha explosão o divertisse.

— Não dancei com ela nenhuma vez. — O sorriso se alarga. — E você sabe disso, porque, apesar de ter me evitado a noite toda, praticamente não tirou os olhos de mim.

Abro a boca para discutir, mas decido que não vale a pena.

— Isto é, até Misha tirar você para dançar — ele acrescenta. O sorriso desaparece quando procura o amigo entre os presentes. — Parece que ele se apegou muito.

— Ele se tornou um bom amigo.

— Que inveja.

— Você tem essa amizade. — Rindo, recuo um pouco para poder enxergar os olhos dele. — Conhece Misha há muito mais tempo que eu.

— Não invejo sua amizade com ele. Invejo a amizade dele com você.

— Você e eu *somos* amigos, Finn.

— Hum. — Ele me puxa para perto e me aninha sob o queixo.

Não resisto à vontade de respirar seu cheiro. É uma fragrância de couro, pinheiros e o interminável céu da noite.

— Talvez sejamos amigos de novo — ele diz. Os círculos que traça em minhas costas provocam arrepios deliciosos. — Mas acho que já tive sua confiança quando não a merecia. Lamento essa perda.

— Não confio em ninguém — respondo baixinho, mas, assim que digo as palavras, percebo que não são verdadeiras. Não mais. E isso me apavora. — Como está se sentindo? — Na maior parte do tempo, ele é muito difícil de ler.

— Acho que bem. Não tenho nenhum episódio de fraqueza há dias.

Respiro aliviada.

— Deve ser um bom sinal, não? De que você está melhorando?

— Espero que sim.

Esse seria o momento perfeito para perguntar a ele sobre os amarrados e por que ele pensa que isso pode explicar a conexão entre nós, mas reluto em arruinar a ocasião com uma confissão de que o espionei, por isso fico de boca fechada. Dançamos em silêncio por um tempo, e eu desfruto do momento, de seu calor, do contato, da proximidade.

— Você está linda — Finn diz.

Queria poder ver seu rosto. Queria ver seus olhos quando ele diz essas coisas. Quero saber se é um comentário gentil ou algo a mais. Quero que *seja* algo a mais, e a vergonha me faz colocar uma pequena distância entre meu corpo e o dele.

Finn suspira.

— Pode aceitar um elogio, Princesa, mesmo sendo vinculada a outro feérico.

— Eu sei — respondo. Mas os elogios de Finn são diferentes dos de Misha. Talvez seja esse o problema. *Eu* sou o problema. — E... obrigada. Foi muito gentil o que você disse.

Não escuto a risada, mas noto o movimento do peito contra o meu e sinto o deslocamento de ar em meu cabelo.

— Não ria de mim — reclamo.

— Você é mesmo *péssima* com essa coisa de aceitar elogios.

— Já falei obrigada!

— Hum. Sei. Não tem o mesmo peso de acreditar no que eu disse, mas serve. — Ele recua e me leva para um lugar mais tranquilo e um pouco afastado da pista de dança. — Venha. Quero lhe mostrar uma coisa.

Capítulo 21

FINN SEGURA MINHA MÃO e me leva para longe da comemoração e da música, em direção ao cume além das tendas. Fico imaginando se vamos conversar sobre o que aconteceu na cachoeira. Ou se ele pode tentar me beijar de novo. Queria que tentasse. E queria poder corresponder ao beijo sem ferir Sebastian.

— Para onde está me levando? — pergunto.

— Para um lugar de que você vai gostar, acho.

Andamos em silêncio por um tempo. Não solto a mão dele, e ele não tenta soltar a minha. Só hesito quando nos aproximamos de uma encosta íngreme coberta de grama.

— Finn? — Olho para meu vestido e me lembro dos sapatos delicados embaixo dele. — Não estou vestida para fazer escalada.

— Não é longe — ele diz. — Se ficar muito cansada, eu carrego você.

Isso só me deixa com o rosto ainda mais quente, mas assinto e me deixo levar encosta acima. Não reclamo do cansaço ou de como estes sapatos são inúteis. Não me atrevo. Estou tentando resistir à tentação, e acho que não conseguiria se Finn me pegasse no colo.

— Pena que a sacerdotisa nos fez adiar a visita — comento para me distrair. — Você deve estar ansioso para fazer contato com Mab.

— Estou, mas, mais do que isso, tenho receio de que a sacerdotisa se recuse a me receber.

— Por quê? Você me trouxe por isso. Se o poder do trono estiver com você, ela vai concordar com uma audiência.

— Ela não pode rejeitar o poder da coroa, não sem correr o risco de atrair a ira de Mab e se tornar alvo da magia da posição que ocupa. Mas pode criar dificuldades, ou me impedir de ficar ao seu lado. Para me contrariar.

— Por quê?

— Lembra quando eu falei que sou culpado por toda essa confusão, por não ter tomado o poder quando meu pai estava no reino mortal?

Como poderia esquecer? A culpa de Finn é muito pesada. Naquela noite no estábulo, na propriedade de Juliana, finalmente tinha entendido parte do motivo para isso.

— Lembro — respondo em voz baixa.

— Bom, é um pouco mais complicado que isso. Eu me rebelava contra meu pai havia anos, desde que tinha me apaixonado por Isabel, e decidi que ela seria minha noiva. Meu pai não se incomodava por eu estar envolvido com uma criança trocada, boa parte da nobreza mantém relacionamentos com humanos. Mas, quando ele descobriu que eu estava planejando me casar com ela, ficou furioso. Eu seria rei, precisava de uma rainha adequada ao meu lado.

Finn olha para o caminho, mas sei que, se pudesse ver seus olhos, encontraria a dor neles.

— Eu queria passar a vida com Isabel. Governar ao lado dela. — Finn suspira. — Meu pai proibiu, mas eu era jovem e estava apaixonado, e não me abalei. A teimosia custou caro para mim de muitas maneiras. Com ele, com a corte e com a Alta Sacerdotisa.

— Por que a Alta Sacerdotisa se importaria com isso?

— Porque eu deveria me casar com a filha dela.

Franzo a testa. A filha da sacerdotisa não é...?

— Juliana?

— A própria. Foi ela que meu pai escolheu para se casar comigo. Praticamente crescemos juntos, e nossos pais ficaram eufóricos quando nos tornamos bons amigos. Eu sabia que tinha sorte. Em um mundo como o nosso e em posições como as que ocupávamos, amizade no casamento é mais do que a maioria encontra. Às vezes é construída com o tempo, mas o mais comum...

Olho para ele e espero, vejo um músculo se contrair em sua mandíbula.

— O que é mais comum?

Ele suspira.

— O mais frequente é que o ódio que os casais de governantes sentem um pelo outro seja equivalente ao que eles sentem pelos inimigos do reino. Vi isso com meus avós, e Pretha conta a mesma coisa sobre os dela. Mas, depois que conheci Isabel, entendi que não poderia me casar com Juliana. Não podia fazer isso com nenhuma das duas.

— Você amou Isabel desde a primeira vez que a viu?

Ele segura minha mão e me ajuda a subir em um patamar de pedra. Quando estamos novamente no mesmo nível, ele sorri.

— Acho que *desejo* descreve melhor. Ela era a coisa mais linda que já tinha visto.

Finn não solta minha mão quando começamos a andar novamente. Em vez disso, entrelaça os dedos nos meus.

— Você nunca tinha visto uma humana antes dela? — pergunto.

Ele ri.

— Ah, sim, tinha visto várias, e muitas crianças trocadas, mas nunca alguém como ela. Atração é uma coisa estranha. Não temos nenhuma influência sobre ela. Só... *bum!* E, para completar, ela olhava para mim como se eu fosse um deus. Sua salvação.

— Você sente atração por idolatria, é? — Arqueio uma sobrancelha.

— Não mais, pelo jeito — ele responde, e pisca para mim.

Dou uma cotovelada de leve nele.

— Desculpe se eu não afago seu ego como você gostaria.

Ele me olha da cabeça aos pés.

— Parece que eu te acho irresistível mesmo assim.

Meu rosto queima, e eu abaixo a cabeça.

— Então, você amava Isabel o suficiente para se rebelar contra seu pai? — Volto ao assunto anterior porque, pelo que me consta, *não sei* ouvir elogios.

Ele sopra o ar.

— Eu era jovem, teimoso e, provavelmente, um pouco mimado também. Em toda a minha vida sempre tive o que queria, e, quando quis Isabel, não entendi por que tinha que ser diferente.

Quando um pequeno chalé aparece sobre a encosta seguinte, estou ofegante, e meus sapatos estão encharcados do contato com a grama orvalhada.

— Chegamos. — Finn sorri para mim ao abrir a porta da frente.

— Que lugar é este?

— O que eu queria te mostrar — ele responde. — Ou parte dele, pelo menos.

O chalé é escuro e um pouco úmido, como se estivesse vazio há muito tempo, mas, quando Finn projeta uma bola de luz em um canto, vejo que é lindo. Aconchegante, com uma lareira e o tipo de mobília que convida a se aninhar e passar o dia lendo.

— Não foi uma caminhada curta — comento quando o sigo escada acima. — Só para constar.

Ele abre a porta no alto da escada e segura minha mão para me levar a um terraço na cobertura.

— Mas valeu a pena, não? — E solta minha mão. Olhe para isto.

Giro em um círculo lento, apreciando a paisagem. É lindo aqui em cima. De um lado, vejo Staraelia e a claridade das lamparinas acesas nas ruas de paralelepípedos. E depois, mais perto, as luzes da festa. Do outro lado, a floresta se estende pelas colinas e pelos vales.

— É impressionante.

Finn levanta meu queixo com dois dedos e olha nos meus olhos.

— Olhe para cima, Princesa.

Não quero. Quero continuar olhando para aqueles olhos prateados hipnotizantes. Quero chegar mais perto e mergulhar nessa conexão entre nós que nunca se dissipa, mas parece sempre se amplificar à luz da lua.

Não obedeço imediatamente, e ele sorri, como se soubesse exatamente o que estou pensando, mas depois levanta meu queixo, dirigindo meu olhar para o céu, e não contenho uma exclamação chocada.

Nunca vi tantas estrelas brilhando em um céu tão claro, exuberante. Durante um bom tempo, só consigo olhar, enquanto lembranças da minha infância despertam. A voz da minha mãe. Ela está no quarto ao lado, falando com uma mulher que a amedronta. Também tenho medo dela. Sua boca é grande demais para o rosto, os olhos são muito claros. Depois, minha mãe está segurando minha mão e apontando para o céu estrelado mais bonito que já vi.

Abriella, faça um pedido.

Então, o vento sopra meu cabelo enquanto galopamos pela praia fugindo de... *alguma coisa.*

— Você está bem? — pergunta Finn.

Como areia escorrendo entre os dedos, a lembrança escapa antes que eu consiga entendê-la.

— Estou.

— Você desligou por um minuto — ele diz.

Balanço a cabeça.

— Eu só estava... lembrando de um dia da minha infância. Obrigada por me trazer aqui. — Não me atrevo a desviar o olhar do céu, temendo perder alguma coisa.

— É seu — ele diz em voz baixa.

Sorrio ao ver uma estrela cadente.

— O céu é de todo mundo. E todos nós pertencemos a ele.

— Abriella. — Sua voz é suficientemente firme para me fazer encará-lo. — O chalé é seu. O chalé e a terra em que ele está. A montanha inteira é sua.

— Não entendi.

— Minha mãe deixou esta propriedade para mim. Acho que ela sabia que eu ia precisar de um lugar para mim longe do Palácio da Meia-Noite. Agora estou dando este lugar a você.

— Não pode fazer isso, Finn.

— Já fiz. Está feito. Cuidei da papelada antes de sair da capital.

— Mas... por quê?

— Porque eu sei que você acha que não se encaixa neste mundo. Sei que você pensa que, ao desistir da vida como humana, também desistiu de sua única chance de ir para casa. — Ele segura minha mão. — Não posso mudar o que aconteceu, não posso tornar o reino mortal seguro para você, mas posso te dar um lugar para chamar de lar. O lugar mais bonito de toda a minha corte. É seu.

— Em troca de quê? O que você quer de mim?

— Muitas coisas, mas nada em troca disso. — Ele estuda meu rosto. — É um presente, é seu, não depende de você ir morar no palácio ou ficar com Sebastian. — Uma risada seca escapa de seu peito, e seu sorriso é irônico quando me encara. — Só precisamos impedir que a rainha destrua isto aqui.

— Por que você não mantém esta propriedade? Se Sebastian ficar com o trono, você vai precisar de um lar tanto quanto eu.

Finn se deita no chão, se apoia sobre os cotovelos e olha para as estrelas. Há uma energia sutil e pulsante nele à luz das estrelas, como se extraísse poder da noite. É mais forte desde que a maldição foi quebrada, ainda mais forte aqui, na Corte da Lua. Não é nada que eu possa explicar com o vocabulário que tenho, mas está aqui, e a sinto com tanta certeza quanto posso ver a lua brilhando lá no alto.

Eu também me acomodo no chão do terraço, ao lado dele.

— Você se lembra da noite em que me ajudou a resgatar Jalek? — ele pergunta. — Depois ficamos sentados ao ar livre, e você me contou que sua mãe a ensinou a fazer pedidos para as estrelas.

Abriella, cada estrela no céu brilha para você.

Respiro fundo. A atração por Finn existe desde o primeiro momento, mas aquela noite foi a primeira vez que percebi que havia algo mais que isso entre nós.

— Lembro.

— Naquela noite eu percebi o quanto queria trazer você aqui. — Ele solta o ar devagar. — Estava tentando pensar em um jeito de vir para cá em segurança sem ser detectado por Mordeus. Jalek e Kane achavam que era loucura. Expliquei que seria um jeito de ganhar sua confiança para que, quando eu finalmente sugerisse o vínculo, você aceitasse... mas eu sabia. Mesmo naquele tempo, eu já sabia que não conseguiria fazer o que era necessário.

— Está dizendo que não seria capaz de me matar.

Ele olha para mim e assente.

— Odeio ser o motivo dessa confusão — confesso em voz baixa. — É tudo culpa minha.

— Não é. De jeito nenhum.

— É muito mais culpa minha do que sua.

— Quantas vezes você me disse não?

— O quê?

— Quantas vezes recusou o vínculo comigo?

— Você nunca...

— Eu não pedi. Nunca pedi. Nunca tentei sequer criar um argumento convincente. Estava ocupado demais tentando pensar em uma solução que não... — Ele fecha a boca e olha novamente para o céu.

Uma solução que não envolvesse me magoar, eu sei.

Deitado de costas no chão, ele fecha os olhos por um instante.

— Não entendo, Finn.

Alguns momentos se passam antes que ele vire a cabeça e crave em mim os olhos vazios.

— O que você não entende?

— Você é *coberto* de tatuagens. Está marcado para sempre pela evidência dos sacrifícios que fez para salvar seu reino.

Ele sorri com amargura.

— Como você sabe que eu não estava preocupado só com a minha salvação?

Eu conheço você. Sei que é melhor que isso. Mas não vou deixar que ele me distraia com essa conversa.

— Por que comigo era diferente? — pergunto. Sei que não deveria. Sei que é cruel provocar os sentimentos de alguém desse jeito. Não devia querer que ele sentisse nada por mim, muito menos pressioná-lo para confessar esses sentimentos em voz alta.

— Você teria recusado. Não importa.

— Provavelmente — sussurro. — Mas você podia ter se esforçado mais para que eu nunca dissesse sim para Sebastian. Podia ter mentido para mim e me convencido de que ele apoiava aqueles campos. Podia ter ganhado tempo. Criado um afastamento entre mim e outro homem que tentava roubar a coroa. Teria sido fácil para você. Você teve todas as oportunidades.

— Agora você está falando como Jalek. Ele disse a mesma coisa naquele dia em que você descobriu sobre os acampamentos. Disse que agi como se nem quisesse o trono.

— E não agiu?

Ele abre a boca, volta a fechá-la e demora alguns momentos antes de responder.

— Acho que, em parte, eu sempre soube que tinha um papel a desempenhar para proteger minha corte, mas talvez o trono não seja para mim.

Meu coração fica apertado. Ele teve que se convencer disso? Por minha causa? Por causa de Sebastian?

— Mas aquele dia não teve a ver com o trono. Teve a ver com você. Jalek não conseguia entender por que eu tinha que defender o seu príncipe, mas ele não estava olhando em seus olhos. Não viu como você ficou arrasada quando soube o que a rainha estava fazendo. — Mais um breve intervalo. — Eu não queria mentir para você.

— E não queria que eu morresse — digo.

Ele fecha os olhos com força.

— É verdade.

— E de algum jeito isso faz de você o vilão? Como devo me sentir com isso? — É minha vez de desviar o olhar. Entendo a lógica. Teria sido melhor para todo mundo se eu morresse enquanto entregava a coroa, mas lamento por Finn ao ouvir tudo isso enquanto olhava nos olhos dele.

— Brie — ele murmura. — Olhe para mim. — Não olho, mas seus dedos encontram meu queixo novamente e ele vira meu rosto até me obrigar a encará-lo. — Querer manter você viva não faz de mim o vilão. Já falei que estou feliz por você ter tomado a porcaria da poção. Mas sou um idiota por não ter percebido antes que você estava apaixonada por ele. Por não ter entendido o quanto você confiava nele. Eu estava *cego*. Não estou bravo comigo por não ter posto um fim na sua vida. Estou bravo comigo por não ter encontrado uma alternativa para isso.

— Você mesmo disse que passou anos tentando... encontrar um jeito de pegar a coroa sem me causar nenhum mal. É verdade?

— É claro que sim.

— Então, por que você é culpado por não ter encontrado uma solução que não existe?

Ele solta meu queixo.

— Sou culpado por ter permitido que meu pai levasse as coisas até esse ponto.

— E agora você é responsável pelas atitudes dele?

— Não — ele resmunga, e sua voz ecoa na noite. Finn passa a mão na cabeça. — Sou responsável pelas minhas. Já disse, fui mimado, tinha tudo o que queria. Eu queria Isabel, então ela e eu planejamos nos vincular em segredo e começar a vida juntos. Se meu pai se negasse a passar a coroa para mim por isso, paciência. Ela queria filhos, então planejamos começar nossa família primeiro, e depois eu daria a ela a Poção da Vida antes de assumir o trono de meu pai. Não tínhamos pressa. Na verdade eu queria mais tempo antes de ocupar o trono. Queria que pudéssemos aproveitar a vida antes de a pressão de um reinado mudar tudo. Isso foi depois de Mordeus tomar o poder, mas eu tinha certeza de que tudo seria resolvido rapidamente. Meu pai tinha voltado do reino mortal e estava fraco depois dos meses que passou lá, mas eu tinha certeza de que, assim que recuperasse seu poder, ele encontraria um jeito de se livrar de Mordeus sem mergulhar nossa corte em uma guerra interna. — Ele suspira. — Fui muito ingênuo. Sobre o poder que Mordeus tinha sobre os seguidores dele, mas principalmente sobre o poder da rainha. Sua fúria e seu ressentimento. Todos nós fomos.

— O que aconteceu?

Finn segura minha mão, como se precisasse do conforto do contato para prosseguir com a história.

— No dia marcado para o vínculo com Isabel, meu pai apareceu me pedindo ajuda. Ele tinha planejado uma estratégia para recuperar o reino de Mordeus. Não sei nem o que era, embora mais tarde tenha me arrependido de não ter ouvido, de não ter me interessado pelos detalhes para tirar meu tio do palácio e de sua frágil posição no poder. Neguei ajuda ao meu pai. Isabel tinha planejado aquele dia, e eu faria qualquer coisa por ela. Mas recusei ajuda também por ressentimento. Estava amargurado por ele não ter apoiado meu futuro com Isabel, e queria que ele sofresse por isso.

Afago sua mão, e ele olha para mim e sorri.

— Eu me envergonho de não ter priorizado minha corte naquele dia. Se tivesse priorizado, tudo seria diferente.

— O que aconteceu?

— Isabel e eu tivemos nosso dia especial antes da cerimônia, e quando fizemos os votos... — Ele engole em seco e desvia o olhar, e quando me encara de novo, os olhos cheios de lágrimas brilham à luz da lua. — Eu me senti *mal* naquela tarde. Não doente, só mais fraco, de um jeito que não conseguia explicar. Não tinha como saber que a rainha havia amaldiçoado meu povo, *me* amaldiçoado. No momento em que meu vínculo com Isabel foi concluído, ela morreu em meus braços. Estávamos em uma cabana isolada nas montanhas, ao norte daqui, completamente sozinhos. Eu não tinha a poção. Ainda não havia providenciado os ingredientes, e a intenção era usar a poção só depois de alguns anos. Não estava preparado. E ela morreu em meus braços. Com o rosto tomado pelo mais puro terror.

E eu o julguei. Julguei com dureza por ele a ter matado. Por ter tirado a vida dela para manter a própria magia depois de a rainha amaldiçoar seu povo. Eu o julguei, e ele nem sabia o que estava fazendo.

— Finn, sinto muito.

— Quando o poder de uma vida humana é transferido para você, acontece uma descarga física. Achei que alguma coisa tivesse se partido dentro de mim. Fiquei ali sentado com a mulher que amava morrendo em meus braços, e me sentia mais vivo do que em toda a minha vida, e me odiei por isso.

Eu me sentia mal só de imaginar, e quis abraçá-lo e oferecer conforto físico além do que oferecia com os dedos entrelaçados nos dele, mas não sei se ele se sentiria confortado com o gesto, por isso me contive.

— Depois disso, começamos a entender o que havia acontecido — ele diz. — Maldições não têm anúncios explicando o que são ou como funcionam. Tivemos que deduzir tudo. Tivemos que sentir nossa magia enfraquecendo, sem nunca ser reposta. Tivemos que ver nosso povo sangrar com ferimentos que normalmente teriam cicatrizado em minutos sem nenhuma intervenção. No início não sabíamos que era uma maldição. Tivemos que juntar as peças com o passar do tempo, e então, depois disso, tivemos que entender qual era a relação daquilo com o vínculo com humanos. A pior parte era que a maldição nos impedia de falar sobre o assunto, o que significava que cada um de nós tinha que pensar sozinho e tirar as próprias conclusões.

Nunca havia pensado nisso, em como eles tinham descoberto os detalhes da maldição, em como a descoberta de cada faceta teria sido traumática por si mesma.

— Eu já estava furioso com meu pai — Finn continua. — Mas ligamos todos os fatos e compreendemos que tínhamos sido amaldiçoados pela rainha dourada, e minha raiva ficou muito maior. *Por culpa dele*, a mulher que eu amava estava morta. Por culpa dele, todos os meus amigos estavam morrendo. Eu disse que não ajudaria a tirar Mordeus do trono. Ele havia arranjado a confusão, ele que resolvesse sozinho. — Finn passa a mão no rosto. — Quando ele deu a vida pela sua, fazia onze anos que eu não falava com ele.

— Finn. — Deito de lado para olhar para ele. — Mordeus era só uma pequena parte do problema. Você não foi responsável pela Grande Guerra Feérica, pelas atitudes de seu pai com a rainha dourada, nem pela maldição.

Ele também se vira de lado, e ficamos frente a frente.

— Se tivéssemos tirado Mordeus do trono, essa gente teria precisado lidar só com a maldição, e teriam feito isso da segurança de suas casas. Em vez disso, foram forçados a fugir quando estavam mais fracos.

— Sinto muito. Não tive escolha quanto ao que seu pai fez comigo, mas lamento pelo caos que foi imposto ao seu reino para eu sobreviver.

— Eu não lamento. Não por isso. Quando você entrou na minha vida, foi como uma estrela brilhante em uma noite escura interminável. Eu precisava ver que ainda havia alguma coisa digna da minha esperança. E talvez isso prove que ainda sou um mimado egoísta e imaturo, mas não vou lamentar nenhuma escolha que tenha trazido você para cá ou mantido você aqui. Por favor, não espere isso de mim.

— Está bem — sussurro.

Estamos na mesma posição, com a cabeça apoiada sobre um braço esticado, e continuamos nos olhando quando damos as mãos acima de nossas cabeças. Ele passa o polegar na minha palma, sem desviar os olhos dos meus.

Com um dedo hesitante, traço o contorno da ponta pronunciada de sua orelha e a linha firme do queixo. Quando chego à boca, seus lábios se abrem e os olhos se fecham. Quero beijá-lo. Quero que ele me beije. Quero continuar de onde paramos na cachoeira e descobrir como seria sentir essas mãos terminando a jornada pelo meu colo até os seios. Quero sentir essa boca na minha de novo, e dessa vez eu decoraria cada faceta de seu sabor e a sensação dos lábios.

Finn acaricia minha mão, como se sentisse e quisesse as mesmas coisas. Mas não me beija.

— Talvez você não tenha percebido que eu estava apaixonada por ele... porque eu nunca estive.

— Não precisa dizer isso — ele responde, em tom suave. — Ter sentimentos por uma pessoa não nega o que você sente por outra.

Finn se refere ao que posso estar sentindo por ele.

— Eu sei, mas não é isso que eu quero dizer. Com Sebastian... — Afago a mão dele, constrangida com o que vou dizer. — Eu me apaixonei pelo que ele representava. Depois de anos lutando sozinha para sobreviver, ele me ofereceu companhia e segurança. Por isso aceitei o vínculo com ele. Queria a proteção dele. Queria nunca mais estar sozinha.

— Você queria alguém em quem pudesse confiar.

— Desesperadamente — sussurro, e a palavra é tão verdadeira que me sinto mais exposta que naquela cachoeira, quando vestia só as roupas íntimas molhadas.

— Um dia você vai ter. — Depois de sussurrar a promessa, ele se deita de costas e olha para o céu, e eu o imito.

Ficamos ali por muito tempo, olhando as estrelas, com a noite silenciosa nos envolvendo como um confortável cobertor de criança, ouvindo a música e as risadas que chegam da festa na montanha lá embaixo. O futuro é incerto para nós, mas neste momento, com os dedos entrelaçados, sinto paz. Sinto *esperança*.

Quando voltamos ao acampamento, ele me leva à tenda, mas está distraído. Por mais que eu queira sua companhia lá dentro, sinto que precisa de um tempo sozinho, só com seus pensamentos. Ele precisa desses momentos de reflexão e silêncio antes de irmos encontrar a sacerdotisa amanhã.

— Boa noite, Finn — digo. — Vejo você mais tarde, quando vier dormir.

Solidão é tudo o que posso oferecer a ele agora, e queria muito poder fazer mais.

Capítulo 22

O DIA SEGUINTE TRAZ MAIS sol, mas minha disposição é tão sombria quanto uma noite sem lua.

Se Finn voltou à barraca durante a noite, não vi; hoje ele apareceu para trazer uma bandeja de café e me avisar que vamos sair em uma hora para a reunião com a sacerdotisa. Ele agora está ocupado em outro lugar – provavelmente falando com Juliana de novo, mas tento não pensar muito nisso. Ou sobre onde ele pode ter passado a noite.

A mesma criada de ontem preparou um banho para mim e me deixou sozinha, estou decidida a ficar submersa na água perfumada até superar o terrível mau humor. Tiro a camisola e as roupas de baixo, jogo tudo no canto.

As abas da tenda se abrem e eu me viro com os braços cruzados sobre o peito nu, de olhos arregalados. Finn entra e deixa as abas se fecharem. Quando se vira, ele paralisa ao me ver. Parece tão chocado que acho que vai sair correndo. Mas não.

Em vez disso, ele me estuda lentamente da cabeça aos pés, com uma expressão que não consigo nem começar a decifrar. Ele se aproxima, e meu coração dispara. Para a um passo de mim, e nossos olhos se encontram. Ele tem cheiro de chuva. De terra, céu e... desejo.

Prendo a respiração, sem saber se quero realmente o calor das mãos dele em minha pele nua, sem saber se consigo lidar com a complicação de sua boca na minha agora... e querendo tudo mesmo assim.

Ele estica o braço, e a manga da túnica roça no meu quando pega um roupão pendurado na lateral da tenda. Finn segura o roupão esperando que eu o vista, e meu rosto queima.

Continuo onde estou.

Nua.

Diante dele.

Fiquei ali e esperei que ele me tocasse. Que me tomasse. Como tinha esperado por ele na cama na noite anterior. E ele ia só pegar o roupão.

— Talvez você se sinta mais confortável com isto — ele diz quando não me mexo.

— Desculpe. A água do banho está quente, e, como temos um tempo antes de sair, achei que... — Mordo o lábio e fico quieta. Ainda não fiz menção de vestir o roupão. Estou constrangida demais para abaixar os braços, agora que sei que ele só quer me vestir.

Finn põe o roupão sobre meus ombros e faz o possível para fechá-lo.

— Só para constar — diz, com a voz um pouco rouca —, não precisa se desculpar nunca por me receber desse jeito. No entanto, apesar de haver tempo para um banho, não temos o tempo que seria necessário para... — ouço o sorriso na voz dele, mesmo sendo covarde demais para encará-lo — atividades *mais interessantes*. Portanto, a menos que você queira atrasar *muito* o encontro com a Alta Sacerdotisa, é melhor se cobrir.

Enfio rapidamente os braços nas mangas do roupão e amarro a faixa na cintura

— Obrigada — murmuro, ainda evitando o contato visual.

Ele segura meu queixo e levanta meu rosto até meu olhar encontrar o dele. Sua expressão é séria, atenta.

— Que foi, Princesa?

— Nada. Eu...

— Está silenciosa demais, não é normal.

Rio baixinho. Como se ele tivesse passado tempo suficiente perto de mim para saber.

— Foi você quem passou a noite fora, meu suposto noivo... — Paro e balanço a cabeça. Estou farta de ouvir minha voz, por isso passo os braços em torno do pescoço dele, me levanto na ponta dos pés e beijo sua boca como quis beijar a noite toda.

Ele geme baixinho e roça os lábios nos meus. Agradeço pela desculpa para parar de falar, mas isso não é nada comparado ao alívio de finalmente sentir o calor de sua boca na minha de novo. Colo o corpo ao dele.

Finn segura meus ombros e dá um passo para trás, colocando um espaço entre nós.

— Por que está se afastando? — pergunto, mesmo sem ter esse direito. Tudo é muito confuso. Nem sei o que quero dele. Mas Finn é meu amigo, e pensar em perder isso faz meu coração doer. — Por que não voltou ontem?

Ele abaixa as mãos e olha para o teto inclinado da tenda por um longo instante antes de esfregar as mãos abertas nos olhos.

— Não sabe mesmo?

— Não sei o quê?

Ele bufa, e um músculo se contrai em sua mandíbula. Fecha os olhos quando diz:

— Não tem nada no mundo que eu queira mais do que tirar esse roupão de cima de você. Quero te deitar naquela cama e descobrir se todo o seu corpo tem o mesmo gosto doce da boca e do pescoço.

Meu estômago dá uma cambalhota. Ele está dizendo as coisas que eu quero ouvir, que os deuses me ajudem, mas, ao mesmo tempo, dá mais um passo para trás.

Seus olhos estudam meu rosto, descem até o roupão e sobem para o pescoço.

— Sou assombrado pelo seu gosto. Pelos sons que você faz quando está excitada.

O calor invade minhas veias, e minha respiração fica ofegante.

— Lembro do que senti quando você se derreteu em meus braços. Penso nisso todos os dias.

Não consigo respirar. Também tenho pensado naquela noite. Estava drogada, mas a luxúria, o desejo, a atração por Finn, tudo isso já estava lá sem o vinho. Sempre estivera. Dou um passo adiante, me aproximo o suficiente para tocá-lo.

— Finn...

— Não quero fingir que não te desejo, que não penso em você constantemente. É ofensivo para nós dois. — Ele engole em seco, e o olhar desce do meu rosto para o V do decote do roupão. A mão dele segue o mesmo caminho, desliza pelo meu pescoço e pela clavícula e desce até a região entre os seios, onde afasta o tecido para o lado.

Ele afaga a curva de um seio com o polegar, e o prazer ricocheteia dentro de mim, tão intenso que levo um momento para perceber o que ele está fazendo... *onde* está me tocando. Um dedo gira em torno da runa tatuada que simboliza meu vínculo com Sebastian.

— Eu te quero muito, Abriella. Mais do que jamais pensei que fosse possível. Mais do que deveria admitir. Mas, enquanto estiver vinculada a ele, você nunca vai ser completamente minha. — Ele olha dentro dos meus olhos. — E eu sou tão egoísta quanto os homens que amavam a Rainha Gloriana. Não quero pedaços de você. Quero você inteira, e não vou dividir.

Ele parece tão triste, tão arrasado com isso, que me estico e beijo sua boca outra vez. Não é um beijo cheio de paixão ou desejo como o que trocamos no lago. É um beijo que diz que o estou ouvindo, que entendo e sinto o mesmo.

Quando ele recua, me apoio nele, buscando mais instintivamente.

Ele prende uma mecha de cabelo atrás de minha orelha.

— Eu podia ficar com você agora, Princesa. Mas quero que perca a cabeça de prazer. E, se eu fizer meu trabalho direito, esses seus escudos não vão ter a menor chance. Ele te sentiria, você o sentiria, e no fim seria doloroso para todos nós. Foi *por isso* que não voltei à tenda ontem à noite. — Ele abaixa a mão e dá mais um passo para trás. — Aproveite o banho.

Para ser bem sincera, a Alta Sacerdotisa dos feéricos das sombras é uma cretina.

Chegamos ao templo há oito horas e fomos informados de que ela nos receberia em breve. Pretha e Kane foram embora, e Finn e eu fomos levados a uma sala apertada e abafada no interior do templo, onde deveríamos esperar. E ficamos trancados lá dentro, sozinhos. Esperamos. Sem água ou comida, sem uma cadeira para nos sentarmos ou uma janela para respirarmos ar fresco, esperamos pelo que pareceu uma eternidade.

Quando um criado apareceu e nos levou a um santuário amplo e repleto de janelas, o sol estava se pondo. A careta ameaçadora não desapareceu de seu rosto desde que entramos na sala, como se ela fosse forçada a conversar com a sujeira da sola de seus sapatos.

— Alta Sacerdotisa Magnola, obrigado por nos receber — diz Finn, inclinando a cabeça para a mulher de cabelo escuro e bem-vestida. Ela está sentada em uma espécie de trono ornamentado sobre a plataforma na frente do santuário. O trono é cravejado de pedras preciosas e pérolas, como a própria sacerdotisa. Estão em todos os lugares – em seu pescoço, nos pulsos e nos braços, até entremeadas nos cabelos.

— Finnian — ela diz, e levanta o queixo. Olha para mim por uma fração de segundo antes de se voltar novamente para Finn. — Você sabe que não posso negar uma audiência aos regentes desta corte.

— Sim — ele responde. — Por isso eu trouxe Lady Abriella.

— Ela não é nenhuma lady — a sacerdotisa retruca, e mostra os dentes quando me olha de cima a baixo. — Não era uma lady quando era uma criada humana, e não é uma lady agora. Ela é um *erro*. Só isso.

— Com todo o respeito — Finn começa, mas toco seu braço e balanço a cabeça. Não gosto dessa mulher. Não gosto da maneira como ela nos trata ou de como olha para mim, mas, principalmente, não gosto dos arrepios que sinto quando estou na presença dela. Finn quer me defender, mas ela não merece suas explicações.

Aqueles olhos frios e amargurados registram minha mão no braço dele.

— Quando eu era jovem, um vínculo de almas *significava* alguma coisa. — Ela me encara, e quero arrancar o sorriso arrogante de seu rosto.

Cerro os punhos e me concentro para controlar meu poder.

Ela continua.

— Não era uma coisa que se fazia por capricho. Só nos vinculávamos com quem amávamos, e éramos leais a esse vínculo até o dia de nossa morte. Mas você está aqui na minha frente vinculada a um homem enquanto tem o cheiro de outro.

Pela primeira vez desde que tínhamos parado diante dela, abaixo a cabeça, incapaz de suportar o olhar furioso enquanto ela me humilha. Posso não dar a mínima para ser ou não uma *lady*, mas o relacionamento complicado com Finn e Sebastian e as escolhas que tinha feito pelo caminho? Considero um erro. E uma vergonha.

Finn fica tenso ao meu lado.

— Abriella não sabia que Sebastian...

— Não quero suas desculpas — ela corta. — Foi corrompido. Como a coroa, como a corte. Não era para ser assim.

— Concordo — Finn responde. — E é por isso que estamos aqui. A corte está morrendo. A coroa e seu poder foram separados, e agora ninguém pode ocupar o trono. Crianças estão caindo no Longo Sono, mais e mais a cada dia. E a Rainha Arya vai promover um ataque direto às nossas terras a qualquer momento. A Corte da Lua precisa estar com toda a sua força, ou não terá nenhuma chance de sobreviver a essa guerra.

Ela olha para mim, e luto contra a urgência de me encolher sob sua intensidade.

— Você tem o poder da coroa, mas não tem sangue Unseelie — diz. — A corte está morrendo porque você ainda respira.

A fúria de Finn se projeta quando ele dá um passo à frente, mas eu o detenho novamente tocando seu braço.

— Não tive escolha — explico. — Eu estava morrendo, e Oberon...

— Conheço a história. Só a considero uma decepção.

É claro que sim. Levanto o queixo.

— Existe algum jeito de transferir o poder de mim para Sebastian?

— Sim, mas ele não pode governar — ela responde. — A terra é cheia de feéricos que preferem ver a corte cair a aceitar sangue Seelie no trono.

Era disso que tínhamos medo. Desse impasse.

— Convença o príncipe dourado a entregar a coroa à garota — ela diz a Finn.

— Não — murmuro. Tem de haver outro jeito. — Não posso me sentar no trono, de qualquer maneira. Seria uma perda inútil.

— A morte dele seria o primeiro passo. — Seu sorriso é perverso e cheio de ressentimento. — Depois, você daria a vida para passar poder e coroa para Finn, que é quem deve tê-los.

— Fora de cogitação — Finn rosna ao meu lado.

Engulo em seco. *Talvez seja uma opção.*

— Caro Príncipe, sei como isso funciona. O poder torna-se parte da vida, e só quando a vida deixa de existir o poder é transferido ao herdeiro. Não está na hora de fazer um sacrifício pelo seu reino? Pelo menos um?

Sinto Finn hesitar, e quero arrancar os olhos dela por ter atacado um ponto tão fraco seu.

— Não antes de termos esgotado todas as opções — ele diz. — Abra um portal para o Mundo Inferior. Quero pedir à Grande Rainha Mab para salvar nosso reino.

A sacerdotisa o encara por um longo instante, e eu prendo a respiração. Sei que os outros planejam uma via de ação sem o que a intervenção divina de Mab pode oferecer, mas também sei que, se houvesse a possibilidade real de uma alternativa, não estaríamos aqui e Finn não estaria planejando uma viagem arriscada ao Mundo Inferior.

A sacerdotisa encara Finn.

— Não.

Finn se encolhe.

— Você devia ser o rei — ela diz. — Deveria governar ao lado de Juliana. Ela é digna disso. Você já foi digno disso. Prove que ainda é. Decepcionou seu reino, e agora aquele lixo Seelie de cabelo branco vive em nosso palácio, e esta imundície humana tem o poder da nossa coroa. *Não* vou... — Ela sufoca, segura o pescoço como se estivesse sem ar. O sangue escorre de sua boca e os olhos reviram.

Finn estica um braço na minha frente e me empurra para trás, para longe do trono.

— O que está acontecendo? — pergunto.

— A Alta Sacerdotisa fez um juramento a Mab quando veio morar neste templo — ele diz. De olhos arregalados, assiste à convulsão. — Há consequências para quem faz esse juramento e se recusa a agir pelo interesse da corte, se nega a cumprir a vontade de Mab.

De repente a convulsão da Alta Sacerdotisa chega ao fim, e o ar na sala muda quando outra coisa, *outro* alguém entra em seu corpo. Sinto um arrepio na nuca.

O sangue que escorre de sua boca cai no piso de mármore quando ela se inclina para a frente e olha para nós com os olhos brancos.

— No pico no extremo norte das Montanhas Goblin — diz, mas não é a voz da sacerdotisa. Essa é uma voz de longe e de todos os lugares. É a voz de *todas* as sacerdotisas das sombras, e provoca outro arrepio, faz meu coração falhar no peito. — Na caverna embaixo das raízes da Mãe Salgueiro, o portal está esperando. — Ela vira a cabeça e olha nos meus olhos, e bolas de sangue coagulado caem no chão a cada palavra. — Vá até lá, Abriella, filha de Mab.

Finn olha para mim chocado, mas não consigo desviar o olhar da mulher morta que está falando comigo.

— A Grande Rainha espera por você. Leve seu parceiro de amarra — ela diz —, e o poder do sangue dos dois vai abrir os portões do Mundo Inferior. Vá descobrir como salvar seu reino. — A sacerdotisa cai no chão em uma poça do próprio sangue.

— Mãe! — Juliana aparece no fundo do santuário e corre para ela, vira a sacerdotisa de barriga para cima. — O que você fez? — ela grita para Finn.

— Nada — ele responde. Mas não tira os olhos de mim. — Só pedi um portal para ir procurar Mab.

Juliana toca o peito da mãe.

— Por favor, mãe.

— Lamento, Jules — diz Finn, olhando para ela por um instante. — Não sabia o que ia acontecer.

Ela levanta a cabeça, e lágrimas correm por seu rosto bonito.

— Não entendo.

— Ela fez um juramento de proteger esta terra e *servir* à corte. Acho que os deuses não gostaram de ela ter se recusado a me ajudar... nos ajudar. — E segura minha mão. — Parece que Mab quer ver sua descendente. Abriella é filha de Mab.

Juliana levanta a cabeça e olha para mim em choque.

— Não pode ser. Ela é *humana*.

— Parece que a história vai além disso — Finn diz, em tom reverente.

Juliana balança a cabeça e afaga o rosto da mãe com os dedos ensanguentados.

— Vão embora. Por favor.

Finn praticamente me puxa para fora do templo, me leva para além dos guardas e escada abaixo, onde Pretha e Kane são contidos por guardas, como se tivessem sentido alguma coisa errada e tentassem chegar até nós.

— O que aconteceu? — pergunta Pretha, soltando-se das mãos que a seguravam.

— Estamos indo embora — Kane resmunga para o guarda, livrando-se dele e nos seguindo para os cavalos.

— Precisamos voltar ao palácio Unseelie — diz Finn. Ele segura minha mão com força, como se tivesse medo de me ver desaparecer.

— Como assim? — Pretha segura o braço de Finn e o faz parar. — Sentimos uma coisa horrível. Alguma coisa grande, mas não nos deixaram entrar.

Finn olha para mim, depois para Pretha.

— A Alta Sacerdotisa se negou a nos ajudar. Ela se recusou a abrir um portal. E então... alguma coisa se apoderou do corpo dela para transmitir um recado... para dizer onde vamos encontrar um portal e anunciar que Abriella e eu vamos conseguir abri-lo.

— Como? — Pretha quer saber.

Finn me encara por um longo momento, e vejo sua garganta se mover quando ele engole.

— Usando meu sangue e o dela misturados. Minhas suspeitas se confirmaram. Sou o parceiro de amarra dela.

Pretha e Kane se olham.

— Como? — Pretha repete.

— Minha magia responde ao poder no sangue de Abriella. Ela é descendente de Mab. É...

— Nossa rainha de direito — Kane murmura.

— Não entendo. — Minha cabeça roda. Eles estão falando coisas, palavras... *amarrados, portal* e *rainha*... e minha mente continua naquele santuário, onde uma sacerdotisa morta falou comigo. — Aquela... *coisa* me chamou de filha de Mab, mas eu nem a conheço. Isso nem faz sentido. Minha mãe era humana. Minha irmã é humana. Eu era humana até tomar aquela poção.

— Não entendíamos — diz Finn. Ele ainda está me encarando com aquela expressão fascinada. — Sempre houve um motivo para Oberon passar a coroa para ela.

Kane se abaixa lentamente sobre um joelho e baixa a cabeça.

— Minha rainha — murmura. — É uma honra.

Pretha imita o gesto.

— Estamos a seu serviço.

Fico esperando a gargalhada de Finn, mas só vejo reverência em seus olhos quando ele também se ajoelha, ainda segurando minha mão.

— Minha rainha.

Não consigo entender meus amigos ajoelhados na minha frente, e o som de botas pisando o cascalho do chão é uma distração bem-vinda. Eu me viro e vejo Juliana correndo ofegante em nossa direção.

— Não sabíamos — ela diz. Lágrimas lavam seu rosto sujo de sangue. — Juro, nós não sabíamos. Só queríamos Finn no trono. Pensamos que a linhagem de Mab tivesse desaparecido. — Ela tenta respirar, depois pisca ao ver os outros ajoelhados no chão. — Minha rainha — diz, e também se abaixa sobre um joelho. — Permita-me a honra de servi-la.

— Não. — Balanço a cabeça. — Levantem. Isso é algum engano. Não posso ser...

Finn ergue a cabeça, e vejo a convicção em seus olhos prateados quando ele afaga minha mão. É então que sinto... o poder subindo por minhas pernas e descendo pelos braços vindo da terra, desta terra sagrada de Mab.

Todo o ar deixa meu corpo em um sopro. Não há espaço para ele quando tudo em mim vibra. Todo o meu *ser* se ilumina com energia e potencial.

Fecho os olhos e sinto meus pés deixarem o chão, e, em meio ao silêncio da clareira, as árvores parecem sussurrar: *Rainha*.

Capítulo 23

O SOL SE APROXIMA DO HORIZONTE, projetando vermelhos e alaranjados no céu. Botas rangem nas pedras atrás de mim, mas não me mexo em cima da rocha onde estou empoleirada para ver quem se aproxima. Sei quem está atrás de mim, e agora tenho uma explicação para o motivo de sua presença ter sido sempre tão clara.

Amarrados. A palavra ecoa em mim como o grito de um falcão em um cânion.

Esta devia ser uma parada rápida para esticar as pernas e cuidar de nossas necessidades, mas não tenho pressa de voltar ao cavalo. Passamos horas cavalgando, tentando voltar ao Palácio da Meia-Noite antes do anoitecer, e tive muito tempo para pensar. Tempo demais.

As botas de Finn raspam a pedra quando ele se aproxima e se senta ao meu lado.

— Como você está?

Meus olhos ardem. Cada vez que penso ficar firme, meu mundo inteiro muda, mas não tenho o direito de mergulhar na autopiedade que estou sentindo agora.

— Como você pode não me odiar?

Ele segura meu queixo com a mão grande e vira meu rosto para ele com suavidade.

— Como eu poderia te odiar?

Engulo o choro.

— Finn, você foi criado para liderar seu reino. Passou a vida inteira se preparando para assumir o trono, e de repente é informado de que sou eu quem deve ocupá-lo. Como consegue aceitar tudo isso com tanta facilidade?

Com a expressão mais branda de todas, ele afaga meu rosto, os olhos e o toque repletos de ternura.

— Fui criado para servir ao meu reino. Fazer o que for necessário para proteger meu povo e cuidar de suas necessidades. Houve um tempo em que pensei que seria melhor fazer isso sentado no trono, mas depois tudo mudou e... — Ele dá de ombros, olha para minha boca. — Você precisa se lembrar de que já me conformei com Sebastian ocupando o trono. De repente não é mais esse o plano porque temos você, e você é exatamente o que esta corte precisa. Soube disso quando me ajoelhei na sua frente naquela montanha e sinalizei para o povo de Staraelia que você seria rainha dele. Sei disso a cada vez que respiro.

— Porque, supostamente, sou uma descendente perdida de Mab?

— Esse é só o requisito que vai permitir que você se sente no trono. Mas esta corte não precisa de você por causa do seu sangue. — Ele solta meu rosto e toca em meu peito. — Ela precisa de você pelo que você tem no coração.

— Finn... — Mordo o lábio, não quero falar demais. Alguma magia antiga uniu nossas vidas e nosso poder, mas não entendo que papel isso que eles chamam de *amarrar* exerce no que sinto por ele. Por ora, preciso guardar esses sentimentos para mim. — Estou com medo. Não sei nada sobre ser rainha.

— Lamento que se sinta acuada. Se você acha...

— Não. — Balanço a cabeça, querendo apagar as palavras que são como uma profanação diante do presente que recebi. Porque, quando eles se ajoelharam na minha frente e me chamaram de rainha, meu único pensamento foi *finalmente*. *Finalmente* posso fazer alguma diferença. Finalmente tenho poder para ajudar.

Rainha era a resposta para a pergunta que tinha me assombrado durante toda a minha vida.

— Não me sinto acuada. Estou com medo porque quero fazer as coisas direito. Tenho medo porque tudo o que eu sempre quis foi poder ajudar aqueles que são impotentes para se ajudarem, e agora... — Fecho os olhos. — Não quero errar.

— Vou estar ao seu lado — ele diz, e seus lábios tocam minha orelha a cada palavra. — E vai ser a maior honra da minha vida.

— Deve haver um jeito que não exija a presença dela no Mundo Inferior — Sebastian se impacienta, os olhos verdes dominados pela frustração.

— Mab quer ver sua herdeira, e precisamos saber como resolver a confusão em que nos metemos — Finn explica de novo, massageando a cabeça. — Temos que ir.

Depois da breve parada na floresta, cavalgamos diretamente para o Palácio da Meia-Noite. Estamos aqui há menos de meia hora, e as notícias da minha suposta linhagem e de meus planos de ir ao Mundo Inferior provocaram o mais puro caos entre nossos amigos. Sebastian é o mais resistente. Tynan, Kane, Misha, Pretha, Finn, Juliana, Riaan, Sebastian e eu estamos reunidos em torno da mesa comprida na sala de reuniões. O mapa da Corte da Lua está aberto entre nós. Estamos tentando planejar a melhor maneira de transportar Finn e eu ao portal, mas Sebastian sempre volta ao mesmo ponto, tentando encontrar um jeito de nos fazer desistir de ir.

— Eu vou com ela, então — diz Sebastian. — Somos vinculados, e o vínculo vai ajudar a protegê-la.

— O problema nesse plano é que você é descendente de Deaglan — diz Misha —, o maior inimigo de Mab, o que matou o filho dela. Se o receio é Mab decidir que alguém é indigno, mandar você é meio arriscado.

— E a instrução que recebi foi para levar Finn — falo em voz baixa.

Ele está relutando, Misha fala em minha cabeça. *A única coisa que Sebastian odeia mais do que esse plano de te mandar para o Mundo Inferior é a ideia de Finn ser seu parceiro de amarra.*

Por quê?

Essa é uma conexão para toda a vida. Diferentemente do vínculo, o único jeito de desfazê-la é pela morte. O garoto está com ciúme, e nós dois sabemos que a parceria amarrada é um bom lugar para ele despejar sua frustração. A outra verdade é mais difícil de encarar.

Que outra verdade?

A de que seus sentimentos por Finn não têm nada a ver com essa conexão predestinada e concedida pelos deuses que vocês têm.

Kane se inclina sobre a mesa e alisa o mapa.

— É para cá que nós vamos — diz, contornando com o indicador as Montanhas Goblin ao norte. — A Mãe Salgueiro está aqui. — E bate em um ponto do mapa marcado com uma estrela, depois contorna esse ponto com o dedo. — E toda essa área no entorno da árvore sagrada é chamada de Crista do Silêncio.

— O que é a Crista do Silêncio? — pergunto.

— Um lugar sem magia — diz Finn. — O vínculo é inutilizado nessa área, e seus poderes também.

— Mas se magia é vida...

Finn balança a cabeça.

— Não vamos ficar lá por tempo suficiente para sofrer algum prejuízo... se não formos feridos gravemente. Isso é o que existe de mais próximo da maldição da rainha no mundo natural, mas afeta *todas* as criaturas mágicas. Por isso essa parte do nosso território não é habitada. As pessoas vão lá para caçar ou descansar um pouco, mas ninguém quer viver lá.

— Nunca ouvi falar de um portal ali — Sebastian comenta.

— E você por acaso conhece a localização dos portais para o Mundo Inferior? — Kane se irrita.

Finn olha para o amigo com uma expressão eloquente, pedindo calma.

— Talvez seja novo. Pode ter sido criado só para Abriella — sugere. — Ou está lá desde sempre e é o motivo para a existência da Crista do Silêncio.

— Pode ser uma armadilha — Sebastian argumenta.

Finn assente.

— Já pensei nisso, mas, se Abriella é descendente de Mab e a Grande Rainha quer receber nossa visita, o portal vai chamar por ela quando estivermos perto de lá. Se ela não sentir esse chamado, voltamos para cá. Você tem minha palavra.

— Voltamos para cá, mas e depois? — pergunto. Odeio a ideia de contar com algum *chamado* místico para saber se estamos no caminho certo. — E se eu não sentir nada? O que vamos fazer quando voltarmos para cá?

— Vamos esperar a próxima sacerdotisa fazer o juramento da Alta Sacerdotisa no templo — diz Finn. — Até lá, vamos combater o reino poderoso da mãe dele com o nosso, meio destruído.

— Vamos perder essa batalha — diz Kane.

Finn assente.

— Mas vamos cair com honra.

Fecho os olhos por um instante e respiro fundo. Quando os abro, encaro Sebastian.

— É nossa melhor chance de encontrar uma solução — digo a ele. — Você e eu destruímos o reino. Alguma coisa tem que ser feita.

— Vamos usar os goblins para chegar às montanhas, o mais longe possível — diz Kane, apontando para um lugar no mapa ao sul do nosso destino. — E de lá nós seguimos a pé. No extremo norte, nessa altitude, faz muito frio. Vamos precisar levar roupas adequadas, especialmente para a parte da viagem em que não vamos poder contar com magia para nos aquecer.

— E no Mundo Inferior? Como é que ela vai ficar segura lá? — Sebastian quer saber.

— Pela misericórdia dos deuses — Jalek resmunga.

Mordo o lábio. Devia estar apavorada com essa viagem, mas ainda estou muito incomodada com outra coisa.

— Como é lá?

— Juliana? — diz Finn. — Pode responder? Sua mãe viajou até lá para ser coroada Alta Sacerdotisa. O que ela contou sobre o lugar?

— Não sei te dizer o que esperar. O Mundo Inferior é inconstante. Muda de acordo com a pessoa que o visita. Mas todos os que foram até lá e voltaram falam sobre uma distância tremenda que precisaram percorrer entre o portal e a Grande Rainha. O terreno é acidentado e a trilha é exaustiva. O objetivo é julgar seu coração e sua persistência. A rainha não se apresenta aos que desistem. Vocês vão ter que levar água e comida, e precisam se preparar para a jornada mais árdua da vida de vocês no aspecto mental.

— Fiquem alertas para os monstros que se escondem por lá — diz Misha. — Criaturas tão selvagens e sanguinárias que foram proscritas do nosso mundo. Não há nada que elas queiram mais do que ter a alma de vocês para brincar por toda a eternidade.

A cadeira de Sebastian range quando ele a empurra para trás, e todos observam em silêncio quando ele sai da sala.

— Eu vou — anuncio.

— Com todo o respeito, minha Rainha — diz Kane —, não precisa da permissão dele.

Sorrio para ele e aceno com a cabeça antes de sair. Encontro Sebastian no terraço ao lado da biblioteca, olhando para a noite.

— Eles te explicaram o quanto isso é perigoso? — ele pergunta, sentindo minha presença sem se virar. — Disseram quantas pessoas tentaram falar com Mab e nunca mais voltaram? Porque aqueles monstros mitológicos não vão ser a sua única preocupação. Se ela decide que alguém indigno se atreveu a tomar seu tempo, toma todas as providências para que essa criatura nunca mais encontre o caminho de volta ao portal. Se ela encontra, volta com a mente incompleta. Eles te contaram essas coisas?

— Sebastian... — Estendo a mão para tocar suas costas no instante em que ele se vira, e me pego olhando para seu peito. Está mais próximo do que eu pensava, e minha respiração falha. Não sei se alguma vez estive tão perto dele sentindo o que sinto agora. Acho que nunca me aproximei tanto de Sebastian desde que passei a desejar que ele me liberte. — Não tenho escolha — digo, e levanto a cabeça para encará-lo. — Não vou permitir que mais nenhum inocente morra nas mãos da sua mãe. Não se eu puder evitar.

— Não quero que você vá ao Mundo Inferior — ele sussurra, e encosta a testa na minha. — Aceito sua raiva e sua desconfiança, eu fiz por merecer. Aceito qualquer confusão que você possa sentir em relação a nós neste momento. Posso perdoar você por ter deixado que ele a tocasse, mas não vou aceitar que se sacrifique por isso. Você não tem ideia do quanto aquele lugar é ruim.

— E você tem?

Alguma coisa passa pelo seu rosto antes da expressão dele endurecer.

— Se você não voltar, se Mab não a considerar digna de voltar, não vou conseguir aceitar.

Dou um passo para trás. Preciso de espaço. Mesmo com meus escudos, quando estamos assim próximos, as emoções dele se confundem com as minhas e me fazem questionar tudo.

— Sebastian, eu vou.

Ele fecha os olhos.

Respiro fundo, consciente de que essa é a parte mais fácil da conversa.

— E, se há algum jeito de dissolvermos esse vínculo entre nós antes de eu ir, é o que devemos fazer.

Ele abre os olhos.

— Não.

— Bash, não vamos ficar juntos. Não importa o que vai acontecer nessa jornada, não vai haver felizes para sempre para nós. Nunca tivemos essa chance.

— Você nem sequer *tentou*. Está com ele o tempo todo.

Sim. Estou no meu lugar.

— Não teria feito diferença — respondo.

Ele balança a cabeça.

— Não vou fazer isso. Não só por ser um processo dilacerante e por me sentir incapaz de te fazer passar por essa dor de novo. E não só por não termos o material necessário. Não vou fazer isso porque não consigo. Amo você, e preciso saber sem nenhuma sombra de dúvida que nós tentamos.

— Todas essas coisas de que você quer me proteger... captura, tortura, morte dolorosa? Eu também quero proteger você. Não quero que você sofra com as coisas que eu posso enfrentar nos próximos dias.

— É isso? Ou quer ficar livre para poder ficar com ele sem eu saber? Quer estar livre para ele te beijar e te tocar sem ter que sentir que isso me destrói?

Não suporto ouvir a dor na voz dele sem me lembrar nitidamente do momento embaixo da cachoeira com Finn, como tinha sido sentir Sebastian através do vínculo. Sua dor. O sentimento de traição.

— Bash — sussurro. — Você precisa me libertar. Por favor.

— Não se lembra da nossa noite no Palácio da Serenidade? Você implorou para eu não te deixar, implorou para eu te abraçar, porque tinha segredos. Tinha *certeza* de que meu amor não seria grande o bastante para sobreviver às suas mentiras, e eu prometi que era. Estou cumprindo aquela promessa.

Fecho os olhos e me lembro.

Sou eu que não te mereço, mas sou egoísta demais para desistir de você.

Não desista de mim. Você precisa insistir, aguentar.

— Isso foi antes. Muita coisa mudou.

Um músculo se contrai em sua mandíbula.

— Você não tem ideia de quanta coisa eu estava disposto a sacrificar por você. Quantas coisas *mais* eu estava disposto a sacrificar por você. — Ele dá um passo à frente, abre a mão e a pressiona contra meu peito com tanta firmeza que tenho certeza de que consegue sentir as batidas firmes do meu coração. — Eu sinto você. Apesar do seu esforço para me expulsar, eu sinto. E *sinto* você se apaixonando por ele.

— Então dissolva o vínculo. — Não suporto magoá-lo, mesmo que ele tenha cometido erros e me magoado. — Por nós dois, me deixe ir.

Ele balança a cabeça.

— Está pedindo demais.

— Vai permanecer vinculado a mim, mesmo sabendo que quero me libertar disso? Sabendo que estou me apaixonando por outro? Sabendo o que sinto por Finn?

Ele reage ao golpe.

— Sim. — Ele segura meu rosto. — Você é minha, Abriella. Eu te encontrei primeiro.

Capítulo 24

— **QUANDO FOI QUE VOCÊ** começou a desconfiar? — pergunto enquanto seguimos a pé ao longo do gelado cume norte das Montanhas Goblin.

Kane caminha na nossa frente, atento a ameaças. Tynan está atrás, e Dara e Luna vão e voltam do meio das árvores que ladeiam o caminho, vigilantes. Estamos andando desde que o sol nasceu, quando o goblin de Finn nos trouxe para cá.

Finn arqueia uma sobrancelha ao ouvir minha pergunta.

— De que somos parceiros amarrados — explico. — De que eu tinha algum tipo de ligação com Mab.

Ele balança a cabeça, pensa na resposta e dá de ombros.

— Tive alguns sinais, mas não dei importância.

— Que sinais?

— Quando eu me aproximava e seu poder inflamava, era fácil atribuir a reação à minha conexão com a coroa. Depois que você se tornou feérica, quando manteve o poder do trono, atribuí seus picos de poder ao fato de qualquer um no trono ser fortalecido pelo povo e pela terra. — Ele coça a nuca. — E depois surgiram outros indícios, a profundidade do seu poder e sua relação com o meu. Essa conexão que você sentiu comigo desde o início... — Ele olha para as botas e sorri. — Eu devia ter percebido.

Balanço a cabeça.

— Isso nem faz sentido. Como é que uma humana pode ser descendente da grande rainha feérica? Eu não teria nascido feérica?

— Não tenho essas respostas — ele admite. — Mas isso responde mais questões do que as provoca. Nunca entendemos como meu pai fez aquilo... como conseguiu te dar a coroa quando você não era Unseelie. A magia não devia funcionar desse jeito.

— Então você suspeitou desde o início.

— Não. — Ele balança a cabeça. — De jeito nenhum.

— Mas você disse...

— Nunca dei muita atenção ao que a magia devia fazer ou ser. A magia tem raízes em muitas coisas, na vida, primeiro e acima de tudo, mas também em tradição, amor e *mudança*. Presumir que uma coisa mágica não pode acontecer porque nunca aconteceu antes contraria tudo o que a magia é e representa. Magia é a possibilidade de quebrar regras. Ela pavimenta o caminho para a mudança. Acho que por isso todos nós aceitamos que, por alguma razão, a magia permitiu que ele passasse a coroa para uma humana. Mas não foi para qualquer humana. — Ele toca meu rosto e o afaga com o polegar. — Ele passou a coroa para a herdeira de Mab.

O pântano já está visível lá na frente. Nossos acompanhantes passaram a primeira hora da nossa jornada hoje de manhã debatendo sobre a melhor maneira de lidar com o Pântano do Flagelo, discutindo se era melhor perder horas marchando em volta dele ou atravessá-lo e correr o risco de encontrar as criaturas que moram no lodo.

A urgência venceu, e decidimos atravessar o pântano. Vamos procurar as áreas mais rasas, e Tynan vai lançar um feitiço para criar uma ponte temporária sobre a água enquanto Kane emite um som agudo que deve impedir qualquer criatura de se aproximar de nós.

Achei que o plano era bom, mas, pelo jeito como Kane avalia o pântano na nossa frente, talvez ele esteja reconsiderando.

— Finn — ele avisa em voz baixa. — Fique longe por enquanto.

Finn para e se aproxima de mim, me envolvendo com um braço.

Kane saca a espada e espeta alguma coisa na margem lamacenta. Ele corre para nós e mostra a lâmina com o que capturou.

Há uma pilha de pedras vermelhas equilibradas no metal. Não. São pretas e cinza. O vermelho é um revestimento. Tinta ou... sangue.

Finn fica tenso ao meu lado, e o braço em torno da minha cintura enrijece. Seus lobos correm para perto de Kane e farejam o que ele trouxe, depois recuam ganindo.

Talvez sejam só os restos de um animal. Alguma infeliz criatura da floresta capturada por um lobo ou um coiote, mas os rostos sérios a minha volta me fazem pensar que é mais que isso.

Tynan corre até um ponto mais distante na margem e se abaixa para examinar a água. Mesmo de longe, consigo ouvir a sequência de palavrões.

— Temos que ir embora — ele anuncia ao se levantar.

— Tem certeza? — Finn pergunta.

— Queria não ter — ele responde, e corre de volta para nós. Acho que é a primeira vez que o vejo se mover com algum tipo de urgência.

Tynan corre pelo caminho por onde chegamos, tomando a dianteira dessa vez, enquanto Kane cuida de nossa retaguarda.

— Do que todo mundo está com tanto medo? — pergunto.

— Da Névoa Carmim — Kane responde atrás de nós.

Finn segura minha mão e me leva pelo caminho a passos rápidos. As folhas se agitam nas árvores, e o vento muda anunciando a aproximação de uma tempestade.

Tynan corta caminho pela floresta à nossa direita, e Finn o segue. Me puxando mais depressa do que meus pés cansados querem me levar.

— Névoa o quê? — insisto, mas ele não me ouve com o vento rugindo à nossa volta, ou está concentrado demais para fugir e não vai responder agora.

— Aqui! — grita Tynan, acenando para nós antes de desaparecer na encosta da montanha.

O vento uiva. Olho para trás e vejo um brilho vermelho cobrir as folhas. Finn me pega no colo e me leva para dentro de uma pequena caverna na encosta da montanha, onde Tynan já entrou. Kane nos segue.

— Para o chão! — Finn grita em meio ao vento pavoroso. Dara e Luna entram na caverna ganindo baixinho, e todo mundo se deita.

Lá fora, criaturas gritam e rastejam em busca de abrigo.

— O que é isso? — pergunto. Sinto alguma coisa se formando. Alguma coisa mortal e muito próxima.

— A Névoa Carmim é uma criatura mágica amorfa — Finn explica em meu ouvido. — Uma neblina mortal que pode surgir do nada.

— Mas é feita de sangue, não de água — diz Kane, olhando para a floresta. — Pode surgir tão de repente quanto uma nuvem de tempestade.

— A criatura pode extrair o sangue do corpo de qualquer animal que encontra — Tynan revela —, e cada gota de sangue a faz mais forte e poderosa.

Eu me arrepio. Se não tivesse visto tantas coisas horríveis em meu tempo aqui, talvez não acreditasse.

— Como vamos saber que aquilo não vem atrás de nós?

— Essas coisas são raras — diz Finn. — Mas precisam da umidade do pântano para sobreviver. Depois que passar, podemos voltar à trilha, mas vamos ter que dar a volta. Tentar atravessar direto foi arriscado. Eu devia ter considerado essa possibilidade.

— Eu também não pensei nela, Finn — diz Kane. — Não houve relatos de uma Névoa Carmim pelos últimos quinhentos anos. Como íamos adivinhar?

— O que aconteceu há quinhentos anos? — Quero saber.

— O rei e a rainha Unseelie foram assassinados durante o primeiro ataque Seelie na Grande Guerra Feérica — conta Kane. — Nossa corte mergulhou em tamanho caos que o trono ficou vago durante semanas.

— A Névoa Carmim se fortalece em uma terra que está à beira da morte. — Finn beija meu ombro. — Nosso tempo está acabando.

— Temos que montar o acampamento para esta noite — Kane anuncia, olhando para o céu. — E aqui é um lugar tão bom quanto qualquer outro.

Graças à volta que demos no pântano, nossa caminhada durou mais horas do que tínhamos planejado. Minhas pernas doem do esforço da subida, e as costas ardem de carregar minha bagagem, mas não me atrevo a reclamar, porque carrego um terço do peso que todos os outros levam. Quando tudo isso estiver resolvido e meus dias tiverem tempo para outras coisas, além de tentar impedir Arya de destruir a Corte da Lua, minha prioridade vai ser me fortalecer. Seja eu uma rainha, uma camponesa ou qualquer coisa entre uma e outra. Quero a força e a energia que Finn e os amigos dele mostram dia após dia.

Enquanto isso, não posso protestar contra uma parada. Mesmo com a habilidade do grupo para viajar à noite, ouvi comentários suficientes durante o dia para saber que existem perigos reais nestas montanhas.

Finn estuda a área e assente.

— Vamos cuidar disso.

— Eu acendo a fogueira — diz Kane. — Vai servir para manter afastada qualquer criatura que esteja espiando nas sombras.

Olho para ele, e Kane sorri e diz:

— Que foi?

Não quero pensar no que pode haver no meio das árvores, mas sei que Kane só vai me atormentar se eu admitir o medo, por isso fico de boca fechada.

— Eu te ajudo a pegar lenha — ofereço, e me viro na direção da floresta.

Finn me segura pelo braço.

— Sente-se aqui. Nós vamos cuidar disso.

Odeio perceber que minha fraqueza é tão óbvia.

— Eu posso ajudar.

— Você está exausta. Se não descansar, vai acabar atrasando a viagem amanhã.

Ele tem razão. Além do mais, não tenho energia nem para discutir, muito menos para sair procurando suprimentos na floresta.

— Tirem a bagagem das costas — diz Tynan. — Eu faço companhia para ela e arrumo as camas.

Todos nós obedecemos, todos gratos, como eu, por terem menos peso para carregar. Kane e Finn entram na floresta, e Tynan começa a montar o acampamento, as tranças caindo em torno do rosto enquanto ele trabalha.

— Já dormiu embaixo das estrelas? — ele pergunta, sorrindo enquanto desenrola um colchonete fino que vai ser a cama de alguém.

— Muitas vezes. — Sorrio com as lembranças. — Minha mãe adorava um céu limpo à noite. — Meu sorriso desaparece quando penso no motivo para isso. Sei que ela amava meu pai, mas agora está claro que nunca superou Oberon. Por que mais seria tão apaixonada pela noite? A menos que soubesse, de alguma forma, dessa minha ligação com a Corte da Lua. A menos que também fosse ligada a ela.

Tynan me observa, curioso, por um minuto, antes de voltar a trabalhar no colchonete.

— A minha também — ele responde em voz baixa. — Dormir ao relento não é incomum entre os feéricos da Floresta, é claro, mas a nobreza costuma ter acomodações mais refinadas. — E balança a cabeça. — Mas não minha mãe. Ela nos tirava do palácio e levava para a floresta duas vezes por mês pelo menos. Queria que ficássemos confortáveis dormindo sobre uma cama de pinhas e embaixo de um cobertor de estrelas.

— Vocês cresceram no Castelo Craige? — Não sei muito sobre o passado de Tynan. Ele é sempre muito reservado.

Tynan confirma com um movimento de cabeça.

— Pretha é minha prima. Minha mãe é irmã da mãe dela.

— Vão voltar à Floresta Selvagem depois que tudo aqui for resolvido, ou pretendem ficar com Finn?

Tynan arregala os olhos, como se eu tivesse dito algo inesperado, mas ele balança a cabeça e continua trabalhando em um saco de dormir.

— Você vai ter que perguntar para Finn sobre os planos dele, mas eu sei que Misha vai gostar de me ter de volta, e tenho saudade da minha casa.

Finn volta do meio das árvores com uma braçada de galhos grossos. Kane caminha ao lado dele. Nunca pensei nos planos de Finn. Acho que sempre presumi que ele acabaria no Trono das Sombras. Agora todos eles acham que eu vou ocupar esse lugar, e, por mais que eu queira ficar horrorizada com a possibilidade, ela parece correta em algum nível, como uma peça de quebra-cabeça que, inesperadamente, se encaixa no lugar certo. Mas não consigo me imaginar nessa posição sem os amigos ao meu lado. E nem quero.

— E Pretha? Ela volta para casa com você? — pergunto a Tynan.

— Não sei se ela ainda considera o território da Floresta Selvagem como sua casa. Pretha se apaixonou por Vexius no Palácio da Meia-Noite — diz Tynan. — Teve Lark nas piscinas de água doce de Staraelia. Ela mudou neste território.

— Mudou como?

Finn solta a pilha de galhos e ri.

— De jovem noiva petulante a esposa amorosa e mãe dedicada — diz, e Tylan confirma balançando a cabeça. — Quando você assumir o trono, vai poder escolher seus conselheiros. Devia considerar Pretha. Ela ficaria honrada, e não vai reclamar por ter um pretexto para ficar na Corte da Lua.

— E você? — pergunto a Finn. — Quais são seus planos?

Tynan pigarreia, e ele Kane voltam à floresta.

Finn me encara por um instante, depois fica quieto por um tempo enquanto prepara a fogueira.

— Vai depender da minha rainha — responde finalmente, sem desviar os olhos do que está fazendo. — Mas, como seu parceiro de amarra, posso servi-la e protegê-la melhor se estiver ao seu lado.

— E se eu não for rainha? Se Mab oferecer uma solução que não envolva me colocar no trono?

— Acho improvável. Você é herdeira de Mab. É a filha prometida.

— Acho que temos que considerar a possibilidade de, depois de tudo isso, Sebastian ainda ficar no trono.

Finn aponta dois dedos para a pilha de galhos e gravetos, e a madeira pega fogo. As chamas sibilam e estalam, e ele dá a volta na fogueira e para na minha frente.

— Eu vou estar do seu lado — diz, e segura meu rosto — enquanto você permitir. Onde você estiver.

Finn fica com o primeiro turno da guarda, e apesar de dormir quase o tempo todo, tenho completa consciência dele quando acorda Kane e se prepara para deitar. Ouço os passos suaves e os sons das botas quando são retiradas, o farfalhar das roupas despidas.

Não falamos sobre como dormiríamos, mas não me surpreendo quando ele se deita no chão ao meu lado, como se desde o momento em que seu papel de meu parceiro de amarra fora confirmado no templo, ele tivesse deixado de tentar resistir ao impulso de ficar o mais perto possível de mim. Embaixo dos cobertores, ele aninha o corpo atrás do meu. Seu calor atravessa minhas roupas, me envolve. Quando ele passa um braço em torno de minha cintura, derreto junto dele com um suspiro.

Eu me sinto muito bem aqui. Muito *segura*, apesar do que pode haver na floresta.

— Desculpe — ele sussurra. O braço em minha cintura me aperta por um instante, e ele beija a área embaixo de minha orelha. — Durma de novo. Amanhã o dia vai ser longo.

— Eu sei. Minha cabeça está girando.

Ele escorrega a mão para baixo de minha camisa e acaricia minha barriga. Fecho os olhos e me concentro nos dedos quentes e no desenho que ele traça em minha pele. Um oito, o símbolo do infinito. Não somos vinculados, mas estamos ligados para sempre, amarrados. Mesmo sendo tudo tão complicado e assustador como é, encontro algum conforto nisso.

— Fale sobre essa conexão que nós temos — peço. — O que significa ser amarrado a alguém?

— É outra coisa que nós perdemos quando achamos que a linhagem de Mab tinha chegado ao fim. Em sua encarnação anterior, isso descrevia a conexão entre o regente Unseelie e outro feérico, normalmente alguém do círculo próximo da rainha. Cada governante na linhagem de Mab tinha uma amarra mágica que o prendia a alguém, normalmente uma pessoa de grande poder. A amarra é uma ligação que permitia ao governante extrair forças de seu parceiro de amarra.

— Só da linhagem de Mab?

Ele se mexe junto de mim como se tentasse me puxar para ainda mais perto.

— Sim. Todos nós desconfiamos de que, de alguma forma, isso remonta à formação original das cortes, algo que Mab fez para proteger sua filha antes de passar a coroa para ela. Mas não sabemos por que nunca vimos isso em outro lugar. Minha linhagem de regentes nunca teve nada disso. Ou, se teve, ninguém jamais encontrou seu parceiro de amarra.

— O que é essa conexão? É como o vínculo?

Ele balança a cabeça.

— Não existe conexão empática ou consciência de localização. É só uma ligação de mão única entre a magia de uma pessoa e a de outra.

— É isso que tem deixado você doente — deduzo. Eu me viro em seus braços para olhar para ele. — *Eu* tenho deixado você doente.

— Só nas ocasiões em que você usou muito poder, e mesmo essas ocasiões teriam requerido uma fração do que você teria usado se tivesse o treinamento adequado. Você está melhorando, e vai continuar melhorando. Eu vou ficar bem.

— Não quero prejudicar você.

— Não está me prejudicando. Está melhorando a cada dia. Vou ensiná-la a usar seu poder com tanta eficiência que você raramente precisará recorrer ao meu.

— E quando eu recorrer?

— Não vai ser um problema. Esse é meu propósito.

As palavras me causam desconforto.

— É uma grande honra estar amarrado a uma rainha das sombras. Meu ancestral Rei Kairyn foi o último amarrado de que se tem conhecimento, antes de sua parceira, a Rainha Reé, ser assassinada.

— Então, você não é descendente de Mab?

Ele sorri como se soubesse que estou perguntando se agora somos parentes distantes.

— Não. Kairyn recebeu a coroa da Rainha Reé quando se pensava que a linhagem dela estava encerrada.

— Eles eram amarrados, mas eram casados?

— Não, mas a lenda conta que ela o amava mais que a qualquer um de seus maridos.

— Então, por que ela não se casou com *ele*?

Ele ri baixinho.

— Porque não era assim que funcionava. As rainhas não se casavam com os parceiros de amarra. Era algo que se considerava muito perigoso. O propósito do amarrado é proteger a rainha. Emprestar a ela sua força e magia. Se fossem casados, ela podia não querer comprometê-lo.

— Todas as rainhas eram romanticamente envolvidas com seus parceiros de amarra?

— A amarra aproxima o par, então era fácil descobrir química e sentimentos mais profundos, mas havia tantos relatos de amor platônico entre parceiros quanto de amor romântico.

— O vínculo de uma rainha com seu parceiro de amarra é proibido?

Finn cai no silêncio por tanto tempo que me arrependo de ter perguntado. Talvez tenha me enganado sobre os sentimentos dele por mim. Talvez ele não queira mais do que podemos ter agora. Quando finalmente fala, sua voz é suave como o vento.

— O poder flui em uma única direção entre um amarrado e sua rainha. Se eles forem vinculados, a ligação vai fazer o poder fluir nos dois sentidos. Esse é o único motivo para que nunca tenha sido feito, ou comentado. Não se podia permitir que um parceiro de amarra absorvesse o poder de sua rainha.

— Mas e se fosse esse o desejo da rainha?

— Isso, como todas as coisas, seria uma decisão da rainha. — A mão dele desliza até meu quadril. — Mas, se você for a rainha em questão, posso dizer com segurança que seu amarrado ficaria honrado por dividir um vínculo com você.

Suas palavras cuidadosas fazem meu coração doer. Nunca pensei no quanto minha decisão de me vincular a Sebastian machucava Finn. Estava ocupada demais me sentindo traída pelos dois para pensar nisso.

— Eu disse a Sebastian que ele precisa me libertar. — Respiro fundo. — Ele está resistindo, mas não posso deixar que pense que vou dar uma chance para nós. Não quando tenho esses sentimentos por você. — Fecho os olhos. — Eu sei que pode parecer que estou sofrendo a influência da amarra, mas é mais do que isso. É mais do que isso há muito tempo, e eu só quero... quero que tenhamos uma chance de explorar isso. Sem o vínculo no nosso caminho.

Finn beija meu pescoço e respira fundo. A mão sobe do meu quadril até a cintura, o polegar toca a lateral do seio.

— Se eu te disser uma coisa, promete que não vai decidir hoje, nem amanhã?

— O quê? — Estudo seu rosto à luz das estrelas.

Ele acaricia minha boca com um dedo.

— Do outro lado do portal, no fundo do Mundo Inferior, correm as Águas da Nova Vida. É uma água tão transparente que pode remover seus erros, seus arrependimentos. Uma água que pode, se você quiser, desfazer os vínculos assumidos. É a única coisa que pode cortar um vínculo só com a sua decisão.

O que significa que eu poderia estar com Finn sem sentir Sebastian entre nós. Não teria que usar escudos para me proteger de Sebastian com tanto empenho. Seria um recomeço.

— Posso pedir às águas para me libertar do vínculo com Sebastian?

— Só se você quiser.

— E então você e eu...

Finn balança a cabeça lentamente.

— Só se você quiser — repete.

Eu quero, mas penso um pouco mesmo assim, considerando o que faria se não sentisse nada por Finn.

— É incrível como posso odiar tanto esse vínculo, depois de ter me sentido sozinha a vida inteira. Sentir a presença constante de alguém devia ser um alívio. Mas nunca tive tempo para me acomodar neste novo corpo sozinha, só eu. Preciso disso.

— E eu quero isso para você. — Ele passa a mão no meu cabelo e segura a parte de trás de minha cabeça, me beijando com firmeza antes de me puxar contra o peito. — Durma, Princesa. Não precisa tomar essas decisões hoje.

Lark visita meus sonhos outra vez, e ver seus olhos prateados e o cabelo escuro e comprido me faz sorrir.

— Quanto tempo — digo a ela, me esforçando para enxergá-la quando acende e apaga como uma ilusão tênue.

— Não pode assumir o trono a partir do Mundo Inferior. — Sua vozinha hoje parece diferente. Cansada.

— Por que está me dizendo isso? — Já aprendi que, quando Lark me visita em sonho, tenho que ouvir sua mensagem.

— Quando a água sobe, você precisa do monstro de olho branco. Não se esconda dele. E não desista.

A imagem desaparece de novo, e franzo a testa, intrigada, tentando entender.

— Pode me mostrar? Explicar por que preciso desse monstro?

Ela desaparece, e de repente estou flutuando sobre um quarto com crianças dormindo, como a enfermaria na capital, mas em algum lugar diferente. O que um monstro tem a ver com crianças dormindo?

— Lark? — chamo.

— Estou muito cansada — ela diz, mas dessa vez só consigo ver seus olhos, mais nada. — Está quase na minha hora de dormir.

— Não está dizendo... Não. — Minha garganta se contrai, e tusso para desatar o nó de lágrimas. — Uma parte sua é da Floresta Selvagem. Como isso pode te afetar?

— Não desista até que o monstro te leve mais para o fundo, Princesa.

Ela desaparece, e eu acordo sobressaltada, alerta e ofegante.

O acampamento está silencioso, e a manhã se aproxima. Finn dorme ao meu lado com o braço sobre minha cintura, respirando tranquilamente.

Monstro de olho branco. O que isso significa? É algum tipo de metáfora? Mas a confusão é encoberta pelo medo. Não podemos perder Lark para o Longo Sono. Isso destruiria Pretha.

Eu poderia acordar Finn e contar meu sonho, mas ele precisa descansar. Todos nós precisamos. Se Lark está se tornando uma das crianças adormecidas, temos que lutar mais do que nunca para pôr alguém naquele trono.

Capítulo 25

DEPOIS DE MAIS UMA hora de sono agitado, acordo com os primeiros raios de luz da manhã espiando por entre as árvores. Kane e Tynan estão adormecidos nos sacos de dormir do outro lado da fogueira, quase apagada. Finn saiu de nossa cama cedo, e imagino que esteja verificando a floresta com seus lobos, além de estarem procurando algo para o café da manhã.

Visto meu manto sem fazer barulho, evitando acordar os outros. Calço as botas, mas não perco tempo amarrando os cadarços, e sigo para o meio das árvores, onde faço minhas necessidades rapidamente antes de seguir para o riacho que vi na noite passada.

Preciso desesperadamente de um banho, mas me contento com lavar o rosto e as mãos. Sigo em frente meio cambaleando, atordoada por ter dormido tão pouco no chão duro. Jas dizia que eu era capaz de dormir em qualquer lugar, mas as semanas em Faerie tinham me deixado indolente. Ou a insônia tinha menos a ver com a falta de um colchão e mais a ver com tentar resistir ao corpo deliciosamente quente e sólido me abraçando.

O riacho é menor do que eu esperava, mas água corrente é sempre uma dádiva, e quando me ajoelho ao lado dela, deixo a correnteza envolver minhas mãos por um instante antes de lavar o rosto.

Ouço o barulho de folhas amassadas atrás de mim. Sabia que Finn não iria demorar para me encontrar.

— Bom dia — falo, e me viro para trás sem me levantar, mas não é Finn.

Uma mulher de cabelo branco e manto azul levanta a mão, e uma explosão de luz se projeta em minha direção. Acesso meu poder, levanto um escudo e a bloqueio antes mesmo de entender o que está acontecendo.

Levanto, pego a adaga que levo presa à coxa e a arremesso na direção de seu peito. Ela pega a faca no ar e a joga de lado. Depois olha para a própria mão e mostra os dentes ao ver o sangue.

— Imundície humana — diz, e se lança sobre mim.

Inclino o corpo para trás e bloqueio o primeiro soco com o antebraço. Ela ataca de novo, eu giro com uma das pernas esticadas e a derrubo. Ela leva a mão ao quadril, mas imobilizo seu braço pisando nele antes que a mulher consiga pegar a faca.

Mobilizo meu poder com a intenção de prendê-la antes que ela consiga contra-atacar. É fácil, mas eu hesito. *Finn. Não posso pôr Finn em risco*. Piso mais forte no braço dela.

— Quem mandou você? — pergunto, olhando em seus olhos azuis e gelados. Ela cospe em mim, e esfrego o calcanhar em seu pulso. — O que você quer?

Ela olha para alguma coisa acima do meu ombro, e a careta se transforma em um sorriso. Viro a cabeça para ver o que ela viu, mas sou muito lenta, e a agulha penetra em meu pescoço antes que eu consiga antecipar o ataque.

Grito ao cair, levando a mão ao pescoço e sentindo o calor da injeção se espalhar como fogo por todo o corpo.

O homem que segura a agulha tem olhos brancos e foscos, e agarra meus pulsos com violência, puxa meus braços para trás com tanta força que meus ombros protestam. Consumida pela agonia que percorre minhas veias, não consigo resistir.

A mulher de manto azul se levanta, olha para mim.

— Sua sorte é que ela quer você viva — fala. Depois limpa folhas e terra do manto com a mão boa enquanto mantém a mão ferida junto ao peito. — Onde estão os outros? — pergunta ao homem que está me segurando.

— Controlados. Vamos. — Ouço um assobio entre as árvores, e o homem que me segura olha para elas com ar preocupado. — Depressa. Tem...

Ele não consegue concluir a frase antes de um rosnado cortar o ar da manhã. Dois lobos enormes surgem do meio das árvores e correm para nós. Dara e Luna. Um deles pega o braço do homem que me imobiliza e o puxa para trás, o outro pula em cima da mulher, a joga no chão e enterra os dentes em seu pescoço. Ela grita, mas o lobo rosna com os dentes bem perto de seu rosto.

Eu me recupero, pego a espada quando mais homens vestidos de preto surgem da floresta e vêm em minha direção. Dara e Luna rosnam e vão atrás deles, impedindo que se aproximem.

Do nada, flechas cortam o ar uma depois da outra e derrubam dois homens de preto.

Um terceiro me ataca, e hesito com a mão no cabo da espada, esperando até ele se aproximar o suficiente para sacá-la da bainha e enfiá-la em seu peito. Ele cai, e levanto a cabeça a tempo de ver outra flecha acertar o sujeito atrás dele.

Corpos caem dos dois lados do riacho, e os lobos andam em volta deles, mostrando os dentes e estudando a área em busca de mais ameaças.

Um estalo ecoa entre as árvores, e vejo outro lampejo de preto. Finn está na minha frente, olhando para mim ofegante.

— Você está bem?

Respondo que sim balançando a cabeça e faço uma careta.

— Eles injetaram alguma coisa em mim.

Seus olhos brilham e as narinas se abrem quando ele olha para os corpos sem vida.

— Arya.

— Sem dúvida — sussurro. — Disseram que ela me quer viva.

Ele fica feroz, agitado e tenso como os lobos.

— Vou matar Arya com minhas próprias mãos.

— Tynan e Kane estão bem?

Ele assente.

— Sofreram uma emboscada, mas conseguiram reagir e escaparam.

Conto três agressores com flechas na cabeça.

— Ouvi quando você lutou com ela. Tentou usar sua magia antes da injeção?

Abaixo a cabeça. Ele já sabe a resposta.

— Princesa — ele rosna. — Por favor, diga que não escolheu um ataque físico à magia porque estava preocupada comigo.

— É claro que eu estava preocupada com você — respondo. — Por que você arriscaria sua vida para salvar a minha?

— Eu teria me defendido. E, de um jeito ou de outro, eles também me pegaram. E pegaram Tynan e Kane também, se entendi bem. Esse grupo não teria tido a menor chance contra o seu poder.

Merda, merda, merda. Ele tem razão.

— Sou mais forte do que você pensa, Abriella, e quanto mais você treinar para praticar sua magia com precisão, menos vai ter que se preocupar com o poder que vai extrair de mim, muito menos com uma extração excessiva.

— Eu sei.

— Sabe? — Ele me estuda com atenção. — Prometa que não vai hesitar na próxima vez. Se sua vida estiver em perigo, se um único fio de cabelo dessa cabecinha linda estiver em risco, vai usar seu poder e extrair de mim o que for necessário. Entendeu?

Olho para ele, para os olhos prateados e penetrantes.

— Não é tão fácil.

Ele levanta uma sobrancelha.

— Quer minha piedade, Princesa?

— Não seja cretino — me irrito, e Finn sorri.

Ele me abraça e me puxa contra o peito.

— Deuses, você quase me matou de susto.

Derreto em seus braços e começo a tremer.

— Eu não devia ter vindo para cá sozinha. Desculpe.

Ele beija o topo da minha cabeça.

— Estou aqui. — E afaga minhas costas antes de se afastar. Está tão abalado com tudo isso quanto eu, mas estende a mão e eu a seguro. Voltamos ao acampamento de mãos dadas, e lá encontramos um punhado de mortos vestidos de preto, entranhas espalhadas e pescoços cortados. A carnificina me deixaria horrorizada se a alternativa não fosse impensável. Não quero imaginar o que a rainha faria se tivesse conseguido me capturar, mas pior é a ideia de que esses corpos poderiam ser dos nossos amigos.

Os únicos sobreviventes no acampamento são Kane, que está furioso, e Tynan, que permanece em silêncio, mas de cara feia.

— Desculpem — diz Finn. — Eu me afastei por um minuto porque Dara estava esquisita. Eles devem ter me atraído para longe do acampamento para me distrair.

— Não entendo de onde eles vieram — diz Kane. — Não houve nenhum ruído, nenhum sinal de cavalos.

— Goblins? — pergunto.

Ele balança a cabeça.

— Nenhum goblin aceita transportar alguém para esta região. E seriam necessários vários para trazer todos ao mesmo tempo.

— Devem ter sido mascarados pela rainha — Finn opina. — Ela está muito poderosa, e isso nem é resultado das pedras de fogo que extraiu destas montanhas.

Kane olha para Finn.

— Eles estão preparados para matar todos nós.

Todos menos eu, penso, mas não falo em voz alta. É vergonhoso, um lembrete de que minha vida continua sendo um prejuízo para meus amigos.

— Que bom que somos melhores que eles — responde Finn.

Tynan o encara e cerra os punhos.

— Acho que precisamos repensar os planos para hoje.

Sigo a direção de seu olhar e vejo Kane segurando um lado do corpo. O sangue escorre por entre seus dedos.

Corro para ele, e Kane olha para Tynan com ar contrariado.

— Estou bem.

Finn franze a testa.

— Por que não cicatriza?

— Porque injetaram aquela merda em nós — Tynan responde.

— Temos que levar você para casa — Finn decide. — Não podemos te curar, e a injeção impede que você mesmo se cure. Você não está seguro aqui.

— Você viu a Névoa Carmim ontem — lembra Kane. — O tempo é essencial. Não sou tão essencial a ponto de não poder ser sacrificado pela nossa corte.

Finn fecha os olhos e respira fundo.

— Tem razão — digo. — E eu concordo com a parte sobre o tempo. Mas gosto dessa sua cara rabugenta e prefiro evitar um sacrifício desnecessário.

Um canto da boca de Kane se ergue em um sorriso torto.

— Não sou fácil de matar.

— Tynan e Kane devem voltar — digo, olhando para Finn para ter certeza de que estamos na mesma frequência. Ele assente discretamente. — Finn e eu podemos passar despercebidos se formos só nós dois, e vocês podem voltar em segurança e esperar a toxina sair do organismo.

— Não seja ridícula — Kane responde.

— Concordo com Abriella — diz Finn. — Isso parece sério, Kane, e você vai acabar nos fazendo perder tempo. Mais do que o habitual.

Kane mostra o dedo do meio, e Finn pisca.

Olho para Tynan.

— Você ajuda ele?

— Não preciso de ajuda — Kane protesta.

— É claro que não, parceiro. — Tynan bate de leve no braço dele e acena com a cabeça para mim. — Vocês dois precisam sair daqui. Sigam pela rota alternativa que nós discutimos ontem à noite. Não sei de onde eles vieram ou como sabiam onde nos encontrar, e não gosto disso.

— Tem razão. — Finn olha para o céu, para o falcão que voa em círculos no alto. — Misha sabe onde encontrar vocês, mas Tempestade vai acompanhar vocês dois, para o caso de terem problemas.

— O falcão de Misha? — pergunto.

Finn confirma balançando a cabeça.

— Às vezes a compulsão por espionagem dele tem suas vantagens.

— Tomem cuidado — peço a meus amigos. — Quero ver vocês quando voltar. Não me desapontem.

Finn já está guardando as coisas em sua mochila.

— Depressa, Princesa. Temos muito chão para percorrer hoje.

Grandes flocos de neve caem sobre o lado direito do meu rosto, me obrigando a fechar um pouco os olhos para enxergar o caminho.

— Falta muito? — pergunto. A atração fica mais forte a cada quilômetro percorrido, mas não tenho ideia do que vou sentir quando estivermos quase chegando. Só sei que estamos mais perto a cada passo.

Finn olha em volta.

— Acho que não. Talvez mais umas duas horas de caminhada até a Mãe Salgueiro. Se eu estiver certo, já penetramos as montanhas o suficiente para estarmos na Crista do Silêncio. — Ele me oferece um cantil com água.

Tudo o que vejo é um caminho rochoso atrás de nós e mais do mesmo à frente. A única coisa que mudou desde que nos separamos de Tynan e Kane foi o frio, tanto frio que não sinto mais os dedos dos pés dentro das botas, nem o lado direito do rosto, exposto ao vento.

— Como você sabe? — pergunto. Graças às injeções, não podemos testar nosso poder para saber se estamos na zona livre de magia.

Ele pega o cantil de volta e o pendura na mochila.

— Consegue sentir Sebastian? — Finn pergunta. — A toxina não interfere no vínculo, mas a Crista do Silêncio, sim.

— Ah. — Não tinha pensado nisso. Procuro mentalmente aquela conexão sempre presente. — Sumiu. — Fecho os olhos e respiro fundo. Todos os meus sentimentos são só meus, e isso é um alívio.

— Não sente nada dele? Nem se tentar?

Tento ir além daquela parede que mantenho entre nós e balanço a cabeça.

— Nada.

Ele olha nos meus olhos.

— Que bom. — E me beija, um beijo quente, impaciente.

Tudo dentro de mim degela e germina, como flores brotando da terra e buscando o sol depois de um longo inverno. O calor de seu toque me deixa com uma sensação ansiosa na barriga.

Enquanto me beija, Finn mergulha os dedos em meu cabelo e inclina minha cabeça para trás. Seguro sua camisa para trazê-lo mais para perto.

Quando ele se afasta, seus olhos estão meio fechados e transbordam desejo.

— Esperei a viagem inteira por isso.

Contenho um sorriso.

— Ah, então foi por isso que veio comigo.

Ele toca meu nariz.

— Kane reclamou tanto da tensão entre nós que, se eu não tivesse visto o ataque, poderia pensar que ele se cortou de propósito para nos deixar sozinhos esta noite.

Ele continua a caminhada, e olho atordoada para suas costas por alguns instantes, ouvindo o eco de suas palavras em minha cabeça. *Sozinhos esta noite. Sozinhos.*

— Logo o sol vai se pôr — ele diz sem olhar para trás. — É melhor encontrarmos um lugar quente para dormir.

— Certo — murmuro, e obrigo meus pés a se moverem de novo. Dois minutos atrás eu teria adorado a ideia de encontrar um lugar para acampar e aplaudido com entusiasmo qualquer coisa que sugerisse *calor*, mas agora estou nervosa.

Dormimos juntos a noite passada e na casa de Juliana. Não é tão diferente.

Mas é.

Estamos sozinhos, e minha conexão com Sebastian não existe aqui. É completamente diferente.

Finn para de andar e assobia para chamar os lobos. Eles se aproximam do mestre e o seguem para o interior da vegetação ao lado da trilha.

— Por aqui — diz, me convidando a segui-lo.

Andamos no meio da vegetação por alguns minutos, antes de chegarmos à abertura de uma caverna. Os lobos entram na frente, depois voltam à entrada e sentam, ofegantes e satisfeitos.

— Vamos — diz Finn, abaixando a cabeça para entrar depois de afagar a cabeça dos dois lobos. — Isto aqui está bom.

— Quer *dormir* aqui? Não sabemos o que tem aí dentro.

Ele ri.

— Abriella, filha de Mab, a que matou o falso rei e futura rainha da corte das sombras, com medo de uma caverninha.

— Não é medo. É... cautela. — Giro os ombros para trás. — Você acha mesmo que isto aqui não é a casa de nenhuma criatura? Só porque não tem nada aqui agora, não significa que não pode ter mais tarde.

Os olhos dele se voltam para mim.

— Prometo cuidar da sua segurança — ele diz em voz baixa.

Alguma coisa borbulha em meu ventre. Seus olhos parecem prometer algo completamente diferente. Alguma coisa muito mais excitante que a mera proteção.

— Vá na frente — digo.

Ele ri e abaixa a cabeça outra vez para entrar. Eu o sigo, agradecendo aos deuses pela habilidade de enxergar no escuro.

Apesar de a entrada ser baixa, o interior da caverna é suficientemente alto para eu poder andar praticamente ereta. Procuro sinais de que estamos invadindo o lar de alguma outra criatura, mas não vejo nada.

Finn permanece abaixado enquanto tira a mochila dos ombros e estende a cama no chão. Ele pega minha bagagem e minha cama e a coloca no último espaço disponível, ao lado da dele.

— É seguro acender uma fogueira? — pergunto. Estou tremendo.

Finn olha para as rochas acima de nós e balança a cabeça.

— Aqui não. O calor direto pode expandir o calcário, e a rocha pode rachar e cair. Mas se fizermos o fogo logo na frente da entrada, a caverna deve absorver parte do calor.

— A neve vai apagar a fogueira antes do amanhecer — comento, vendo os flocos pesados que caem.

— Eu esquento você.

Meu estômago dá um pulo, mas, antes que eu consiga pensar em uma resposta, ele sai da caverna e começa a recolher madeira para fazer o fogo.

Tiro as roupas molhadas e troco por outras secas, limpas. Quando termino, consigo sentir meus pés outra vez e ouço o crepitar das chamas logo além da entrada da caverna.

Finn está parado na abertura, olhando para o fogo e para o vento.

— Que bom que a madeira não estava molhada demais. Estou surpresa — falo, sentindo o calor que começa a entrar no espaço.

— Óleo de lamparina — ele revela. — Depois da magia, é a melhor coisa para acender fogo. — E sorri.

— Por que esse sorrisinho? — Chego perto dele e me detenho, pensando em como seria abraçá-lo por trás, apoiar o rosto em suas costas e sentir sua força. Em vez disso, paro ao lado dele e controlo minhas mãos.

Mas Finn não parece partilhar do meu nervosismo em relação ao contato físico. Ele se vira para mim e rapidamente me toma nos braços. Meu corpo todo relaxa. Este é meu lugar. Eu me encaixo aqui de muitas maneiras que não nos permitimos explorar.

Ele apoia o queixo em minha cabeça e afaga minhas costas.

— Parece um presente — fala, com a voz rouca.

Recuo e olho para ele.

— O quê?

— Uma noite aqui. — E olha para o meu rosto, traçando a linha do meu queixo com o polegar. — Uma noite com você sem ter que dividir.

E beija minha boca de leve. Não é muito. Pode até ser considerado um beijo inocente. Amigável. Mas o reconheço como o prelúdio que é, e isso faz meu coração bater mais depressa.

— Um presente — ele repete.

Sinto um arrepio. O sol está se pondo, e meus dedos perdem a sensibilidade depois de um minuto ali de pé.

— Venha. — Finn segura minha mão gelada e me leva de volta para dentro.

Eu me sento em nossa cama com os braços em torno dos joelhos, e ele despe as camadas externas de roupa, mais molhadas, antes de se acomodar na cama.

— Posso? — pergunta, e estende um braço como se fosse me enlaçar.

Dessa vez estremeço mais forte, e estou batendo os dentes.

— Seria suicídio recusar — respondo, mas não engano ninguém. Nós dois sabemos que quero esse braço em torno do meu corpo por motivos que não têm a ver com o frio.

Deitamos lado a lado, e ele puxa os cobertores sobre nós antes de passar um braço em torno da minha cintura e me puxar contra o peito. Meus músculos relaxam ao sentir seu calor.

— Nunca pensei que ficaria *feliz* por visitar o Mundo Inferior — ele diz, com a voz rouca, afagando meu ventre com os dedos. — Mas me sinto grato... por estarmos sozinhos. Sem ele. Posso fingir que você é minha.

Meu coração tropeça. Eu me viro para ver seu rosto.

— E fingir que você é meu? — pergunto.

— Eu sou inteiramente seu. Isso não mudou.

Meu estômago dá um pulinho com as palavras e a facilidade com que ele as pronuncia.

— Talvez não seja muito fingimento de nenhum dos dois lados.

Ele suspira.

— Lá fora, ele está sempre entre nós — diz. — Por mais que você construa bloqueios, por mais que projete escudos, ele sempre vai sentir você em algum nível. E você sempre vai sentir Sebastian. Mas aqui... — Ele fecha os olhos. — Aqui somos só nós. Mesmo que seja apenas por esta noite.

— Não é — sussurro, e ergo a mão. Seu rosto é como veludo sob meus dedos. — Quero ir para as Águas da Nova Vida. Sei que você pediu que eu pensasse bem nisso, mas não tenho muito o que considerar. Cometi um erro quando me vinculei a Sebastian, e, como ele não está disposto a me libertar do vínculo, quero resolver isso por conta própria enquanto posso. — Passo os dedos por seu cabelo. — Quero fazer isso por mim, mas quero você, e, quando for a hora certa, quero ser livre, não só por mim, mas por *nós*.

Ele estuda cada centímetro do meu rosto, e seus olhos brilham com a luz do fogo refletida nas paredes da caverna. Finn toca meu lábio inferior com o polegar e suspira.

— Como você pode estar aqui comigo se não fiz nada para te merecer?

— Acho que amor não tem a ver com merecimento. É uma abertura do coração, não um julgamento que fazemos. Mas, Finnian, se eu estivesse julgando você, decidiria que é completamente merecedor disso... e muito mais. Seu povo não segue você porque seu pai foi quem foi. Eles o seguem por quem *você* é. E os seus amigos estão lá não pelo que você pode oferecer, mas porque sabem que estar perto de você os faz melhor e faz a vida deles valer a pena.

— Cometi erros terríveis, Abriella.

— Todos nós cometemos — sussurro. — Mas os erros são parte de quem você é, e não me importo muito com eles. Estou apaixonada *exatamente* por quem você é. E isso não tem nada a ver com essa amarra. — Mordo o lábio, procurando coragem. — A conexão mágica que nós temos foi o que me atraiu para você naquela primeira noite, quando nos conhecemos, mas me apaixonei por você por quem você é e pelas escolhas que fez.

Ele fecha os olhos e encosta a testa na minha, respirando fundo.

— Também te amo. E quero muito mostrar o quanto.

— Por que não está me beijando, então? — Mal concluo a frase, e sua boca se apodera da minha. Ele me deita de costas e apoia a perna sobre a minha.

O beijo é como uma marca, uma marca mais permanente do que a runa tatuada em minha pele quando me vinculei a Sebastian. Cada movimento da língua faz meus músculos tensos se soltarem, me faz relaxar só por um minuto.

Quando interrompe o beijo, ele não vai muito longe. Sua boca está tão perto da minha que posso sentir o sorriso.

— Já falei que você tem o gosto do seu cheiro?

Dou risada.

— Considerando o dia em que nos conhecemos, não sei se isso é bom.

— Cerejas e luar.

— Naquela noite você não me beijou — digo, deslizando as mãos por suas costas. — No chuveiro.

— Não.

— Por quê? Eu pedi para você me beijar.

— Porque te beijar era o que eu mais queria. — A voz dele é rouca. — Eu sabia que você se sentia atraída por mim desde a primeira noite. Teria sido muito fácil aceitar o que você oferecia e usar isso a meu favor, considerando essa atração e o efeito das drogas, mas eu queria que você me pedisse quando estivesse lúcida. E não queria que nosso primeiro beijo tivesse a ver com a coroa. Mesmo que devesse ter sido. Por isso não te beijei. Mesmo querendo.

— Você beijou meu pescoço.

Seu sorriso é lento e malicioso.

— Não sou santo, Princesa. Precisava sentir seu gosto.

A necessidade é como uma mola quente comprimida em meu ventre, e seguro a barra de sua camisa e puxo para cima. Assim que me livro dela, toco cada centímetro de seu peito nu, das costas fortes, da pele macia no cós da calça.

— Acho que falei alguma coisa sobre querer sentir seu gosto também — comento, afagando o ponto acima do osso pélvico, onde sei que ele tem uma estrela de cinco pontas dividida ao meio tatuada na pele.

Rindo, ele apoia o peso do corpo nos antebraços e olha para mim.

— Pode acreditar, essa é uma coisa que eu não seria capaz de esquecer. — E pega uma mecha do meu cabelo, sorrindo enquanto a enrola no dedo. — Esse corte...

— É ridículo — completo.

— É meigo.

— Ah, sim, isso é o que toda mulher excitada quer ser. *Meiga*.

Ele ri.

— Você é outras coisas também, é claro — murmura. — Quer que eu faça uma lista?

— Dura, amarga, *impertinente* — começo, tentando manter a leveza, o tom de brincadeira, mas revelando muito do que realmente sinto.

— Estonteante, poderosa, persistente, *de tirar o fôlego* — ele acrescenta.

Mordo o lábio e me mexo sob seu corpo antes de pegar uma mecha do cabelo dele também.

Seus olhos estão meio fechados quando ele olha para mim.

— Aquela noite no chuveiro... você se lembra do que disse quando a levei para a cama?

Balanço a cabeça. Não me lembro de nada daquela noite além do chuveiro.

— Você disse que eu te pedi para ficar.

— Isso. E depois disse que eu te fiz sentir segura como o céu de uma noite estrelada.

Meu rosto esquenta.

— Pelo jeito, fui bem patética.

Ele balança a cabeça.

— Não. Você não entende. Estava dizendo tudo o que eu queria ouvir. *Eu* fui patético, porque queria muito acreditar que as drogas não tinham nenhuma relação com suas confissões.

— Mas é verdade, sempre tirei forças de você.

— É a amarra.

Movo a cabeça em um gesto de negação.

— Não só no sentido da magia. Encontro forças na maneira como você acredita em mim. Na nossa amizade. É uma força que não tem nada a ver com meu poder.

Seus olhos prateados mergulham nos meus.

— Comigo também é assim. Nunca pensei que pudesse sentir isso de novo. Nunca pensei que quisesses.

Estremeço embaixo dele.

— Está com frio?

— Não mais.

— Nem eu. — Ele traça o contorno de minha boca com um dedo, e me encanto com o olhar de fascínio, adoração. Como esse homem tão bonito, poderoso e bom pode sentir tanta gratidão por estar aqui comigo?

Apoiado em uma das mãos, ele desamarra lentamente a frente da minha blusa, expondo meus seios antes de abaixar a cabeça. O ar é frio, mas sua boca é quente quando ele desliza a língua sobre o mamilo duro. Arqueio as costas e gemo quando calor e prazer cortam meu corpo como um raio.

— Você tem ideia do que foi saber que você dormia na minha cama no palácio Unseelie? Ver você lá, quando tinha imaginado isso tantas vezes? Não vejo a hora de ter você lá de novo. Sonhei muitas vezes com te abraçar naquela cama, ter você nos meus braços e dormir com você embaixo das estrelas. — Ele cheira meu pescoço, e projeto o corpo para ele, adorando a sensação dos seios nus contra seu peito, buscando mais pressão entre minhas pernas.

— Finn — murmuro, deslizando as mãos por suas costas. — Eu amo você. — Só quero repetir isso de novo e de novo. Até ele sentir dentro do coração, até acreditar em mim e saber que é digno desse amor.

— Também te amo.

— Temos... — Hesito. — Existe algum tônico que possamos tomar quando voltarmos à capital... para evitar a gravidez?

— Sim. — A boca desliza doce sobre a minha. — Mas não precisamos fazer nada hoje. Temos a vida toda pela frente. Podemos...

— Por favor? — Mudo de posição e flexiono os joelhos, um de cada lado de seu quadril, convidando seu corpo a se encaixar entre minhas pernas. Solto um gemido quando o sinto através das camadas entre nós. — Não quero esperar.

Ele sorri para mim no escuro.

— Eu também não — diz —, mas esperaria. Se quer mesmo nadar nas Águas da Nova Vida, vamos ter todo o tempo de que precisamos, e todas as oportunidades para...

Deslizo os dedos entre seu cabelo e o puxo para mim. Ele sorri enquanto me beija, e as mãos começam uma exploração preguiçosa em meu ventre, dos lados do corpo, nos seios. O polegar passa pelos mamilos inchados.

Levanto o quadril e me movo contra ele, mostrando com o ritmo do corpo onde preciso dele. Mas Finn não tem pressa. Vai beijando meu pescoço, a clavícula, morde de leve os ombros e a curva dos seios e desce até o ventre. Desliza a língua pela barriga e abaixo dela, onde chupa de leve a pele sensível perto do umbigo. Arfo.

Ele afasta minhas coxas e aproxima o nariz da região entre minhas pernas.

— Vou te beijar aqui. — Abre a boca e pressiona a língua contra o tecido.

Não consigo respirar. A mão grande escorrega pelo meu corpo, e os dedos encontram o elástico da calcinha, que ele tira. Mal tenho tempo de me recuperar, e a boca está em meu corpo de novo, as mãos na área interna de minhas coxas, me mantendo aberta enquanto a língua dança em minha região mais sensível, provocando e exigindo até eu choramingar coisas incoerentes.

Cada centímetro meu está vivo, quente e carente, e puxo seu cabelo, precisando dele mais perto e precisando de mais – mais disso, mais dele, mais desta noite. Ele continua onde está, me idolatrando e murmurando seu amor e seu desejo, até que finalmente despenco do precipício como nunca aconteceu antes.

Voo e voo, e não sinto nenhum medo, porque sei que ele vai me pegar. Sei que vamos nos amparar.

Quando ele beija meu corpo subindo pouco a pouco, volto a mim lentamente. Estou sem fôlego e saciada quando sua boca encontra a minha de novo, mas encaixo as mãos dos dois lados de sua calça e a deslizo para baixo.

Ele geme em minha boca, aprovando a atitude, e me ajuda a tirar o restante de sua roupa. Quando finalmente se acomoda sobre mim outra vez, movo o quadril para incentivá-lo a entrar em mim. Em vez disso, ele se apoia nos cotovelos e estuda meu rosto.

— Não pensei que sentiria isso de novo. — E beija meus lábios. — Não imaginei que pudesse. — Ele ergue o corpo e olha para mim. — Estava lutando pelo meu povo, mas quase sem vida, até que você entrou pelo portal. Até que olhou nos meus olhos e me convidou para dançar. Desde então, nada mais foi como antes. Espero que nunca mais seja.

Enlaço sua cintura com as pernas e o puxo para baixo.

— Amo você, Finn. — Encontro o encaixe entre nós e o trago pouco a pouco para dentro de mim.

Ele solta o ar devagar e fecha os olhos por um momento. Aprecio a sensação da conexão entre nós. Aqui não existe espaço para dúvida ou medo do que está por vir. Não há espaço para nada além de esperança. Para nada que não seja amor – e sinto tanto amor que fecho os olhos para me deixar inundar enquanto nos movemos juntos.

— Abriella — ele sussurra. — Abriella, abra os olhos.

Obedeço, e vejo a luz das estrelas brilhando à nossa volta, radiante e luminosa, como se a caverna tivesse se tornado o céu da noite. Como se não houvesse uma tempestade do lado de fora.

— Lindo — murmuro, mas meus olhos trocam as estrelas pelos olhos dele.

Finn desliza a mão até meu quadril e aperta antes de me penetrar novamente, mais fundo que antes.

— Incrível — ele diz, mas também não está olhando para as estrelas. Estamos perdidos um no outro no meio das montanhas antes do dia mais perigoso de nossas vidas. Só temos um ao outro, e isso é mais que suficiente.

<hr />

— As estrelas sumiram — murmuro mais tarde. Estamos abraçados embaixo das cobertas, deitados de lado, nos olhando. Estamos nessa posição há tanto tempo que nem sei quando as estrelas sumiram da caverna.

Finn se deita de costas, e eu o observo à luz trêmula enquanto ele olha para as formações rochosas que parecem pingar do teto da caverna.

— Acho que só estiveram aqui enquanto fazíamos amor. — Ele sorri. — O que pode ser a coisa mais arrogante que eu já disse.

Minha risada sai abafada.

— Mas não tem magia aqui — lembro. — De onde elas vieram?

Ele me puxa para perto e sorri. Nunca o vi com um ar tão feliz.

— Acho que estávamos errados sobre este lugar. A magia não desaparece aqui. Ela só é diferente... desligada de nós.

— Às vezes o diferente é bom — sussurro.

— Concordo. — Ele beija minha cabeça. — Precisamos dormir.

Minha respiração falha quando me lembro do sonho com Lark. Eu pretendia contar o sonho para Finn hoje de manhã, mas, com o ataque ao acampamento e os ferimentos de Kane, esqueci por completo.

— Lark visitou meu sonho ontem à noite.

— Ah, é?

— Ela falou alguma coisa sobre um monstro de olho branco me salvar. — Balanço a cabeça, incapaz de me lembrar com clareza. — Talvez seja uma metáfora. O que um monstro de olho branco simboliza para ela?

— Não sei. Não tenho certeza de que ela pensa assim.

— Talvez não. Mas não foi essa parte do sonho que me deixou preocupada. Ela disse que estava cansada, e desapareceu do meu sonho antes de terminarmos a conversa. Acho...

— Você acha que ela vai cair no Longo Sono?

Eu o abraço mais forte.

— Espero que não.

— Pretha não se permitiu pensar nisso. Essa é parte da razão para ela ter deixado Lark no Castelo Craige. Ser uma criança Unseelie é tão perigoso agora que ela quis enfatizar o sangue da Floresta Selvagem em Lark.

— Amanhã vamos encontrar Mab — digo. — Isso é o melhor que podemos fazer por ela agora.

Finn fica tenso por um instante, mas relaxa em seguida.

— Acho que sim. Sei que não vai ser fácil, mas acredito que ela vai dar as respostas de que precisamos. Não me sinto tão esperançoso há muito tempo.

— E por que agora? O que aconteceu para transformar o Finn carrancudo em alguém esperançoso?

Ele beija minha cabeça outra vez.

— Agora temos você, Princesa.

— Ainda com esse apelido? — Sorrio. — Pensei que já tivesse entendido. Não sou princesa. Nunca fui.

— Eu sei — ele murmura com a boca em meu cabelo. Os lábios roçam minha têmpora, só a sombra de um beijo, mas o calor que me invade é como uma maré de verão quebrando na praia. — Sei que não é, na verdade. Acho que soube desde a primeira vez que te vi. Você não é princesa. Você é minha rainha.

Capítulo 26

O PORTAL FICA EXATAMENTE ONDE nos disseram que estaria: na caverna embaixo das raízes da Mãe Salgueiro, no pico mais ao norte das Montanhas Goblin.

Levamos menos de uma hora para caminhar até aqui de manhã e encontrá-lo, e menos de trinta segundos para cortar minha mão e a dele, misturar o sangue e abrir o portal. Tremendo, olho para a escuridão leitosa que nos espera do outro lado desse anel de luz.

Acordei tão contente e esperançosa nos braços de Finn que até aquele momento tinha me esquecido de ter medo. Me esquecido de que entraríamos em um mundo desconhecido onde enfrentaríamos criaturas perigosas, onde seríamos julgados e ficaríamos presos para sempre se fôssemos julgados incapazes.

Não consigo olhar para Finn. Ele é um lembrete do que posso perder se isso tudo der errado. Em vez disso, me concentro nas lembranças daquelas crianças adormecidas e passo através do círculo luminoso para a escuridão.

Finn me segue e para ao meu lado. O Mundo Inferior é repleto de névoa e sombra. Em outros tempos, eu me sentiria em casa em um lugar como este, com muitas oportunidades para me esconder e me movimentar sem ser notada, mas cada centímetro em mim grita que este não é meu lugar. O portão é um farol luminoso atrás de nós, e tudo em mim quer olhar para trás, ter certeza de que ele está lá, de que podemos voltar, mas me lembro das palavras de Juliana. Se Mab precisa que eu prove que vou perseverar, vou provar. Olho para a frente.

Finn me oferece a mão, e por um segundo penso em recusar a oferta. Não estou preparada para revelar minha fraqueza a ninguém ou a qualquer coisa que possa estar me observando. No entanto, somos mais fortes juntos – aqui e em qualquer outro lugar –, então a seguro, e ele a aperta uma vez com firmeza quando começamos a andar.

O chão range e o céu geme. A terra se inclina dos dois lados, sobe para formar montanhas e um caminho entre elas.

— Acho que é por ali — Finn fala baixinho.

Dessa vez eu aperto a mão *dele*, e caminhamos em silêncio pelo corredor recém-formado. A cada passo, a luz do portal diminui atrás de nós, mas não ousamos olhar para lá. Nem falamos sobre ela. O único som é o do vento neste túnel sobrenatural e das pedras se movendo sob nossos pés a cada passo.

— Já estive aqui antes — murmuro. O vento carrega minhas palavras em círculos sobre nossas cabeças, e elas se repetem três vezes. Mais suaves a cada volta antes de desaparecerem. — Uma vez, quando minha mãe me levou à praia. Viemos aqui.

Ele afaga minha mão.

— Reconhece o lugar? Parece familiar?

— Não tinha essa aparência, mas sinto que é familiar. Sei que estive aqui antes. — E Mab... era a mulher com quem me lembro de ter visto minha mãe falar? A que me assustou?

O tempo parece passar em um ritmo mais lento, mas me concentro em pôr um pé diante do outro. Às vezes subimos. Às vezes descemos. Às vezes o terreno é tão plano e repetitivo que penso que a monotonia pode me enlouquecer.

Não há sinais dos monstros sobre os quais os outros nos preveniram. Apenas desolação vazia, infinita.

Quando parece que estamos andando em círculos muito longos em uma repetição interminável e cada instinto meu clama para voltarmos ao portal, penso nas crianças, em Lark, em todos os inocentes que serão presos e escravizados se não continuarmos.

Quando tenho certeza de que andamos quilômetros e quilômetros em direção a lugar nenhum, a rocha muito alta de cada lado do corredor desaba bem no meio e revela uma floresta escura e sombria.

Ventos úmidos contornam as árvores e rastejam entre as raízes. Meu coração dispara.

— Tudo bem? — Finn pergunta.

Assinto e continuo andando.

— Se sou descendente de Mab, isso significa que Jas também é? — pergunto, só para ter algo em que pensar e me distrair neste lugar.

— Não sei — ele diz. — Se o sangue de Mab veio de um de seus pais, imagino que sim.

Sorrio.

— Antes de ser presa por Mordeus e ter pavor deste mundo, Jas ficaria eufórica com isso, com a ideia de sermos descendentes de alguma grande rainha feérica.

— *A Grande Rainha Feérica* — Finn me corrige. — E lamento, sinto muito por Mordeus ter machucado sua irmã e despertado nela esse medo de nós.

— Eu também lamento. Mas espero... espero um dia ver Jas de novo. De algum jeito.

— Vou garantir que isso aconteça. Você pode aprender a se glamourizar... ou deixar uma sacerdotisa fazer isso por você. — Ele afaga minha mão. — Sei o quanto ela é importante para você.

— Ela é tudo o que tive por muito tempo. — Presto atenção a cada passo que dou. É como se todos os sacrifícios que fiz por minha irmã tivessem me trazido a este momento. Como se eu estivesse me preparando para isso, para o que estivesse por vir, fosse lá o que fosse, o que eu pudesse fazer para salvar este reino.

— Fale sobre Jas — Finn pede, passando na minha frente e desembainhando a espada para cortar uma teia de vinhas no caminho. — Como ela é?

Sorrio.

— Ela é maravilhosa. Jas faz todo mundo feliz em torno dela. Sempre adorou ouvir histórias. Até quando era pouco mais que um bebê e achávamos que ela nem conseguia entender, ela se aconchegava no meu colo enquanto minha mãe me falava sobre a terra mágica de Faerie. Acho que Jas gostava do som da voz da nossa mãe e da cadência das histórias que ela criava.

Seus olhos, sempre tão ocupados e atentos a ameaças, se demoram em mim por um momento.

— Você acha que sua mãe sabia que você tinha um papel a desempenhar no nosso mundo?

— Não sei. — Se estou certa e já estive aqui antes, se minha mãe tinha me trazido ao Mundo Inferior, é claro que ela sabia de alguma coisa.

Um falcão feito de névoa desce em queda livre diante de nós. Projeto a cabeça para trás, mas não me atrevo a andar mais devagar. Finn aperta minha mão.

— Alguma coisa aqui é real? — pergunto.

— Depende da sua definição de real — ele responde. — Só não olhe para baixo.

Só porque ele falou, eu olho, e, lá do outro lado da névoa aos nossos pés, o chão despencou, revelando uma gigantesca queda no nada. Tropeço.

— Olhe para a frente, Princesa — ele diz, e me puxa com delicadeza.

Andamos e andamos até minhas pernas queimarem, até eu duvidar de que vamos chegar a algum lugar.

Já fortaleci minha determinação pela centésima vez quando névoa e sombras se dissipam e as montanhas se formam novamente à nossa volta. Até estarmos de repente no centro de uma...

— Isto é uma sala do trono — sussurro, vendo a plataforma de pedra na nossa frente e o trono retorcido de raízes de árvores em cima dela.

— Rainha Mab — diz Finn, voltando o rosto para o céu que não é céu nem teto. — Sou o Príncipe Finnian, filho de Oberon, e esta é Abriella, filha de Mab. É ela quem detém o poder da coroa Unseelie, e eu sou seu parceiro de amarra. Viemos pedir sua orientação para podermos salvar seu reino.

O trono está vazio, e no momento seguinte chamas negras o cercam, tremulando até revelar uma mulher de olhos cor de amêndoa. Seu cabelo é da cor do fogo e comprido até a cintura, e dança entre as chamas negras, entrando e saindo delas como em uma estranha coreografia.

Já estive aqui antes. Já vi essas chamas negras.

Em seu aniversário de dezoito anos, dissera Mab, *ela vai se tornar quem realmente é. Não tente impedir.*

Ao meu lado, Finn se curva com um joelho no chão, e estou tão chocada que nem penso em me ajoelhar até ele puxar minha mão.

— Podem se levantar — Mab diz sem mover os lábios. A voz dela não é algo que ouço com os ouvidos, mas um eco em minha cabeça. — Raramente recebo visitantes. Aproximem-se, deixem-me ver o rosto de vocês.

Finn e eu nos levantamos e damos dois passos na direção dela.

As chamas negras em volta de Mab recuam. Só agora vejo como sua pele é pálida – quase cinza – e como seus lábios são vermelhos, da cor do sangue. Ela inclina a cabeça para Finn e sorri.

— Você tem os olhos de seu pai, mas essa pele cor de areia do deserto é da sua mãe. Ela não foi a escolhida de seus avós para reinar ao lado de seu pai.

Finn hesita, mas sinto a tensão se dissipando nele.

— Foi uma boa rainha, mesmo assim.

— Pena que tenha morrido tão cedo. — O sorriso de Mab remove qualquer sinceridade do comentário, e uma coisa fica clara: ela pode querer o melhor para seu povo, pode ser a única capaz de nos ajudar a salvar sua corte, mas não é a ancestral benevolente que imaginei. Não era à toa que minha versão criança tinha medo.

Aperto a mão de Finn para induzi-lo a respirar, não morder a isca que ela joga.

— Você se parece muito com minha neta — diz Mab. Os lábios vermelhos e brilhantes se distendem em um sorriso de sereia quando olha para mim.

— Eu soube que sou filha de Mab. Isso é verdade? Sou descendente de sua neta?

— Sim. A amada Rainha Reé. Ela viu todos os filhos e os filhos dos filhos serem mortos pela Corte Seelie, e soube que não poderia passar a coroa para um descendente sem correr o risco de acabar completamente com a própria linhagem. Por isso ela transformou a última filha em humana e a mandou para o reino humano, onde ela estaria segura, de modo que, gerações mais tarde, quando a corte mais precisasse, você pudesse voltar para nós e salvar meu povo e nossa terra da completa aniquilação.

— Pensávamos que sua linhagem tivesse perecido — declara Finn. — Nunca contaram para nós.

— As profecias estavam lá — ela responde. — Não ouviu? Sussurros sobre uma rainha que aparece como forasteira, aquela que vai equilibrar o sol e a sombra e pôr fim à guerra?

Inspiro profundamente.

— Uma *rainha*? — Essa era a profecia de que Sebastian falava quando justificava seus planos para tomar o trono. Mas ele acreditava que seria um *rei*.

Mab mostra seu sorriso lindo e sinistro.

— Em minha linhagem, são as mulheres que têm o verdadeiro poder. Uma *rainha*, é claro. Sua mãe deveria lhe contar tudo quando você completasse dezesseis anos, e depois, quando completasse dezoito, a magia suprimida em seu sangue teria se libertado e transformado você. — Ela faz um barulho que penso que pode ser uma risada. — Se nunca tivesse se vinculado ao filho de Arya, jamais teria precisado da Poção da Vida. Seu sangue teria feito a mesma coisa por você sem a morte dolorosa.

Balanço a cabeça.

— Não entendo. Minha mãe era humana. Se ela também tinha seu sangue, por que não se tornou feérica aos dezoito anos?

— Porque não era a hora. Nem para ela, nem para qualquer outra antes dela. Não eram as prometidas. Não eram você. Então, o que fazia delas feéricas foi suprimido, como aconteceu com você e sua irmã.

As palavras dela penetram em mim devagar, como se sempre houvessem estado aqui.

— Minha mãe sabia disso.

— E Oberon também, na noite em que lhe salvou — diz Mab. — O sangue dela foi parte do que o atraiu, embora ele não soubesse naquele momento.

Quando ele conseguiu voltar para casa depois da longa noite no reino humano, quis trazê-la também. Ela se recusou por saber qual era seu papel. Sabia que seria mãe da próxima grande rainha das sombras. Sabia que o reino de Oberon precisaria mais de você do que ela precisava dele. Ele só entendeu a verdade, finalmente, quando você estava morrendo.

Finn estuda a terra a seus pés e balança a cabeça.

— Ele estava protegendo a corte, afinal — diz, e consigo ouvir o alívio em sua voz, perceber que ele precisava dessa informação sobre o pai.

— Ele teria tido mais tempo se a Rainha Arya não interferisse.

— Arya... sabia que eu era sua descendente? — pergunto.

— Deuses, não. O poder que escondia você era forte demais para ser detectado por uma descendente de *Deaglan*. O vidente dela profetizou que a filha mais velha da amante do Rei Oberon acabaria com ela, arrancaria seu coração com sua própria lâmina. Por isso Arya mandou seus sprites cruéis para provocar aquele incêndio. Eles criaram uma armadilha para a casa desabar justamente quando você corria para a porta. Mas você escolheu salvar sua irmã primeiro, e, por ter posto a vida dela à frente da sua, não estava no local onde eles planejaram o pior desmoronamento. Por ter salvado sua irmã, Oberon conseguiu salvá-la passando a coroa para você anos antes do planejado.

Meu coração dispara. Volto atrás e remonto um quebra-cabeça que pensava já ter entendido.

— Pensei que você entenderia tudo quando fosse capaz de se sentar no Trono das Sombras. — Os olhos de Mab, cor de avelã e muito parecidos com os meus, me queimam. Sinto que ela pode ver através de mim e enxergar meu passado. — O trono era seu. Podia ter ficado com ele. Mesmo que governar como mortal fosse... complicado.

Balanço a cabeça.

— Eu não sabia. Por que não me contou?

— Nós no Crepúsculo não conseguimos falar diretamente com os vivos, a menos que façamos a jornada até lá. Vocês estão aqui agora porque as sacerdotisas uniram seus poderes para enviar a mensagem, apesar de todo o esforço daquela traidora, a Alta Sacerdotisa, para mantê-los longe daqui.

— A Corte Unseelie está morrendo — digo. — Você diz que tenho um papel a desempenhar, mas não posso me sentar no trono sem a coroa, e Sebastian não pode ocupar o trono sem o poder. Precisamos saber como colocar alguém no trono.

Dessa vez o sorriso dela é largo, expõe a boca de dentes pretos e, entre eles, uma escuridão sem fim.

— Se ele desistir da vida, pode passar a coroa para você, minha criança.

Serpentes deslizam sinuosas pelas chamas em torno da base do trono. Os sibilos são como um aviso, o tique-taque de um relógio.

— Não pode ser o único jeito — respondo.

— Depende de qual questão você quer ver respondida — ela diz. — Quer saber como colocar um governante no Trono das Sombras ou quer saber como salvar o reino?

Olho para Finn e vejo a frustração em seus olhos.

— Queremos ajuda para salvar a corte — ele afirma. — Por isso estamos aqui.

As serpentes avançam sobre nós com as presas à mostra, sibilando mais alto.

— Vocês precisam de mais que coroa, poder e trono para salvar a corte das sombras — é a resposta. — A Rainha Arya se tornou poderosa demais. Precisam promover o equilíbrio entre as duas cortes. A solução requer sacrifício.

Finn fica pálido.

— Não pode estar sugerindo que Abriella...

— Que ela se sacrifique? Não. Mas ela faria isso. Entende? O amor dela por você não seria suficiente para mantê-la viva. Se ela acreditasse que o filho de Arya pudesse ser o governante de que os Unseelie precisam, já estaria aqui comigo. — E balança a cabeça. — Menina boba.

— Por favor, ajude — sussurro. Minha voz é rouca, como se eu tivesse gritado. — Crianças estão morrendo. A *corte* está morrendo.

— Sim, porque o poder da Rainha Arya é muito grande. Mesmo que o Príncipe Ronan estivesse disposto a fazer o sacrifício, a mãe dele ainda se tornaria mais e mais poderosa, e minha preciosa corte ainda pereceria. Alguém precisa detê-la.

— Sua solução é matar Arya? — Finn rosna. — Como? Ela é muito bem protegida, está muito bem escondida e é muito poderosa.

— Fica mais poderosa a cada dia — Mab concorda. — A Corte do Sol se fortaleceu, e o desequilíbrio continuado só vai torná-la ainda mais forte.

— Você quer que eu peça para Sebastian se sacrificar só para eu poder ocupar o trono, mas está dizendo que nem isso é suficiente se não matarmos Arya.

— Isso, menina. Você também precisa matar a rainha. E só *você* pode.

— E se eu não puder? — Olho para essa minha ancestral. — Não tenho nada de especial. Sou só uma menina que...

— Que amou profundamente, a ponto de ter coragem para enfrentar um reino desconhecido para salvar a irmã — diz Mab. Ela respira fundo, lentamente, e me olha de cima a baixo. — *Eu* fui apenas a mãe que teria dado qualquer coisa para salvar seu filho. É o nosso *amor*, minha criança, que nos torna certas para esse papel, mas também nos faz cruéis. Foi o meu amor que me levou a amaldiçoar um reino, e foi o seu que a fez mentir para o seu amante e roubar da Corte Seelie. Não perca de vista essa escuridão em você. Deixe que ela sirva à luz.

Quero *gritar*. Viemos até aqui para ela dizer o que já sabíamos? Para ela sugerir que temos que convencer Sebastian a fazer uma coisa com a qual eu não poderia viver, mesmo que ele *se disponha* a isso?

— Mas... — ela continua depois de uma longa pausa. — Se não é capaz de sacrificar a imortalidade de seu parceiro vinculado e encontrar um jeito de matar a Rainha Arya, existe outro caminho.

Meu coração dispara, como se tentasse sair na frente e iniciar a volta para o portal.

— Que caminho?

— Quando criei o Trono das Sombras, já usava a coroa, e conectei o trono ao meu parceiro vinculado de alma.

Finn avança um passo, passa na minha frente.

— Seu parceiro?

— O trono reconhece um par vinculado como um, desde que o vínculo tenha sido solidificado pela magia do Rio de Gelo.

— Não — Finn murmura, e seu rosto bonito fica pálido.

Olho de um para o outro sem entender.

— O Rio de Gelo não apenas solidifica o vínculo. Ele une as duas vidas. Assim, se alguma coisa acontecer com Sebastian... se ele morrer...

— Eu também morro — sussurro.

— Sim. E, se vocês forem até aquelas águas sagradas juntos e solidificarem o vínculo para que nunca possa ser desfeito, para que sua vida e a dele sejam uma só, você e o homem que usa a coroa podem ocupar o trono... juntos, nunca separados. Assim, coroa e poder são usados por duas criaturas, mas nunca divididos de verdade. Ter o sangue Seelie do Príncipe Ronan no trono junto com o meu devolveria o equilíbrio às cortes.

Não me mexo, mas tenho a sensação de que fui jogada três passos para trás.

Mab olha para Finn.

— Como seu parceiro de amarra, espero que apoie a decisão que ela tomar. Confio em você para dar a ela o poder que for necessário para pôr em prática suas escolhas.

Finn endireita os ombros e enrijece a mandíbula.

— É claro. Vai ser uma honra para mim. — Quando se vira, seus olhos estão vazios como eu não via desde que ele havia me contado que Isabel morrera em seus braços. Ele passou a vida inteira se preparando para assumir aquele trono, e agora deve entregá-lo a Sebastian. E deve desistir de mim também.

Toco seu pulso com os dedos.

— Finn.

— Temos que ir.

— *Você* vai — Mab diz, e acena com a cabeça na direção dele. — Mas eu preciso falar com minha filha por um momento.

Antes que Finn possa fazer qualquer coisa, ela move a mão, e ele desaparece. Sufoco um grito.

— Ele vai estar lá quando terminarmos aqui.

— De que você precisa? — pergunto. Ainda estou tentando processar tudo o que ela me disse, tentando entender como pode ser meu futuro. Não posso dar as costas para este reino.

— Você anseia pela mortalidade. — Ela inclina a cabeça e estreita os olhos. — Ou... *ansiava*. Está mudando depressa. Talvez não se importe mais com a resposta que queria e já tem.

— Não me venha com enigmas. Quero saber como salvar a corte.

— Salvar a corte. É *isso* o que você mais quer? Mais que uma breve vida humana em seu cruel reino mortal?

A pergunta parece importante. Pesada e frágil ao mesmo tempo.

— Salvar a corte é o que eu mais quero.

Ela assente uma vez, e com uma expressão imperativa que me faz sentir que uma parte importante do meu destino foi decidida.

— Não está preparada para reinar.

Quase grito de tanta frustração, mas mordo o lábio.

— Farei o que for necessário para salvar a corte.

— Mas vai fracassar, se não aceitar a escuridão em você. Por que o recusa?

— Recuso o quê?

— Seu eu sombrio?

Paro de respirar por um instante. *Meu eu sombrio*. Imagens passam pela minha cabeça. Os cadáveres mutilados dos guardas orcs em torno da fogueira. A faca ensanguentada cintilando com as chamas. As mechas de cabelo de Juliana sobre minha mesa de cabeceira.

— É uma arma que está à sua disposição, e você se recusa a empunhá-la. A amorosa Abriella. A devotada Abriella. A cuidadosa, a responsável Abriella. Mas existe outro lado em você. Seu lado de sombra. E ele tem poder. Você só precisa se dispor a aceitar as partes que finge que não estão aí dentro. Aceite a escuridão, e ela vai despertar e *servi-la*.

— Não preciso dela.

— Precisa, sim. — Mab sorri. — Ela guarda suas partes cruéis. As partes que sentem ciúme e raiva. As partes egoístas que vão pegar o que você *quer*, finalmente. — Ela olha para mim como se pudesse me enxergar por dentro. Seus lábios se contorcem, e não consigo decidir se o sorriso é de humor ou desgosto. — Mas lembre-se: se pensa em sacrificar o Príncipe Ronan para poder se vincular ao seu parceiro de amarra, vai ter que encontrar outro jeito de equilibrar o poder entre as cortes. Mate a rainha, ou a veja destruir a corte das sombras.

— Não vou sacrificar Sebastian. Não sou tão egoísta.

— Eu sei — ela diz, e sua voz se torna melodiosa. — E a rainha também sabe. Por isso você precisa do seu eu sombrio. Porque *ela* não tem o coração tão bom. *Ela* não teme usar as ferramentas que estão à sua disposição.

— Que ferramentas?

— Finnian, filho de Oberon, é mais poderoso que o pai e que o pai dele. Você pode usar esse poder. Com acesso a essa magia, nunca ficará sem força.

— E arrisco a vida dele?

— A amorosa Abriella. A devotada Abriella. A cuidadosa, a responsável Abriella — ela repete, e é impossível ignorar o tom de deboche. — Sua corte precisa da cruel Abriella, da maldosa Abriella.

— Está me confundindo com minha irmã. *Não sou* a bondade em pessoa.

— É claro que não.

Da mesma maneira repentina como desapareceu, Finn reaparece ao meu lado. Não há mais em sua expressão a reverência pela antiga regente, mas uma raiva contida que anuncia que ele não tolera ficar longe de mim.

— Agora vão — ela diz. — Os monstros saíram para brincar, e vão adorar destruir seu portal antes que vocês consigam chegar lá.

Sou tomada pelo horror quando penso em ficar presa aqui.

— Não pode protegê-lo?

— O portal está em dois planos, e não posso tocar nada fora do Mundo Inferior. Vão! — Ela desaparece, e as paredes da sala do trono sobrenatural somem. Finn segura minha mão e voltamos pelo mesmo caminho. Não sei com que rapidez precisamos nos mover, mas tenho a sensação de que levamos horas para chegar aqui.

— Finn me empurra de leve.

— Corra — diz.

Obedeço, corro com todas as minhas forças e o sinto logo atrás de mim. O Mundo Inferior faz seus jogos conosco no caminho de volta ao portal. Montanhas se elevam dos dois lados da trilha e se movem sob nossos pés. Oceanos se formam nas profundezas, e ondas se elevam e sobem pelas nossas pernas, ameaçando nos levar com elas.

Seguimos em frente. Não me atrevo a parar de correr até conseguir ver o portal ao longe, o círculo de luz nos chamando para casa. Não consigo recuperar o fôlego e não consigo parar.

A névoa à nossa volta se transforma em chuva, uma chuva torrencial que penetra meu rosto e gela os ossos. As montanhas tremem. Minhas botas estão encharcadas, e quando olho para baixo a água que se acumula alcançou meus tornozelos.

Finn estuda a névoa.

— Meu pai está aqui — ele sussurra. — Eu sinto.

Olho ao redor, mas tudo o que vejo é chuva, água subindo e céu carregado em todas as direções.

— Agora entendo. — Ele reduz a velocidade até parar. Não está falando comigo. Está falando com alguém que não posso ver.

O brilho do portal tremula, enfraquece.

— Finn — chamo, e puxo a mão dele. Se eu tivesse uma chance de falar com minha mãe outra vez, eu não hesitaria, mas precisamos sair daqui.

— Merda — Finn grita, olhando para a água que agora alcança nossos joelhos. — Corra!

Não preciso de mais incentivo. Corro para a luz cada vez mais fraca do portal. Minhas pernas não se movem com a velocidade necessária na água, que sobe até minhas coxas. Então começo a nadar.

Olho para trás para ter certeza de que Finn está ali, mas ele parou de novo. Está de olhos fechados, com o rosto voltado para cima.

— Vá! — A voz dele é forte, mas o corpo... ele está desaparecendo. Como uma nuvem se dissipando à luz do sol.

— Não vou sem você. Depressa!

— Estou preso. As rochas se deslocaram. Vá!

Nado em sua direção, e ele grita comigo.

— Maldição, Abriella! Você não tem muito tempo.

O portal brilha atrás de mim, me chama, mas não consigo dar as costas para Finn. Não vou dar. As palavras debochadas de Mab ecoam em minha mente, mas eu as ignoro. A menina que veio para um novo mundo para salvar a irmã é a mesma que não vai dar as costas para quem ela ama.

Respiro fundo e mergulho, nado até as pedras em volta dos pés de Finn. A água gelada passa por mim em uma torrente forte, e tenho que nadar muito para ficar no lugar. Um segundo de fraqueza e a correnteza me levará para longe dele.

Passo um braço em torno de sua coxa, depois uso a outra mão para puxar as pedras que prendem sua outra perna. São muito grandes. Muito pesadas. Tenho que usar as duas mãos, bater os pés o tempo todo. Meus dedos dormentes não funcionam bem, mas continuo puxando as pedras, que insistem em reaparecer de um jeito mágico.

Um grito agudo atravessa a água, e, quando abro os olhos para ver o que é, deparo com olhos brancos e sinistros vindo em minha direção. Puxo e puxo até este lugar estranho reconhecer minha persistência, e os destroços que prendem a perna de Finn caem.

Mãos se encaixam sob meus braços, e Finn me puxa para a superfície.

— Vá! — ele grita, me empurrando para a frente, para o portal... para o monstro.

Arfando, balanço a cabeça.

— Tem alguma coisa vindo de lá. Precisamos dar a volta.

— Não temos tempo. — Ele me enlaça com um braço e dá impulso na água com o outro.

— Estou bem. — Consigo me soltar e nado ao lado dele. Pernas e braços estão dormentes, e o instinto grita que eu deveria estar nadando para longe daqueles olhos, não na direção deles, mas me obrigo a seguir em frente, para a luz cada vez mais pálida do portal.

— Estamos quase chegando — diz Finn.

Uma dor aguda rasga minha coxa, sou puxada para baixo.

Mais fundo, mais fundo. Até a pressão que cresce em meus ouvidos e nos pulmões começar a queimar.

Mais fundo.

Não consigo ver a criatura que me domina, mas a julgar pela boca na minha perna, ela é enorme. Serpenteia em torno de pedras e para dentro da correnteza até entrarmos em uma caverna embaixo d'água. Procuro tateando com as mãos até encontrar uma rocha com bordas afiadas e bato com ela em um daqueles olhos brancos e sinistros.

A criatura me solta, e não perco tempo, saio da caverna novamente. Finn me encontra no meio do caminho, me enlaça com um braço e me leva para a superfície.

O ar queima quando o levo aos pulmões – queima como veneno, queima com uma intensidade suficiente para eu não conseguir me forçar a respirar de novo.

— Estou segurando você! — Finn me puxa para cima de um patamar rochoso sobre a água revolta. Ele me solta e olha nos meus olhos.

— Respire, pelos deuses! — ele grita, e seus olhos prateados transbordam angústia.

E eu respiro. Respiro. E é pura agonia. Quero afundar na água novamente e voltar a dormir. Dói muito.

— De novo! — Finn ordena.

Obedeço. Uma, duas, três vezes. Cada inspiração dói um pouco menos.

Só então ele olha em volta.

O mundo gira, mas tento acompanhar Finn, ver o que ele vê. O céu sobre nós não é escuro. Consigo enxergar na escuridão. Este preto não é nada. É um vácuo.

A água lambe a plataforma de pedra, e o portal brilhante...

— Onde ele está? — Minha voz é áspera, as palavras são mais sons esganados que palavras, mas ele não precisa de mim para explicar.

— Desapareceu — Finn sussurra. — O portal se fechou. — Ele olha para minha coxa e sua expressão fica ainda mais séria.

Só sinto a dor quando vejo o corte profundo, sangrento, em minha perna. A dormência e a adrenalina mascararam a dor, mas agora sinto queimar, latejar, e tem *muito, muito sangue.*

Vou morrer aqui.

Capítulo 27

QUANDO A ÁGUA SOBE, *você precisa do monstro de olho branco. Não se esconda dele.*

Aquela criatura que quase me afogou... tinha sido isso que Lark previra? *Não desista até que o monstro te leve mais para o fundo, Princesa.*

— Acho que há outro caminho — sussurro, buscando às cegas a mão de Finn. — O monstro de olho branco sabe onde fica a saída. Deve haver outro portal no fundo, abaixo da superfície, outro jeito.

Os olhos de Finn brilham no escuro.

— Mab disse isso?

— Lark — respondo em voz baixa. — No meu sonho.

Ele respira fundo e olha de novo para minha perna.

— Consegue nadar desse jeito?

Balanço a cabeça.

— Vá sem mim.

— Não me tire do sério — ele rosna.

— Só vou atrasar você. Não sei qual é a profundidade da caverna ou que distância você vai ter que nadar. Não vai conseguir se tiver que me puxar.

Finn tira o casaco e o rasga, produzindo uma longa faixa.

— Pode escolher: nada ou eu puxo você — diz, e envolve minha coxa com o pedaço de tecido. O curativo é apertado, tanto que dói, mas o sangramento é estancado.

As pedras à nossa volta tremem e racham, como se o mundo estivesse desabando.

— Vá! — grito. — E continue nadando, mesmo se me perder. — E o empurro para a água.

Os olhos dele queimam quando encontram os meus. Ele segura meu rosto com as duas mãos.

— Não *se atreva* a morrer, Princesa. Vamos encontrar esse portal juntos, e vamos passar para o outro lado. Entendeu?

As rochas embaixo de nós tremem de novo, e mais água jorra das frestas.

— Finn...

— *Entendeu?*

Ele não vai sair daqui enquanto eu não concordar, por isso balanço a cabeça em uma resposta afirmativa.

— Ótimo. Vamos.

Finn se levanta e me põe de pé. Depois respira fundo e mergulha. Vou atrás dele, e a sensação é de mergulhar em um lençol de gelo. Cada sentido é atacado pelo frio intenso, cada centímetro de pele parece perfurado por pequenas agulhas congeladas, e cada instinto me diz para voltar à superfície.

Antes que eu possa considerar essa alternativa, Finn me puxa para a frente, e estamos nadando de volta à boca escura da caverna. De volta àqueles olhos brancos mortais e àquela boca enorme. Seguro o cabo da faca com dedos entorpecidos e nado com mais vigor, buscando uma energia que não tenho.

Finn abre caminho na água turva levando a faca na mão, e eu o sigo procurando aqueles olhos. Não há nada além do escuro na minha frente – não é escuridão, mas um vácuo, como o céu sobre nós. Finn segura minha mão e aponta, e o sigo quando ele vira à esquerda. Então, vejo outro cume e a superfície da água – ar dentro da caverna. Quando chegamos à superfície, nós dois reagimos chocados.

Finn afasta a água dos olhos antes de estudar o entorno.

— Nem consigo dizer qual é o lado de cima — ele resmunga.

— Mais fundo. Lark disse que temos que ir mais fundo. — Estou batendo os dentes. Mal posso me locomover na água. Sinto náusea, e minha pulsação é errática. — Se eu não conseguir, prometa que vai continuar tentando.

Finn olha para mim, e vejo novamente o príncipe das sombras carrancudo.

— Vou fingir que você não disse isso *logo depois* de me prometer que não vai morrer.

Tento rir, mas o som que produzo mais parece um ganido.

— Pronta? — ele pergunta. Sua voz também é rouca. A água se move à nossa volta.

— Alguma coisa está vindo — aviso.

— Nade, nade com vontade. — É uma ordem que não me atrevo a desobedecer.

Mergulhamos juntos e nadamos. Deixo Finn escolher o caminho de acordo com sua intuição. Porque ele está certo. Este lugar desorienta.

Minhas pernas parecem blocos de gelo, meus braços são pesos mortos, meus pulmões estão tão comprimidos que poderiam explodir. Se duvidar dessa confiança só por um momento, se pensar que existe alguma chance de estarmos nadando na direção errada, vou desistir.

Quando emergimos outra vez, a água está tão perto do teto da caverna que só há espaço para boca e nariz capturarem o ar. É tortura. Sinto as rochas convergindo, aproximando-se de nós, roubando o ar. Arrepios percorrem minhas costas, sobem pelas pernas e pelos braços.

Então sou puxada para baixo de novo. Dessa vez não sinto dor aguda, não há monstro abocanhando minha coxa, só mãozinhas invisíveis me levando para baixo, para baixo e *para baixo*.

Quando estou quase deixando a água entrar em meus pulmões, o rosto de Finn aparece na minha frente na água turva, e ele me toma nos braços e me leva novamente à superfície, mas só para eu respirar, e submergimos novamente.

Mergulhamos e nadamos várias vezes, voltando à superfície para respirar. Mergulhamos e nadamos, voltamos à superfície e respiramos.

Quando penso que não consigo mais nadar, nado mesmo assim. Quando penso a caverna não pode ficar mais escura, quando tenho certeza de que não sou capaz de ir adiante, eu vejo: um círculo de luz fraco, branco e pulsante.

Meu corpo grita pedindo para parar, desistir e afundar, grita pela promessa dos braços quentes que me receberiam lá.

Finn segura minha mão e puxa com força. *Não pare. Não se atreva a desistir.*

A vontade dele me invade, e bato os pés com vigor a caminho daquele túnel de luz. É ofuscante e está em todos os lugares, à nossa volta, mas a mão na minha me leva *para cima*, e de repente emergimos e encontramos sol, ar fresco e o som de pássaros cantando nas árvores.

— Quase chegando, Princesa. — Ele não solta minha mão quando me leva pela água em direção à terra firme. Quando a água fica rasa, seguimos engatinhando para a margem arenosa.

Tusso, e meu peito arfa como se os pulmões tentassem compensar todos aqueles minutos embaixo d'água, todos aqueles minutos sem ar. Caio e rolo, fico deitada de costas, deixo a luz do sol me banhar, me encharcar.

Finn se vira para mim.

— Sua perna está bem? Consegue andar?

Ajeito a calça rasgada para examinar a coxa e me choco com a pele intacta.

— Sumiu.

Ele analisa minha perna com os olhos arregalados.

— Nenhuma dor?

— Estou... bem.

— Quando fiquei preso, você devia ter passado pelo portal sem mim. — Seu rosto é duro, os olhos brilham furiosos.

— Nunca.

Tão depressa que quase não vejo o movimento, ele está sobre mim, beijando minha boca. Não com a gentileza da noite passada. Não há espaço para ternura em um beijo que já é tão cheio de outras coisas. Ele despeja tudo nesse contato cruel da boca sobre a minha – raiva, frustração e alívio profundo.

Absorvo tudo. Tudo *dele*. Deslizo os dedos por seu cabelo e o beijo de volta com tudo o que tenho. Tudo o que sou.

Eu deveria estar morta agora. Deveria ter morrido três vezes. Não sou um presente glorioso. A presença de Finn aqui comigo, me beijando, é um presente.

Ele afasta a boca da minha e recua, mas agarro sua camisa e o trago de volta, guiando sua boca para retomar o beijo. Não quero discutir minhas escolhas, agora não. Tudo o que quero é me concentrar na sensação de seus lábios e do delicioso peso de seu corpo. Preciso estar tão perto quanto é possível.

Ele geme em minha boca e se rende, me dá o que desejo.

Finn desliza a mão pelo meu corpo por cima da camisa molhada até segurar meu seio, roçando o mamilo duro com o polegar.

Arfo em sua boca, no beijo, e arqueio as costas embaixo dele.

— Brie — ele murmura com a boca na minha.

— Por favor.

O som estrangulado que é sua resposta parte meu coração e intensifica o desespero de mantê-lo perto de mim. O instinto me faz levantar um joelho para ele poder se acomodar completamente entre minhas pernas. Deslizo as mãos pelas costas dele e puxo sua camisa para tirá-la. Minha blusa segue a dele em um frenesi de mãos e bocas.

Não sei quem ou o que sou neste momento. Sou desejo. Sou necessidade. Eu o beijo com todo o desespero que senti enquanto lutávamos para chegar ao portal. Estou batendo os pés rumo à superfície de novo, mas em vez de precisar de ar, preciso *dele*.

Ele desliza a boca aberta até meu pescoço, movendo as mãos para cima e para baixo nas laterais do meu corpo. Puxa minha calça e a joga de lado, antes de se acomodar novamente em cima de mim. Roça os dentes na curva do meu seio e passa a língua no mamilo rígido.

Tiro suas roupas e as minhas, precisando das mãos dele na pele, do conforto de seu calor.

— Brie. — De repente ele segura meus pulsos e imobiliza minhas mãos acima da cabeça. No entanto, quando olha em meus olhos, a ternura que vi na noite passada desapareceu. Ele olha para mim com pura *necessidade*. Desejo revestido de agonia.

— Preciso de você. — Movo o quadril embaixo dele.

Olhando nos meus olhos, ele me penetra, e todo o ar sai do meu corpo em uma onda de prazer e alívio quando encontramos um ritmo que dá e recebe satisfação igualmente.

As mãos dele soltam meus punhos, as palmas cobrem as minhas, os dedos se entrelaçam. O prazer cresce e se amplia, se espalha e me preenche até invadir até o último centímetro e não restar espaço para mais. A boca cobre a minha, e encontramos alívio ao mesmo tempo. A intensidade da explosão me choca, mordo seu lábio e sinto gosto de sangue.

Quando levanta a cabeça, ele está ofegante. Seus olhos perdem o foco, o lábio está inchado e cortado onde o mordi. Ele solta minhas mãos e desliza o polegar pelo meu queixo, estudando meu rosto.

Rápido demais, o fogo em seus olhos esfria. Consigo ver quando ele fecha a porta para essa conexão entre nós, sentir seu retraimento mesmo quando encosta a testa na minha com ternura.

— Desculpe. Não devia ter deixado isso acontecer.

Sério? Ele está se desculpando por algo que nós dois queríamos? Eu daria risada, se não estivesse ainda um pouco tonta.

Finn sai de cima de mim e pega minhas roupas – camisa, calça e botas que nem lembro de ter tirado. Aceito tudo e me visto, enquanto ele pega sua camisa e a calça.

É como se uma parede de gelo surgisse entre nós.

— Por que minha perna cicatrizou? — pergunto. Só quero que ele olhe para mim de novo.

— Dizem que, quando as pessoas morrem em uma visita ao Mundo Inferior, é por causa da mente. Eu não entendia que isso significava que os ferimentos não eram reais. — Ele se concentra nos botões da túnica, em vez de olhar para mim. Parte da dor que tínhamos enfrentado nessa visita tinha sido bem real, pelo jeito. — Temos que ir.

Meu corpo, que fervia poucos segundos atrás, está gelado. Eu me sinto confusa e rejeitada. Faço um esforço para segui-lo.

— Finn, espere. — Ele para, continua de costas para mim. — O que está acontecendo?

Sem olhar para trás, ele balança a cabeça.

— Temos que voltar ao palácio.

Mordo o lábio.

— Desculpe, arruinei sua chance de ocupar o trono. Lamento ter estragado tudo, lamento que o único jeito de salvar seu povo seja entregar o reino a mim e ao irmão que você odeia. Lamento que...

Ele se vira de repente, os olhos brilhando e a mandíbula tensa.

— Você acha que é por isso que estou irritado? — Levanta o rosto para o céu e balança a cabeça. — Temos que ir — repete.

Sinto a dor e a rejeição, e sinto que não tenho direito a nenhuma dessas emoções. Engulo tudo o que sinto e olho em volta.

— Onde nós estamos?

Ele inclina a cabeça para o lado.

— Me diga você, Princesa.

— Não sei. Como eu... — Mas sinto. Está na maneira como meu poder vibra, na maneira como a energia cintila em meu sangue. — Ainda estamos nas Terras Unseelie, mas minha magia não voltou. Continuamos na Crista do Silêncio.

Ele assente.

— Mas onde?

Finn ri.

— Não faço ideia. Não costumo visitar o Mundo Inferior com muita frequência.

E começa a andar. Vai se afastando da costa com o sol vespertino à nossa direita. *Para o sul.* Tudo o que podemos fazer é ir em direção ao sul.

Andamos em silêncio durante horas antes de a magia retornar, e só então fazemos uma pausa.

Aí está você, diz Misha dentro da minha cabeça quando bebo água de um riacho na montanha. *Pensávamos que a tivéssemos perdido, Princesa.*

Conseguimos, mas não sei bem onde estamos. Pode pedir a Sebastian para nos localizar e mandar um goblin, se eles vierem até onde estamos? Temos que chegar em casa depressa.

Já estou cuidando disso.

Quando me levanto, Finn está me encarando com uma sobrancelha erguida.

— Fazendo planos com Misha?

Confirmo com um movimento de cabeça.

— Sebastian vai mandar um goblin.

— Maravilha. É justamente quem eu quero ver — ele resmunga, e passa por mim.

— Que humor.

— Desculpe.

— Em que está pensando?

Ele dá de ombros.

— Dever, honra, sacrifício. O de sempre. — Acho que devia ser uma piada, mas a voz dele é dura demais para alcançar esse resultado.

— Um príncipe tão nobre — sussurro. E estou falando sério. A diferença entre Sebastian e Finn é que Sebastian queria a coroa, mas Finn só queria salvar seu povo. Não tenho dúvida sobre qual deles teria sido o melhor rei, mas a escolha não é minha.

Ele bufa.

— Nem tanto, e é aí que está o problema.

— Do que está falando?

Ele se senta sobre os calcanhares ao lado do riacho.

— Sou um cretino egoísta, Abriella. Mas acho que já discutimos esse assunto.

— Está bravo comigo. Você sabe que a escolha não é minha. Eu não estava *procurando* um pretexto para continuar vinculada a Sebastian, por isso não é justo que...

Ele fica de pé e de frente para mim.

— Ainda não entendeu, não é? Só estou bravo com você porque arriscou sua vida para salvar a minha. Devia ter passado pelo portal original e me deixado para trás, da mesma maneira que devia ter usado seus poderes quando caímos na emboscada na floresta. Você podia ter sido capturada pela rainha, podia ter ficado presa no Mundo Inferior, porque estava ocupada *me* protegendo.

— Como pode dizer isso depois de ter feito a mesma coisa por mim? Quando machuquei a perna, você se negou a me deixar para trás.

— *Você* tem algo a oferecer a este mundo. Tem um propósito, e esta corte precisa de você. Eu sou só...

— Só é quem eu amo. Preciso de você, Finn. E esta corte também. Mesmo que você nunca ocupe o trono. — Abaixo os braços. — Não vou deixar você desistir só porque não gostamos da solução que ela ofereceu.

— É mais que não *gostar,* Abriella. Não *gostei* de saber que ele a beijou na sala de jantar. Não *gosto* da maneira como ele a toca sempre que tem uma chance. Mas ver você passar a vida ao lado dele é diferente. Isso vai me destruir, e não tem nada a ver com a porra do trono.

— Não vou estar com ele de fato. Vamos continuar vinculados e governando lado a lado, mas isso não vai mudar nada do que eu sinto *por você*.

— E onde eu fico nesse cenário? Sou seu amante? Seu *consorte*? Sebastian aprende a lidar com o conhecimento íntimo do que eu faço você sentir quando está na minha cama? E quando chegar a hora de gerar um herdeiro? Vai querer que eu seja o reprodutor... ou Sebastian vai ter essa honra?

Sinto meu estômago se contrair como se eu tivesse levado um soco.

— Isso é injusto.

Ele resmunga um palavrão.

— Eu sei. E sei que nada disso é sua culpa. — Finn levanta o rosto, e a sombra das folhas das árvores escurece suas feições. — Depois do que Vexius passou, nunca entendi por que Pretha não voltou ao Castelo Craige, por que escolheu ficar infeliz e sozinha em vez de se tornar amante da mulher que ama. — Vejo a saliência em sua garganta se mover. — Agora entendo.

Ele está partindo meu coração.

— Como eu posso melhorar as coisas?

Ele fecha os olhos.

— Abriella, sou seu parceiro de amarra, e você é minha rainha. Farei o que for preciso para protegê-la. Para servi-la. Mas não posso ser seu amante enquanto você constrói uma vida com ele. Não posso aceitar pedaços de você sabendo que ele terá seu vínculo até o dia de sua morte.

Toco seu braço. Odeio isso. Quando Lark me falou que eu poderia ser rainha, respondi a ela que não queria ter tanto quando outras pessoas viviam sem nada.

Acho que está perfeito, então. Porque você vai perder tudo.

Depois que acordei da minha transformação e descobri que Sebastian tinha me traído, achei que houvesse perdido tudo. Estava enganada.

— Desculpe — murmuro. — Não sei o que mais posso dizer.

Ele levanta a cabeça, e as lágrimas acumuladas em seus olhos prateados me rasgam.

— Não tem mais nada para ser dito.

Quando Sebastian aparece com um goblin, Finn e eu estamos nos encarando.

Sebastian funga, estreita os olhos, e vejo o tique do músculo em sua mandíbula. *Ele sabe que estivemos juntos.*

Não consigo me preocupar com isso agora. Pela primeira vez desde que conheci Finn, sou grata por me afastar do príncipe das sombras e dar a mão a Sebastian.

Momentos depois, estamos de volta ao palácio Unseelie. Pretha e Kane correm para perto de nós, e somos interrogados de todos os lados.

— Vocês estão bem?

— O que ela disse?

— Tem uma solução?

— O que aconteceu com o portal?

— Você está bem — digo, e consigo sorrir ao olhar para Kane.

— Sim. Novo em folha. — Ele olha para mim, depois para seu príncipe.

Eu me apego com desespero a essa boa notícia. Preciso dela, depois de tudo o que descobrimos hoje. Mas então vejo o rosto de Pretha, e toda a positividade me abandona.

— Lark?

— Dormindo há dois dias — ela sussurra, mas nem precisava dizer nada. Vejo a verdade em seus olhos cansados, no rosto abatido.

— Sinto muito — digo.

— Diga que descobriu alguma coisa — ela pede, endireitando os ombros e projetando o queixo de um jeito como imagino que fez centenas de vezes. — Diga que temos um plano.

— Temos. — Afago a mão dela com ternura.

— O que aconteceu? — Kane pergunta. — O que vocês descobriram? Temos como recuperar o trono?

Finn assente e evita meu olhar.

— Existe um jeito. Abriella precisa de um banho quente e comida, e depois ela vai ter que conversar com Sebastian antes de nos reunirmos de novo.

Kane bufa.

— Só isso? Não vão falar mais nada?

Pretha olha para nós, de um para o outro, o rosto tomado pela preocupação.

— Vou estar no meu quarto, se precisar de mim — Finn anuncia, e desaparece.

Não me permito olhar para o espaço que ele ocupava. Não me permito pensar na solidão que preenche meu peito com a sua ausência.

De fato, eu precisava de um banho quente e de uma boa refeição, mas quando ando pelos corredores do Palácio da Meia-Noite depois de ter atendido a essas duas necessidades, sei que estava apenas adiando o inevitável. Quando Finn desapareceu mais cedo, parte de mim quis arrancar o curativo e revelar ao grupo o que descobrimos. Mas ele tem razão. Preciso falar com Sebastian primeiro. O que vai acontecer depois depende inteiramente do filho de Arya.

Encontro Sebastian nos aposentos dele. Está sentado na frente da lareira acesa, olhando para as chamas, segurando um copo com um líquido cor de âmbar com a ponta dos dedos.

Passo um bom tempo olhando para ele, sem saber se sente minha presença e não se importa. Quando estudo seu perfil, vejo o aprendiz de mago que amei tão profundamente em Elora, e vejo o príncipe inescrupuloso que traiu a garota que amava para se apoderar da coroa do pai dele.

Percebo que ele era as duas coisas. Nunca uma ou outra, mas as duas ao mesmo tempo. Errei por pensar que não poderia ser.

— Olá, Abriella — ele diz, sem olhar para mim. — Espero que tenha feito uma boa viagem.

Odeio que ele sinta a mudança entre Finn e eu. Mesmo que Sebastian não tenha conseguido nos sentir na noite em que fizemos amor, ele agora sabe. Talvez por isso não tenha me olhado nos olhos desde que nos tirou das montanhas, o motivo pelo qual ele não olha para mim agora, nem quando entro no aposento.

— É bom estar em... casa — falo, constrangida.

Ele fecha os olhos e belisca a parte mais alta do nariz.

— Em casa. Que expressão estranha. Este lugar é mesmo a casa de alguém? Finn não cresceu aqui, e meu pai não me convidou para vir fazer uma visita. E você... — Agora ele me encara. — Houve um tempo em que você desejou que *eu* te desse um lar. E seria aqui. Mas imagino que não queira mais isso.

Não posso enfrentar outra conversa sobre nós antes que ele saiba o que precisamos fazer.

— Conseguimos falar com Mab.

Ele inclina a cabeça de lado, alonga o pescoço.

— Vamos ver se eu adivinho. Ela sugeriu que eu morra? Que me sacrifique para dar a coroa a você? Tenho certeza de que ela vai gostar de ver o filho de Arya desistir da vida tão jovem para que a descendente dela possa assumir o trono.

— Isso não foi cogitado.

Quando me encara, seus olhos estão cheios de desconfiança. E parte de mim, aquela parte que ainda é a garota solitária que só tentava escapar de uma dívida, que só queria manter a irmã em segurança, *essa* parte de mim quer dizer o que for necessário para apagar essa dor. Mas não posso. Não seria justo com nenhum de nós.

— Estávamos certos — digo, e prossigo quando fica claro que ele não vai comentar. — O Longo Sono é um sintoma da morte da corte, e enquanto não houver ninguém no trono, vai haver mais e mais crianças afetadas. A doença vai se espalhar, e Ar... sua mãe vai se tornar mais poderosa até esta corte morrer completamente.

— Então, Mab disse exatamente o que você já sabia — ele responde, sem emoção.

— Ela também disse que a rainha se tornou tão poderosa que, se não podemos acabar com a vida dela, *precisamos* de poder Seelie no Trono das Sombras. Só isso vai trazer de volta o equilíbrio. Mab disse que o sangue dela e o poder de Gloriana são capazes de unir o trono e salvar o reino.

Ele engole com dificuldade.

— Eu nunca quis que nada disso acontecesse. — Sebastian se levanta e vai encher novamente o copo no bar que fica em um canto.

— Existe uma solução. E ela não exige nosso sacrifício.

— Matar minha mãe? Imagino que seja isso que quer que eu faça. Talvez tenha esquecido, mas ela não responde às minhas mensagens e cartas. Não sei onde ela está, não sei mais do que você.

O garoto que conheci não existe mais. Ele teve a esperança roubada violentamente, e não suporto isso. Estamos agindo de acordo com a presunção de que a mãe dele não pode ser morta, não enquanto tiver um poder tão desproporcional, pelo menos.

— O que vamos fazer, então? — ele pergunta enquanto massageia a nuca.

Respiro fundo.

— Você e eu podemos ocupar o trono juntos. A coroa e seu poder reinando juntos. Porque somos vinculados. Porque, desse jeito, somos um só. Só precisamos fazer uma viagem ao Rio de Gelo. Se formos juntos, as águas vão tornar nosso vínculo permanente e unir nossas vidas para sempre. E depois vamos poder governar lado a lado.

Ele deixa o copo sobre o bar e se vira de frente para mim.

— E o que você acha desse plano?

O brilho de esperança em seus olhos é uma faca em meu peito.

— Sebastian, não posso estar com você romanticamente. Já passamos disso, e tentar de novo não seria justo com nenhum de nós.

Ele ri baixinho.

— É claro. Está preocupada com ser justa *comigo*.

— Isso é maior do que você e eu. — Tento encontrar as palavras enquanto ele mantém aqueles olhos bonitos cravados em mim, buscando respostas em meu rosto. — Estaríamos salvando milhares de inocentes da morte e da escravidão sob o domínio de Arya.

— Você precisa acreditar que nunca tive conhecimento dos planos dela. Nunca quis todo esse sofrimento para a Corte Unseelie.

— Eu sei.

Ele dá um passo em minha direção.

— Vai continuar vinculada a mim? Vai governar ao meu lado? — E segura minha mão. — Está disposta a fazer isso pelo povo que já odiou um dia?

Inspiro profundamente para não perder a paciência, porque é evidente que Sebastian ainda não me entendeu.

— É claro que sim. Esse povo... — Imagens passam pela minha mente. Finn e seu grupo e tudo o que fizeram durante os anos de maldição, o povo no assentamento Unseelie no território de Misha, as crianças dormindo e os rostos amistosos em Staraelia. — Fui preconceituosa, errei. Essas pessoas sofreram demais. Um líder que as proteja é o mínimo que merecem.

— Eu teria feito qualquer coisa para provar que não sou mau — ele diz. — Qualquer coisa para ter você de volta. E agora, quando finalmente tenho você, quando nosso futuro está selado, você está apaixonada por outro.

— Não tive a intenção de me apaixonar por ele. — Dói demais. Meu coração apanha de todos os lados. — Mas isso é maior do que você ou eu.

— O que você sente por ele... é por causa da amarra. Gerações da linhagem de Mab sentiram uma atração inegável por seu parceiro de amarra. Não é sua culpa se você tem esses sentimentos.

Minha conexão com Finn pode ter começado desse jeito, mas o amor que sinto por ele é mais que isso. Se bem que... ainda tem alguma importância? A verdade serviria para alguma coisa além de magoar Sebastian?

— Se eu concordar, isso significa que você vai me dar uma chance? — pergunta. — Uma chance *para nós*? Ou pretende continuar dormindo com meu irmão?

Sou atingida em cheio pela acusação na voz dele. Sebastian não diz as palavras *mentirosa, adúltera*, mas é como se as dissesse.

— Você acha que eu não sabia o que ele planejava fazer quando te levasse à Crista do Silêncio? — Uma risada seca, um movimento de cabeça. — Acha que não senti o cheiro de um no outro quando cheguei às montanhas para trazer vocês de volta?

Abro a boca para pedir desculpas e a fecho sem dizer nada. Tinha tido uma noite linda, perfeita. Estou desistindo de muita coisa. Não vou me arrepender daquela noite, nem de todo o resto.

— Não sei o que vai acontecer entre Finn e eu — respondo. — Mas esse plano não inclui você e eu casados e apaixonados de novo.

Ele recua um passo e adota uma expressão vazia.

— Não quero ele aqui — diz. — Não posso governar ao seu lado com ele por perto... se tiver que sentir você... *querendo* estar com ele.

— Ele é meu parceiro de amarra e pode me transmitir poder quando preciso. Pode me proteger.

— Você pode extrair seu poder de longe. *Eu* a protejo — ele declara, com rancor. — Sou seu parceiro vinculado. Se vamos passar a vida juntos, reinando lado a lado, você pode me dar pelo menos isso. Não quero ele no palácio, e não quero ele na sua vida, não como algo mais que um servo fiel.

— Então vai mandá-lo para o exílio? Como Mordeus fez?

— Não estou banindo Finn destas terras, eu só...

Abaixo a cabeça e me concentro em respirar, enquanto a dor dele me rasga por dentro. Não resisto. Não o bloqueio. Preciso sentir isso. Preciso entender quanto essa solução vai custar para ele. Caso contrário, minha própria dor... minha raiva e meus desejos egoístas vão me destruir.

Considerando a reação inicial de Finn esta tarde, não acredito que ele permanecerá no castelo, sejam quais forem as exigências de Sebastian.

Provavelmente não vai querer ficar nem na capital. Não posso culpá-lo. Não posso culpar nenhum dos dois. E não me culpo pela raiva que sinto por todos os que levaram as coisas a esse ponto.

Se Oberon não tivesse seduzido Arya para enfraquecer a Corte Seelie.

Se a rainha nunca tivesse enviado sprites para queimar a casa onde eu morava quando era criança.

Se minha tia não tivesse me prendido com Jas naquele contrato de exploração.

Se Sebastian não tivesse me enganado para me vincular a ele.

Meu ressentimento é uma sombra de destruição preparando o bote, aflita para se jogar no mundo, e eu a empurro de volta para o fundo. Para o fundo e para longe, onde sua escuridão não pode me influenciar.

Quando levanto a cabeça, Sebastian está olhando para mim, e a angústia é tão clara em seu rosto que não preciso desse vínculo para saber o quanto me perder está acabando com ele.

— Tudo bem — digo em voz baixa. — Finn não vai ficar no palácio. Não vou manter um relacionamento com ele. Na verdade, ele também não está interessado nisso, Bash. Não tem a menor intenção de ser meu amante, enquanto você e eu governamos juntos.

O rosto dele se contorce com a tristeza, sua mão busca meu peito.

— Você nunca me amou assim. Não com toda essa força do seu coração. Como foi que ele fez isso? O que a fez escolher Finn?

Meus olhos ardem, e dou um passo para trás, deixo a mão cair entre nós.

— Não estou escolhendo ninguém. Não tenho esse luxo. Estou escolhendo o futuro da corte.

Sebastian endurece o rosto.

— Ótimo. Vamos resolver isso de uma vez.

Olho para ele por algum tempo antes de perceber que estou esperando uma briga, esperando que ele recuse a solução.

Esperando que ele me dê um pretexto para sair disso.

Fecho os olhos e me concentro no túnel de conexão entre mim e o Rei da Floresta Selvagem.

Cadê todo mundo?, pergunto a Misha em pensamento.

Estamos na sala de reuniões, tentando determinar se Juliana é uma traidora. Venha para cá quando puder.

Capítulo 28

A MAGIA VIBRA NO AR quando entro na sala de reuniões. Juliana está no canto, mas, considerando os pés um pouco acima do chão e os braços colados ao corpo, não está ali por vontade própria.

Finn me encara rapidamente quando entro com Sebastian. Nós nos sentamos na ponta da mesa, e ele volta a se concentrar em Juliana.

— É claro que temos um problema de segurança — diz, dirigindo-se a todos na sala sem desviar o olhar da mulher que um dia foi considerada para governar ao lado dele como rainha. — Alguém está mandando informações para a Rainha Arya. Ela sabia quando as crianças seriam transferidas para a capital e quando Abriella estaria lá com elas. Juliana também sabia, porque eu estava me comunicando com ela naquele dia.

Juliana balança a cabeça.

— Você acha que eu iria assassinar crianças Unseelie inocentes, Finn? Que atacaria minha própria capital?

Finn a ignora e continua:

— Depois fomos atacados a caminho do portal, quando estávamos acampados. *Alguém* deve ter passado para a rainha informações de onde estaríamos.

— Por que eu haveria de querer ajudar aquela desgraçada? — Juliana rosna. As lágrimas rolam por suas faces de porcelana. — Estou do seu lado.

— *Você* sabia que estávamos lá.

Ela balança a cabeça.

— Por que eu iria querer prejudicar você, se estou apaixonada? — sussurra. — Sempre fui apaixonada por você, e, mesmo quando aceitei que meus sentimentos nunca seriam correspondidos, tudo o que fiz foi para ajudá-lo a ocupar seu lugar de direito naquele trono.

A expressão de Finn é dura, mas não mais que seus olhos, lascas prateadas de gelo.

— Se quer provar sua inocência, baixe os escudos para Misha. Permita a entrada dele em sua cabeça.

— Não há como saber se ela os remover completamente — Misha aponta. — Com o treinamento que tem, Juliana pode me mostrar só fragmentos e pedaços. Não vai servir como prova da inocência dela se eu não encontrar pensamentos que a liguem à Rainha Arya.

— Finn, eu juro — Juliana insiste —, não sabíamos quem Abriella era na realidade. Mab escondeu todos os sinais de que tinha uma herdeira. Não tínhamos como saber. Se minha mãe soubesse, ela teria aberto o portal para vocês.

Finn cruza os braços e se reclina na cadeira.

— Baixe os escudos. Deixe meu amigo visitar sua cabeça.

Mais lágrimas lavam seu rosto, e ela sussurra:

— Sinto muito, mas não é o que você está pensando.

Misha inspira profundamente e estremece.

— Ela foi responsável pelo Barghest — diz, com frieza. — Ela e a Alta Sacerdotisa usaram seus poderes mágicos juntas para mandar o cão da morte atrás de Abriella. Acreditavam que a coroa passaria para Finn se Brie morresse.

A expressão de Finn é controlada, mas ainda vejo a dor que passa pelos olhos dele. Odeio tudo isso por ele. Não gosto de Juliana, mas ela foi amiga dele a vida inteira. Ele gosta dela, e perdê-la agora, quando já está perdendo tanto, deve doer.

— Você — ele rosna diante do rosto de Juliana. — Foi *você* que mandou aquela besta atrás dela?

Os olhos de Juliana brilham com as lágrimas.

— Minha mãe sentiu no momento em que Abriella chegou ao nosso reino. A Alta Sacerdotisa servia a você, Finn, como jurou fazer. Ela serviu a você desde o início, e, quando o juramento que fez a Mab tirou sua vida, ela *ainda* pensava que estava servindo a você.

Os olhos de Finn queimam de raiva, as mãos se fecham e se abrem várias vezes, como se ele tentasse desesperadamente se controlar.

— E o Sluagh? O fogo? — pergunta, com o queixo enrijecido.

— Minha mãe conseguiu acessar o poder do espelho — Juliana cochicha. — Ela atraiu Brie para lá, e o Sluagh fez o resto. Queríamos agir por você, para que você não tivesse que fazer aquilo. Você sempre colocou o amor acima do dever, e pagou caro por isso. *Todos nós* pagamos esse preço.

— Não se atreva a falar comigo sobre *perda* — ele retruca, furioso.

— Não tive nada a ver com o ataque à capital, nem com aquela gente que tentou impedir vocês de chegarem ao portal. Eu nunca teria desabilitado o portal sabendo que estavam do outro lado.

Todos olham para Misha esperando a confirmação.

Ele encara Juliana por um bom tempo antes de balançar a cabeça.

— Até onde consigo ver, ela está dizendo a verdade, mas não posso garantir nada.

— Está vendo? — ela sussurra. — Agora me solte. Amo minha corte. Quero *ajudar*.

Finn a encara. O tumulto dentro dele transborda para toda a sala.

Levanto o queixo e projeto minha melhor versão de autoridade de rainha.

— Não — digo, poupando Finn dessa obrigação. — Ela fica presa até o trono ser recuperado. Não podemos correr o risco de sermos descobertos pela rainha agora, quando estamos tão perto da solução.

Os olhos cor de ferrugem de Misha se voltam para mim.

— Está decidido, então? Vocês vão ao Rio de Gelo para assumir o trono juntos?

— Vamos — diz Sebastian. E olha de Misha para Finn. — Mas não tenho nenhuma intenção de dividir minha parceira vinculada com outro homem, por isso você vai ter que deixar o palácio, encontrar outro lugar para morar.

O sorriso de Finn é tão frio que congela minhas veias.

— Fique tranquilo quanto a isso.

O olhar preocupado de Pretha se move pela sala, de Misha para Kane, para Finn e, finalmente, se demora em mim.

— Depressa, por favor — ela diz.

A expressão de Finn é mais suave quando ele olha para a cunhada, mas Pretha empurra a cadeira para trás e sai da sala correndo.

— Partimos com a primeira luz — diz Sebastian. — Se acha que pode aguentar.

Kane pigarreia.

— Finn, devia ir também. Eles podem ter problemas.

— Pode ir no meu lugar, Kane — Finn responde, incomodado. — Assim vai ser mais fácil para todos. — Ele se levanta e olha para mim por um segundo antes de abaixar a cabeça.

O punho que aperta meu coração agora impede a entrada de ar nos pulmões, e me sinto meio tonta.

— Riaan também vai conosco — Sebastian anuncia. — Ele conhece o Exército Dourado melhor que qualquer um aqui, já ajudou as forças Unseelie a defender as Montanhas Goblin contra eles. Vai conseguir nos ajudar a evitar as unidades militares deles na trilha para o rio.

— Ótimo. — Finn dá um passo em direção à porta, mas para de repente e se vira para mim. Nossos olhares se encontram, e meu coração dolorido tropeça quando me lembro de como foi dormir em seus braços na caverna, como me senti feliz, como estávamos esperançosos quando discutimos o futuro.

— Tenha cuidado, minha Rainha — ele diz, em tom suave. — E fique bem. Eu parto antes do seu retorno.

Finn sai antes que eu possa responder, levando com ele aquele punho que segura meu coração. Achei que seria um alívio, porém, por mais que eu respire fundo e encha o peito de ar, continuo vazia.

Não consigo dormir. Não consigo aquietar a mente o suficiente para sequer tentar.

Ando pelos corredores escuros sem rumo e acabo indo parar na frente da porta do quarto de Finn. Não posso partir sem vê-lo mais uma vez, por isso entro, mesmo sabendo que ele vai exigir que eu saia.

Ele está deitado na cama, olhando para o céu estrelado.

Não peço permissão. Só me deito na cama ao lado dele, me permitindo a proximidade pela última vez.

— Tudo bem? — ele pergunta com a voz grave, sem olhar para mim.

— Não — sussurro. — Mas eu queria dizer que sinto muito. Por tudo isso. Odeio magoar você. — Sinto a longa expiração antes de ele rolar para o outro lado e tirar as pernas da cama para se sentar na beirada.

Finn segura a cabeça com as duas mãos.

— Eu não lamento — ele diz, olhando para mim por um instante. — Não por amar você, mesmo sabendo que te ver com ele vai acabar comigo. Você é a rainha que meu povo merece, a bênção que Mab prometeu a nós. Só quero...

— O quê? — Passo os dedos por suas costas. A sensação de tocá-lo é muito boa, e ele se arrepia sob a carícia. — Faço qualquer coisa.

— Acho que você devia pensar em procurar uma sacerdotisa para me apagar das suas lembranças.

Removo a mão como se ele a queimasse.

— Por quê?

Ele aperta as mãos contra os olhos.

— Porque eu quero que você seja feliz. Não quero ser o motivo para você não ter uma vida boa. Você já sentiu amor por ele um dia.

— Não. Não de um jeito que importe.

Ele apoia as mãos nos joelhos e respira fundo.

— Uma parte de você ainda gosta dele. Se puder amar Sebastian, se ele for capaz de fazê-la feliz, não quero que nenhum pensamento sobre mim a prive disso.

— Finn, não posso — respondo, e balanço a cabeça. — Você se arrepende tanto assim?

— Não. — Ele se volta para mim e sorri, mas as lágrimas descem pelo seu rosto. — Amar você, sentir a dádiva do seu amor... foi a melhor coisa que aconteceu comigo. Lamentar tudo isso só porque você não vai mais ser minha seria... Seria como lamentar o brilho das estrelas antes de ser lançado na eterna escuridão.

Meu coração se contrai em torno da faca que ele cravou nele.

— Então, não me peça para amar outra pessoa como amo você. E não se atreva a me pedir para te esquecer. — Eu me arrasto na cama até perto dele e seco suas lágrimas. — Eu escolheria amar você mesmo que soubesse o que aconteceria. Escolheria amar você com toda a dor de saber que não posso ter você. Ainda vou escolher te amar amanhã. Seria mais fácil escolher parar de respirar a deixar de te amar.

Ele vira a cabeça e beija minha mão.

— Obrigado — sussurra. — Não mereço isso.

— Merece. Mas é aí que minhas escolhas acabam, não é?

Finn balança a cabeça, e mais lágrimas descem.

— Por isso Mab escolheu você — murmura. — Porque sabia que ia preferir carregar sua dor a ver inocentes sofrendo. Eu odiaria Mab por isso se não fosse justamente aquilo de que o meu povo precisa.

Giro o corpo e passo as pernas para o outro lado a fim de me sentar ao lado dele. Finn me enlaça com um braço, e encostamos a cabeça um no outro.

— Em um mundo diferente, em uma vida diferente, estaríamos juntos — digo. — Sem reinos para governar, sem povo para salvar, só você e eu e uma vida simples amando um ao outro.

— Mas estamos neste mundo. Nesta vida. — Ele beija o topo da minha cabeça, e sinto que é um adeus. — Então, vou ter que deixar isso para os meus sonhos.

O torpor que sinto quando Sebastian e eu caminhamos pelas montanhas não tem nada a ver com o ar frio ou o sol poente. Esse é o sentimento de sacrificar o coração por algo maior. É o sentimento de abandoná-lo, trancá-lo no sótão, onde se espera que esteja seguro, mas onde ele se desconecta da vida.

A todo instante sinto o olhar inquisitivo de Sebastian enquanto caminhamos, mas não tenho energia para perguntar por quê. Só consigo me concentrar na tarefa – pôr um pé na frente do outro sabendo que cada passo me leva para mais perto de um futuro sem Finn. Um futuro com meu coração trancado e meu dever assumindo o comando.

Um goblin nos trouxe até as Montanhas Goblin, até onde conseguiu chegar, e nos deixou para seguir a pé o resto do caminho até o Rio de Gelo. Devemos chegar antes do anoitecer; então, vamos nadar na água para solidificar o vínculo e depois montar acampamento. Amanhã voltamos ao palácio e assumimos o trono juntos.

Kane segue na frente. Se entendi bem, ele cresceu nesta área das montanhas – a oeste de Staraelia e mais ao sul que a cordilheira que percorremos para chegar ao portal. Ele não falou mais que algumas poucas palavras comigo. Sei que também está preocupado com Finn. Provavelmente, preocupado e dividido entre seu dever com o príncipe que jurou proteger e a corte que está tentando salvar. Fico feliz por ele não estar falando sobre isso. Sei exatamente como ele se sente, e encontrar as palavras pode acabar comigo.

Atrás de nós, Riaan continua atento, procurando sinais do Exército Dourado da Rainha Arya.

— Quero que prometa que vai dar uma chance para nós — diz Sebastian, rompendo o silêncio prolongado.

Olho para ele. Não consigo fazer isso agora.

Kane para e olha para trás.

— Está de brincadeira, garoto?

Sebastian o encara.

— Fique fora disso.

Balanço a cabeça.

— Bash, por favor, não.

— Só preciso que você me dê... — Sebastian para e segura o braço, onde há uma flecha alojada.

— Nas árvores! — grita Riaan, aproximando-se enquanto Kane corre em direção aos nossos agressores.

A magia corta o ar quando Riaan nos puxa para perto dele usando o próprio corpo como escudo.

— Veneno — Sebastian fala, com a voz trêmula. — Abriella, se abaixe.

Mas é tarde demais. Uma flecha me acerta antes de ele terminar de falar.

Capítulo 29

SOMOS LEVADOS A ALGUM lugar no fundo das Montanhas Goblin para uma fortaleza construída em uma encosta, mas, assim que entramos, somos jogados em uma cela escura sem explicação. Atravesso o limiar da consciência algumas vezes, vou e volto, e meu corpo está fraco por causa do veneno injetado em mim.

A toxina é diferente da que foi usada em mim antes. Essa bloqueia tudo – não só a magia, mas também a capacidade de controlar os músculos. Consigo respirar, mas não bem, e cada porção de ar que meus pulmões conseguem absorver me deixa desesperada por mais. É a morte sem morrer. É um pesadelo.

Sebastian está ao meu lado nesta cela apertada e escura. Deve ter sido drogado com o mesmo veneno. Cada vez que ele tenta gritar, suas palavras saem arrastadas, pastosas, como sei que seriam as minhas se eu tentasse falar.

Não desperdiço energia gritando. Não quando mal tenho forças para respirar.

Penso em Lark dormindo. Em Pretha chorando.

Penso no coração bondoso de Finn, em seus intermináveis sacrifícios e no quanto ele queria salvar seu reino.

Riaan está de pé no canto da cela, a cabeça inclinada para trás, encostada na pedra, mas não vejo sinal de Kane. Espero que tenha fugido. Espero que ele e Finn estejam a caminho daqui para nos resgatar.

Mas onde estamos?

O que planejam para nós?

E por que pegaram Riaan? O que querem com ele?

A inconsciência me chama e eu atendo satisfeita, mergulhando fundo e me afastando desse corpo inútil.

— Acorde-os. — Uma voz feminina me arranca do confortável esquecimento no sono. A bota de Riaan cutuca minhas costelas, e, quando abro os olhos, ele chuta Sebastian.

— Brie — Sebastian me chama.

Levanto a cabeça e vejo a Rainha Arya de pé na porta da nossa pequena prisão, seu belo cabelo loiro caindo sobre os ombros em um intenso contraste com a expressão amarga e retorcida do rosto. Ela é jovem demais para ser tão velha, mas a amargura que envelheceu sua alma aparece em seus olhos.

— Mãe — Sebastian murmura enquanto tenta se levantar. Tento entender como ele consegue. Não tenho forças nem para puxar os pés para baixo do corpo.

Um raio de luz explode da mão de Arya, jogando Sebastian contra a parede do fundo da cela.

— É meu filho — ela diz —, que tentou ser rei e fracassou. Só um idiota tentaria ocupar o Trono das Sombras sem o poder que ele exige.

— Eu não sabia — ele murmura.

— Mas o que foi perdido, na verdade? — ela pergunta. — Existe alguma vitória verdadeira em ser rei de uma corte moribunda? Regente da imundície Unseelie?

Sebastian leva a mão ao peito.

— Eu s... ou Un... seelie, mãe.

— Exatamente. — As narinas da rainha se abrem, e ela levanta o queixo. — E sua lealdade inconstante me mostrou que não é melhor que eles. — A dor ilumina os olhos de Sebastian, mas a mãe dele não vê, ou não se importa. — Você podia até ser jovem, mas não tão burro. Abriu mão de reclamar o trono quando deixou aquela *garota* manter o poder de seu pai.

— Eu n...

— Você deu a ela a Poção da Vida. Magia é vida, meu filho. Você sabe disso. Metade do rosto dele se contorce com a raiva; a outra metade continua inerte.

— O qu... queria que eu fiz... esse? Que deix... asse ela morrer?

— Isso mesmo. Era o plano desde o início. Aquela garota estava entre você e o trono de seu pai, literalmente. — Ela balança a cabeça. — Acha que eu não sabia que a tinha encontrado? Passou dois anos fingindo que ainda estava procurando. Pensou que eu não *soubesse*? — Ela encara o filho, os olhos duros como safiras. — Minha magia podia ser fraca, mas meu povo é leal. Eu sabia que a tinha encontrado, e, quando mentiu para mim, decidi testar você.

— Aquilo foi... um *teste*?

— Sim. E você foi reprovado.

O ódio no rosto dela é tão cruel que sofro por Sebastian. Ele sabia que a mãe havia feito escolhas ruins, que era perversa e mentirosa, mas a amava, apesar disso. E era isso que recebia em troca.

— Mas eu devia agradecer — ela continua. — Você facilitou muito uma decisão que seria difícil, e facilitou a vitória em uma guerra que seria difícil.

— O que aconteceu com a união das cortes? — ele pergunta. Suas palavras são mais claras, como se o efeito do veneno estivesse enfraquecendo. — O que aconteceu com o filho prometido? O que aconteceu com tudo o que me falou sobre meu legado e meu futuro como rei das duas cortes?

Os olhos dela queimam, e luz dourada desabrocha a sua volta.

— Pensou que eu fosse entregar minha coroa a você? Deitar e morrer depois de tudo o que fiz, de tudo o que sacrifiquei por você? — Ela balança a cabeça. — Esse plano deixou de existir no momento em que você mentiu para mim. Você não é melhor que o mentiroso do seu pai.

— Ainda sou seu filho.

— Acha que consigo olhar para você sem odiá-lo pela parte dele que carrega? Por que pensa que passei tanto tempo viajando sem você? Por que acha que eu o mandava para longe com tanta frequência?

Quero me levantar. Quero segurar a mão dele. Mas as drogas parecem me afetar mais do que a Sebastian, porque não consigo. Não posso nem sussurrar o nome dele.

— O que vai fazer conosco? — Sebastian se encosta na parede, como se tivesse usado as últimas forças que tinha.

— Em breve vocês serão drogados de novo. Isso é mais potente que a toxina antimagia que usamos no passado. Enquanto houver uma dose circulando em seu organismo, você vai permanecer preso, sem magia, até eu decidir o contrário. — As mãos dela brilham com uma luz pulsante, como se tivesse tanto poder que não conseguisse contê-lo. — Não se preocupe. Não vou matar vocês. Preciso dos dois vivos. Caso contrário, corro o risco de um morrer antes do outro, e a coroa e seu poder serem reunidos. Ainda seria mais forte que qualquer um de vocês, mesmo que isso acontecesse, mas não vejo motivo para criar essa complicação.

— Seu plano é nos deixar nesta cela? — Sebastian pergunta.

Observo Riaan, que permanece estranhamente quieto no canto.

— É claro que não! — Ela arregala os olhos e leva a mão delicada ao peito, fingindo horror. — Vamos transferir vocês para aposentos muito aconchegantes.

Rodas enferrujadas rangem e guincham sobre o chão de pedra, e um sarcófago de ferro aparece. É parecido com os que eram usados para conter os corpos dos governantes em Elora.

— São equipados com um sistema que garante doses constantes dessa nova e maravilhosa fórmula. — Ela sorri. — Assim que a Corte da Lua cair, eu decido o que fazer com vocês. Ou então simplesmente deixo os dois aí. Gosto de colecionar relíquias.

— Qual é o objetivo? — Sebastian quer saber. — Por que destruir metade do reino quando não pode nem ser regente dele?

— Não posso? — Seu sorriso é lento e perverso. — Os deuses fizeram uma promessa para nós quando dividiram este continente ao meio. Prometeram que, assim como foi feito, poderia ser desfeito. Foi o sangue de Mab derramado nas montanhas que criou o Rio de Gelo. A última gota que restava em seu corpo foi o catalisador que dividiu a terra em duas cortes. O sangue de Mab dividiu a terra, e vai ser o sangue de Mab que a reunirá.

— Não. — Sebastian olha para mim.

— Não, não. Não estou falando do sangue *dela*. Se eu usar o sangue de Abriella para unir as cortes, no momento em que ela morrer o poder será transferido, o poder da terra e também o que ela carrega. Preciso dela *viva*. Preciso do trono de Oberon desmantelado, poder, coroa e trono em pedaços, para não poder correr o risco de o novo reino ser transferido para a pessoa errada. Mas também preciso sangrar alguém que descenda de Mab. Assim como foi feito, pode ser desfeito.

Não. Por favor, não.

A rainha sorri. Estala os dedos, e o horror provocado pelo que vejo me faz gritar.

— Abriella — minha irmã chora, estende as mãos para a cela.

A rainha puxa Jasalyn de volta pelo cabelo.

— Não, não. Você não está aqui para um reencontro.

— Se quer destruir os feéricos das sombras, por que quer a terra deles? — Sebastian pergunta. — Qual é o propósito?

— As pedras de fogo — sussurro.

A rainha sorri, como se eu fosse uma aluna especialmente habilidosa.

— A menina entende. — Ela olha para Sebastian, e seu rosto fica sério. Por um instante, tenho a impressão de ver remorso em seus olhos. — Adeus, filho.

E desaparece em um raio de luz, levando minha irmã.

Por um momento longo e doloroso, Sebastian fica olhando para o lugar vazio onde ela esteve, e Riaan o observa de seu canto da cela minúscula.

— Riaan? — A voz de Sebastian é mortalmente baixa quando ele olha para o amigo. — Você contou para ela sobre Abriella. Ela sabia o tempo todo.

Riaan desaparece e ressurge fora da cela. Eu não fazia ideia de que ele tinha esse poder, mas agora percebo que foi assim que nos tirou de perto de Kane. Foi assim que nos trouxeram para cá.

— Não tive escolha. Ela é minha rainha, e logo será rainha de *todos*. Neste exato momento, estamos em uma fortaleza construída sobre o Rio de Gelo. Posicionados exatamente entre as cortes. Assim, quando a Corte Unseelie morrer por completo, no momento em que a última porção de poder tiver passado para o lado da Rainha Arya, ela vai estar preparada com o sangue de Mab, preparada para reunir as duas metades e criar um inteiro.

— Não há nada de inteiro em um reino cuja metade foi destruída por ganância e poder — Sebastian declara.

Riaan volta ao interior da cela como um raio e para na frente do rosto de Sebastian. Enfia uma agulha no braço dele, e Sebastian cai.

— Assim é melhor — Riaan murmura. — Ela queria você mais lúcido para aquela conversinha, mas agora pode descansar.

— Você era meu amigo — Sebastian lembra, e cada palavra é mais fraca que a anterior.

A boca de Riaan forma uma linha reta, raivosa.

— E você seria o *rei*. Devia ter posto isso acima de tudo. Em vez disso, salvou a vida dela. — E aponta para mim um dedo trêmulo. — Devia saber que isso ia acontecer. Não devia ter corrido esse risco. Você foi um idiota. E agora é um idiota com uma coroa inútil.

Ele mostra os dentes para o amigo pela última vez antes de desaparecer.

Caído contra a parede, Sebastian fecha os olhos.

Tento tocá-lo e oferecer o pouco de conforto que posso, mas mal consigo mover um dedo.

Estou em uma tumba.

Pela primeira vez na vida, a escuridão não é minha amiga.

Não consigo me mover.

Mal consigo respirar.

Os sonhos são meu único refúgio.

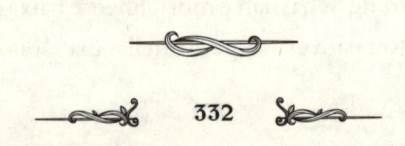

O tempo não tem significado. Sou uma criança no útero. Sou uma velha em seu leito de morte. Sou uma casca que não contém nada além de decadência.

Passaram-se dias? Anos?

Tento medir o tempo pelo ruído mecânico de cada nova injeção, cada nova dose de toxina. Até não acordar. Até não conseguir. Estou presa na inconsciência. Presa em um corpo trancado em uma tumba de ferro.

Não consigo nem chamar isso de limbo do sono. Há o nada. O medo. Mas aquela minha parte oculta, o eu sombrio, se espreguiça como um gato no canto da minha mente, anda sinuosa pela área da jaula, grita por liberdade.

Mab usou seu eu sombrio sem seu poder, mas o meu se recusa.

Tento acessar essa parte e não consigo. Imploro para que me salve e ele ri na minha cara.

Capítulo 30

U*SE-A, A*BRIELLA. A*CORDE-A.* L*IBERTE-A.*

Reconheço a voz. Viajei ao Mundo Inferior para ouvi-la.

Ela tem poder, a voz me diz. *Não tenha medo.*

Não posso, respondo para a escuridão, mas tento acessar meu poder enquanto falo, implorando para as sombras agirem.

Aceite a escuridão e ela vai acordar, vai te servir.

Passei a maior parte da vida precisando ser a melhor versão de mim. Primeiro por minha irmã e depois por este reino que nem sequer entendia. Nove anos atrás, depois que meu pai morreu e eu fui salva, depois que minha mãe me deixou sozinha com Jas para cuidarmos uma da outra no reino mortal, não tive tempo para luto ou ressentimento, por isso sufoquei tudo. Cada vontade e necessidade egoísta havia sido deixada de lado enquanto eu tentava proteger minha irmã.

Nunca fui boa como Jas. Sou amargurada e escura, como os restos incinerados da casa da minha infância. Mas a bondade de Jas – sua doçura e sua alegria – era algo pelo que valia a pena lutar. E lutei por *anos*, dei meu sono, minha saúde, até minha vida para proteger aquela bondade.

A amorosa Abriella. A devotada Abriella. A cuidadosa, a responsável Abriella.

Mab não estava dizendo que sou a bondade em pessoa. Ela dizia que meu poder vem de ser mais que isso. Da minha raiva e da minha dor. Da minha amargura e das arestas incineradas em mim.

Minha mãe estava tentando nos proteger quando trocou sua vida por sete anos de proteção para nós, mas, *ainda assim, ela foi embora.*

Sebastian estava tentando fazer o que achava certo para a Corte Unseelie quando me enganou para forçar o vínculo, mas, *ainda assim, ele roubou minha vida humana.*

E Finn... Finn, que merece felicidade e amor intocado por essa confusão em que estamos. Até Finn planejava me abandonar para proteger seu coração, e o amo tanto que não disse que preciso dele perto de mim, que já perdi muito para desistir da felicidade que sinto quando ele está perto de mim.

Não sou só a garota que entende. Sou aquela que quer mais, *melhor.*

A raiva e a mágoa se desenrolam dentro de mim até causar mais dor que a toxina, até serem maior que meu corpo e mais escuras que minhas sombras. Meu eu sombrio roça os dedos nas beiradas chamuscadas do meu coração e sorri. Muitos anos de silêncio. Muitos anos deixando de lado minha própria dor para cuidar de outro alguém.

Essa parte minha vale tanto quanto o restante.

— Vá — sussurro, mas meu eu sombrio está imóvel.

As lendas sobre Mab acessar seu eu sombrio no interior do quarto de ferro são falsas. Ou são entendidas de maneira incorreta, pelo menos. Como qualquer outra magia, a sombra precisa de poder para escapar desta tumba. Precisa de poder para se mover, fazer e ser minha serva.

Graças a essa toxina, minha magia se foi. Está quase completamente silenciada. Quase.

Magia é vida. E a rainha não pode correr o risco de me matar.

Resta um fio – o suficiente para me manter respirando, o suficiente para manter meu coração batendo. Uso esse fio para acessar minha conexão com Finn. Tenho que acreditar que ele pode lidar com isso, que posso extrair dele sem pegar demais.

Meu eu sombrio se expande quando o poder dele me preenche.

Eu me torno ela.

Lentamente, dou um passo à frente e atravesso o ferro do caixão como se fosse uma brisa de verão. Então me alongo e sorrio. Enraizada em meu eu sombrio, as partes escuras e amargas ignoradas durante todo o tempo em mim.

Encontro os tubos que bombeiam toxinas para os dois sarcófagos e os arranco, interrompendo o suprimento infinito de veneno para meu corpo e o de Sebastian. Depois vou procurar a rainha.

Os corredores desta fortaleza são silenciosos à noite, mas não vazios. Arya tem guardas posicionados em intervalos regulares de poucos metros ao longo do corredor que leva ao quarto dela. A luz brilha tão intensa por todos os lados que os sentinelas usam escudos faciais para proteger os olhos.

Rindo silenciosa, minha sombra se esgueira pelo limite inferior da parede, indetectável até para o olhar feérico aguçado dos guardas. Rasteja na direção da porta, passa pelos sentinelas posicionados dos dois lados dela e pelos que estão do lado de dentro, guardando a porta.

A raiva circula em mim e alimenta essa forma desconhecida. Quero muito sacar as facas de suas bainhas e enterrá-las no peito de cada um.

Sussurro promessas tranquilizadoras para aquela minha parte raivosa e vingativa. Prometo que, se ela for paciente, pode ter o coração da rainha – e a rainha é quem ela quer.

Vou penetrando mais e mais em seus aposentos, passo por outra porta e chego ao cômodo onde Arya dorme em um leito de luz. Ela está deitada sobre pilhas de cobertores brancos e fofos, com o belo cabelo loiro espalhado ao redor. E segura junto do corpo uma adaga de ferro e adamante.

Sorrio ao ver a adaga e abro seus dedos lentamente, um a um, removendo-os do cabo. *Um. Dois. Três.*

Os olhos dela se abrem, e ela puxa a faca de volta, a enterra em meu peito. Rio, me desintegro e reapareço do outro lado da cama, onde tiro proveito de seu choque para arrancar a faca da mão dela. Enfio a lâmina em seu peito, bem no centro de seu coração empretecido, amargo.

Seu grito é tão alto que meus ouvidos doem, e o escuto lá da minha tumba. Meu eu sombrio tremula, quase recua, mas respiro fundo, me acalmo e o controlo com mais firmeza. *Ainda não terminamos.*

Alertados pelo terrível grito, guardas entram correndo no quarto. Paro um deles com a mão em seu pescoço, e ele arregala aos olhos ao me ver. Adoro imaginar o que vê – uma mulher formada de sombras neste cômodo cheio de luz. Sorrio e caminho sem pressa para o outro, balançando o quadril no ritmo silencioso da minha vingança.

Ele puxa uma espada da cintura, mas eu a tomo de sua mão antes que ele possa atacar. Deslizo a lâmina por seu pescoço, o tempo todo sorrindo para o guarda atrás dele.

Uso minha lâmina rapidamente. Meu eu sombrio quer brincar no sangue deles, atormentá-los por toda a dor que levaram à Corte Unseelie. Eu a controlo e mato um por um.

Talvez seja por estar muito fraca, mas pela primeira vez consigo identificar quase com precisão a amarra entre Finn e eu. Sinto o poder dele fluindo em mim – não em goles ou lufadas, mas um fluxo constante. Concentro-me nesse fluxo enquanto meu eu sombrio volta para nossas tumbas.

Ela liberta Sebastian primeiro, usando sua faca para arrebentar a fechadura que o mantém lá dentro, e depois me solta.

Como um estalo de chicote, minha sombra desaparece, e volto ao meu corpo. A luz invade minha prisão quando a tumba é aberta.

Avanço cambaleando e caio no chão. Ao meu lado, Sebastian balança, mas continua de pé, tentando enxergar em meio à luz dolorosamente intensa, depois de tantos dias trancado no escuro.

Meu corpo está pesado, ainda sob efeito do veneno da rainha, por isso fecho os olhos e me concentro na amarra por mais dois instantes, deixando o poder de Finn fluir em mim.

Por favor, fique bem, Finn. Por favor, não me deixe extrair demais.

Quando abro os olhos, Sebastian está ao meu lado. Ele me encara com os olhos arregalados.

— Você matou... a rainha. — Ele pisca, e mil emoções atravessam seu rosto neste momento, mas alívio e desolação são as que mais se destacam. — Ela está morta?

— Como foi que você... o poder passou para você? — pergunto.

— Sim. Eu sinto. — Ele sorri. — Usar as duas coroas é... elas não existem para estar juntas.

— Você está bem?

— Temos que ir — ele diz.

Balanço a cabeça.

— Jasalyn.

Sebastian fecha os olhos.

— Vá buscar sua irmã. Preciso encontrar Riaan.

Faço o que ele diz, porque não tenho escolha. Não vou sair deste lugar sem Jasalyn. Corro e tropeço em escadas, fraca e zonza, mas determinada, engatinhando até a ameia.

Vejo minha irmã na escuridão presa a uma estaca no fim de uma prancha, seu sangue pingando lentamente de cortes em suas pernas e braços para o rio gelado lá embaixo.

— Jas — arfo.

Ela não olha para mim. Está cansada, fraca demais. Mas vejo o movimento sutil do peito e sei que ainda está respirando.

Eu me aproximo dela e encontro a corda que a amarra à estaca. Luto com os nós com dedos desajeitados e a visão turva.

— Abriella — ela murmura. — Você precisa ir. Tem que correr.

Balanço a cabeça.

— Não sem você.

Quando desfaço o último nó, ela cai em meus braços, e eu balanço em cima da prancha.

Ainda estou fraca por causa das toxinas. Mesmo com o poder de Finn fluindo para mim, os músculos são inúteis depois de tanto tempo dentro da tumba. Meses? Semanas?

Ou foram só dias?

Mal consigo me manter de pé sozinha, e o peso de seu corpo ameaça me derrubar. Balanço sob seu peso e vejo o rio lá embaixo.

Jas se endireita antes que eu perca o equilíbrio, e descemos da prancha juntas.

Estendo a mão para ajudá-la a dar o último passo para a segurança da cobertura, mas sou detida por uma dor forte na parte de trás da perna. Olho para baixo e vejo a lâmina de Riaan enterrada em minha coxa, antes de ser arrancada e deixar em seu lugar uma lança de dor.

Caio no chão.

— Aonde pensa que vai? — Riaan pergunta.

Jas grita, e ele a segura pela cintura e a tira da prancha, mantendo-a perto dele. Antes que eu possa sentir alívio por ela ter escapado de uma queda fatal, vejo a mão grande envolvendo seu pescoço.

— Solte-a — imploro, apesar da dificuldade para falar por causa da dor e da fraqueza.

— Trabalhei muito para deixar você destruir tudo o que lutamos para construir.

— Por quê? — pergunto. — Por sua rainha? Por sua intolerância com os Unseelie? Pela crença arrogante de que é *melhor*? — As palavras transbordam de meus lábios e levam o que me resta de energia. — A rainha está morta. Você perdeu.

— Convença Sebastian a me entregar a coroa Seelie e eu poupo a vida de sua irmã. Ele vai concordar. Por você, ele vai concordar.

— Abriella — minha irmã ofega, e ele aperta seu pescoço com mais força.

Aguente firme, Finn, penso, extraindo mais um pouco de seu poder. Levanto cambaleando e levo a mão ao ferimento sangrento em minha perna.

— Quero aquela coroa dourada, Abriella — Riaan fala, em tom brando. — Nós dois podemos fazer o que queremos. Eu ocupo o trono dourado, e você fica com o Trono das Sombras. Prometo curar sua irmã e deixar você viva, depois que Sebastian passar as coroas.

Ele me deixaria viva, mas não livre. Voltaria a me trancafiar naquela tumba. Encontraria um jeito de me impedir de fugir dessa vez. Tomaria a coroa dourada e me deixaria com a coroa Unseelie, mas não permitiria que eu ocupasse o trono. Ele me manteria prisioneira para que esse poder não fosse transferido para mais ninguém, para que a Corte Unseelie continuasse enfraquecendo. Até morrer.

— Por favor. Só estou preocupada com Jas. — Isso tinha sido verdade um dia, percebo quando a mentira deixa minha boca. Houve um tempo em que só me importava com minha irmã. Não acreditava ter poder para salvar mais que um inocente. No entanto, quando cravei aquela faca no coração de Mordeus, a menina humana que um dia tinha sido havia desaparecido. Muito antes de me vincular a Sebastian, me tornei algo mais. Muito antes de beber a Poção da Vida.

Lágrimas pesadas descem pelo rosto de Jas, e ela balança a cabeça.

— Não faça isso. — A voz dela é fraca. Tão fraca que congela até meus ossos. — Não confie nele.

A mão de Riaan aperta o pescoço dela.

— Já chega.

Ainda segurando minha irmã, ele avança sobre mim e agarra a pedra de fogo em meu pescoço, mas não consegue puxá-la, porque Sebastian enfia a faca nas costas dele.

Riaan arfa e solta meu colar, depois larga minha irmã. Os olhos dele estão arregalados, os lábios se movem quando olha para a ponta da espada brotando de seu peito.

Sebastian chega mais perto e o pega nos braços, impedindo que caia.

— Você foi como um irmão para mim — fala no ouvido dele. — Meu único amigo durante muitos anos solitários e difíceis.

Jas corre para mim, toca a ferida em minha perna, e seus dedos se tingem de vermelho.

— Brie — ela sussurra, e sentamos juntas no chão, porque nenhuma de nós tem força para continuar de pé.

— O reino... de Arya... — Riaan gorgoleja, enquanto o sangue escorre por seu queixo.

Sebastian rosna.

— O reino dela... a porcaria do reino inteiro vai ficar melhor sem vocês dois. — E aproxima a faca do pescoço de Riaan, pondo um fim a seu sofrimento e a sua vida.

A última coisa que vejo é a cabeça de Riaan caindo do corpo. A última coisa que sinto é Sebastian pegando nós duas nos braços.

Capítulo 31

Quando acordo está escuro, e tomo imediatamente consciência de Finn ao meu lado. De sua respiração regular no sono, do calor que irradia dele.

Eu me viro para deitar de costas e olho para as estrelas brilhando no céu sobre mim. Estamos no terraço da cobertura do chalé em Staraelia – a casa da montanha que Finn me deu antes de saber que eu era descendente de Mab. Alguém trouxe uma cama para cá para que eu pudesse me curar dormindo sob as estrelas. Para que eu pudesse me curar dormindo ao lado do meu amado, do meu parceiro de amarra, daquele de quem extraio forças.

Preciso me levantar e encontrar Jas, ou alguém que possa me dizer onde ela está. Tenho que fazer planos com Sebastian. Mas não quero sair desta cama. Quero prolongar este momento pelo tempo que for possível. Nunca pensei que estaria aqui de novo – sob as estrelas, nos braços de Finn. Mesmo em meus momentos mais fortes e mais otimistas dentro daquela tumba, o melhor que pude esperar foi ver o rosto dele de novo.

Finn se mexe ao meu lado, e quando viro a cabeça ele está acordado e olhando para mim.

— Como você está? — pergunta.

— Bem — respondo. — Graças a você.

— E a Sebastian. Ele trouxe você para mim.

— Mas você... — Paro e respiro, mas não consigo evitar as emoções que borbulham dentro de mim. — Tive que extrair poder de você.

Ele encontra minha mão entre nossos corpos e a leva ao peito, sobre o coração.

— Procuramos em todos os lugares. Fazia dez dias que vocês tinham desaparecido, e não conseguíamos encontrar nenhum sinal de você ou de Sebastian. Arya usava o poder dela para manter um escudo em torno da fortaleza na montanha. Ela podia estar diante dos nossos olhos e não teríamos visto. Nunca senti tanto medo.

— Desculpe — sussurro. Não consigo imaginar como me sentiria se quem tivesse sumido fosse você. Não sei se quero imaginar.

— Quando senti de repente que você estava extraindo poder de mim, quase chorei.

— Doeu?

— Não. Você extraiu muito poder, mas ainda foi menos do que eu tinha para dar. Só me importava saber que você estava viva. Pouco depois disso, o escudo caiu, deixou de existir quando você a matou, e meu povo conseguiu encontrar você e Sebastian e trazê-los para casa.

Para casa. Sim, aqui ao lado de Finn certamente é meu lar, mas me pergunto se Sebastian vai ter essa sensação em algum lugar, depois de ter sido sacrificado pela própria mãe e forçado a matar o melhor amigo.

— Você projetou seu eu sombrio — Finn conta, afagando meu rosto. — Não sabia que tinha esse controle.

— Não tinha. Não enquanto tive medo dela.

— E não tem mais?

Balanço a cabeça.

— Depois de passar dias naquela tumba, foi mais fácil enfrentar os lugares mais escuros de mim. Fui magoada e traída. Senti raiva por muitos anos. E odiava essas coisas em mim, a amargura, a dureza, o rancor. Mas essa sou eu. Nunca vou ser luz do sol e sorrisos, como Jas. Quando aceitei que havia em mim essa parte mais escura e mais cruel, só então fui capaz de controlar meu eu sombrio.

— É muito bom ver esses olhos olhando para mim de novo. — Ele respira fundo. — Não devia ter deixado você ir sem mim. Devia estar lá para te proteger.

— Arya está morta — falo, embora nem eu mesma consiga acreditar. — Ela morreu. Vamos ficar bem.

Ele assente sem desviar o olhar do meu rosto.

— Eu sei que precisamos entender essas cortes, compreender como vai ser o futuro.

Ele suspira.

— Tudo o que importa é que você está segura. O resto pode esperar. — Ele passa um braço sobre meu corpo e outro por baixo dele, e apoia o rosto em meu peito. Todo o seu corpo treme. — Não posso perder você.

Passo os dedos em seu cabelo.

— Estou aqui. Não desista de mim.

— *Nunca.* — Finn beija meu peito, bem em cima do coração. — Temos uma grande dívida com Sebastian. Quando você matou a rainha, o poder da corte dourada passou para ele. Assim que percebi o que estava sentindo na presença dele, fiquei esperando que ele fosse à Corte do Sol e tomasse o trono. Subestimei Sebastian.

— O que ele vai fazer?

— Governar as duas cortes, como sempre planejou. Com você ao lado dele, é claro.

— E como vai ser isso?

Finn balança a cabeça.

— Não sabemos, na verdade, mas Juliana reuniu as sacerdotisas, e elas estão trabalhando nisso. Decidimos que o primeiro passo é levar vocês dois em segurança ao Rio de Gelo para que possam solidificar o vínculo e ocupar oficialmente o Trono das Sombras juntos. Dessa vez vamos enviar um batalhão inteiro com vocês.

— Mas a rainha está morta. Você acha que ainda há mais alguém atrás de nós?

— Não sei. — Ele ajeita meu cabelo e me encara. — Não posso correr o risco de perdê-la de novo. Só quero manter você segura até estar naquele trono. E todos os dias depois disso. Aceite.

— Ainda quero encontrar outro jeito — respondo, e ele fecha os olhos.

— Eu estava errado — diz. — Se aprendi alguma coisa em mais de um século de vida, foi que temos que abrir espaço para a esperança. Sempre. Não tenho respostas agora, mas prometo que nunca vou desistir de tentar encontrar um jeito de estarmos juntos.

Fecho os olhos. *Nunca vou desistir de tentar.* Tive que ficar presa naquela tumba escura para perceber o quanto precisava ouvir essas palavras.

— Ainda quer isso?

— Com todas as minhas forças. Mesmo que sejam nossos últimos suspiros.

— Finn, e se...

— Se nunca acontecer? — Ele beija meu queixo, meu rosto, o canto da minha boca. — Abriella, se nunca acontecer, ainda vou estar vivendo em um mundo onde você existe. E vou apreciar cada momento disso. Mesmo que você nunca seja minha, vou ser sempre seu, completamente seu. Vale a pena esperar por um amor assim.

— Que bom — respondo, sentindo as lágrimas escorrerem pelo rosto —, porque não quero fazer nada sem você.

— É claro. — A mão dele aperta meu quadril com força. — Essa é minha maior honra.

— Ainda não acredito que sou a chave para tudo isso, que sou digna de ser rainha, de alguma forma.

— Você é. Não tenho dúvida. Já salvou grande parte do povo. As crianças estão começando a acordar. O equilíbrio de poder vai sendo restaurado aos poucos.

— E Lark?

Ele sorri.

— Tem perguntado por você. Está aqui há uma semana, oscilando entre estados de consciência e inconsciência. A cura é lenta, mas os últimos dois dias foram mais para restaurar sua magia e menos para cuidar de seu corpo.

— E Jas?

Ele passa um dedo em meu rosto e solta um longo suspiro.

— Está se recuperando, mas é lento. Tudo o que podemos fazer é deixar sua irmã dormir. O corpo mortal dela só pode receber pequenas doses de magia curadora de cada vez.

— Onde ela está?

— No Palácio da Meia-Noite. Posso levar você lá, se quiser.

— Por favor.

Uma dor aguda no peito me faz olhar para a porta. Sebastian está lá, assistindo com ar melancólico à cena diante dele.

— Só queria saber se você estava bem — ele diz. — Podemos conversar mais tarde.

Finn balança a cabeça.

— Vocês dois precisam fazer planos. Vou procurar Kane e finalizar os detalhes da viagem para as montanhas. Acham que conseguem estar prontos de manhã?

Sebastian e eu assentimos ao mesmo tempo, mas sinto a relutância nele. E quem pode criticá-lo por isso? Vai estar permanentemente vinculado a uma mulher que ama outro alguém. Finn e eu não somos os únicos sacrificados aqui.

— Volto daqui a pouco com um goblin para irmos visitar sua irmã — Finn me avisa. Depois beija minha cabeça e se levanta da nossa cama na cobertura.

Espero Finn sair antes de dar atenção a Sebastian. Ele prendeu o cabelo branco em um rabo de cavalo na altura da nuca e está vestido com uma túnica preta, como se tivesse passado o dia em reuniões.

— Obrigada — digo. — Obrigada por me trazer para Finn para que eu pudesse me curar.

Seus olhos transbordam agitação.

— Sou eu quem lhe deve gratidão. Você me salvou daquela tumba. Pensei que fosse morrer lá.

— Não diminua o que fez. Nós dois sabemos que não era assim que você queria que as coisas terminassem.

O silêncio se prolonga entre nós, pesado com tudo o que estamos sentindo. Não bloqueio o vínculo. Em vez disso, me abro para ele e acolho tudo o que ele abre para mim. A tristeza, a dor e a solidão são temperadas por algo mais radiante. Alívio e...

— Gratidão — sussurro.

— Prometi que a protegeria — ele diz, e põe as mãos nos bolsos. — Estava falando sério.

— O poder da sua mãe foi transferido para você. Você tem o poder do Trono Seelie, mas não está lá. Por quê?

Sebastian abaixa a cabeça.

— Nunca quis ser só um rei, Brie. Queria ser um *grande* rei. Alguém que pudesse pôr fim a guerras e salvar inocentes. Um rei que fizesse diferença. *Você* me fez querer tudo isso quando estávamos no reino humano. Falava sobre romper com os sistemas existentes, sobre como tudo funcionava contra os fracos e os pobres. Se eu fosse para a corte dourada agora e tomasse o trono de minha mãe, seria rei, mas a corte das sombras voltaria ao lugar onde estava quando começamos tudo isso, enfraquecendo sem um líder no trono. Quero mais que isso para este povo. Não sei se você acredita ou não, mas é o que eu quero.

— Eu acredito, Bash. Nada disso me surpreende.

Sinto pelo vínculo um instante antes de ele erguer o escudo. Minhas palavras, minha confiança nele o machucam mais do que minha raiva o machucava.

— Vamos tentar chegar ao Rio de Gelo de novo — sussurro. — E depois pensamos no resto.

— Tem certeza de que é isso que você quer?

Desvio o olhar.

— Uma vez eu disse a você que é o sacrifício pessoal que faz grandes reis. Eles se dispõem a desistir do que querem em prol do que é melhor para o povo. Isso também vale para as rainhas.

— E se você pudesse desfazer tudo isso... se pudesse trocar seu poder por uma vida mortal em Elora com sua irmã, se pudesse desfazer o que fiz quando impus o vínculo comigo e a encurralei para tomar a poção?

— Não vejo nenhuma vantagem em pensar no passado. O que está feito está feito.

Ele olha para o céu como se buscasse nas estrelas a indicação para o caminho certo.

— Eu preciso saber a resposta.

Balanço a cabeça, impressionada com o quanto minha resposta teria sido diferente há algumas semanas.

— Quero que minha vida seja significativa, e aqui eu posso fazer a diferença. Servir a este povo não é só um dever para mim. É a maior honra da minha vida.

Sebastian olha em meus olhos de novo e assente.

— Eu entendo.

Jas dorme no luxuoso quarto de hóspedes do Palácio da Meia-Noite, respirando de maneira estável, mas pouco profunda. Seu rosto está pálido. Não parece estar se recuperando, mas caminhando lentamente para a morte.

Parada entre Finn e Sebastian, olho para ela e tento engolir o choro.

— Precisamos salvá-la — sussurro. Olho para Finn, e ele faz que sim com a cabeça.

Do outro lado, Sebastian pigarreia. Com lágrimas nos olhos, ele segura a mão de minha irmã e a afaga com um dedo.

— E nós vamos — murmura, e eu acredito nele.

Finn não estava exagerando quando disse que mandaria um batalhão inteiro nos acompanhar até as montanhas. Não há mais nenhum esforço para disfarçar nossa presença. Pelo contrário, anunciamos ao mundo que estamos aqui. *Que se atrevam a vir atrás de nós.*

Ninguém se atreve, e chegamos ao rio com relativa facilidade. Kane sugeriu um lugar onde a correnteza passa sob a terra por dentro de uma enorme caverna, e os outros concordaram sobre esse ser o ponto de menor vulnerabilidade para nós.

Quando estamos a caminho da boca da caverna, Sebastian para e olha para os outros.

— Podemos fazer isso sozinhos, por favor?

Finn nos encara com ar de desânimo, mas assente.

— Kane e Jalek vão entrar primeiro para ter certeza de que é seguro. Depois vocês podem ir. Se precisarem de nós, é só gritar.

— Obrigado — Sebastian responde.

Meu coração dói. Não consigo olhar para Finn por mais que alguns segundos. Essa é a coisa certa a se fazer. Toda uma corte repousa sobre nossos ombros, e, considerando tudo o que foi perdido até agora, o que esse sacrifício representa para nós? Não é muito. E... eu tenho esperança. Podemos não ter uma solução hoje, mas existe a possibilidade de a magia abrir espaço para nós no futuro. Magia tem a ver com mudança, como disse Finn. Com possibilidade.

Quando Kane e Jalek voltam e autorizam nossa entrada, Sebastian segura minha mão e me leva ao interior da caverna.

— Arrependido? — pergunto.

— Não. Conheço meu dever. — Finalmente, ele sorri para mim. — Só queria ficar sozinho com você por um minuto.

— Certo.

Ficamos frente a frente, e ele segura minha mão entre as dele. A posição me faz lembrar da noite em que recitamos nossos votos para criar o vínculo. Muito apropriado, considerando que hoje vamos torná-lo permanente.

— Você é melhor e mais merecedora dessa coroa do que jamais serei — ele diz.

— Não. Não fale assim.

— Isso tudo é culpa minha. Eu nos coloquei nessa posição. Devia ter encontrado um caminho. Devia... — Ele engole em seco. — Devo muita coisa a você. Você... você me ensinou sobre amor e amizade. Do tipo verdadeiro. Nunca tive nada disso antes de você. Obrigado por... — Sebastian olha para o teto da caverna, estudando as estalactites. Ou talvez nem as veja. Talvez esteja vendo nossa história passar por sua cabeça. Os bons e os maus momentos, as alegrias e as dores. — Você vai ser uma rainha incrível. É uma honra participar disso. E me desculpe. — Ele fecha os olhos. — Peço desculpas por todos os segredos que guardei e pela dor que causei. Você merecia mais.

Meu coração fica apertado. Porque o sinto. Sinto sinceridade e o quanto ele quer que eu entenda o que está dizendo, o quanto deseja desesperadamente que eu acredite em seu amor.

— Sebastian, está tudo bem. Eu quero fazer isso. — Dou um passo na direção do rio, e ele me acompanha.

— Eles vão vê-la quando olharem para mim — diz. — Os Unseelie vão ver a Rainha Arya quando olharem para mim. E eles também merecem coisa melhor.

— Vamos provar que você é digno — prometo. Meu estômago se revira com a tristeza que sinto através do vínculo.

Ele segura minha mão, aperta tanto que seria dolorido se eu não me distraísse com as ondas de emoção que o atravessam. Sebastian toca meu rosto, desliza os dedos por ele e puxa a pedra de fogo de dentro de meu vestido.

— Cheguei a pensar que você destruiria a pedra.

Estou me esforçando para acompanhar sua disposição volátil, mas balanço a cabeça em resposta. Fico surpresa por não ter destruído o pingente naqueles primeiros dias, quando a raiva parecia ser forte o bastante para me devorar viva.

— De algum jeito eu sabia que ia precisar dela. A pedra amplifica meu poder, não é?

Ele solta o ar com um barulho alto.

— Seria, se fosse uma pedra de fogo, mas não é. Você tem essa força. — Seu sorriso é terno. — A linhagem com o sangue de Mab sempre foi mais forte que a de Gloriana. Isso deixava minha mãe furiosa. Por isso ela ficou tão obcecada com a extração das pedras de fogo, com roubar o poder Unseelie.

— Se não é uma pedra de fogo, o que é, então?

— Outra coisa. — Com um movimento rápido, ele a arranca do meu pescoço, quebrando a corrente. Estuda a pedra na palma de sua mão. — Minha mãe dedicou a vida a encontrar pedras de fogo, mas, nessa cruzada para recolher o máximo possível, seus criados encontraram outro elemento embaixo das montanhas. Um elemento ainda mais raro que as pedras de fogo... quando Mab morreu nas Montanhas Goblin, os deuses viram a injustiça e choraram a perda de uma mãe amorosa em um mundo cruel. Eles a trouxeram de volta à vida e deram a ela uma escolha entre magia e imortalidade, ou entre a vida mortal e sua própria corte.

— E ela os enganou e ficou com as duas coisas. Finn e Kane me contaram essa história. O que isso tem a ver com a pedra de fogo?

Sebastian levanta o olhar do pingente em sua mão.

— Isto não é uma pedra de fogo. É uma pedra de sangue.

Balanço a cabeça.

— Mab destruiu as pedras de sangue.

— Mab era ardilosa, mas os deuses eram mais. Esconderam o que restava das pedras de sangue no fundo destas montanhas, onde elas estariam longe dos poderes dela. Minha mãe nunca acreditou que os deuses permitiriam que Mab destruísse todas as pedras, e durante anos ela manteve prisioneiros Unseelie procurando por essas pedras sagradas. Eu peguei esta e escondi, antes que ela soubesse que eles a tinham encontrado.

— O que está tentando dizer?

Ele fecha as duas mãos em torno da pedra e recita um encantamento em voz baixa, repete as palavras três vezes antes de abrir as mãos. Agora, no lugar de uma pedra, há uma poça de líquido em sua mão. O líquido se move como mercúrio e é verde azulado como um mar tempestuoso.

— Estou tentando dizer que, durante todo esse tempo, você usou justamente a coisa que poderia ter devolvido a você a mortalidade e permitido que passasse a coroa. Estou dizendo que ainda pode ingerir a água sagrada da pedra de sangue e voltar a ser humana. Mas, se fizer isso, não tem volta. Nunca mais vai poder ser feérica.

Tudo o que eu queria algumas semanas atrás era ser humana de novo. Ficar livre desse poder e ter a opção de viver em Elora com Jas. Mas agora...

— Por que não me contou isso antes? — pergunto. — Naquela primeira noite, quando fui te procurar e pedi para desmontar os acampamentos de sua mãe?

— Porque sou um cretino egoísta, e queria você mais do que queria seu poder. Você queria que eu tivesse revelado isso antes?

Eu podia ter tirado proveito disso, se soubesse.

— Estou feliz por não ter me falado. Tenho trabalho para fazer aqui. Esta corte precisa de mim, e eu... — Eu preciso de mais que uma existência mortal para amar Finn, e preciso desse poder para ajudar esta corte de verdade.

— Eu sei — Sebastian sussurra, segurando minha mão. Antes que eu perceba o que pretende fazer, ele usa minha mão para levar sua mão em concha aos lábios. Imediatamente, surge um raio de luz. Nada além de poder surgindo na minha frente e dentro de mim. E então eu sinto... a descarga de poder, de magia, de *vida* em minhas veias. Minhas costas arqueiam quando o poder da corte vibra em meu sangue.

Sebastian cai, e eu caio de joelhos.

— Bash? O que você fez?

Finn entra correndo na caverna e se abaixa ao meu lado.

— Que foi? O que aconteceu?

Sebastian fica imóvel por tanto tempo que olhamos para ele com horror, e lágrimas escapam de meus olhos.

— Espere aí, Bash. Não é assim que isso tem que acabar.

O medo me invade em ondas, mas fecho os olhos e respiro fundo, solto o ar, abro espaço para a esperança. Neste mundo de magia, não vou acreditar que este é o fim dele.

Finn me encara, chocado.

— A coroa — sussurra.

Olho para a água e vejo meu reflexo, vejo a Coroa da Luz Estelar brilhando sobre minha cabeça. E a cicatriz – o símbolo da coroa, o sol e a lua – voltou ao meu pulso.

O que você fez, Sebastian?

— Sacrifício — Sebastian sussurra, virando-se de lado com um gemido. — Você disse que um bom rei faz sacrifícios. E eu sempre quis ser um grande rei.

O alívio é tão repentino que me sinto leve. Dou risada.

— Você está bem.

— Ele é... mortal — diz Finn, balançando a cabeça para o irmão. — Como...

— As pedras de sangue — murmuro. — Arya procurava as pedras. Quando os prisioneiros encontraram uma, Sebastian a roubou antes que a rainha pudesse pôr as mãos nela.

— Nós acreditávamos que elas não existissem mais. — Finn inspira profundamente. — Onde está a coroa de Arya?

— Ainda comigo — diz Sebastian. Ele tosse e geme. — Dói demais.

Dói? Não sinto.

Abaixo o vestido para expor a tatuagem que simboliza meu vínculo com Sebastian, mas ela sumiu.

— O vínculo.

— Ele sobreviveu ao fim de sua vida mortal por meio da magia que você adquiriu ao se tornar imortal, mas não poderia sobreviver ao fim de minha vida imortal — Sebastian responde, fazendo um esforço para se sentar sobre os calcanhares.

Mortal.

— Como você vai governar uma corte feérica? — pergunto, e balanço a cabeça. — Vai estar vulnerável demais.

— Não vamos contar a ninguém — diz Finn. — Juliana pode glamourizar Sebastian para ele parecer feérico até encontrar uma sacerdotisa em quem confie. E vamos pensar no restante conforme for acontecendo. — Finn passa um braço em torno do meu corpo, me puxa para perto sem desviar o olhar de Sebastian. — Obrigado, irmão. Não vou me esquecer disso.

O som que escapa de mim é uma risada e um soluço – alívio e tristeza me invadindo em medidas iguais. Mab nunca disse que Sebastian precisava morrer. Disse que ele precisava desistir da vida que tinha, e foi o que ele fez – entregou sua vida imortal. Pelo bem do reino. No fundo, porém, sei que ele fez isso por mim.

— Eu perdoo você por todas as mentiras, Ronan Sebastian. Você realmente se tornou o tipo de líder de que este reino precisa.

Capítulo 32

NÃO ME LEMBRO DA VIAGEM de volta ao Palácio da Meia-Noite. Todos ficaram perto de mim, garantindo minha segurança, mantendo a coroa segura. Mas foi tudo muito rápido e confuso, até que me vi na sala do trono, cercada por meus amigos mais queridos, com o Trono das Sombras esperando por mim. Minha irmã está parada no meio da sala.

É verdade que, mesmo quando era humana, eu sonhava em ter poder para salvar os fracos e desafortunados dos poderosos e exploradores. Mas esse sonho sempre foi menos importante do que manter minha irmã segura.

No momento em que olho para Jas, eu me lembro de por que era tão fácil arriscar tudo por ela. Minha irmã representa tudo de bom no mundo. Tudo por que vale a pena lutar.

— Abriella — ela diz, e corre para meus braços.

— Você está bem. — Eu a acolho e aperto entre os braços como se ela pudesse desaparecer. — Tenho tanta coisa para te contar — falo baixinho. — Tanta coisa para explicar.

— Que bom — ela responde, e sorri tocando meu cabelo curto. — Você sabe que eu adoro uma boa história.

— Em breve — prometo.

— O Trono das Sombras espera por você, Abriella — diz Pretha. — Lá é seu lugar.

Respiro fundo e me dirijo ao trono, passo a passo. É assim que faço as coisas difíceis, sempre tinha sido – dando o próximo passo, fazendo a próxima coisa certa.

Lark corre na minha frente, e vejo seu cabelo escuro e sedoso dançando quando ela gira e olha para mim.

— Espere!

A sala toda parece prender a respiração, esperando o que a pequena vidente tem a dizer.

— Que foi? — pergunto.

— Eu *falei* — ela diz. — Não falei?

Dou risada, e lágrimas correm pelo meu rosto quando balanço a cabeça e confirmo.

— Sim, você falou. Você me disse. — Dou mais um passo e chego à plataforma. O lugar onde matei Mordeus.

Hesito, e de repente Finn está ali, estendendo a mão para me ajudar a subir. Sempre me ajudando, sempre me dando força.

— Venha, Princesa — ele sussurra em meu ouvido. — Venha me fazer te chamar de outra coisa.

Eu me viro e me sento no Trono das Sombras pela segunda vez. No momento em que minhas costas tocam a pedra, o poder ronrona em mim, aprovador. Este é o trono da noite, dos desajustados e dos perdidos. Este é o trono para todos os que tiveram que suportar a escuridão para encontrar as estrelas. Este é meu trono, e ele estava esperando por mim.

Finn se coloca de pé ao meu lado – o rei que escolhi, o parceiro que me foi dado e pelo qual lutei. A parceria de que meu coração precisa. Recebemos uma segunda chance, graças ao sacrifício de Sebastian. E, quando seguro a mão de Finn, mais poder flui por mim, mais até do que consigo descrever. Poder da noite, poder das sombras, poder de todas as estrelas brilhantes. É intenso demais para rotular, mas é muito parecido com *esperança*.

A celebração irrompe no palácio, na capital e na corte. Todos sentem – a energia no ar, o clique elétrico do poder restaurado à corte que não teve ninguém no trono por mais de duas décadas.

Provavelmente a corte dourada nem imagina que sua rainha está morta, e certamente não tem ideia de que seu futuro rei é um mortal que firmou uma aliança com a Corte Unseelie. Não podemos fazer séculos de ódio e preconceito desaparecerem da noite para o dia. É provável que eu não consiga fazer tudo isso desaparecer nem em toda a minha vida tão longa. Mas esse é um problema para amanhã. Hoje, Sebastian reúne seus aliados na Corte do Sol, e na Corte da Lua nós celebramos a salvação deste reino e um futuro de paz.

Finn beija meu ombro.

— Como está minha rainha? — ele pergunta.

Seguro a mão dele.

— Ainda atordoada — respondo, sem esconder a verdade. Não dele. — Mas estou bem. *Nós vamos ficar bem.*

Ele me abraça e me puxa até minhas costas encontrarem seu peito.

— Estou orgulhoso de você. E muito orgulhoso de servir você.

Giro em seus braços e olho dentro de seus olhos.

— Me servir?

— É claro. Sou seu servo de amarra. Nasci para isso, literalmente.

— Porque o poder só flui em um sentido, certo? — pergunto. — Mas, se formos vinculados...

Ele afaga meu rosto.

— Não estou te pedindo nada. Você acabou de se libertar de um vínculo que não queria. Não preciso de nada além do que tenho agora.

— Finn, você me deu força desde o momento em que te conheci. Como meu amigo, mentor e parceiro de amarra. Um dia vou querer que isso seja uma via de mão dupla. Quero que tire forças de mim também. Como eu tiro de você.

Ele encosta a testa na minha.

— Se é isso que minha rainha deseja — murmura, ofegante —, vai ser uma grande honra, mas não precisamos apressar nada.

Ficamos assim abraçados, e depois dançamos. Uma canção leva a outra, e tristeza e gratidão pelo que Sebastian fez crescem em meu peito.

Olho para Finn, e ele está sorrindo.

— Em que está pensando? — pergunto.

— Estou pensando que você é a criatura mais incrível que jamais conheci. — Ele apoia o rosto em meu pescoço, e sinto seu sorriso. — E estou pensando que é muito bom estar certo.

— Certo sobre o quê?

— Sobre você ser a rainha de que este reino precisa.

Epílogo

— **Gabriella, você está linda.** — Jas me estuda com olhos brilhantes.

Para mim, no entanto, é *ela* quem está linda. Os últimos seis meses em Faerie tinham sido bons para ela. Seu rosto está mais cheio e os olhos brilham com uma luminosidade saudável. Embora ainda se assuste com as sombras e não confie nos feéricos com facilidade, está melhorando.

Nos meses que se passaram, aprendi muito sobre ser rainha de uma terra cheia de conflitos. Aprendi que o povo – mesmo os mais bondosos e sábios – resiste à mudança, e aprendi que essa mesma gente vai assumir os créditos pelas inovações que combateu.

Mas, acima de tudo, aprendi que sou minha versão mais feliz e melhor quando minha irmã está por perto.

— Tem certeza de que não é demais? — pergunto, olhando para o vestido de couro preto que Jas fez para mim. É um pouco... *perverso*. Mas gosto dele. Tem mangas longas, com o decote abaixo do ombro, e a saia tem uma fenda até a altura do quadril, para que eu possa correr se for preciso, coisa que exijo sem me justificar em tudo o que visto. Não que tenha que correr muito estes dias. Na maior parte do tempo, fico sentada. Reuniões e mais reuniões. Ouvir histórias desoladoras trazidas de regiões distantes de nossas terras, e às vezes ouvir o lamento ridículo dos superprivilegiados. Esse trabalho envolve isso tudo, mas a maior parte dele é feita da segurança da minha sala do trono, com Finn ao meu lado.

— Certeza absoluta — diz Jas.

Pretha balança a cabeça, concordando com ela.

— Finn vai *adorar* o resultado.

Rindo, olho para trás para ver as costas do vestido no espelho. Não deixei todas as reuniões e o tempo que passo sentada atrapalharem meu treino. Estou mais rápida e mais forte do que nunca, e apreciando cada minuto disso. Os resultados também são bastante satisfatórios, mas Finn não consegue manter as mãos longe de mim de um jeito ou de outro.

— Está nervosa? — pergunta Pretha.

Nego com um movimento de cabeça.

— Nem um pouco.

Esta noite, Finn e eu vamos completar a cerimônia de vínculo. E também vamos nos casar um dia, mas por ora o vínculo vai permitir compartilharmos poder nos dois sentidos, o que, como eu disse a ele muitas vezes, é importante para mim. A verdade é que sinto falta dessa conexão adicional com o homem que amo.

— A última vez que fiz isso, estava em busca das coisas erradas — digo a Jas. — O Banshee tinha me deixado apavorada, e eu queria o vínculo com Sebastian para que ele pudesse me proteger. Achei que ficaria tudo bem porque o amava, mas foi um erro, e acho que nós dois sabíamos disso.

— Não é tarde demais para mudar de ideia — diz Misha, entrando em meus aposentos como se fosse dono de tudo.

Ele voltou para casa, para a Floresta Selvagem, depois que celebramos minha chegada ao trono, mas faz visitas frequentes. Às vezes penso que tem medo de Pretha tomar seu lugar de melhor amigo se não vier me ver sempre.

— O que está fazendo aqui? — pergunto. — Não vamos fazer uma cerimônia pública.

Ele segura minha mão e a leva ao peito.

— Estou aqui só para o caso de você decidir que prefere ficar comigo.

Dou risada.

— Quem sabe na próxima, Misha?

— Não pode me culpar por tentar. — Ele solta minha mão e beija meu rosto dos dois lados. — Você está linda. Ele tem muita sorte.

— *Eu* sou a sortuda.

Kane é o próximo a entrar.

— A festa é aqui? — pergunta, e para de repente ao me ver. — Deuses, olha só esse vestido.

Fico vermelha.

— Obrigada.

Kane olha para Jas e sorri um sorriso encantador e atípico.

— Ainda vai fazer alguma coisa para mim, não vai?

Pretha bufa.

— Você sabe que ela não é sua costureira, não sabe?

— Não tem problema — diz Jas, e meu coração fica mais leve. É bom ver minha irmã encontrando seu lugar no mundo. — Assim eu me ocupo.

Finalmente, quando Jas e Pretha decidem que estou pronta, Finn aparece, e seus olhos passam por mim: ávidos, lascivos, amorosos e gratos, tudo ao mesmo tempo.

— Como soube que couro preto é meu material favorito? — pergunta, e me enlaça pela cintura e puxa para perto.

— Bom, eu... — Percebo que todos estão olhando e nos cerco em um casulo de sombra que isola o que fazemos e dizemos. — Se me lembro bem, você disse que tudo o que uso é seu favorito.

Ele sorri.

— É verdade. Esqueci. — E beija meus lábios. — Tem certeza de que quer ocupar o lugar de destaque dos meus pensamentos ininterruptos e safados sobre minha parceira de amarra?

— Que parte do *não quero esperar nem mais um dia* te faz duvidar de mim?

— Facilite as coisas, Abriella. Isso é difícil para mim.

— Como assim?

— Tenho medo de acordar.

Eu derreto.

— Não me faça parecer frouxa; isso vai arruinar meu personagem de rainha durona.

— Nunca. — Ele pisca para mim. — Você me ama?

— Amo — respondo, sem hesitação ou reserva. — Você me ama?

— Amo — ele diz. — Mas amaria mesmo que você nunca quisesse o vínculo comigo.

— Eu também. Sempre.

Ele me aperta entre os braços. Nosso casulo desaparece, e estamos no terraço da cobertura do nosso chalé na montanha. As estrelas brilham tanto lá no alto que meus olhos ficam cheios de lágrimas.

— Escolha uma estrela — ele murmura. — Faça um pedido.

Entrelaço os dedos nos dele e repito os pedidos que faço todas as noites desde que assumi o trono. Os únicos desejos que uma rainha deve considerar tão importantes.

Peço paz. Peço que todos os feéricos em minha corte, em todo o reino, conheçam e tenham um amor como esse.

Agradecimentos

Primeiro, preciso agradecer a todos os que leram *Promessas vazias*, o primeiro livro desta duologia, e entraram em contato comigo muito empolgados pedindo mais desse mundo. Eu precisava desse entusiasmo mais do que vocês imaginam, e sou grata por todas as palavras gentis, críticas e pelas queixas. Obrigada aos meus antigos leitores de romance que não necessariamente leem YA ou fantasia, mas leram *Promessas vazias* e me incentivaram nesta nova fase da minha carreira. Sou muito grata pelo apoio de vocês!

Tenho muita gratidão por todos os que me acompanharam em 2020. Escrever o esboço deste livro (e mais dois) enquanto tentava atravessar uma pandemia e tudo o que ela acarreta foi desafiador em muitos aspectos. Agradeço aos meus filhos, que teriam preferido receber a atenção integral da mãe enquanto navegavam pela experiência do aprendizado on-line, mas foram bem-sucedidos da mesma maneira, e ao meu marido, que ouviu mais que sua cota de queixas de esgotamento quando acreditei sinceramente que não seria capaz de desempenhar o papel de supermãe por nem mais um dia. Obrigada também às minhas irmãs e amigas pela compreensão, pelo apoio e incentivo quando senti que estava falhando em tudo. Consigo amenizar os fatos e olhar para os pontos positivos na maior parte do tempo, mas 2020 foi muito complicado, e as pessoas que amo me ajudaram a passar por ele.

Obrigada aos meus amigos, que me incentivaram nas fases mais difíceis deste projeto e em muitos outros. Mira Lyn Kelly, minha melhor amiga, parceira de brainstorming, ainda te devo aquele Toyota Corolla. (Sim, nós duas sabemos que você merece alguma coisa mais legal.) Obrigada aos escritores do meu grupo Write All the Words Slack por me ouvirem quando eu enfrentava dificuldades e por me fazerem companhia enquanto eu trabalhava. Agradeço também àqueles que tentam desviar meus pensamentos do trabalho – seja com conversas ou CrossFit, nossos filhos ou cheesecake no café da manhã. Vocês sempre me fazem sorrir. Para Emilly Miller, minha conselheira pessoal para assuntos élficos e amante de todas as coisas feéricas, obrigada por ser, novamente, uma tábua de salvação. Espero que um dia você escreva um livro e mostre ao mundo a magia nessa sua cabeça linda.

Um agradecimento especial a Lisa Kuhne e Tina Allen, minhas amigas e assistentes. Tina, fico muito feliz por termos nos tornado mais próximas ao longo dos anos. Você é um tesouro. Lisa, obrigada por estar disponível sempre que preciso de você.

Obrigada à minha família. Fui abençoada com uma bem grande, e amo todos eles mais do que sabem. Um agradecimento especial ao meu irmão Aaron, a quem este livro é dedicado – seu mapa realmente me ajudou a enxergar esta sequência sob uma nova luz. Minha mãe sempre ouve e sabe o que dizer para me fazer sentir melhor, e meus irmãos são fonte de apoio constante. Desejo uma família assim, maravilhosa, para todo mundo.

Obrigada ao meu agente, Dan Mandel, que se empolgou com este livro desde o início e me ajudou a enfrentar momentos muito difíceis nesse último ano. Adoro ter você na minha equipe!

Sou grata à equipe da Clarion Books, que me ajudou a fazer deste livro o que ele é hoje. Minha gratidão especial a Lily Kessinger e Gabriella Abbate pelas anotações de edição e pela ajuda em vários manuscritos. Obrigada também a Emilia Rhodes, Helen Seachrist, Emily Andrukaitis, Catherine San Juan, Tara Shanahan, Taylor McBroom, Kimberly Sorrell, Colby Lawrence, Tommy Harron, Jill Lazer, Melissa Cicchitelli, Emma Grant, Erika West, Maxine Bartow e Samantha Hoback. Muito obrigada por tudo!

Conheça também

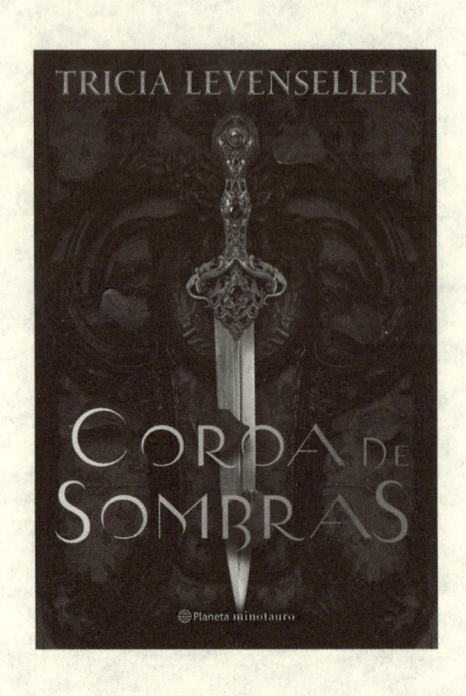

TRICIA LEVENSELLER

CORDA DE SOMBRAS

Planeta minotauro

ELA NÃO É A TÍPICA MOCINHA.
ELE NÃO É O TÍPICO VILÃO.

Se prepare para mergulhar nas intrigas da corte (e do coração) neste enemies to lovers - inimigos que se tornam amantes, que conquistou o TikTok. Alessandra Stathos está cansada de ser subestimada, mas ela tem o plano perfeito para conquistar mais poder:

1. cortejar o Rei das Sombras,
2. se casar com ele,
3. matá-lo e tomar o reino para si mesma.

Ninguém sabe qual é a dimensão do poder do Rei das Sombras. Alguns dizem que consegue comandar as sombras que dançam em volta de si para que façam seus desejos. Outros dizem que elas falam com ele, sussurrando os pensamentos de seus inimigos. De qualquer maneira, Alessandra é uma garota que sabe o que merece, e ela está disposta a tudo para alcançar seu objetivo.

Mas ela não é a única pessoa que tenta assassinar o rei. Enquanto o soberano sofre atentados que vêm de todas as partes, Alessandra se vê tendo de protegê-lo por tempo suficiente para que ele faça dela sua rainha... Mas ela não contava que a proximidade entre os dois poderia colocar o próprio coração em risco. Afinal, quem melhor para o Rei das Sombras do que uma rainha ardilosa?

GRISHAVERSO
SOMBRA
E
OSSOS
LEIGH BARDUGO
Planeta minotauro

Em um país dividido pela Dobra das Sombras – uma faixa de terra povoada por monstros sombrios – e no qual a corte real está repleta de pessoas com poderes mágicos, Alina Starkov pode se considerar uma garota comum. Seus dias consistem em trabalhar como cartógrafa no Exército e em tentar esconder de seu melhor amigo, Maly, o que sente por ele.

Quando Maly é gravemente ferido por um dos monstros que vivem na Dobra, Alina, desesperada, descobre que é muito mais forte do que pensava: ela é consegue invocar o poder da luz, a única coisa capaz de acabar com a Dobra das Sombras e reunificar Ravka de uma vez por todas.

Por conta disso, Alina é enviada ao Palácio para ser treinada como parte de um grupo de guerreiros com habilidades extraordinárias, os Grishas. Sob os cuidados do Darkling, o Grisha mais poderoso de todos, Alina terá que aprender a lidar com seus novos poderes, navegar pelas perigosas intrigas da corte e sobreviver a ameaças vindas de todos os lados.

Conheça os livros
da Planeta Minotauro!

Editora Planeta Brasil | 20 ANOS

Acreditamos nos livros

Este livro foi composto em Arno Pro e impresso pela gráfica Santa Marta para a Editora Planeta do Brasil em agosto de 2023.